HEYNE <

AF648453

Das Buch

Als die Journalistin Nina eines Morgens vor der Tür des Apartments, das sie mit ihrer Lebensgefährtin Maura bewohnt, zwei simple Holzkästchen findet, ist sie zwar verwundert, ahnt jedoch nicht, dass diese Boxen ihr Leben für immer verändern werden. Und nicht nur ihres, sondern das eines jeden Erwachsenen auf dem Planeten. »Das Innere birgt das Maß deines Lebens«, ist in den Deckel neben den Namen des Empfängers eingraviert. Neugierig öffnen Nina und Maura ihre Kästchen und entdecken darin ihre Lebensfäden. Ninas Faden ist lang, Mauras kurz – und plötzlich steht die Zukunft des jungen Paares auf dem Spiel.

Die Freunde Jack und Javier besuchen gemeinsam die Militärakademie. Während sich Jack durch das Studium quält, hat Javier im Soldatenleben seine Bestimmung gefunden. Als Jack einen langen Faden erhält, Javier jedoch einen kurzen, beschließen die beiden zu tauschen.

Senator Anthony Rollins hat gerade mit den Folgen eines öffentlichen Skandals zu kämpfen, als er seine Box erhält. Sein Lebensfaden ist lang. Sehr lang. Wenn das kein Zeichen Gottes ist, dass Anthony dazu bestimmt ist, der mächtigste Mann der Welt zu werden? So beginnt ein Präsidentschaftswahlkampf, der nicht nur Anthonys Gegenkandidaten mit einem kurzen Faden diskreditiert, sondern die gesamte Gesellschaftsordnung der USA ins Wanken bringt ...

Die Autorin

Nikki Erlick studierte an der Columbia University und in Harvard, wo sie ihre Ausbildung mit *summa cum laude* abschloss. Als Reisejournalistin hat sie viele Länder erkundet – von beschaulichen Dörfern in Frankreich bis zu den arktischen Fjorden Norwegens. Ihre Artikel sind auf den Websites von *New York Magazine*, *Harper's Bazaar*, *Newsweek*, *Cosmopolitan* und *The Huffington Post* erschienen. Ihr Debütroman DIE VORHERSAGE stieg direkt in die Top Ten der *New York Times*-Bestsellerliste ein und begeisterte Kritiker und Publikum gleichermaßen.

NIKKI ERLICK

DIE VORHERSAGE

ROMAN

WILHELM HEYNE VERLAG
MÜNCHEN

Titel der Originalausgabe
THE MEASURE
Deutsche Übersetzung von Sabine Thiele

Der Verlag behält sich die Verwertung der urheberrechtlich geschützten Inhalte dieses Werkes für Zwecke des Text- und Data-Minings nach § 44b UrhG ausdrücklich vor. Jegliche unbefugte Nutzung ist hiermit ausgeschlossen.

MIX
Papier | Fördert gute Waldnutzung
FSC® C014496

Penguin Random House Verlagsgruppe FSC® N001967

3. Auflage
Taschenbuchausgabe 04/2024
Redaktion: Sabine Kranzow
Copyright © 2022 by Nikki Erlick
Copyright © 2024 dieser Ausgabe by Wilhelm Heyne Verlag, München, in der Penguin Random House Verlagsgruppe GmbH,
Neumarkter Straße 28, 81673 München
produktsicherheit@penguinrandomhouse.de
(Vorstehende Angaben sind zugleich Pflichtinformationen nach GPSR.)

Printed in Germany
Umschlaggestaltung: DAS ILLUSTRAT, München, unter Verwendung des Motivs von Lyn Randle / Trevillion Images
Druck und Bindung: GGP Media GmbH, Pößneck
ISBN 978-3-453-32323-0

www.heyne.de

Für meine Großeltern,
in Liebe und Dankbarkeit

»Sag mir, was willst du tun mit deinem
einen wilden und kostbaren Leben?«

Mary Oliver, *Der Sommertag*

Es war schwer, sich eine Zeit vorzustellen, in der es sie noch nicht gegeben hatte. Eine Welt ohne sie.

Doch als sie plötzlich auftauchten, im März, wusste niemand etwas damit anzufangen, mit diesen merkwürdigen kleinen Boxen, die zusammen mit dem Frühling vor der Tür standen.

Jede andere Schachtel im Leben eines Menschen hatte eine klare Bedeutung, eine festgelegte Handlung zur Folge. Die Schuhschachtel mit dem glänzenden neuen Paar Schuhe, das für den ersten Schultag bestimmt war. Das Weihnachtsgeschenk mit der großen roten Schleife, deren Bänder sorgfältig mit einer Schere gekräuselt worden waren. Die kleine Schatulle, die den langersehnten Diamantring enthielt, und die großen Kartons, die mit Klebeband verschlossen und von Hand beschriftet in einen Umzugswagen geladen wurden. Selbst jene letzte Kiste am Ende des Lebens, die unter der Erde ruhte und deren Deckel nie wieder geöffnet werden würde.

Alle Schachteln, Kartons, Kisten waren vertraut, verständlich, man rechnete sogar damit. Sie alle hatten einen Zweck und einen Platz, passten bequem in einen durchschnittlichen Lebensverlauf.

Diese Boxen jedoch waren anders.

Sie tauchten am Anfang des Monats auf, an einem völlig normalen Tag, bei einem völlig normalen Mond, zu früh, um dabei an die Frühjahrs-Tagundnachtgleiche zu denken.

Auf einmal waren sie überall, waren einfach da.

Kleine Holzkästchen – oder zumindest *schienen* sie aus Holz zu sein –, die über Nacht auftauchten, Millionen und Abermillionen, in jeder Stadt und in jedem Bundesstaat und in jedem Land.

Plötzlich standen sie auf ordentlich gemähten Rasenflächen in den Vororten, schmiegten sich zwischen Hecken und die ersten blühenden Hyazinthen. In den Städten standen sie auf abgetretenen Fußabstreifern vor Wohnungstüren, durch die schon Generationen von Mietern ein und aus gegangen waren. Vor Zelten in der Wüste sanken sie in den warmen Sand und warteten neben einsam gelegenen Hütten an Seeufern, während sich der Tau aus dem vom Wasser wehenden Wind auf ihnen absetzte. In San Francisco und São Paulo, in Johannesburg und Jaipur, in den Anden und am Amazonas – die Boxen erreichten jeden, an jedem Ort der Welt.

Dass auf einmal jeder erwachsene Mensch auf der Welt dieselbe surreale Erfahrung machte, hatte etwas Tröstliches und gleichzeitig Beunruhigendes an sich. Die Allgegenwärtigkeit der Boxen war gleichermaßen erschreckend wie erleichternd.

Denn in vielerlei Hinsicht erlebten *tatsächlich* alle dasselbe, denn die Boxen waren nahezu identisch. Alle waren dunkelbraun mit rötlichen Schattierungen und fühlten sich kalt und glatt an. In jede Box war eine einfache und doch rätselhafte Botschaft in der jeweiligen Muttersprache der Empfänger eingraviert: *Das Innere birgt das Maß deines Lebens.*

Jede Box enthielt einen einzelnen Faden, der unter einem silberweißen Stück zarten Stoffs verborgen lag, damit selbst diejenigen, die den Deckel abnahmen, noch einmal überlegten, ob sie den Inhalt wirklich sehen wollten. Als ob die Box selbst eine Warnung aussprechen und versuchen würde, einen vor dem kindischen Impuls zu schützen, alles sofort aufzureißen. Als ob die Box einen bitten würde, innezuhalten und wahrhaftig über den nächsten Schritt nachzudenken. Denn der ließe sich nicht rückgängig machen.

Die Boxen unterschieden sich tatsächlich nur in zweierlei Hinsicht.

Jedes Kästchen trug den Namen des jeweiligen Empfängers, und jeder Faden hatte eine individuelle Länge.

Doch als die Boxen an jenem Märztag plötzlich auftauchten, verstand inmitten der Angst und der Verwirrung niemand die wahre Bedeutung des Maßes.

Zumindest noch nicht.

FRÜHLING

NINA

Als die Box mit ihrem Namen vor ihrer Tür auftauchte, lag Nina noch schlafend im Bett. Ihre Augenlider zuckten leicht, während ihr Gehirn mit einem aufwühlenden Traum kämpfte. (Sie war wieder in der Highschool und sollte einen Aufsatz vorzeigen, den man ihr nie aufgetragen hatte.) Ein vertrauter Albtraum für jemanden, der anfällig für Stress war, jedoch kein Vergleich zu dem, der sie in der Realität erwartete.

Wie immer wachte Nina zuerst auf und stand leise auf, um die noch schlafende Maura nicht zu stören. In ihrem karierten Pyjama ging sie in die Küche und schaltete die Herdplatte unter dem runden orangefarbenen Teekessel ein, den Maura vergangenen Sommer auf einem Flohmarkt gefunden hatte.

So früh am Morgen war die Wohnung immer herrlich ruhig. Die Stille wurde nur vom gelegentlichen Zischen eines Tropfens unterbrochen, der aus dem Teekessel entwich und in die niedrigen Flammen der Gasherdplatte fiel. Später fragte sich Nina, warum sie an diesem Morgen keinen Aufruhr gehört hatte. Keine Schreie oder Sirenen oder laut dröhnende Fernsehapparate, nichts, was sie auf das Chaos aufmerksam gemacht hätte, das sich bereits um sie herum ausbreitete. Hätte Nina nicht ihr Handy eingeschaltet, hätte sie vielleicht noch ein wenig länger in der Stille verharren, die Zeit genießen können.

Doch sie setzte sich auf die Couch und blickte auf ihr Handy, so wie jeden Morgen, rechnete mit ein paar E-Mails und wollte durch verschiedene Newsletter scrollen, bis Mauras Wecker klingelte und sie sich zwischen Eiern und Haferbrei entscheiden mussten. Es gehörte zu Ninas Arbeit als Redakteurin, das Tagesgeschehen zu verfolgen, doch mit den Jahren waren es immer mehr Apps und Nachrichtenkanäle geworden, und manchmal überwältigte sie der Gedanke, dass sie ihr ganzes Leben mit Lesen zubringen und doch nie alles bewältigen könnte.

An diesem Morgen kam sie nicht einmal dazu, mit ihrer Lektüre zu beginnen. Sobald sie das Handy entsperrte, wusste sie, dass etwas nicht in Ordnung war. Sie sah drei verpasste Anrufe von Freunden und diverse Textnachrichten, die meisten von ihren Kolleginnen und Kollegen in ihrer Chatgruppe.

WAS ZUR HÖLLE IST DA LOS?

Haben alle eine bekommen?

Sie sind ÜBERALL! Auf der ganzen WELT! Verdammte SCHEISSE!

Ist die Inschrift echt?

Macht sie NICHT auf, bevor wir mehr wissen.

Aber es liegt nur ein Faden darin, stimmt's???

Ninas Brust verkrampfte sich, ihr Kopf kribbelte vor Schwindel, als sie versuchte, daraus schlau zu werden.

Sie rief Twitter auf, dann Facebook, und überall sah sie Fragezeichen und in Großbuchstaben geschriebene Panik. Und Fotos. Hunderte User hatten Fotos von kleinen braunen Kästchen vor ihren Haustüren gepostet. Nicht nur hier in New York. Sondern überall auf der ganzen Welt.

Auf ein paar Bildern konnte Nina die Inschrift erkennen. *Das Innere birgt das Maß deines Lebens.* Was zum Teufel sollte das heißen?

Ihr Herz schlug beängstigend schnell, im Takt mit den drängenden Fragen in ihrem Kopf. Die meisten Internetuser, konfrontiert mit derselben mystischen Botschaft auf ihren Boxen, waren schnell zu einem einzigen, erschreckenden Schluss gekommen: Was auch immer die Box enthielt, wusste angeblich, wie lange der Empfänger noch zu leben hatte. Die Zeit auf Erden, die einem von welcher Macht auch immer zugestanden worden war.

Nina wollte gerade nach Maura rufen und sie aufwecken, als ihr klar wurde, dass *sie* ja auch Boxen erhalten haben mussten.

Mit zitternden Händen warf sie das Handy aufs Sofa und stand auf. Etwas unsicher auf den Beinen ging sie zur Wohnungstür, holte tief Luft und spähte durch den Türspion, sah dabei jedoch nicht bis zum Boden. Langsam schloss sie die beiden Schlösser auf und öffnete zaghaft die Tür, als ob ein Fremder auf der anderen Seite um Einlass bitten würde.

Da waren die Boxen.

Sie standen auf dem Fußabstreifer mit dem Bob-Dylan-Zitat, den Maura unbedingt hatte mitbringen wollen, als sie bei Nina eingezogen war. *Be groovy or leave, man* – Sei cool, Mann, oder geh wieder. Nina wäre wahrscheinlich ein neutralerer Fußabstreifer lieber gewesen, doch das Zitat brachte Maura zum Lächeln, und nach einigen Wochen hatte Nina sich daran gewöhnt und mochte es mittlerweile auch sehr.

Zwei kleine Kästchen, offenbar aus Holz, standen auf dem Fußabstreifer und verdeckten einen Großteil der kursiven blauen Schrift. Eine für Maura, eine für sie selbst.

Eine gleich aussehende Box stand vor der Tür ihres Nachbarn in der Wohnung 3B, einem älteren Witwer, der nur einmal am Tag das Haus verließ, um seinen Müll wegzubringen. Nina fragte sich, ob sie Bescheid geben sollte. Doch was sollte sie ihm sagen?

Sie starrte immer noch die Boxen zu ihren Füßen an, zu nervös, um sie zu berühren, aber auch zu schockiert, um sich zu bewegen, als das Pfeifen des Wasserkessels sie aus ihrer Betäubung riss und sie daran erinnerte, dass Maura noch keine Ahnung hatte.

BEN

Auch Ben schlief noch, als die Boxen eintrafen, nur war er nicht zu Hause.

Er verlagerte auf dem engen Sitz in der Economyclass sein Gewicht, die Augen fest geschlossen, um das grelle Laptopdisplay seines Sitznachbarn auszublenden, während zehntausend Meter unter ihm Millionen von Boxen das Land wie Nebelschwaden überzogen.

Die Architektenkonferenz, die Ben in San Francisco besucht hatte, war nach drei Tagen am frühen Abend zu Ende gegangen, und er saß schon im Nachtflug nach New York, als die Boxen in der Bay eingetroffen waren. Das Flugzeug hatte vor Mitternacht im Westen abgehoben und würde direkt nach Sonnenaufgang im Osten landen, und weder Crew noch Passagiere wussten, was sich in den dunklen Stunden dazwischen zugetragen hatte.

Doch als das Anschnallzeichen erlosch und alle Reisenden ihre Handys wieder einschalteten, wussten sie es sofort.

Im Flughafen drängten sich die Menschen vor den großen Flachbildschirmen, auf denen jeder Nachrichtensender einen anderen Aufmacher brachte.

MYSTERIÖSE BOXEN TAUCHEN ÜBERALL AUF DER WELT AUF.

WOHER STAMMEN SIE?

ANGEBLICH SAGEN DIE BOXEN DIE ZUKUNFT VORAUS.

WAS BEDEUTET IHR PERSÖNLICHER FADEN WIRKLICH?

Alle ankommenden Flüge waren verspätet.

Neben Ben versuchte ein Vater, seine drei Kinder zu beruhigen, während er gleichzeitig angespannt in sein Handy sprach. »Wir sind gerade erst angekommen!«, sagte er. »Was sollen wir denn tun? Zurückfliegen?«

Eine Geschäftsfrau, die auf ihr iPad starrte, informierte ihre Mitpassagiere über die neuesten Entwicklungen. »Offenbar haben nur Erwachsene Boxen erhalten«, verkündete sie laut und an niemand Bestimmten gewandt. »Bisher hat kein Kind eine bekommen.«

Doch die meisten riefen dieselbe Frage in ihre Telefone: »Habe *ich* auch eine bekommen?«

Ben sah immer noch mit nach dem unruhigen Schlaf im Flugzeug müden und trockenen Augen zu den Flachbildschirmen empor. Fliegen kam ihm immer so vor, als würde er der Zeit ausweichen. Als wären die Stunden im Flugzeug vom normalen Leben unter ihnen ausgenommen. Doch noch niemals zuvor hatte er so deutlich eine Welt verlassen und war in eine andere zurückgekehrt.

Während er rasch Richtung AirTrain lief, um damit zur U-Bahn zu fahren, rief er seine Freundin Claire an, doch sie meldete sich nicht. Dann wählte er die Nummer seiner Eltern.

»Alles in Ordnung, es geht uns gut«, versicherte ihm seine Mutter. »Mach dir keine Sorgen um uns, komm einfach heil zurück.«

»Aber ... habt ihr welche bekommen?«, fragte Ben.

»Ja«, flüsterte seine Mutter, als ob jemand zuhören würde. »Dein Vater hat sie erst einmal in den Schrank in der Diele gestellt.« Sie schwieg einen Moment. »Wir haben sie noch nicht geöffnet.«

Auf der Fahrt in die Stadt war die U-Bahn auffallend leer, vor allem für die morgendliche Rushhour. Nur fünf Passagiere saßen im Waggon verteilt, inklusive Ben, der seinen kleinen Rollkoffer zwischen den Füßen abgestellt hatte. Fuhr denn heute niemand in die Arbeit?

Wahrscheinlich war es eine Sicherheitsmaßnahme, dachte er. Wenn eine Katastrophe über die Stadt hereinbrechen könnte, mieden nervöse New Yorker die U-Bahn. Fast überall war es besser, als möglicherweise in einem vollen, stickigen Zug unter der Erde eingesperrt zu sein.

Die anderen Passagiere saßen weit auseinander und starrten schweigend auf ihre Handys.

»Es sind doch nur kleine Schachteln«, sagte ein Mann, der zusammengesunken in einer Ecke saß. Auf Ben wirkte er, als wäre er high. »Die Leute sollen nicht so einen Stress machen!«

Der Fahrgast, der ihm am nächsten saß, wandte sich ab.

Dann stimmte der Mann ein Lied an und dirigierte dabei mit den Händen ein unsichtbares Orchester.

> *»Little boxes, little boxes, little boxes made of ticky tacky ...«*

Erst da, beim Klang der heiseren Stimme des Mannes, dem unheimlichen Lied, bekam Ben wirklich Angst.

Panisch stieg er an der nächsten Station, der Grand Central Station, aus und eilte die Treppe hinauf an die

Oberfläche, wo er dankbar in die Menschenmenge eintauchte. Die Bahnhofshalle war voller Menschen, die auf dem Weg zu den Regionalzügen waren. Wohin wollten sie denn alle?, wunderte sich Ben. Glaubten sie wirklich, dass die Erklärung für die rätselhaften Boxen irgendwo außerhalb der Stadt zu finden war?

Vielleicht flüchteten sie sich aber auch nur zu ihren Familien.

Ben blieb am Zugang zu einem leeren Gleis stehen und versuchte, einen klaren Gedanken zu fassen. Etwa ein Viertel der Menschen, die an ihm vorbeieilten, trug braune Kästchen unter den Armen, und wahrscheinlich waren noch mehr in Rucksäcken und Taschen verborgen. Ben war zu seiner eigenen Überraschung erleichtert, dass er bei der Ankunft der Boxen nicht schnarchend und unwissend zu Hause im Bett gelegen hatte, von dem ungebetenen Behältnis nur durch eine schändlich dünne Wand getrennt. So kam es ihm wie ein geringerer Übergriff vor.

An einem normalen Tag würden Horden von Touristen den Bahnhof bevölkern, sich Audioguides ans Ohr halten und nach oben zu der berühmten Sternbilddecke starren. Heute blieb jedoch niemand stehen, niemand sah nach oben.

In seiner Kindheit hatte seine Mutter ihm die verblassten goldenen Sternbilder über ihren Köpfen der Reihe nach erklärt. Hatte sie ihm damals erzählt, dass man die Sternbilder absichtlich spiegelverkehrt aufgemalt hatte? Dass sie aus der Perspektive des Göttlichen gesehen werden sollten, nicht der Menschen. Auf Ben wirkte das immer wie eine nachträglich erfundene Begründung, eine nette Geschichte, um irgendjemandes Fehler zu vertuschen.

»Das Innere birgt das Maß deines Lebens«, sprach ein Mann sichtlich frustriert in sein Headset. »Niemand weiß, was das heißen soll! Woher zum Teufel soll ich es dann wissen?«

Das Innere birgt das Maß deines Lebens. Ben hatte genug von den Menschen am Flughafen und bei der Fahrt mit der U-Bahn aufgeschnappt, um zu verstehen, dass dieser Satz auf den Boxen stand. Das Rätsel war erst wenige Stunden alt, doch manche Menschen folgerten bereits aus der Botschaft, dass der in den Boxen liegende Faden die Länge des eigenen Lebens vorhersagte.

Aber wie war das möglich?, dachte Ben. Das würde ja bedeuten, dass sich die Welt gedreht hätte, wie die Hallendecke über ihm, und die Menschen jetzt alles aus Gottes Perspektive sähen.

Ben lehnte sich leicht benommen an die kühle Mauer hinter ihm. Da fiel ihm die Turbulenz während seines Flugs ein, die ihn aus dem Schlaf gerissen hatte. Das Flugzeug hatte heftig gebebt, fast wäre das Getränk seines Sitznachbarn übergeschwappt. Als hätte irgendetwas kurz die Atmosphäre erschüttert.

Später wurde Ben klar, dass die Boxen nicht alle auf einmal aufgetaucht waren, sondern wenn an einem Ort gerade die Nacht hereingebrochen war. Doch als er jetzt in der Bahnhofshalle stand, die Erinnerungen an den vergangenen Abend noch verschwommen, fragte er sich, ob diese Verschiebung in der Luft die Ankunft der Boxen auf der Erde bedeutet hatte.

NINA

Nina wollte die Box nicht öffnen.

Jeden Tag las sie die Nachrichten, wie sie es schon immer getan hatte. Sie wühlte sich durch Twitter auf der Suche nach Neuigkeiten, redete sich ein, ganz normal zu arbeiten. Doch sie suchte nicht nur nach Storys.

Sie suchte nach Antworten.

Die Theorien im Internet zu der unerklärlichen Herkunft der Fäden reichten von einem göttlichen Boten über eine geheime Regierungsorganisation bis hin zu einer Invasion von Außerirdischen. Einige der größten Skeptiker wandten sich dem Spirituellen oder dem Übernatürlichen zu, um das plötzliche Auftauchen der Boxen, die gerade mal fünfzehn Zentimeter breit und sieben Zentimeter lang waren, vor allen Haustüren der Welt zu rechtfertigen. Selbst Obdachlose, die ihre Zelte auf den Straßen aufschlugen, selbst Nomaden und Anhalter, alle waren an jenem Morgen aufgewacht und von ihrer Box erwartet worden, wo sie am Abend zuvor ihr Haupt gebettet hatten.

Doch nur wenige Leute konnten anfangs die Überzeugung eingestehen, dass die Fäden *tatsächlich* die Länge des eigenen Lebens abbilden könnten. Die Vorstellung einer übergeordneten Existenz mit solch unnatürlicher Allwissenheit war zu beängstigend, und selbst diejenigen, die an einen allwissenden Gott glaubten, rangen mit dem Verständnis, warum Er sich nach Tausenden von Jahren plötzlich so fundamental anders verhalten sollte.

Während immer neue Boxen auftauchten.

Nachdem in der ersten Welle alle Erwachsenen von zweiundzwanzig Jahren an aufwärts ihr Exemplar bekommen hatten, brachte jeder Sonnenaufgang eine Box und einen Faden für jeden Menschen mit sich, der an diesem Tag zweiundzwanzig wurde, ein neuartiger Übertritt ins Erwachsensein.

Ende März wurden die ersten Storys bekannt, die sich rasch verbreiteten. Sobald sich die Vorhersage eines Fadens erfüllte, wurde breit darüber berichtet, vor allem wenn Menschen mit kürzeren Fäden unerwartet starben. Trauernde Familien, deren völlig gesunde junge Angehörige in ihren Zwanzigern bei tragischen Unfällen ums Leben gekommen waren, traten in Talkshows auf, im Radio wurden Interviews mit Krankenhauspatienten gesendet, die alle Hoffnung verloren hatten, bevor sie ihre Boxen mit langen Fäden erhielten und plötzlich Kandidaten für neue klinische Studien und Behandlungen waren.

Doch niemand konnte konkrete Beweise dafür finden, dass diese Fäden etwas anderes als ganz gewöhnlicher Bindfaden waren.

Trotz der hartnäckigen Gerüchte und der sich häufenden Erfahrungsberichte weigerte sich Nina immer noch, einen Blick auf ihren Faden zu werfen. Sie fand, sie und Maura sollten erst in ihre Boxen sehen, wenn sie mehr darüber wussten. Sie wollte sie nicht einmal in der Wohnung haben.

Doch Maura war abenteuerlustiger und impulsiver als Nina.

»Komm schon«, stöhnte sie. »Hast du Angst, dass sie zu brennen anfangen? Oder explodieren?«

»Ich weiß, dass du dich lustig über mich machst, aber es weiß einfach niemand, *was* genau passieren könnte«, erwiderte Nina. »Was, wenn das so etwas wie die Anthrax-Briefe ist, nur im richtig großen Stil?«

»Ich wüsste nicht, dass jemand beim Öffnen krank geworden wäre«, sagte Maura.

»Vielleicht können wir sie erst mal auf der Feuertreppe stehen lassen?«

»Dann könnte sie jemand stehlen!«, wandte Maura ein. »Und die Tauben scheißen darauf.«

Sie einigten sich darauf, die Boxen erst einmal unter dem Bett zu verstauen und abzuwarten, bis sie mehr darüber wussten.

Doch gerade das Warten machte Maura wahnsinnig.

»Was, wenn es wahr ist?«, fragte sie Nina. »Das ganze ›das Maß deines Lebens‹-Ding?«

»Es *kann* einfach nicht wahr sein«, beharrte Nina. »Es gibt keine wissenschaftliche Erklärung dafür, dass ein Stück Bindfaden die Zukunft kennen kann.«

Maura sah sie ernst an. »Aber gibt es nicht Dinge auf dieser Welt, die weder Fakten noch die Wissenschaft erklären können?«

Nina wusste nicht, was sie darauf erwidern sollte.

»Und was ist, wenn dieses Kästchen wirklich vorhersagen kann, wie lange du noch zu leben hast? Mein Gott, wirst du nicht *irre* vor Neugier?«

»Doch«, gab Nina zu, »aber nur weil man neugierig ist, muss man ja nicht gleich alles überstürzen. Entweder ist das Ganze *nicht* wahr, dann lohnt es sich auch nicht, deshalb auszuflippen, oder es *ist* wahr, und dann müssen wir uns absolut sicher sein, was wir tun wollen. Die Boxen können auch sehr viel Schmerz mit sich bringen.«

Als Nina bei der Redaktionskonferenz mit den anderen Redakteuren und ein paar Reporterinnen die nächste Ausgabe diskutierte, sprach der leitende politische Korrespondent aus, was alle dachten. »Ich glaube, wir müssen noch mal ganz von vorn anfangen.«

Ursprünglich hatte man eine Reihe von Interviews mit den neuen Präsidentschaftskandidaten und -kandidatinnen geplant gehabt, nachdem die meisten ihre Kandidaturen im Winter bekannt gegeben hatten. Doch die Ereignisse im März hatten den Wahlkampf, der plötzlich Lichtjahre entfernt schien, in den Schatten gestellt.

»Wir müssen einfach die Fäden nehmen, oder?«, fragte der Korrespondent. »Darüber reden alle, weshalb das auch unsere Titelstory werden muss. Die Wahl ist erst in anderthalb Jahren. Wer weiß denn schon, wie die Welt dann aussehen wird?«

»Da stimme ich zu, aber wenn wir keine belegbaren Fakten haben, dann verbreiten wir vielleicht nur weitere Gerüchte«, wandte Nina ein.

»Oder tragen zur Panikmache bei«, sagte ein anderer Kollege.

»Aber es *haben* doch schon alle Angst«, warf eine Reporterin ein. »Manche haben die Aufnahmen ihrer Überwachungskamera aus der Nacht, in der die Boxen aufgetaucht sind, überprüft, doch auf den Aufnahmen war nichts zu erkennen. Das Bild wurde immer vorübergehend dunkel und verschwommen, und dann stand die Box schon da. Total verrückt.«

»Und es hat immer noch niemand, der unter zweiundzwanzig ist, eine Box erhalten, richtig? Ich habe noch von keinem jüngeren Alter gehört.«

»Ich auch nicht. Ich finde es ein bisschen unfair, dass die Kinder nur von dem Wissen um ihren Todeszeitpunkt ausgenommen sind, nicht vom Tod an sich.«

»Wir wissen doch aber immer noch nicht *sicher,* dass die Fäden den Todeszeitpunkt vorhersagen.«

»Zumindest tappen wir genauso im Dunkeln wie alle anderen auch.« Der Korrespondent hob geschlagen die Hände. »Am einfachsten wäre wahrscheinlich ein Artikel, für den wir ein paar Leute fragen, wie sie damit umgehen. Ob sie Bunker für den Weltuntergang bauen oder einfach alles ignorieren.«

»Ich habe von Paaren gelesen, die sich wegen unterschiedlicher Ansichten zu den Fäden getrennt haben.«

»Wir sind ein Nachrichtenmagazin, kein Klatschblatt. Und ich glaube, die meisten Menschen sind gerade mit sich selbst beschäftigt, da müssen sie nicht auch noch die Dramen anderer Menschen lesen«, sagte Nina. »Sie wollen Antworten.«

»Wir können keine Antworten liefern, wenn es keine gibt.« Deborah Caine, die Chefredakteurin, sprach so ruhig und bestimmt wie immer. »Aber die Menschen verdienen es zu erfahren, was ihre *politischen Führungskräfte* unternehmen wollen, und das können wir ihnen tatsächlich sagen.«

Natürlich hatten sich die Regierungsstellen auf allen Ebenen und in jedem Land nach der Ankunft der ersten Boxen einem Ansturm panischer Anrufe ausgesetzt gesehen.

Ein Kader von Führungskräften der amerikanischen Notenbank und des Internationalen Währungsfonds war wenige Tage nach dem Eintreffen der Boxen mit den mächtigsten Banken und multinationalen Konzernen der Welt zusammengekommen, um die Weltwirtschaft zu stützen. Man hoffte, mit den bewährten Maßnahmen – Zinssenkungen, Steuernachlässe, vergünstigte Kredite für Banken – jegliche Instabilität abwehren zu können, die eine hochgradig unbekannte Bedrohung auslösen könnte.

Die Politiker, konfrontiert mit immer mehr Fragen, wandten sich auf der Suche nach Antworten an die Wissenschaftler. Und nachdem die Boxen auf der ganzen Welt aufgetaucht waren, wandten sich die Wissenschaftler Rat suchend aneinander.

Auf jedem Kontinent wurden Fäden in Krankenhäusern und an Universitäten chemisch analysiert, ebenso wie die Boxen, die auf den ersten Blick aus Mahagoni zu bestehen schienen. Doch in den Materialdatenbanken der Laboratorien ließ sich keine Übereinstimmung finden. Und auch wenn die Fäden bekannten Fasern ähnelten, waren sie überraschend widerstandsfähig und ließen sich nicht einmal mit den schärfsten Werkzeugen durchtrennen.

Aus Frustration über die ergebnislose Suche baten die Labore um Freiwillige mit Fäden von unterschiedlicher Länge, damit diese vergleichenden medizinischen Tests unterzogen werden konnten. Ab *diesem* Zeitpunkt machten die Wissenschaftler sich allmählich Sorgen. In manchen Fällen fand man keinen erkennbaren Unterschied in der Gesundheit der »Kurzfaden« und der »Langfaden«, wie man sie schon bald nannte. Dann wieder zeigten die Tests an vielen Menschen mit kurzen Fäden schreckliche Ergebnisse: bisher unentdeckte Tumoren, Herzleiden und andere Krankheiten. Auch wenn ähnliche medizinische Probleme bei Probanden mit langen Fäden auftauchten, war der Unterschied besorgniserregend eindeutig: Diejenigen mit langen Fäden litten an heilbaren Erkrankungen, diejenigen mit kurzen Fäden an unheilbaren.

Wie umfallende Dominosteine bestätigte ein Labor nach dem anderen weltweit diese Erkenntnisse.

Die Langfaden würden noch eine ganze Weile leben, die Kurzfaden bald sterben.

Während die Politikerinnen und Politiker die Bevölkerungen beschworen, Ruhe zu bewahren und ihrem normalen Alltag nachzugehen, stellte sich die internationale Forschergemeinschaft als Erste dieser neuen Realität. Und egal, wie viele Verschwiegenheitserklärungen unterschrieben wurden, etwas derart Gewaltiges konnte nicht geheim gehalten werden. Nach einem Monat sickerte die Wahrheit allmählich durch die Risse in den Laborwänden, und aus den kleinen Tropfen an Wissen wurden schließlich ganze Becken voll.

Nach einem Monat fingen die Menschen allmählich an, es zu glauben.

BEN

Du denkst also ernsthaft, dass diese Fäden so eine Art Lebenslinie sind? Dass sie uns sagen, wie lange wir zu leben haben?«, fragte die Frau mit hochgezogenen Augenbrauen. »Findest du nicht, dass das ganz schön verrückt klingt?«

Ben saß in einem Coffeeshop in einer Ecke, in die Blaupausen des aktuellen Projekts seiner Firma vertieft, einem protzigen neuen Science Center an einer Universität im Norden des Bundesstaates. Im Februar hatte Ben ununterbrochen an das Projekt gedacht und sich die Studierenden vorgestellt, die eines Tages in den Unterrichtsräumen und Laboren lernen und arbeiten würden, an deren Design er mitgewirkt hatte. Vielleicht würden sie sogar eine die Welt verändernde Entdeckung in genau diesem Gebäude machen, dessen ersten Entwurf er in seinem Moleskine-Notizbuch skizziert hatte.

Doch im März hatte sich die Welt tatsächlich verändert. Und jetzt konnte sich Ben kaum auf die Baupläne vor sich konzentrieren. Als er die Fragen der Frau an einem Nebentisch hörte, musste er einfach lauschen.

Die Frau war offensichtlich eine beharrliche Leugnerin, wie so viele am Anfang.

Doch die wurden von Woche zu Woche immer weniger.

»Ich weiß nicht«, sagte ihr Begleiter weniger überzeugt. »Allein schon die Tatsache, dass sie einfach aus heiterem Himmel überall auf der Welt auftauchen konnten, muss doch ... auf Magie hindeuten.« Er schüttelte den Kopf, konnte vielleicht nicht fassen, dass sie dieses Gespräch überhaupt führten.

»Es muss einfach eine andere Erklärung geben. Eine *realistische*«, erwiderte die Frau.

»Manche reden wohl immer noch von wild gewordenen Hackern, die vorher ein paar ziemlich große Dinger abgezogen haben«, meinte der Mann unsicher. »Aber ich kann mir nicht vorstellen, dass ein Haufen Nerds ausreicht, um so etwas auf die Beine zu stellen.«

Tatsächlich lautete eines der populärsten ersten Gerüchte, dass ein internationales Netzwerk genialer Köpfe, die darauf aus waren, Chaos zu verbreiten, sich einen Scherz von überwältigenden Ausmaßen erlaubt hatte. Ben war klar, warum diese Theorie so verlockend klang: Wenn alles nur ein Scherz war, wäre niemand gezwungen, die Existenz von Gott oder Geistern und Zauberei anzuerkennen – oder an eine der noch gewagteren Theorien zu glauben, die momentan im Umlauf waren. Vor allem wäre auch niemand gezwungen, sich dem Schicksal zu stellen, das scheinbar von einem Stück Faden in einer komischen Box vorgegeben wurde.

Doch für einen von Menschen erdachten Streich war das alles zu groß angelegt, dachte Ben. Es schien auch niemand von den Boxen zu profitieren, die auf den ersten Blick keinem anderen Zweck dienten, als die Welt in Angst und Verwirrung zu versetzen.

»Für dich ist es also okay, das alles für *Zauberei* zu halten, für Magie?«, fragte die Frau.

Ben fand es seltsam, dass jemand die Fäden als »Zauberei« bezeichnete. Zaubern war für ihn die paar Karten- und Münzentricks, die sein Großvater ihm bei

Familienurlauben am Meer in Cape May beigebracht hatte. Zauberei war gleichbedeutend mit Fingerfertigkeit, mit »nimm irgendeine Karte aus dem Stapel«. Der Trick sah zwar faszinierend aus, ließ sich jedoch immer erklären.

Die Fäden waren keine Zauberei.

»Dann steckt vielleicht Gott dahinter.« Der Mann zuckte mit den Schultern. »Oder viele Götter. Die alten Griechen glaubten doch an Schicksalsgöttinnen, oder?«

»Sie haben auch Ungläubige getötet«, erwiderte die Frau.

»Das heißt doch aber nicht, dass sie unrecht hatten! Haben sie nicht Algebra erfunden? Und die Demokratie?«

Die Frau verdrehte die Augen.

»Also gut, und wie erklärst du dir sonst die ganzen Berichte von den Kurzfaden, die gestorben sind?«, fragte der Mann. »Der Brand in Brooklyn? Alle drei Männer hatten kurze Fäden.«

»Wenn deine Stichprobengröße die ganze Welt umfasst, dann wirst du für *jede* Theorie entsprechende Belege finden«, sagte die Frau.

Ben überlegte, ob die beiden ihr erstes Date hatten. Falls ja, lief es nicht besonders gut.

Er dachte an sein letztes erstes Date zurück, das fast zwei Jahre zurücklag. Er hatte sich mit Claire in einem Café getroffen, ganz ähnlich diesem hier. Wie nervös er gewesen war. Doch die weichen Knie von früher erschienen ihm plötzlich so trivial, die Angst, eine Kaffeetasse umzustoßen oder Spinat zwischen den Zähnen zu haben. Jetzt fragte man sich, wie schnell das Gespräch wohl auf die Fäden kommen würde, ob man die gleiche

Theorie vertrat und wann man die heikle Frage stellen würde, die sich niemand verkneifen konnte.

»Hast du dir deinen angesehen?«

Der Mann hatte die Stimme zu einem Flüstern gesenkt.

»Ja, doch, aber das heißt nicht, dass ich daran glaube.« Die Frau lehnte sich zurück und verschränkte die Arme.

Der Mann zögerte. »Darf ich fragen, wie er war?«

Zu direkt für ein erstes Date, dachte Ben. Vielleicht das vierte oder fünfte.

»Ziemlich lang, schätze ich. Aber wie gesagt, das hat nichts zu bedeuten.«

»Ich habe meine Box noch nicht geöffnet. Mein Bruder überlegt noch, ob er es tun soll, und es wäre mir recht, wenn wir es gemeinsam machen«, sagte der Mann. »Außer ihm habe ich keine Familie, und ich weiß nicht, was ich tun soll, wenn unsere Fäden unterschiedlich lang sind.«

Seine Verletzlichkeit berührte die Frau, ihr Gesichtsausdruck wurde weicher. Sie beugte sich vor und berührte sanft seinen Arm. »Sie sind nicht echt«, sagte sie. »Lass noch ein bisschen Zeit vergehen, dann wirst du es sehen.«

Ben versuchte, sich auf die Baupläne vor ihm zu konzentrieren, konnte aber nur an seine eigene Box denken und den kurzen Faden, der darin auf ihn gewartet hatte.

Vielleicht hatte die Frau recht, dachte er, und sein kurzer Faden bedeutete nicht automatisch ein kurzes Leben. Er betete, dass sie recht hatte.

Sein Bauchgefühl sagte ihm allerdings, dass sie falschlag.

NINA

Im April erhielt Deborah Caine als Erste in der Redaktion eine offizielle Bestätigung. Sie versammelte ein paar ausgewählte Redakteure im Besprechungsraum und erzählte ihnen, was ihre Quelle im Gesundheitsministerium ihr gerade mitgeteilt hatte.

»Sie sind echt«, begann sie langsam. »Wir wissen nicht, wieso und weshalb, aber die Länge des Fadens scheint tatsächlich der Lebenserwartung zu entsprechen.«

Alle Anwesenden saßen wie erstarrt da, bis ein Mann aufstand und aufgebracht auf und ab ging. »Das ist verdammt noch mal unmöglich«, sagte er und drehte sich von Deborah weg, damit er ihre Reaktion nicht sehen konnte.

Nina fühlte sich wie betäubt, doch ihre Stimme klang überraschend gelassen. »Und die sind sich da ganz sicher?«, fragte sie.

»Verschiedene internationale Arbeitsgruppen sind alle zu demselben Ergebnis gekommen«, meinte Deborah. »Ich weiß, das wird einschlagen wie ... eine Bombe, was fast schon zu normal klingt. Mir ist klar, dass diese Erkenntnis für viele von uns lebensverändernd sein könnte. Der Präsident soll es morgen bekannt geben, und ich glaube, der UN-Sicherheitsrat plant auch etwas, aber ich wollte es euch sofort mitteilen.«

Allmählich erwachte Nina wieder zum Leben. Sie kratzte an dem hellrosa Lack auf ihrem linken Daumennagel und war den Tränen nahe. Sie hoffte, sie schaffte es noch rechtzeitig auf die Toilette, bevor sie zu weinen begann.

Der Mann, der hinter Nina auf und ab gelaufen war, blieb stehen und sah Deborah an. »Was sollen wir jetzt tun?«

»Wegen der Ausgabe diesen Monat?«, fragte Deborah.

»Wegen allem.«

Nach der Besprechung schloss sich Nina auf der Toilette in einer Kabine ein und brach an die geflieste Wand gelehnt in verzweifeltes Schluchzen aus, als ihre Gefühle sie überwältigten.

Sie sah es immer noch lebhaft vor sich. Den Moment, als sie und Maura endlich gemeinsam ihre Boxen geöffnet hatten. Erst eine Woche war seither vergangen.

Maura hatte schließlich trotz Ninas Weigerung nicht länger widerstehen können. Bemerkenswert ruhig und gelassen hatte sie zu Nina gesagt: »Ich will meine Box aufmachen.«

Nina wusste, dass ihre Freundin fest entschlossen war. Sie konnten beide gleich starrköpfig sein. Doch hier ging es nicht um so etwas Simples wie eine neue Couch, und hier gab es auch keinen Kompromiss. Entweder sahen sie hinein oder nicht. Dazwischen gab es nichts.

Nina hatte Angst davor, ihre Box zu öffnen, doch etwas anderes machte ihr noch mehr Angst, nämlich die Aussicht, sie ganz allein zu öffnen. Nina war das älteste Kind in ihrer Familie, die große, oft überbehütende Schwester. Dasselbe Bedürfnis, alle um sich herum zu schützen und für sie zu sorgen, erstreckte sich auch auf Maura. Nina konnte ihre Partnerin nicht allein ihre Box öffnen lassen.

»Wir machen es gemeinsam«, sagte sie.

»Nein, darum bitte ich dich überhaupt nicht.« Maura schüttelte den Kopf. »Das musst du nicht für mich tun.«

»Ich weiß«, antwortete Nina. »Aber ich kann nicht länger dagegen ankämpfen, dass nach und nach alle hineinschauen werden. Und ich mache das lieber mit dir zusammen.«

Die beiden Frauen setzten sich also im Schneidersitz auf den Wohnzimmerteppich und klappten vorsichtig die Deckel ihrer Boxen auf. Dann schlugen sie das papierdünne, glänzende Stück Stoff zurück.

Zu diesem Zeitpunkt konnten sie die genaue Bedeutung der Fadenlängen noch nicht erfassen, doch sie nahmen die Fäden mit den Fingerspitzen heraus und hielten sie nebeneinander. Etwas fiel ihnen sofort und unmissverständlich ins Auge: Mauras Faden war kaum halb so lang wie Ninas.

Erst kürzlich hatten sie ihren zweiten Jahrestag gefeiert und waren zusammengezogen. Auch wenn sie nicht direkt von Hochzeit und Ehe gesprochen hatten, hatte Nina gesehen, wie Maura an ihrem Jahrestag vor dem feierlichen Abendessen einen heimlichen Blick in ihre Kommodenschubladen geworfen hatte. Sie wussten beide, dass Nina Überraschungen hasste und gern alles im Voraus plante, weshalb beide wahrscheinlich unterbewusst davon ausgingen, dass Nina diejenige sein würde, die einen Heiratsantrag machte.

Wie bei den meisten Verliebten hatte Nina das Gefühl, Maura schon viel länger als zwei Jahre zu kennen, doch ihr gemeinsames Leben begann gerade erst.

Und jetzt wusste Nina es ganz sicher. Das Leben der Frau, die sie liebte, würde vorzeitig beendet sein.

In der engen Toilettenkabine im Büro konnte Nina nicht einmal die Freude und die Erleichterung über ihren eigenen langen Faden genießen, das Wissen, dass ihr noch ein ganzes Leben bevorstand. Sie konnte ihren Faden nicht feiern, ohne gleichzeitig Mauras zu betrauern.

Ninas Brustkorb hob und senkte sich schnell, sie atmete flach und panisch. Mauras Faden hatte zwar kurz *ausgesehen*, aber was hatte das tatsächlich zu bedeuten? Wie viel Zeit blieb ihnen noch? Die ursprüngliche Frage, die die Welt in Atem gehalten hatte, war beantwortet: Die Fäden waren echt. Doch so viele Fragen waren nach wie vor offen.

Als jemand in die benachbarte Kabine ging, legte Nina eine Hand über den Mund und versuchte, ihr Schluchzen zu unterdrücken. Sie wusste, dass niemand ihr vorwerfen würde, von ihren Gefühlen überwältigt worden zu sein, doch ihre Emotionen so öffentlich zu zeigen, war ihr peinlich – als ob noch alles wie früher wäre und die Welt sich nicht fundamental geändert hätte.

Am Abend würde sie es Maura erzählen müssen. Ihre Freundin würde die Wahrheit von jemandem erfahren, der sie liebte, nicht von irgendeinem Nachrichtensprecher.

Nina würde alles zurücknehmen müssen, was sie zu Maura an jenem Abend gesagt hatte, als sie ihre Boxen geöffnet hatten. Alle Behauptungen – die sie tatsächlich *geglaubt* hatte –, dass die Fäden Fälschungen seien.

»Sie bedeuten bestimmt nichts«, hatte Nina so ruhig wie möglich gesagt. »Das ist doch nur ein Stück Bindfaden.«

»Alle anderen sehen das aber nicht so«, hatte Maura geflüstert.

»Und was wissen die schon? Wir leben nicht in irgendeiner verrückten Welt, in der magische Kästchen die Zukunft vorhersagen«, hatte Nina geantwortet. »Wir leben in der *echten* Welt. Und diese Fäden sind *nicht* echt.«

Doch Ninas Argumente hatten die unsichtbare Spannung, die sich seither zwischen ihnen aufgebaut hatte, nicht vertreiben können. Sie lastete abends auf ihnen, wenn sie ins Bett gingen, und morgens, wenn sie aufwachten. Seit Mitte März hatten sie nicht mehr miteinander geschlafen, und nahezu alle täglichen Interaktionen waren von stiller Angst behaftet gewesen.

Als ob sie beide die ganze Zeit gewusst hätten, dass etwas Schreckliches geschehen würde.

Sobald die andere Frau die Toilette verlassen hatte, kam Nina aus der Kabine und feuchtete ein Papierhandtuch mit Wasser an. Auf kraftlosen Beinen wischte sie sich damit über Gesicht und Nacken und versuchte, ruhiger zu atmen, um nicht ohnmächtig zu werden.

Nachdem sie Maura die Wahrheit gesagt hatte, würde sie es auch ihrer Familie erzählen müssen.

Sie würde ihre Eltern anrufen müssen, die immer noch im selben Vorort von Boston lebten, in dem Nina und ihre Schwester auf die Welt gekommen waren. Nahe genug, um Feiertage gemeinsam zu verbringen, weit genug entfernt, um das Bedürfnis ihrer Töchter nach Unabhängigkeit zu befriedigen. Und natürlich würde sie es Amie sagen müssen.

Ninas jüngere Schwester hatte sich bisher entschieden geweigert, ihre Box zu öffnen, und vertrat ihren Entschluss vehement, sobald die Sprache darauf kam.

Würde sie ihre Meinung ändern, jetzt, nachdem sich die Fäden eindeutig als echt erwiesen hatten?

Nina warf das Papierhandtuch in den Mülleimer und betrachtete sich in dem wasserfleckigen Spiegel. Sie schminkte sich selten, doch jetzt wirkte ihr Gesicht noch nackter als sonst. Rosa und verwundbar, bloßgelegt.

Bei jedem Blick in den Spiegel sah Nina unweigerlich die Fältchen in den Augenwinkeln und die zwei leichten Furchen in der Stirn. (»Wenn du nicht ständig so ernst wärst, hättest du vielleicht auch keine Falten, so wie ich«, hatte Maura sie aufgezogen und spielerisch mit der Hand über ihre glatten, dunklen Wangen gestrichen.) Nina war erst dreißig, nur ein Jahr älter als Maura, doch ganz offensichtlich alterte sie jetzt schon. Ihr eigener langer Faden bedeutete, dass ihr eines Tages eine sehr alte Frau aus dem Spiegel entgegenblicken würde, das war ihr nun klar. Bis heute hatte Nina einfach angenommen, dass Maura dann immer noch an ihrer Seite sein würde.

Doch die Fäden hatten diese Illusion in einem schrecklichen Augenblick zerstört, und Ninas Zukunft erschien ihr auf einmal wie ihr Spiegelbild. Traurig, wehrlos und allein.

BEN

Zum ersten Mal seit der Ankunft der Fäden durchquerte Ben wieder die U-Bahn-Station Times Square. Auf dem Weg von der Linie L zur Linie Q ging er durch einen nasskalten Fußgängertunnel, in dem es von der Decke tropfte, auch wenn es nicht regnete, und in dem ganze Reihen von senffarbenen Mülleimern das Wasser auffingen. Der Tunnel mündete in die große unterirdische Kreuzung, in die die Passagiere aus fast zehn verschiedenen U-Bahn-Linien gleichzeitig strömten.

Als größte Station New Yorks war die Haltestelle Times Square schon immer chaotisch gewesen und die perfekte Bühne für Prediger, Weltuntergangspropheten und alle anderen, die den Vorbeieilenden unbedingt eine Botschaft verkünden wollten. Doch heute wirkte das Chaos noch hektischer.

Zwei Frauen in knöchellangen Röcken beschworen die vorbeihastenden Fahrgäste: »Vertraut auf Gott! Er wird euch retten!« Von Megafonen verstärkt, dröhnten ihre schrillen Rufe lauter, als ihre zierlichen Körper es allein gekonnt hätten. »Er hat einen Plan für euch! Fürchtet eure Fäden nicht!«

Die gläubigen Frauen wetteiferten an diesem Abend mit mindestens vier anderen Predigern, übertönten diese aber dank ihrer Megafone. Während Ben höflich die Flugblätter ablehnte, die man ihm entgegenstreckte, und sich dem Durchgang zu seinem Bahnsteig näherte, hörte er die Worte einer ihrer Konkurrenten. Die Botschaft des Mannes im mittleren Alter mit dem fleckigen Hemd war weniger hoffnungsfroh. »Die Apokalypse steht bevor! Die Fäden sind erst der Anfang! Das Ende ist nah!«

Ben wollte den Mann eigentlich ignorieren und rasch vorbeigehen, sah dann aber zu der Anzeigetafel hinauf, auf der die nächsten Züge angekündigt waren, und fing dabei unglücklicherweise den Blick des Weltuntergangspropheten auf.

»Bist du bereit für das Ende?«

Der Mann meinte das Ende der Welt. Doch seine Worte trafen Ben unangenehm stark. Schließlich war er gerade auf dem Weg zum ersten Treffen mit seiner neuen Selbsthilfegruppe, in der es genau darum gehen sollte: sich auf das Ende vorzubereiten.

»Mit dem eigenen kurzen Faden leben« hatte auf dem Flyer der Selbsthilfegruppe gestanden. Das klang eher ironisch als vielversprechend, dachte Ben trocken, nachdem man ja mit einem kurzen Faden nicht mehr sehr lange zu leben hatte.

Nach dem Eintreffen der Boxen hatte sich rasch eine Vielzahl an Selbsthilfegruppen für Kurzfaden und deren Familien gebildet. Ben hatte eine gefunden, die sich jeden Sonntagabend von acht bis neun in einem Unterrichtsraum der Connelly Academy traf, einer Privatschule an der Upper East Side.

An seinem ersten Abend war er zu früh dort, die Flure waren noch gespenstisch ruhig.

Mit zwei Highschool-Lehrern als Eltern weckten Schulen immer nostalgische Gefühle in Ben. Auch heute musste er nur einen raschen Blick auf eine bunte Anschlagtafel werfen – jedes Schülerfoto klebte auf einem gelben Stern, offenbar ging es um den Weltraum –, um sich an damals zu erinnern, als er als kleines Kind seine Eltern in die Schule begleitet hatte, an der beide unterrichteten, und fasziniert die Teenager angestarrt hatte, die wie Riesen über ihm aufragten.

Ben fand es immer seltsam, wie seine Eltern über eine Klasse bestimmten und dass es da noch so viele andere Kinder gab, die ihnen *auch* gehorchen, die sich von ihnen etwas beibringen lassen mussten. Manchmal war er eifersüchtig, wollte seine Mom und seinen Dad nicht mit den fremden Kindern teilen. Doch der Höhepunkt seiner Besuche war, wenn er hinten im Klassenzimmer sitzen durfte und schiefe kleine Häuser auf dem Zeichenblock malte, den er immer dabeihatte, und ein paar ältere Mädchen sich um ihn scharten.

»Wer wohnt denn in dem kleinen Haus?«, gurrten sie. »Eine Elfe oder eine Fee?«

In seiner kindlichen Überheblichkeit war Ben versucht, ihnen zu erklären, dass er viel zu alt war, um noch an Elfen oder Feen zu glauben, doch er genoss ihre Aufmerksamkeit viel zu sehr und wollte sie nicht verlieren.

Die Erinnerungen an seine *eigene* Schulzeit waren weniger angenehm. Als er an den Spindreihen vorbeiging, fragte er sich, ob einige davon mit einem Klebefilmstreifen über dem Schloss offen gehalten wurden, der bevorzugten Methode derjenigen Schüler, die sich ihre Zahlenkombination nicht merken wollten. Ben hatte seinen Spind nur einmal in der neunten Klasse abgeklebt, nachdem er es bei einigen Football-Spielern gesehen und sie um ein Stück Klebeband gebeten hatte. Heute war ihm klar, dass es sich um einen jämmerlichen Versuch gehandelt hatte, sich ihrer Bruderschaft der Breitschultrigen anzuschließen. Binnen einer Stunde hatte man ihm das Handy und die Jacke aus dem unverriegelten Spind gestohlen gehabt.

Er fand Raum 204, in dem man die Plastikstühle kreisförmig aufgestellt hatte. Bis auf einen Mann war das Klassenzimmer leer.

Verlegen, weil er zu früh war, wich Ben in den Flur zurück.

»Zu spät! Ich habe dich schon gesehen.«

Ben ging wieder durch die Tür und zwang sich zu einem Lächeln, das es mit der Fröhlichkeit der Stimme aufnehmen konnte.

»Hallo, ich bin Sean, der Gruppenleiter«, sagte der Mann. »Du musst einer der Neuen sein.«

Ben schüttelte Sean die Hand und versuchte, den Mann einzuschätzen, der ihn angeblich auf seinem Weg zu Frieden und Akzeptanz anleiten würde. Er war Ende dreißig, hatte einen dichten Vollbart und trug locker sitzende Jeans. Auch wenn er im Rollstuhl saß, war er immer noch von beeindruckender Größe.

»Schön, dich kennenzulernen. Ich heiße Ben. Und ja, ich bin heute zum ersten Mal dabei«, sagte er. »Heißt das, dass noch andere Neue kommen?«

»Ja, du und eine junge Frau haben sich diese Woche angemeldet.«

»Super.« Ben versteckte seine feuchten Hände in den Hosentaschen. Seine angeborene Schüchternheit drohte ihn zu überwältigen, und er hoffte, dass diese Gruppe sich nicht als Fehler entpuppen würde.

Damon, ein Freund aus College-Zeiten und einer der wenigen, denen Ben von seinem kurzen Faden erzählt hatte, hatte ihn davon überzeugt, die Selbsthilfegruppe auszuprobieren. (Auch wenn Damon einer von den glücklichen Langfaden war, setzte er wegen seines Vaters, eines trockenen Alkoholikers, der auf seine AA-Treffen vertraute, voll und ganz auf die positiven Eigenschaften von Gruppentherapie.)

Ben wünschte, Damon würde ihn begleiten, zumindest zu den ersten paar Treffen. Es war ihm noch nie leichtgefallen, sich neuen Leuten gegenüber zu öffnen, und nach dem jüngsten Desaster mit Claire, die mittlerweile seine Ex-Freundin war, fürchtete Ben, dass sein Vertrauen in Menschen nachhaltig erschüttert war.

»Also, wenn ich das fragen darf – hast du auch einen ...« Ben verstummte.

»Nein«, antwortete Sean. »Mein Faden ist etwas länger als der der Leute hier in der Gruppe, aber ich bin ausgebildeter klinischer Sozialarbeiter. Ich wollte schon immer Menschen helfen, mit schwierigen Umständen zurechtzukommen.«

Ben nickte. Die Ankunft einer Frau mit braunen Haaren rettete ihn vor weiterem Small Talk.

»Hallo, Sean«, sagte sie und stellte ihre Tragetasche auf einen Stuhl.

»Ben, das ist Lea. Lea, das ist Ben.« Sean drehte seinen Rollstuhl erst in die eine, dann die andere Richtung.

»Na, dann mal willkommen.« Lea lächelte freundlich.

Die restlichen Gruppenmitglieder trafen rasch nacheinander ein. Der älteste war ein Arzt Anfang vierzig. (Zumindest ging Ben davon aus, dass er Arzt war, nachdem ein paar andere ihn mit »Doc« begrüßten. Er selbst stellte sich einfach als Hank vor.) Die anderen schienen eher in Bens Alter zu sein, in den Zwanzigern und Dreißigern.

Die erdbeerblonde Chelsea sah aus, als käme sie gerade aus dem Sonnenstudio, und starrte beim Hereinkommen auf ihr Handy. Auf sie folgten drei Männer: der stämmige, bärtige Carl, dessen Gesicht ein wenig von seiner Mets-Baseballkappe verdeckt wurde, der schlaksige Nihal, der einen Princeton-Pullover trug, und der elegante Terrell, bei dessen glänzend polierten schwarzen Oxfordschuhen Ben einen verschämten Blick auf seine abgewetzten Segeltuchsneaker warf.

Als Letzte traf der andere Neuzugang ein, Maura. Sie setzte sich neben Ben und begrüßte ihn mit einem leichten Lächeln und einem knappen Nicken, das ihm wie eine stumme Zusammenfassung der unausgesprochenen Gefühle aller Teilnehmer vorkam: *Es ist echt scheiße, wir zu sein.*

Aber zumindest gibt es ein »Wir«.

MAURA

Eigentlich hatte sie sich der Selbsthilfegruppe nicht anschließen wollen. Es wäre ihr wie eine Niederlage vorgekommen, und Maura gab nicht auf. Nur ihrer Freundin zuliebe ging sie zu dem Treffen.

Nina hatte sich zuerst geweigert, die Boxen zu öffnen, was keine große Überraschung gewesen war. Sie war immer die Vorsichtige von ihnen.

Doch als sie auf Mauras Drängen hin die Boxen endlich geöffnet hatten, bereute sie diese Entscheidung sofort.

Nina hatte mit aller Kraft versucht, Mauras Ängste zu zerstreuen, sie davon zu überzeugen, dass die Fäden nichts zu bedeuten hatten. Doch seit jenem Tag kämpfte Maura gegen Übelkeit, Appetitlosigkeit und ein generelles Gefühl der Angst.

Eine Woche darauf war Nina von der Arbeit zurückgekommen und hatte Maura gebeten, sich hinzusetzen, sie müsse ihr etwas sagen.

»Deborah hat heute einen Anruf bekommen«, begann Nina langsam. »Aus dem Gesundheitsministerium.« Ihr Blick wurde glasig, und sie suchte nach Worten.

Doch Maura verstand sie auch so.

»Sag es einfach, Nina. Verdammt, spuck's aus.«

Nina schluckte. »Sie sind echt.«

Maura sprang von der Couch auf und rannte ins Bad. Sie ließ sich auf die kühlen Fliesen sinken und erbrach sich in die Toilette. Sie spürte, wie Nina ihr dabei die dunklen Locken zurückhielt – und mit ihnen die eigenen Tränen, das wusste sie.

»Alles wird gut«, sagte Nina immer wieder und strich Maura über den Rücken. »Wir schaffen das.«

Doch zum ersten Mal in den zwei Jahren ihrer Beziehung fand Maura in den Worten ihrer Freundin keinen Trost.

Am Abend darauf saßen sie mit ineinander verschränkten Händen vor dem Fernseher, während der Präsident die Bevölkerung in seiner Rede eindringlich bat, Ruhe zu bewahren, und der Gesundheitsminister in seiner Rede die Ergebnisse, zu denen die Wissenschaftler gekommen waren, präsentierte, und der Vorsitzende der World Health Organization und der UN-Generalsekretär beide in ihren Reden zu globaler Solidarität und Mitgefühl im Angesicht dieser ungekannten weltweiten Krise aufriefen.

Sogar der Papst erschien auf seinem Balkon im Vatikan, um zu Millionen verängstigter Seelen zu sprechen, die zweifellos auf seine Führung warteten.

»Ich möchte allen die Worte in Erinnerung rufen, die wir bei jeder heiligen Messe sprechen: ›Das Rätsel des Glaubens‹. Wir wissen, dass der Glaube, der wahre Glaube, von uns verlangt zu akzeptieren, dass sich während unserer Zeit auf Erden immer einige Dinge unserem Verständnis entziehen werden«, predigte der Papst. »Unser Wissen um unseren Schöpfer wird immer unvollständig bleiben. Wie es bei Römer 11:33 heißt: ›O Tiefe des Reichtums, der Weisheit und der Erkenntnis Gottes! Wie unergründlich sind seine Entscheidungen, wie unerforschlich seine Wege!‹ Heute sehen wir uns dem Unergründlichen gegenüber, dem Unerklärlichen. Man verlangt von uns zu glauben, dass diese Kästchen ein Wissen enthalten, das bis jetzt allein Gott vorbehalten war. Doch es ist nicht das erste Mal, dass wir dazu aufgefordert werden zu glauben, was einst nicht zu glauben war. Selbst die Apostel glaubten zuerst nicht, dass Jesus Christus aus dem Grab auferstanden war, doch wir wissen, dass es der Wahrheit entspricht. Und so wenig, wie ich an der Auferstehung zweifle, zweifle ich daran, dass diese Kästchen ein Geschenk von Gott an Seine Kinder sind, denn es gibt niemand Mächtigeren, niemand Allwissenderen und niemand Großzügigeren als Gott, unseren Vater.«

Maura konnte ihre Box jedoch nicht als Geschenk sehen.

Mit jedem Tag, an dem wieder Hunderttausende Menschen am Morgen ihres zweiundzwanzigsten Geburtstages aufwachten und ihre Box vorfanden, wurde die Lage dringlicher. Sie konnten nicht länger rätseln, was ihre Fäden wohl aussagten. Sie brauchten Klarheit.

Ein Team aus amerikanischen und japanischen Analysten präsentierte als Erstes eine Lösung: eine regierungsgeförderte Website, über die die Leute zu Hause die Länge ihrer Fäden auswerten konnten.

Die Forscher hatten viele Tausende verschiedener Fäden bis hin zu Bruchstücken von Millimetern vermessen und gesammelt. Aufgrund der ersten Daten waren sie zu dem Schluss gekommen, dass die Länge eines Fadens tatsächlich nicht der noch *verbleibenden* Lebenszeit entsprach, wie manche zuerst behauptet hatten. Die Länge des Fadens zeigte die gesamte Dauer eines Lebens an. Vom Anfang bis zum Ende.

Davon ausgehend, dass der längstmögliche Faden dem seltenen Alter von ungefähr hundertzehn Jahren entsprach, hatten die Forscher sich schrittweise nach hinten vorgearbeitet, um eine Übersicht über Fadenlängen und die entsprechende Lebenszeit zu erstellen. Ein exaktes Datum konnten sie nicht angeben, so genau war die Technik nicht. Doch man konnte auf der Website die Länge des eigenen Fadens eingeben und – nachdem man dreimal bestätigt hatte, definitiv fortfahren zu wollen – dann das Ergebnis sehen, überdeutlich in Times New Roman schwarz geschrieben. Bis auf ein Zeitfenster von gerade mal zwei Jahren genau war angegeben, wann das jeweilige Leben enden würde.

Was zunächst eine vage Ahnung gewesen war, als Mauras Faden nicht mal annähernd so lang wie Ninas war, wurde bald zu einer niederschmetternden Gewissheit.

Mauras Leben würde mit Ende dreißig vorbei sein.

Ihr blieben weniger als zehn Jahre.

In jenen ersten Apriltagen hatte Nina das Bedürfnis, mit Maura über alles zu reden, und das tat sie auch oft, doch sie fürchtete, ihr nicht dieselbe Unterstützung bieten zu können wie ein anderer Kurzfaden.

»Du weißt, dass ich *immer* für dich da sein werde«, sagte Nina, »aber vielleicht können andere auf andere Weise für dich da sein? Meine Schwester hat gesagt, dass ihre Schule sogar einige Fadenselbsthilfegruppen eingerichtet hat.«

»Es ist sehr lieb, dass du mir zu helfen versuchst«, antwortete Maura, »aber ich weiß nicht, ob ich einen Haufen Menschen brauche, der wegen unerledigter Dinge herumheult.«

»Es gibt wohl verschiedene Gruppen, je nachdem, wie viel, äh, Zeit der Faden noch anzeigt. Es gibt Gruppen für Leute, denen vielleicht noch zwanzig Jahre bleiben, und eine Gruppe für Leute ...« Nina war unsicher, ob sie weitersprechen sollte.

»Wie mich«, vervollständigte Maura den Satz.

»Mach nur das, womit du dich wohlfühlst, und ich stehe bei allem hinter dir.«

Maura sah Nina an, deren schmale Gestalt im fahlen Licht in ihrer Wohnung im dritten Stock noch zerbrechlicher wirkte, und willigte ein, die Selbsthilfegruppe auszuprobieren. Und sei es nur, um etwas gegen die wässrige Mischung aus Schuld und Trauer zu tun, die in Ninas Augen getreten war.

Eine knappe Woche später ging Maura zu der Schule, in der sich die Selbsthilfegruppe treffen sollte.

Auf den Straßen bot sich ihr ein mittlerweile vertrauter Anblick. An jedem Block hatte mindestens ein Geschäft geschlossen und war mit Brettern vernagelt. Die Besitzer hatten oft ein Schild an den verriegelten Türen und heruntergelassenen Metallgittern der Läden und Restaurants angebracht, auf dem stand: »Ich bin weg und lebe mein Leben«, »Ich verbringe mehr Zeit mit meiner Familie« oder »Will noch was erleben«. Maura kam an einem Juweliergeschäft vorbei, an dessen Tür ein Stück Papier klebte: »Geschlossen. Suche nach einem Abschluss.«

Verstörender als die Schilder war allerdings der gelegentliche Anblick von fremden Boxen, die teuflisch über den Rand eines Mülleimers oder aus einem Haufen zerbrochener Möbel am Bordstein lugten.

In den Tagen und Wochen, nachdem man die Bedeutung der Fäden entschlüsselt hatte, hatten die von der

Wahrheit Erschütterten verschiedene Arten entwickelt, mit den Boxen, die einfach so in ihr Leben getreten waren, umzugehen. Manche hofften auf Seligkeit durch Unwissenheit und warfen die Boxen weg, um nicht in Versuchung zu geraten. Die zur Melodramatik Neigenden schleuderten ihre Boxen in Flüsse und Seen oder schlossen sie irgendwo in einem abgelegenen Winkel in ihrem Haus ein. Wer unbekümmerter war, warf die Boxen einfach in den Müll.

Wieder andere versuchten sie voller Wut zu zertrümmern, doch die Kästchen waren so unzerstörbar wie die Blackbox eines Flugzeuges, egal wie oft sie angezündet wurden, auf sie eingeschlagen oder auf ihnen herumgetrampelt wurde.

Fußgänger, die eine geöffnete Box am Straßenrand liegen sahen, die man weg- oder vielleicht aus einem Fenster geworfen hatte, wandten meist den Blick ab und gingen schneller, als wollten sie einem Bettler nicht ins Gesicht sehen.

Zum Glück sah Maura an dem Abend auf dem Weg zur Schule keine zurückgelassenen Boxen. Die ruhigen, von Brownstonehäusern gesäumten Straßen der Upper East Side waren entweder zu vornehm oder zu verklemmt für so eine öffentliche Zurschaustellung von Gefühlen, dachte sie.

Das Schulgebäude passte in die Gegend und wirkte alt und erhaben, das architektonische Äquivalent zu einem gesetzten Philanthropen, der sich für eine Wohltätigkeitsveranstaltung herausgeputzt hatte. Es besaß eine dieser kunstvollen Vorkriegsfassaden, auf die Makler so gern hinwiesen, mit winzigen Gargoyles in Greifenform.

Während sie die breite Innentreppe hinaufging, an Marmortafeln mit Zitaten von Platon und Einstein vorbei, berührte Maura den kleinen türkisfarbenen Nasenring, den sie seit der Collegezeit trug und der sicherlich gegen die Kleiderordnung an einem Ort wie diesem verstieß. Ninas jüngere Schwester Amie unterrichtete seit einigen Jahren an der Schule, doch Maura war bisher noch nie hier gewesen.

Im zweiten Stock angekommen hörte sie leise Stimmen und folgte ihnen bis zum Raum 204. Zum Glück war sie die Letzte, die zu der Gruppe stieß.

AMIE

Offensichtlich hatte sie *Abbitte* nie zu Ende gelesen.

Amie tastete mit schmerzhaft ausgestrecktem Arm unter dem Bett nach einem Stift, der in die Vergessenheit gerollt war, als sie mit dem Daumen unerwartet gegen einen Buchrücken stieß. Sie zog das von einer dünnen Staubschicht bedeckte Taschenbuch hervor; das Lesezeichen – vergoldet und mit Monogramm, ein Geschenk eines Ex-Freundes, das sie schon lange nicht mehr an ihre kurze gemeinsame Zeit erinnerte – ruhte immer noch bei zwei Dritteln des Buches zwischen den Seiten.

Im März hatte sie es gelesen, und sie konnte nicht glauben, dass sie es völlig vergessen hatte, obwohl die Geschichte sie doch so gefesselt hatte. In jener Nacht, in der die Boxen eintrafen, war sie mit dem Buch in der Hand eingeschlafen, und in dem Aufruhr am Morgen war es wohl von der Bettdecke in die Vergangenheit gerutscht, plötzlich ein Relikt aus der Zeit davor.

Davor.

Mit dem Buch in den Händen dachte Amie an jenen Morgen zurück. Wie üblich hatte sie lange geschlafen – diese Angewohnheit hatte ihre Schwester Nina noch nie verstanden – und sich noch nicht von den nächtlichen Träumen losreißen wollen, die zweifellos durch ihre Lektüre inspiriert worden waren. In ihrem Traum studierte sie in den Dreißigerjahren an der Cambridge University und wurde von einem jungen Mann umworben, der wie Hugh Grant sprach. Ein wenig enttäuscht war sie allein in ihrem Bett aufgewacht.

Als sie an jenem Morgen aus dem Bett gekrochen war, hatte Nina bereits zwei panische Nachrichten auf ihrer Mailbox hinterlassen. (Sie war nur ein Jahr älter als Amie, aber hielt sich schon seit Langem für die Stimme der Autorität.)

»Ruf mich sofort zurück, wenn du das hörst!«, hatte Nina ins Handy gerufen. »Geh noch nicht raus, mach gar nichts. Ruf mich zuerst an! Bitte!«

Nina hatte die Inschrift auf den Boxen nicht ernst genommen und warten wollen, bis sie sich mit ihrem Team in der Arbeit besprochen hatte. Doch Amie hätte sowieso nicht hineingesehen. Die Boxen waren einfach *überall* aufgetaucht und ganz offensichtlich unglaublich mächtig. Irgendwie war die Welt aus dem Gleichgewicht geraten und ins Kaninchenloch gefallen, und Amie wusste aus vielen Büchern, dass es sich hierbei um den Teil der Geschichte handelte, in dem niemand wusste, was zum Teufel eigentlich los war, und in dem die Personen überstürzte Entscheidungen trafen, deren Konsequenzen erst einige Kapitel später klar wurden.

Zum Glück waren die Fäden in den Frühlingsferien eingetroffen, weshalb die Connelly Academy keinen Unterricht kurzfristig absagen musste. (Nur sehr wenige Schulen hatten an jenem Tag tatsächlich den Unterricht eingestellt, auch wenn Amie gehört hatte, dass die meisten Klassenzimmer nur halb besetzt gewesen waren, weil viele Schüler und Lehrkräfte nicht erschienen waren.)

»Ihre Schülerinnen und Schüler werden natürlich Fragen haben«, hatte der Direktor am Montag darauf zu den Lehrkräften gesagt. »Und Sie haben sich mittlerweile bestimmt alle eine eigene Meinung zu den Ereignissen gebildet. Doch wir dürfen den Schülerinnen und Schülern nichts sagen, was wir nicht sicher wissen.«

Die Kollegin neben Amie hatte sich zu ihr gelehnt und geflüstert: »Dann dürfen wir also quasi gar nichts sagen, oder?«

Ein guter Monat war seither vergangen, der Ernst der Lage war der Welt bewusst geworden. Doch in der Schule hatte sich nicht viel verändert, die Leitung versuchte immer noch, die Schülerinnen und Schüler so weit wie möglich zu schützen. Auf dem Schulgelände war der Zugriff auf YouTube gesperrt, nachdem eine Lehrkraft bemerkt hatte, dass sich die Hälfte der Schüler in der Cafeteria Videos eines Teenagerjungen angesehen hatte, der auf verschiedene Weise versucht hatte, die Fäden seiner Eltern zu zerstören. Die Lehrer sahen sich danach einige Clips im Lehrerzimmer an, und Amie verfolgte angespannt, wie der Junge versuchte, die Fäden mit Gartenscheren zu zerschneiden, wie er sie in eine zischende, selbst angerührte Säure tauchte und wie er mit aller Kraft an einem Faden zerrte, während seine Bulldogge an dem anderen Ende herumkaute.

»Also, ich möchte ganz bestimmt nicht, dass die Kids diesen Unsinn zu Hause nachmachen oder sie in meinem Unterricht anschauen«, hatte eine Kollegin gesagt. »Aber wir können auch nicht so tun, als wäre alles wie immer. Ich kann nicht Geschichte unterrichten und so tun, als würden hier nicht gerade geschichtsträchtige Dinge passieren.«

Eigentlich ganz schön faszinierend, hatte Amie gedacht.

Natürlich war ihr bewusst, welchen Schmerz die Fäden verursacht hatten – Ninas Freundin Maura hatte einen kurzen Faden. Amie jedoch hatte ihre Box immer noch nicht geöffnet, weshalb sie die Welt mit unbefleckten Augen betrachten konnte. Und auch wenn sie das niemals offen zugeben würde, hatten die Fäden etwas fast schon … Aufregendes an sich. Natürlich waren sie beängstigend und verwirrend, aber möglicherweise auch etwas Wundersames? Als Kind hatte sie sich allerhand Abenteuer ausgemalt, sich vorgestellt, wie sie in einen Zauberschrank hineinstieg, durch die Schokoladenfabrik spazierte, durch Zeitdimensionen reiste. (Als sie sich einmal beim Spielen im Freien das Knie aufgeschlagen hatte, drückte sie sogar ihren Finger auf die kleine Wunde und schmierte sich zu Ninas Entsetzen – ihre Schwester hatte panische Angst vor Keimen – ein paar Tropfen Blut auf die Wange. Dabei stellte sie sich vor, sie sei eine Kriegerprinzessin in einem fernen Land.) Jetzt war plötzlich das Fantastische, das Unglaubliche in ihre Welt getreten. Direkt vor ihren Augen.

Mit *Abbitte* in der Hand stand Amie langsam auf. Sie musste noch ein paar Klassenarbeiten korrigieren, dann wollte sie das Buch fertig lesen. Doch als sie es auf die Kommode legte, wurde ihr klar, dass die Welt da draußen zum ersten Mal mit der ihrer Bücher mithalten konnte.

NINA

Schockiert starrten Nina und ihre Kollegen auf einen Computerbildschirm in der Mitte des Großraumbüros. Die Aufnahmen zeigten Polizeibeamte, die eine Brücke in einem mittelalterlich aussehenden Ort gegen Fotografen und Schaulustige abriegelten.

Die Nachrichten meldeten einen Vorfall aus der italienischen Stadt Verona. Ein junges, frisch verheiratetes Paar war Hand in Hand von einer Brücke gesprungen, nachdem sie in ihrer Hochzeitsnacht ihre Boxen geöffnet und herausgefunden hatten, dass der Faden der Braut erschütternd kurz war. Der Bräutigam überlebte den Selbstmordversuch, seine Frau hingegen starb drei Tage später.

Nina schauderte, als ihr klar wurde, dass das tragische Geschehen im bezaubernden Verona zweifellos eine Flut an geschmacklosen Shakespeare-Wortspielen in der Boulevardpresse zur Folge haben würde.

»Das ist so schrecklich«, sagte eine Reporterin.

»Aber wisst ihr, was wirklich krass ist?«, fragte ein Faktenchecker. »Der Typ wusste, dass es ihm nicht gelingen würde, sich umzubringen. Sie wussten ja, dass sein Faden lang und ihrer kurz war. Ihm war klar, dass er nicht sterben würde, selbst wenn er etwas richtig Gefährliches tun würde.«

»Klar, er wusste wohl, dass er nicht *sterben* würde, aber er war offensichtlich trotzdem ganz schön durch den Wind. Nach dem Sprung von der verdammten Brücke hätte er immerhin gelähmt sein können, das Risiko ist er eingegangen.«

»Ja, natürlich. Aber es ist trotzdem krass, wenn man genauer darüber nachdenkt.«

»Keine Ahnung, aber für mich ist das nur ein weiterer Beweis dafür, dass man nicht in seine Box schauen sollte«, sagte die Reporterin. »Das hat die beiden offensichtlich in den Wahnsinn getrieben.«

Sie waren nicht *wahnsinnig*, dachte Nina. Sie waren todunglücklich.

Doch sie erwartete nicht, dass ihre Kolleginnen und Kollegen das verstanden. Sie konnten nicht die gewöhnlichen, alltäglichen Ängste hinter dem dramatischen Spektakel sehen.

Das Team war klein und schrumpfte jedes Jahr zusammen mit dem Budget der Zeitschrift, und soweit Nina wusste, war sie die Einzige im Büro mit einer engen Beziehung zu einem geouteten Kurzfaden.

Zuerst waren ihre Kollegen zurückhaltend gewesen, hatten nicht zu privat werden wollen, doch das Team hatte sich schon immer nahe genug gestanden, um offen über Trennungen und Hochzeiten zu sprechen, über Schwangerschaften und Todesfälle, und schließlich redeten sie auch über die Fäden.

Ein Drittel des Teams hatte seine Boxen noch nicht geöffnet; die Übrigen wirkten einigermaßen zufrieden mit dem Inhalt. Nachdem sie von Maura erfahren hatten, boten einige Kolleginnen und Kollegen sogar an, Nina zu vertreten, falls sie sich mal freinehmen musste.

Doch Nina konnte sich nicht freinehmen.

Da sie den ganzen Tag von Nachrichten umgeben war, konnte Nina den Fäden nie entkommen. Sie flehte

Deborah an, sie auf eine andere Story anzusetzen, doch es schien nichts anderes zu geben. Die Präsidentschaftskandidaten standen nach und nach fest, die globale Erderwärmung schritt weiter voran, doch nichts fesselte die Leser so sehr wie die Fäden. Nina dachte an fast nichts anderes und fragte sich, ob sie die Wahrheit jemals erfahren würde.

Maura nannte Nina oft einen liebenswerten Kontrollfreak, weil ihre Tupperdosen immer den passenden Deckel haben mussten und sie einen neuen Rock nur kaufte, wenn sie bereits ein dazu passendes Oberteil besaß. Nina liebte ihre Arbeit als Redakteurin unter anderem wegen der *Regeln,* der klaren und verständlichen Gesetze von Grammatik und Linguistik, und sie liebte es, diese mit ihrem Rotstift durchzusetzen. Vor ihrer Beförderung, als sie noch versucht hatte, sich als Reporterin zu beweisen, genoss sie die Suche nach den Fakten, vergrub sich in Recherche, jagte fieberhaft nach der Wahrheit. Doch die Fäden weckten in ihr ein noch tieferes Verlangen nach Wissen und Kontrolle. Die fehlenden Antworten auf so viele Fragen: Woher kamen die Fäden? Warum jetzt? Hatten sie wirklich Macht über die Zukunft, oder vermittelten sie einfach nur eine Botschaft? – raubten Nina nachts den Schlaf. Alles war zu verschwommen, zu grau. Für sie musste alles schwarz oder weiß sein.

Hilflos musste sie zusehen, wie Maura litt, weil niemand etwas tun konnte. Jeder Anschein von Kontrolle war ihnen entrissen worden.

Nina fühlte sich machtlos, als würde sie einen der schlimmsten Tage ihres Lebens noch einmal durchleben. In ihrem letzten Jahr an der Highschool hatte sie eines Morgens eine Stunde bei der Beratungslehrerin gesessen und um Ratschläge für ihr Coming-out gegenüber ihren

Freunden gebeten. Eine boshafte Mitschülerin hatte an der Tür gelauscht, und als Nina aus dem Büro kam, musste sie sich keine Gedanken mehr über den richtigen Moment für ihr Coming-out machen. Es wussten bereits alle Bescheid.

Selbst jetzt als Erwachsene sah Nina den Umkleideraum der Turnhalle vor sich: die neugierigen Blicke, das verstohlene Nicken, das verlegene Geflüster. Für jemanden, der keinen Satz ohne ihre ausdrückliche redaktionelle Freigabe in der Schulzeitung drucken ließ, war das die reinste Hölle. Ninas akribische Planung, die Wochen innerer Diskussionen, alles war in einem Augenblick über den Haufen geworfen worden. Man hatte ihr ihre Macht, ihre Kontrolle genommen. Nur ein paar Freunden hatte sie es erzählen wollen, doch die Nachricht verbreitete sich schnell über mehrere Jahrgangsstufen.

Zwei Tage später gab es schon einen neuen Skandal, als die Fußballmannschaft suspendiert wurde, weil alle hinter dem Spielfeld Gras geraucht hatten, und kaum jemand konnte sich noch an den Klatsch davor erinnern. Außer Nina.

Sie würde sich *immer* daran erinnern.

Über zehn Jahre später lebte sie mit Maura zusammen und spürte immer noch die Wut und die Erniedrigung, wusste immer noch, wie sie sich geschworen hatte, sich vor weiterer Qual zu schützen, davor, jemals wieder die Kontrolle zu verlieren.

Amie und Maura baten sie oft, weniger kontrollierend zu sein. Sich zu entspannen. Es gut sein zu lassen.

Doch das konnte Nina nicht. Nicht, solange sie in einer Welt voller Betrug und Leid lebte, voller mysteriöser Boxen und schrecklich kurzer Fäden.

Wenn sie sich entspannte, dann wäre das, was sie zu beschützen versuchte – ihr jüngeres Ich, ihre Zukunft mit Maura –, schutzlos und verletzlich.

Die Boxen waren jetzt ein Teil ihres Lebens, daran konnte Nina nichts ändern. Doch sie war entschlossen, sich das Gefühl von Macht und Kontrolle zurückzuerobern. Weshalb sie in den frühen Morgenstunden, wenn sie nicht schlafen konnte, oder wenn Maura nicht da war, das Internet nach Antworten durchforstete.

Was mit einer einfachen Google-Anfrage begonnen hatte – Woher kommen die Boxen? –, uferte bald schon aus, nachdem Nina zu Reddit gewechselt und in einem beliebten neuen Subreddit gelandet war, r/Fäden. Sie sah sofort, dass *Hunderte* verschiedener Diskussionen geführt wurden, die alle versuchten, das Rätsel um die Boxen zu lösen.

Normalerweise war Nina zu sehr auf ihre Privatsphäre bedacht und zu selbstdiszipliniert, um Spaß an der öffentlichen Hemmungslosigkeit sozialer Medien zu haben, doch sie glitt überraschend leicht in die Unterhaltungen, und plötzlich waren zwei Stunden vergangen.

Nina stieß auf ein Foto, das ein User namens gordoncoop531 957 von einer Box unter UV-Licht gepostet hatte, auf der Fingerabdrücke leuchteten. Es war mit »Beweis« überschrieben.

Gepostet von u/Matty vor 1 Stunde

Beweis für was? Dass du ein Idiot bist?

Gepostet von u/TheWatcher vor 1 Stunde

Definitiv außerirdisch. Deshalb sind die Fingerabdrücke auch mit bloßem Auge nicht zu sehen.

Gepostet von u/NJbro44 vor 2 Stunden

Dude, das sind wahrscheinlich deine eigenen Finger.

Ein anderer User, offdagrid774, lud ein Foto von seiner Box in einer Mikrowelle hoch und drängte alle, es ihm gleichzutun. »Lasst nicht zu, dass die NSA euch zuhört!«

Gepostet von u/ANH vor 1 Tag

Du hast recht, die Boxen sind definitiv verwanzt. Die Regierung spioniert nicht nur die Amerikaner aus, sondern die ganze Welt! Woher sollten sie sonst deinen Namen und deine Adresse haben? Holt euch die Dinger bloß nicht ins Haus!!

Gepostet von u/Fran_M vor 1 Tag

Offdagrid774, glaubst du, da drin ist auch eine Kamera?

Religiöser Inhalt war weniger vertreten, aber genauso lautstark. Ein Bibelzitat, das RedVelvet_Mama gepostet hatte, war erst kürzlich viral gegangen. Angeblich sei es der Beweis für die göttliche Herkunft der Boxen.

> *»Richtet nicht, damit ihr nicht gerichtet werdet! Denn wie ihr richtet, so werdet ihr gerichtet werden, und nach dem Maß, mit dem ihr messt und zuteilt, wird euch zugeteilt werden.«*

Nina glaubte kein Wort, das war alles nur Spekulation. Doch das Wissen war tröstlich, dass da draußen Tausende, Millionen von Menschen genauso erschüttert wie sie waren und genauso unbedingt die Wahrheit herausfinden wollten, wenn es eine solche überhaupt gab.

Als Maura am Sonntagabend bei ihrer Selbsthilfegruppe war, dachte Nina an den Mann in Verona und was ihr Kollege dazu gesagt hatte. Die Vorstellung war verstörend, dass jemand immun gegen den Tod war, bis er das Ende seines Fadens erreicht hatte. Und besonders seltsam für Menschen wie Nina, mit einem langen Faden.

Im Bett sitzend nahm sie ihren Laptop und suchte im Internet nach »langer Faden + Tod«.

Die Anfrage brachte sie zu einer neuen Plattform, Don't Try This at Home, auf der ebenfalls diskutiert wurde. Das Forum war voller Berichte von scheinbar unbesonnenen Langfaden, die die Grenzen ihrer Fäden austesteten.

> Ich habe einen langen Faden, und vor ein paar Tagen habe ich eine Überdosis Schmerztabletten genommen, doch meine Mitbewohnerin hat mich gefunden, und jetzt bin ich hier!! Danke, lieber Faden!!

> Meine Freundin und ich wollten schon eine ganze Weile mal Würgespiele ausprobieren, und wir haben beide lange Fäden, weshalb wir uns dachten, dass jetzt der richtige Zeitpunkt dafür ist. 10/10, kann es nur empfehlen 😉

> Alles Gute zu meinem 22.! Habe einen langen Faden! 😊 Würde gern mit Special K feiern

Nina konnte nicht weiterlesen. Wie konnten nur so viele Menschen mit ihrem Leben spielen wollen?

Doch ihre Erzählungen ließen das Rätsel um die Boxen nur noch verstörender werden, die Fäden nur noch mächtiger. Es war, als *wüssten* die Fäden von Anfang an, wie man reagieren würde, als könnten sie jegliche waghalsigen Tendenzen abschätzen, wenn sie die endgültige Lebenserwartung abmaßen. Irgendwie konnten sie *vor-aussehen*, welche Drogen und Spiele und Sprünge tödlich ausgehen und welche nur als morbide Einzeiler für all diejenigen enden würden, die gerade im Internet surften.

Nina war schlecht. Sie klappte den Laptop zu, schob die Beine unter die Bettdecke und hoffte, dass Maura bald nach Hause käme.

MAURA

Trotz ihres anfänglichen Zögerns, sich der Gruppe anzuschließen, freute sich Maura nach der ersten Sitzung bereits auf den nächsten Sonntagabend. Sie wusste, dass Nina mit Absicht in ihrer Gegenwart nicht über die Fäden sprach und versuchte, einen Anschein von Normalität zu bewahren. Dafür war Maura normalerweise dankbar, doch es war tatsächlich ziemlich befreiend, wenn kein Thema ein Tabu war und niemand mit Samthandschuhen angefasst wurde.

»Ich bin so deprimiert«, eröffnete Chelsea eines Abends Ende April die Sitzung.

»Wegen deines Fadens?«, fragte Maura.

»Nein.« Chelsea seufzte. »Also, klar. Aber heute Abend bin ich auch deprimiert, weil *Grey's Anatomy* gerade gecancelt wurde.«

»Lief das nicht schon ewig?«, fragte Terrell.

»Deshalb ist es ja auch so verrückt! Das kam wie aus heiterem Himmel. TMZ denkt, dass einer der Verantwortlichen für die Serie einen kurzen Faden und alles hingeschmissen hat.«

»Du kannst mich gern im Krankenhaus begleiten.« Hank lächelte. »Auch wenn ich keine glühenden Affären versprechen kann.«

»Hast du gehört, dass die Spice Girls vielleicht wieder zusammen auftreten?«, fragte Lea. »Eine von ihnen soll ein Kurzfaden sein, und sie wollte die Wiedervereinigung, bevor ... na, ihr wisst schon.«

Trotz ihrer Neugier taten Maura die Menschen, über die sie sprachen, auch leid. Klar, sie hatten sich für ein öffentliches Leben entschieden, aber war das hier nicht irgendwie anders, tabu? Es wurde nicht nur wild über Schauspieler und Sänger geredet. In Kassenschlangen in Geschäften, bei der Werbung im Kino, am Nebentisch in Restaurants wurde über die Fadenlänge von anderen Leuten spekuliert. Einen Job zu kündigen, sich zu verloben, auf einer Party ungewöhnlich zurückhaltend zu sein – alles konnte als Argument für einen kurzen oder einen langen Faden herhalten. »Angeblich haben sie nicht in ihre Boxen geschaut, aber ich *weiß*, dass das nicht stimmt«, lautete ein beliebter Satz. Maura fragte sich, was man über sie redete, die Leute, die nicht Bescheid wussten.

Schlimmer war jedoch, dass sie sich das alles selbst eingebrockt hatten. Schon vor dem Eintreffen der Boxen waren die traditionellen Grenzen der Privatsphäre durchlässig geworden, hatten alle zu viele Informationen über sich preisgegeben. Wie so viele andere hatte Maura unzählige Fotos gepostet – von dekadenten Mahlzeiten, von der Aussicht aus ihrem Bürofenster, von gemeinsamen Wochenenden mit Nina am Strand –, die alle dazu einluden, eingehender im Leben anderer Menschen herumzuschnüffeln, die alle einen bestimmten Grad an Transparenz erwarten ließen. Bis schließlich sogar das Betrachten des eigenen Fadens – was eigentlich ein überaus privater, intimer Moment sein sollte – nur ein weiterer Einblick in das eigene Leben war, das einem nicht mehr allein gehörte.

Wären die Fäden in einem anderen Jahrhundert aufgetaucht, hätte sicher niemand nach dem Inhalt der Box zu fragen gewagt, überlegte Maura. Alle hätten still getrauert oder gefeiert, hinter geschlossenen Türen und vorgezogenen Vorhängen. Doch nicht jetzt, nicht in dieser modernen Zeit, in der Fehden und Flirts online ausgetragen wurden, in der Familienfeierlichkeiten, berufliche Erfolge und persönliche Tragödien alle zur Schau gestellt wurden. Prominente wichen Interviewfragen zu ihren Fäden aus. Sportler wurden nach ihren »Karriereaussichten« gefragt. Songtexte wurden skrupellos nach Fadenverweisen durchforstet. Happy Hours stellten sich als unerwartet gefährlich heraus, weil Freunde und Kollegen es auf betrunkene Geständnisse anlegten. Mitglieder der Königsfamilie, Kinderstars, Söhne und Töchter von Politikern, jeder mit dem Pech, unter den Augen der Öffentlichkeit zweiundzwanzig zu werden, wachte an jenem schicksalshaften Morgen unter dem neugierigen Blick von Paparazziobjektiven auf, die die Millionen-Dollar-Reaktion einfangen wollten. Die Öffentlichkeit verlangte nach Informationen.

»Für heute Abend habe ich mir etwas anderes überlegt«, sagte Sean und riss Maura zurück in die Gegenwart. »Bitte hört erst mal zu, bis ich es erklärt habe.«

Maura sah zu Ben, der neben ihr saß. »Wappne dich«, flüsterte sie.

»Schon passiert.« Er lächelte.

»Einige meiner Kolleginnen und Kollegen aus anderen Gruppen haben darüber gesprochen, dass nicht jeder gern vor anderen etwas über sich erzählt, und das ist auch völlig in Ordnung«, sagte Sean. »Ich hoffe zwar, dass das hier ein sicherer Ort ist, an dem sich alle wohlfühlen, möchte aber noch eine andere Methode ausprobieren, um unsere Gedanken zu verarbeiten.«

Er holte zwei gelbe Notizblöcke und ein Dutzend blauer Kugelschreiber aus seiner Aktentasche.

»Schreiben wir an jemand Bestimmten?«, fragte Nihal, der eifrige Student.

»Nein.« Sean schüttelte den Kopf. »Du kannst an dich selbst schreiben, an dein jüngeres Selbst, dein zukünftiges Selbst. Oder an jemanden, dem du gern etwas sagen möchtest. Oder du kannst einfach zehn Minuten schreiben und schauen, was dabei herauskommt.«

»Klingt für mich wie Zeitverschwendung«, murmelte Carl.

Die Notizblöcke wurden im Kreis herumgegeben, und Maura starrte auf das leere Blatt Papier auf ihrem Schoß. Nina hätte diese Übung geliebt, dachte sie. Sie konnte mit Worten viel besser umgehen.

Liebe Nina, schrieb sie.

Die Zeile darunter stellte sich als schwieriger heraus. In einer Welt voller Gerüchte und aufdringlicher Fremder war Nina der einzige Mensch, der es verdiente, alles über Mauras Leben zu erfahren, und Maura hatte in den letzten zwei Jahren auch so gut wie nichts vor ihr verheimlicht.

Und jedes nächtliche Geständnis hatte sie nur noch mehr zusammengeschweißt.

Nina störte sich nicht an Mauras rastlosem Wesen und der Tatsache, dass sie während sieben Jahren in fünf verschiedenen Jobs gearbeitet hatte, von einer Galerie in Downtown bis zu einem Bürgermeisterwahlkampf, samt einem kurzen Abstecher in ein Start-up, das abrupt implodierte. Und sie hatte genauso viele Beziehungen wie Jobs durchgemacht.

Während Maura von Stelle zu Stelle, von Affäre zu Affäre geflattert war, litt Nina nie unter dieser Unruhe. Seit dem College war sie bei derselben Zeitschrift beschäftigt und hatte sich hochgearbeitet, und vor Maura hatte sie zwei eher undramatische Beziehungen und dazwischen auch keine One-Night-Stands gehabt – was sie fast schon beschämt erzählte, als würde sie dadurch langweilig und bieder wirken. Maura jedoch bewunderte das. Nina besaß eine Loyalität, die es heutzutage kaum mehr zu geben schien.

Nachdem sie ihre Boxen geöffnet hatten, hatte Maura Nina angeboten, die Beziehung zu beenden. Doch die hatte sich geweigert.

»Ich weiß, dass du mich liebst«, hatte Maura gesagt, »aber mir bleiben nicht einmal zehn Jahre, und du verdienst jemanden, mit dem du den Rest deines Lebens verbringen kannst.«

Nina war schockiert gewesen. »Ja, ich liebe dich, und genau deshalb würde ich dich nie verlassen.«

Maura hatte vorgeschlagen, dass Nina in Ruhe darüber nachdenken solle. »Du müsstest dich nicht schuldig fühlen.« Zärtlich hatte sie Ninas Hand gehalten. »Ich würde es dir nicht vorwerfen.«

Doch Nina war beharrlich geblieben. »Ich muss nicht darüber nachdenken, was ich fühle.«

Auf der Suche nach Inspiration sah sich Maura in Raum 204 um, der ganz offensichtlich ein Klassenzimmer für Englisch und mit Schwarz-Weiß-Fotos berühmter Autorinnen und Autoren dekoriert war. Sie erinnerten Maura an die Poster in ihrer alten Einzimmerwohnung, in der das Bett fast die halbe Wohnung belegt und ihre Sammlung alter Polizeifotos von Berühmtheiten die niedrigen weißen Wände geschmückt hatte.

Bei ihrem vierten Date war Nina zum ersten Mal in der Wohnung gewesen und hatte die Fotos aufmerksam betrachtet: David Bowie stoisch auf einem Revier in Rochester. Frank Sinatra, etwa Mitte dreißig, jungenhaft sexy mit zerzaustem Haar, das ihm in die Stirn fiel. Jane Fonda, die in Cleveland die Faust reckte. Bill Gates, der wie ein blonder Beatle aussah und auf seinem Foto aus den Siebzigern grinste. Und Jimi Hendrix, der 1969 gelassen in die Kamera sah, das aufgeknöpfte Hemd entblößte eine Kette mit Anhänger.

»Die meisten wurden wegen Drogen festgenommen, ziemlich geringfügige Vergehen«, hatte Maura erklärt. »Bill Gates hat man wegen Fahren ohne Führerschein festgenommen.«

»Ich finde die Bilder faszinierend«, hatte Nina erwidert. »Sie würden sich gut auf vier Seiten in unserer nächsten Ausgabe machen.«

»Du hast ein Date mit mir und denkst trotzdem an die Arbeit?« Maura hatte sich mit aufreizend übereinandergeschlagenen Beinen aufs Bett gesetzt. »Wie soll ich mich dabei fühlen?«

»Bitte entschuldige.« Nina hatte gelächelt und Maura leicht geküsst. »Es ist mir ein bisschen peinlich, aber ich muss zugeben, dass ich von vielen gar nicht wusste, dass sie mal verhaftet wurden.«

»Unter anderem deshalb habe ich sie aufgehängt«, hatte Maura gesagt und die Fotos betrachtet. »Sie sollen daran erinnern, dass wir manchmal Scheiße bauen, dass das System uns manchmal verarscht, aber wenn man sein Leben mit genügend Leidenschaft und Mut lebt, wird man sich *deswegen* an einen erinnern. Nicht wegen des Mists, der sonst so passiert ist.«

Fast zehn Minuten waren vergangen, doch Mauras Blatt Papier war immer noch leer.

Sie sah sich im Raum um. Die meisten anderen hatten nicht aufgehört zu schreiben, nachdem sie Stift und Papier erhalten hatten. Ben hatte seinen Brief bereits fertiggestellt und zeichnete beiläufig die New Yorker Skyline. Zumindest Hank schien auch mit der Aufgabe zu kämpfen.

Liebe Nina.

Was sollte sie schreiben, das Nina nicht bereits wusste?

Darauf gab es nur eine Antwort, doch das konnte Maura ihr jetzt nicht offenbaren, nicht nach ihren ganzen Diskussionen und Entscheidungen. Nicht wenn Nina davon ausging, dass das Thema erledigt war.

Und das *war* es auch, hatte Maura sich eingeredet. Was würde es nützen, wenn Nina jetzt erfuhr, dass Maura doch zweifelte?

HANK

Niemand am New York Memorial Hospital hätte am ersten Mai die immense Tragödie ahnen können, die sich dort nur zwei Wochen danach abspielen würde. Am Anfang des Monats waren die Ärzte und Pflegekräfte und Patienten noch mit den kleineren Tragödien um sie herum beschäftigt.

Allein an diesem Morgen hatte Hank drei Leute gesehen, die mit Tränen in den Augen und angstbleichen Gesichtern ins Krankenhaus gekommen waren und gefleht hatten, wegen ihrer kurzen Fäden mit einem Arzt sprechen zu können.

In den ersten Wochen, im März und April, hatten Hank und seine Kollegen noch solche Kurzfaden ins Krankenhaus gebeten, um einige Untersuchungen durchzuführen: Blutbild, MRT, Ultraschall, EKG. Manchmal fanden sie etwas Besorgniserregendes, und der Patient konnte nach Hause gehen – zwar ohne Hoffnung, aber zumindest mit einer Antwort. Jemanden wegzuschicken, bei dem sie überhaupt nichts gefunden hatten, war viel schwieriger.

Im Lauf der Wochen und mit der wachsenden Überzeugung, dass die Fäden echt waren, kamen aber immer mehr Menschen mit kurzen Fäden. Am ersten Mai bestätigte die Regierung die allgemeinen Befürchtungen, und die Krankenhausverwaltung beschloss, Kurzfaden ohne Symptome nicht länger »zu verwöhnen«. Kranke und Verletzte wurden natürlich nicht abgewiesen, doch wer ansonsten gesund war, konnte nicht allein wegen seines Fadens aufgenommen werden, der einen bevorstehenden Unfall, aber auch ein gesundheitliches Leiden vorhersagen konnte. Die Notaufnahme war sowieso schon überfüllt, und die Rechtsabteilung fürchtete, dass Ärzte, die Kurzfaden nach einer Untersuchung als gesund entließen, Gefahr liefen, verklagt zu werden.

Hank war gerade in die Notaufnahme gekommen, um die Untersuchungsergebnisse eines Patienten mit dessen Familie zu besprechen, als er einen Mann mit einer Box in der Hand sah, der sich der Krankenschwester an der Patientenaufnahme näherte.

»Mein Name ist Jonathan Clarke.« Der Mann klang verzweifelt. »Ich brauche Hilfe.«

»Was fehlt Ihnen denn?«, fragte die Schwester und beäugte misstrauisch die Box.

»Nichts, aber ... er ist so kurz«, antwortete Jonathan flehend. »Es ist so bald schon so weit. Sie müssen es aufhalten.«

»Haben Sie im Moment Symptome, egal welche, Sir?«

»Ich weiß es nicht. Nein, ich glaube nicht«, stotterte Jonathan. »Aber Sie verstehen nicht, meine Zeit ist fast abgelaufen. Irgendjemand muss mir helfen!«

»Sir, wenn Sie keine Symptome haben, muss ich Sie leider bitten zu gehen.« Die Schwester deutete zum Ausgang. »Hier sind Patienten, die sofortige ärztliche Behandlung benötigen.«

»*Ich* brauche ärztliche Behandlung!«, brüllte Jonathan. »Ich habe keine Zeit!«

»Sir, ich verstehe Ihre Situation, aber wir können leider nichts tun. Vereinbaren Sie besser einen Termin bei Ihrem Hausarzt.«

»Wie können Sie das sagen? Das hier ist ein verdammtes Krankenhaus! Hier soll Menschen doch geholfen werden!«

Einige wartende Patienten und Angehörige hatten sich umgedreht und verfolgten alles gebannt wie Gaffer am Straßenrand, doch die meisten sahen peinlich berührt und voller Mitgefühl für den Mann zu Boden.

»Sir, bitte beruhigen Sie sich«, sagte die Schwester bestimmt.

»Hören Sie auf damit!« Jonathan schüttelte seine Box. »Ich werde sterben!«

Ein Sicherheitsbeamter, ein früherer Wrestler, kam hinzu.

»Wie können Sie mir das antun?«, schrie Jonathan. »Wie können Sie mich einfach sterben lassen?«

»Sir, wir wissen, dass das eine schwierige Situation ist«, sagte der Sicherheitsbeamte, »und wir wollen die Polizei nicht rufen, aber wenn Sie jetzt nicht freiwillig gehen, müssen wir es tun.« Er hielt seine Hand über dem Schlagstock an seiner Hüfte.

Jonathan ließ den Blick durch die Lobby schweifen, bis er Hank entdeckte, den einzigen Menschen in weißem Kittel im Raum.

»Na gut«, lenkte er ein. »Ich gehe.«

Er sah zu der Schwester und dem massigen Sicherheitsbeamten. »Ich will meine letzten Tage nicht in einer verdammten Gefängniszelle verbringen«, sagte er. »Vielleicht hat ein anderes Krankenhaus ja ein verdammtes Herz.«

Hank hatte das Gefühl, von seinem Arbeitsplatz in der Notaufnahme aus zugesehen zu haben, wie die Welt die

Stadien der Trauer durchlief und sich immer mehr einer gewissen Akzeptanz näherte, einem neuen Gefühl der Normalität. Doch in jedem Stadium schienen immer mehr Menschen abgehängt worden zu sein, als wären immer mehr in jeder Phase gefangen und könnten nicht weitergehen.

Manche hingen noch in der anfänglichen Verleugnung fest. Ein paar Blocks von Hanks Wohnung entfernt versammelten sich oft einige Demonstranten, um lautstark zu verkünden, die Fäden seien ein Schwindel, ein Trick der Regierung, und dass zutreffende Fadenvorhersagen nur selbsterfüllende Prophezeiungen seien, Zeugnisse, wie leicht sich der schwache menschliche Geist doch beeinflussen ließe.

Die, die gern feilschten, flehten zu Gott, er möge ihre Fäden verlängern, versprachen, ihr Leben dafür zu ändern. Und vielleicht ließen sich diejenigen, die sich immer noch weigerten, in ihre Boxen zu sehen, ja auch auf eine Art Handel ein, dachte Hank. Mit jedem Tag, an dem sie ihre Fäden ignorierten, kauften sie sich mehr Zeit in einem unveränderten Leben.

Doch die Menschen, die in den emotionaleren Phasen gefangen waren, in Wut und Depression, waren am leichtesten zu erkennen und ein schmerzhafter Anblick. Jonathan Clarke gehörte eindeutig zu den Wütenden.

Hank wartete, bis der übel gelaunte Mann die Notaufnahme verließ, und das giftige Gefühl der eigenen Machtlosigkeit, das in den letzten Monaten in ihm gewachsen war, drohte ihn in diesem Moment zu überwältigen.

Am Ende seiner Schicht informierte Hank seine Vorgesetzte von seiner Kündigung zum Monatsende.

AMIE

Der Mai war dieses Jahr ungewöhnlich warm, die frühmorgendliche Sonne verhieß stickige Sommerhitze für den Tag, und Amie beschloss, durch den Central Park zu ihrer Schule zu laufen, anstatt auf den Bus zu warten, der quer durch die Stadt fuhr.

Der Park war einer der wenigen Orte, der fast noch so wie früher war. Kurzstreckensprinter und Fahrradfahrer sausten an ihr vorbei, während Jogger mit Kinderwagen Amie auf dem Gehweg überholten. Kinder turnten auf Klettergerüsten und rutschten gelbe Plastikrutschen hinunter, während Eltern und Nannys von den nahe gelegenen Bänken aus zusahen.

Leider ging das schöne Wetter nicht unbemerkt an Amies Schülerinnen und Schülern vorbei.

»Können wir heute rausgehen?«

Sobald Amie das Klassenzimmer betrat, ertönte die vorhersehbare Frage aus einer vorhersehbaren Ecke, von einem vorwitzigen Jungen mit Sommersprossen. Seine ständigen Forderungen – Können wir heute während des Unterrichts mittagessen? Können wir heute im Unterricht einen Film anschauen? – lösten bei den anderen zwar immer Unruhe aus, doch insgeheim bewunderte Amie seine Hartnäckigkeit.

Sie begegnete den flehenden Blicken ihrer Fünftklässler. »Das ist keine so gute Idee, denn wegen der Pollen da draußen könnten deine Klassenkameraden niesen und husten, und das wollen wir doch nicht.«

Den meisten reichte ihre Begründung, auch wenn ein paar abfällig grinsten oder die Augen verdrehten.

Ehrlich gesagt, hätte sie nichts dagegen gehabt, den Unterricht im Freien abzuhalten. Manchmal träumte sie von sich selbst als einer Collegeprofessorin für Englisch, die wie Julia Roberts in *Mona Lisas Lächeln* in ihren Studentinnen und Studenten die Liebe zur Literatur weckte. Sie stellte sich vor, wie sie von einer Schar eifriger Studenten umgeben war, die mit aufgeschlagenen Romanen in der Hand auf dem Collegehof saßen, und im Gras lagen Hefte und Kaffeebecher verstreut.

Doch eine laute Klasse Zehnjähriger nach draußen mitnehmen war einfach keine gute Idee.

»Also, wer möchte über das Ende von *Hüter der Erinnerung* sprechen?«, fragte Amie.

Sie rief Meg auf, die wie immer am Fenster saß. Der Tisch neben ihr, an dem ihre beste Freundin Willa gesessen hatte, war leer. Die Schulleitung hatte Amie mitgeteilt, dass Willas Mutter das Mädchen vom Unterricht abgemeldet hatte, nachdem sie erfahren hatte, dass ihr nur noch wenige Jahre mit ihrer Tochter blieben. Die beiden befanden sich jetzt auf unbestimmte Zeit auf Reisen im Ausland.

»Ich glaube, ich hatte ... Hoffnung«, antwortete Meg. »Jonas' Welt ist Furcht einflößend und unfair und verwirrend, aber am Ende kann er entkommen. Und auch wenn wir nicht genau wissen, was am Fuß des Hügels wartet, denke ich bei den Lichtern, dass es da schön ist. Vielleicht gibt es also für uns auch einen Ort, an dem alles besser ist, wenn wir uns hier fürchten und alles unfair und verwirrend ist.«

Amie wusste nicht, was sie darauf sagen sollte. Ihre Schülerinnen und Schüler waren noch jung, sie verwendeten keine elaborierten Worte oder bildhafte Sprache, sie zitierten keine Philosophen oder Historiker, und trotzdem war sie manchmal sprachlos.

»Das hast du wunderschön gesagt, Meg, danke. Wie ging es euch anderen mit dem Buchende?«

Nach der Schule rief Amie auf dem Nachhauseweg ihre Schwester an. Nina meldete sich sofort, wie immer, egal wie beschäftigt sie war.

»Woran arbeitest du gerade?«, fragte Amie.

»An einem Artikel über die Reaktion der Fluggesellschaften auf die Fäden«, antwortete Nina vage.

»Ist es gerade schlecht?« Amie merkte, dass ihre Schwester abgelenkt war und wahrscheinlich gerade die Texte auf ihrem Schreibtisch überflog. Wie genau sah eigentlich die Reaktion der Fluggesellschaften auf die Fäden aus? Vielleicht würden sie Einbußen hinnehmen müssen, weil zu viele Kurzfaden Angst vor einem Absturz hatten. Oder mehr Menschen würden wegen der Fäden reisen, die Welt entdecken wollen, solange sie das noch konnten.

»Tut mir leid, nein, jetzt passt es gut«, sagte Nina.

Amie war in Gedanken immer noch bei den Flugzeugen. »Weißt du noch, als ich einen Piloten als Freund wollte?«

»Natürlich.« Nina lachte. »Wie oft warst du mit dem Typen von Delta Airlines aus? Zweimal?«

»Weil ich gehofft hatte, dass das dritte Date vielleicht in Paris stattfindet«, meinte Amie wehmütig.

»Darüber wolltest du aber sicher nicht mit mir sprechen.«

»Ich bin auf der Suche nach einem Buch, das die Kinder in den Sommerferien lesen sollen. Am liebsten etwas Historisches, in dem man sich aber trotzdem wiederfindet.«

»Hm, was haben *wir* denn in der fünften Klasse gelesen? Irgendetwas über die Hexenprozesse von Salem? Im Ernst, jetzt wäre vielleicht ein guter Zeitpunkt, um darüber zu sprechen, wie Menschen auf Dinge reagieren, die sie nicht verstehen können.«

»Ich mag sie eigentlich nicht zu sehr mit den Fäden belasten«, meinte Amie. »Ich weiß, dass sie viel mehr merken, als wir glauben, aber ... sie sind doch noch Kinder.«

»Ich verstehe schon«, erwiderte Nina, und beide schwiegen.

»Du, äh, würdest es mir doch sagen, wenn du deine Meinung änderst, oder?«, fragte Nina schließlich zögernd.

»Natürlich, dir würde ich es als Erste erzählen. Aber ich muss wahrscheinlich gar nicht in die Box schauen. Dein Faden war irre lang, und unsere DNS ist zu großen Teilen die gleiche, weshalb meiner sicher ähnlich lang ist.«

»Oh ja, definitiv«, meinte Nina. »Und Mom und Dad sind immer noch ständig beschäftigt.«

Amie lächelte. Ihre Eltern, Anfang sechzig und zum Glück immer noch gesund, hatten wie Amie beschlossen, ihre Boxen nicht zu öffnen. Stattdessen konzentrierten sie sich auf die guten Dinge in ihrer zweiten Lebenshälfte und verbrachten die Wochenenden mit Gärtnern, Lesekreisen und Tennis. Diese einfachen Freuden bereiteten noch mehr Freude, weil sie in einer außergewöhnlichen Zeit so gewöhnlich waren.

»Ich lasse dich mal weiterarbeiten«, sagte Amie. »Vielleicht inspiriert mich in der Buchhandlung etwas. Grüß Maura von mir.«

Die Glocke läutete, als Amie den Buchladen in der Nähe ihrer Wohnung betrat. Auf dem kleinen Fernseher, der oben an einer Wand angebracht war, lief ein Interview mit Anthony Rollins, einem der neuesten Präsidentschaftskandidaten, einem wortgewandten, gut aussehenden Abgeordneten aus Virginia, der zweifellos Argumente vorbrachte, warum ausgerechnet *er* das Land durch diese merkwürdigen Zeiten führen sollte. Amie ärgerte sich immer noch, dass der Ladenbesitzer letztes Jahr das Fernsehgerät hatte anbringen lassen. Sie kam in die Buchhandlung, um sich von den allgegenwärtigen Nachrichten zu erholen, von dem Stress der Welt da draußen.

Sie versuchte, den Mann auf dem hellen Bildschirm über ihrem Kopf zu ignorieren, und ging an dem Tisch mit den derzeit beliebten Titeln vorbei, auf dem seit ein paar Wochen dank des wiedererstarkten Interesses an griechischer Mythologie und den Schicksalsgöttinnen die *Ilias* und die *Odyssee* eingezogen waren, neben einem Haufen Selbsthilfebüchern und Meditationen von Ärzten, Philosophen und Theologen zum Thema Sterblichkeit. *Die fünf Menschen, die dir im Himmel begegnen* war wieder ein Bestseller.

Sobald sie im Hauptraum inmitten der hohen Holzregale und des vertrauten Geruchs nach Tausenden Buchseiten stand, wurde Amie ruhiger. Es gab nur wenige Orte, an denen sie glücklicher war als in einer Buchhandlung. Sie neigte manchmal dazu, in ihren Tagträumen zu versinken, weshalb sie es tröstlich fand, von den gleichermaßen zahlreichen Träumen anderer Menschen umgeben zu sein, die in gedruckter Form für immer bewahrt waren.

Als sie und Nina noch Kinder gewesen waren, hatte ihre Mutter sie oft nach der Schule in die örtliche Buchhandlung mitgenommen, deren Besitzerin nichts dagegen hatte, dass sie eine Stunde auf dem Teppich saßen und lasen, bevor sie etwas kauften. Amie hatte schon da eine Vorliebe für Fantasy und Liebesromane entwickelt, Nina hingegen las lieber Biografien von Frauen wie Marie Curie oder Amelia Earhart (auch wenn sie wochenlang aufgebracht wegen deren ungeklärtem Verschwinden war). Wenn sie gemeinsam lasen, wies Nina immer stolz auf Tippfehler in Büchern hin, was Amie jedes Mal ärgerte. Sie wünschte, ihre Schwester könnte sich einfach entspannen und in der Geschichte verlieren.

Amie und Nina begründeten damals sogar die Tradition, die Bücher zu tauschen, nachdem sie sie gelesen hatten. Ursprünglich war es Amies Vorschlag, um ihre Ängste zu besänftigen, dass die sich im Lauf der Jahre entwickelnden Unterschiede – Nina outete sich als lesbisch, schließlich gingen beide auf unterschiedliche Colleges – ihr enges Verhältnis bedrohen könnten. In den fünf Jahren, die sie nicht am selben Ort wohnten, schickten sie einander Dutzende Taschenbücher, in denen Post-its an ihren Lieblingsstellen klebten und in die sie Insiderwitze an den Rand gekritzelt hatten. Nina machte sich über Amies Empfindsamkeit lustig, als sie ihr Exemplar von *Alles, was wir geben mussten* erhielt, dessen letzte Seiten ganz gewellt von Tränen waren. Amie hingegen beschwerte sich, dass Nina in *Überflieger: Warum manche Menschen erfolgreich sind – und andere nicht* viel zu viele

Abschnitte mit Textmarker hervorgehoben hatte und sie damit beim Lesen ablenkte.

Amie blieb an dem Regal mit Dystopien stehen, in dem sie im Januar *Hüter der Erinnerung* gefunden hatte. Liebevoll hatte sie an ihren Lesekreis in der fünften Klasse zurückgedacht und beschlossen, das Buch mit ihren Schülerinnen und Schülern zu lesen. Und dann hatte sich mit dem Frühjahr alles verändert. Sie sah *Der Report der Magd* und *Die Tribute von Panem,* die sie als Teenager beide verschlungen hatte. Mehr als einmal hatte sie nach Mitternacht schlaflos im Bett gelegen und sich vorgestellt, ein Tribut in den Spielen zu sein und sich ihren Weg durch einen dichten, dunklen Wald zu bahnen, der in ihrem Geist gewachsen war.

Zumindest schien die Zukunft, die man ihnen zugedacht hatte, um einiges vielversprechender zu sein als die im Regal vor Amie, in denen die Körper von Frauen rein auf die Fortpflanzung reduziert wurden und sich Jugendliche auf Geheiß der Regierung gegenseitig im Fernsehen abschlachteten. Jeder Roman schien eine noch düsterere Welt zu skizzieren. Wenn das die Alternativen waren, dachte Amie, sollten sie vielleicht froh sein, dass sie nur die Fäden bekommen hatten.

Doch wie nahezu jeden Tag fragte sie sich auch, ob es falsch war, ihre Box ungeöffnet zu lassen und das Wissen zurückzuweisen, das so vielen ihrer Freunde und Kollegen – fast alle hatten lange Fäden – einen ungekannten inneren Frieden beschert hatte, das größte Geschenk, das man sich wünschen konnte. Sogar Nina, deren Gedanken oft von der Sorge um Maura beherrscht wurden, hatte Amie gegenüber zugegeben, dass sie beim Blick auf ihren eigenen langen Faden unweigerlich erleichtert gewesen war.

Doch Amies Geist war ständig in Bewegung, entwarf verschiedene Szenarien, in denen sie sich selbst sah. Sie hatte sich lebhaft alle möglichen Varianten ausgemalt – einen langen Faden, einen kurzen Faden, einen mittellangen Faden, einmal sogar eine *leere* Box – und dann beschlossen, dass die sicherste Wahl war, das Kästchen einfach ganz hinten in den Schrank zu verbannen, hinter das salzverkrustete Paar Winterstiefel, das sie nur bei Schneesturm trug.

Am Montagmorgen brachte Amie zwei Dutzend Exemplare von *Die Unsterblichen* mit in die Schule.

»Entschuldigung, Miss Wilson?«

Amie drehte sich um. Einer der Hausmeister stand vor ihr und zog ein gelbes, gefaltetes Blatt Papier aus seiner Tasche. »Als ich gestern Abend geputzt habe, habe ich das hier auf dem Boden in Ihrem Klassenzimmer gefunden, und ich wusste nicht, ob ich es wegwerfen oder irgendwo abgeben soll. Das hat wohl einer Ihrer Schüler geschrieben?«

»Oh, vielen Dank.« Amie nahm den Zettel entgegen, auf dessen Rückseite die Silhouette der Skyline von Manhattan gezeichnet war, und faltete ihn auf. Keiner der Namen, die auf der Seite standen, gehörte zu ihren Schülern.

»Wo genau haben Sie das gefunden?«

»Unter einem Stuhl, beim Bücherregal.«

»Dann gehört er bestimmt jemandem«, sagte sie. »Danke, dass Sie ihn aufgehoben haben.«

Er nickte. »Gern.«

Amie lächelte. Sie betrat Raum 204 und setzte sich hinter den Schreibtisch, der voller Unterlagen war, außerdem zwei Notizbüchern, einem winzigen Kaktus (ein Geschenk von Nina, das »praktischer als Blumen« war), zwei leeren Kaffeetassen, einem fast leeren Hefter und einem Tischkalender mit »verbotenen Büchern«, den sie vom Geschichtsbereich bekommen hatte. Auf dem Maibild war *Der Fänger im Roggen* abgebildet, das Amie schon seit dem dritten April aufgeschlagen hatte, nachdem zu viele ihrer Schülerinnen und Schüler gefragt hatten, worum es in *Lolita* ging.

Sie legte den Zettel auf einen kleinen Stapel mit Aufsätzen und zögerte, ob sie ihn lesen sollte.

Zuerst versuchte sie, sich auf die heutige Grammatikstunde zu Kommata und Strichpunkten vorzubereiten, doch ihr Blick schweifte immer wieder zu dem gefalteten Stück Papier, bis sie schließlich danach griff und zu lesen begann.

> *Sean hat gesagt, dass wir einen Brief schreiben müssen. Dann mal los.*

Ein paar schwache Kugelschreiberspuren hinter dem Punkt verrieten das ungeduldige Klopfen des Verfassers oder der Verfasserin mit dem Stift auf das Papier.

> *Carl findet das immer noch eine blöde Übung und bohrt zu Seans Ärger mit der Stiftspitze Löcher in sein Blatt Papier. Chelsea scheint etwas zu malen, schwer zu sagen.*

Amie erkannte keinen der Namen.

> *Zehn Minuten sind länger, als ich dachte. Außerdem ist es eine ganze Weile her, seit ich zum letzten Mal mit der Hand einen Brief geschrieben habe. Ich fühle mich wie*

ein Soldat in einem epischen Kriegsdrama, der über einem Notizblock kauert und eine Nachricht an seine Freundin zu Hause schreibt.

Ich muss daran denken, wie ich bei einem Roadtrip im Süden das National World War II Museum besucht habe. An den Wänden hingen einige gerahmte Soldatenbriefe. Zwanzig Minuten habe ich sie mir angesehen, und jetzt kann ich mich nur an einen erinnern, typisch. Der Soldat hatte seine Mutter gebeten, sie möge Gertrude etwas ausrichten: »Egal, was passiert, ich empfinde immer noch dasselbe.«

Ich weiß nicht, warum ich mir das gemerkt habe. Vielleicht weil es seltsam war, so etwas Privates so öffentlich ausgestellt zu sehen. Es war mir fast peinlich, es zu lesen. Oder vielleicht lag es nur am Namen Gertrude.

Plötzlich fühlte Amie sich schuldig, weil sie die Gedanken dieser unbekannten Person las. Doch man hatte den Brief in *ihrem* Klassenzimmer gefunden. Dann musste ihn doch einer ihrer Schüler geschrieben haben, oder? Sie konnte sich allerdings bei keinem der Zehnjährigen einen entsprechenden Grad an Selbstreflexion und solche wohlformulierten Sätze vorstellen. Trotzdem klang es so, als hätte der Schreiber oder die Schreiberin einen Schulaufsatz oder so etwas geschrieben. Doch sie kannte keinen Lehrer namens Sean.

Dann fiel ihr ein, was ein Kollege letzten Monat erzählt hatte. An den Abenden und Wochenenden fanden Selbsthilfegruppen für Menschen mit kurzen Fäden in der Schule statt.

Ihr Magen verkrampfte sich, als ihr klar wurde, was sie gerade gelesen hatte, und sie empfand Mitgefühl mit dem Verfasser, dem man die Worte wohl als eine Art Therapie entlockt hatte.

Mit dem Blatt Papier in den Händen überlegte sie, was sie damit machen sollte. Sie dachte an Gertrude. Es war einfacher, an einen Namen in einem weit entfernten Museum zu denken, als an den Kurzfaden, der nur wenige Stunden zuvor in ihrem Klassenzimmer gesessen und diesen Brief zurückgelassen hatte. Stattdessen stellte sie sich Gertrude und ihren Soldaten an der Front vor, wie Cecilia und Robbie aus *Abbitte*, und wie die arme Frau ängstlich auf die tränendurchweichten Briefe eines jungen Mannes wartete, der sich irgendwo auf einem Schiff befand. Egal, was passiert, er empfindet immer noch dasselbe.

BEN

Eine Woche später machte Maura Ben kurz vor Beginn des Treffens darauf aufmerksam: eine sorgfältig gefaltete Seite aus einem gelben Notizblock, die im Raum 204 neben dem Bücherregal auf dem Boden lag und auf der eine Zeichnung der Silhouette von Manhattan zu sehen war.

»Gehört der nicht dir?«, fragte Maura.

»Oh! Ja«, sagte Ben. »Ich hatte mich schon gefragt, ob ich ihn verloren hatte. Was für ein Zufall, dass er die ganze Zeit hier lag und ihn niemand weggeworfen hat.«

Maura wirkte auch überrascht. »Vielleicht hat jemand die Zeichnung gesehen und gedacht, dass derjenige, der das Papier verloren hat, noch mal zurückkommt. Du bist gar nicht so schlecht.«

»Ach ja?« Ben lachte, und Maura zog lächelnd ihren Stuhl unter dem Tisch hervor.

Ben schob das gefaltete Papier in seine Jeanstasche. Erst als er nach dem Treffen wieder zu Hause war, las er den Brief noch einmal.

Unter seinen ursprünglichen Text hatte jemand etwas geschrieben.

Eine Antwort.

Hast du je herausgefunden, was aus Gertrude und dem Soldaten geworden ist? Ich frage nur, weil ich viel an sie gedacht habe, und ich bin neugierig, was er genau mit seinen Worten gemeint hat.

Zuerst habe ich seinen Brief als das ultimative Liebesversprechen interpretiert – egal, was ihm im Krieg zustößt, er wird Gertrude immer lieben. Aber was, wenn es gar nicht so gemeint ist? Nachdem ich nicht den ganzen Brief gelesen habe, weiß ich es nicht sicher, aber wenn er wirklich geschrieben hat: »Egal, was passiert, ich empfinde immer noch dasselbe«, dann meint er vielleicht das genaue Gegenteil? Vielleicht hatte er die arme Gertrude bereits zurückgewiesen, und egal, welchen körperlichen oder emotionalen Gräuel er durchleiden muss, seine Gefühle werden sich nicht ändern. Er würde sie nicht so lieben, wie sie ihn geliebt hat. Und er musste seine Mutter vorschicken, weil er nicht den Mut hatte, es Gertrude selbst zu sagen.

Natürlich ist das nur meine wilde Fantasie (und vielleicht sollte ich mir Sorgen machen, weil ich in einer wahrscheinlich wunderschönen Liebeserklärung nach etwas Traurigem suche?), aber ich würde gern erfahren, ob du mehr über Gertrude und ihren Soldaten weißt.

A.

HANK

Hank sah nicht, wie der Mann hereinkam, doch er hörte hinter dem hellgrünen Vorhang die Pistolenschüsse, während er gerade einen älteren Patienten untersuchte, der mit akuten Schmerzen in der Brust in die Notaufnahme des New York Memorial Hospital gekommen war.

Hank war seit über fünfzehn Jahren Arzt. Er hatte schon schreckliche Anspannung auf den Gesichtern seiner Patienten gesehen, wenn sie ihre Symptome beschrieben oder auf Untersuchungsergebnisse warteten. Doch noch nie zuvor hatte er nackte Angst so rasch über das Gesicht eines Menschen zucken sehen wie in diesem Moment, am Morgen des fünfzehnten Mai, als sie beide die Schüsse hörten. Später wurde Hank klar, dass sie beide nicht einen Augenblick lang überlegen mussten – das war fast das Schlimmste. Über diesen speziellen Terror hatten sie genug Bilder in den Nachrichten gesehen und genügend Artikel gelesen. Beide wussten genau, was passierte.

Einen Moment verkrampfte sich Hank am ganzen Leib, und er wusste nicht, ob er überhaupt noch atmete.

Und dann dachte er: *A. B. K.*

Ein paar Monate zuvor hatte ein Officer des NYPD das Krankenhaus besucht und allen Verhaltenshinweise im Falle eines Schusswaffenattentats gegeben. *A. B. K. Aus-*

weichen. Barrikaden errichten. Konfrontationen vermeiden. In der Reihenfolge der Wichtigkeit. Dem Attentäter aus dem Weg zu gehen, war das Beste, Barrikaden sollte man errichten, falls nötig, und Konfrontationen – vorzugsweise in einer großen Gruppe – sollten der letzte Ausweg sein.

Als der dritte und der vierte Schuss schnell hintereinander abgegeben wurden, hatte Hank gefolgert, dass sie wohl vom Eingang zur Notaufnahme kamen und damit weit genug entfernt waren, um die Patienten in die hinteren Behandlungsräume zu evakuieren.

Dutzende verängstigter Menschen in blauen Papierkitteln rannten zu den Notausgängen, während Ärzte und Pflegekräfte hektisch Rollstühle und Betten hinter ihnen herrollten. Ein fünfter und ein sechster Knall hallten durch den Raum, und die Menschen rissen instinktiv die Arme hoch, um Kopf und Gesicht zu schützen, auch wenn immer noch eine geschlossene Doppeltür zwischen ihnen und dem Tumult war.

Hank bewegte sich so schnell wie möglich, während er den Infusionsständer einer Frau schob. Es war keine Zeit, die Schläuche, die von dem baumelnden Infusionsbeutel zu dem Zugang an ihrem Handgelenk führten, abzulösen.

Sieben. Acht.

Er brachte die Frau hinter dem Notausgang in Sicherheit, zusammen mit einem schwarz gekleideten Jungen, dessen Augenlider blinzelten und zuckten, nicht nur wegen der Situation, sondern auch wegen der hohen Konzentration von Methamphetaminen in seinem Blut, die ihn überhaupt erst in die Notaufnahme gebracht hatte. Hank schloss die Tür, drehte sich um und rannte zu dem Tumult.

Doch das Schlimmste hatte er verpasst. Er sah nur noch die fürchterlichen Folgen.

Die zitternden und blutenden Menschen auf dem Boden wurden auf Betten gehoben. Die Helfer riefen laut durcheinander. Ein Wachmann sammelte die Waffe des Attentäters auf, die zu Boden gefallen sein musste, als seine Kollegen endlich freie Schussbahn gehabt und den Mann getötet hatten. Es handelte sich um eine kleine Pistole, und Hank wurde bewusst, dass er mit einem Sturmgewehr gerechnet hatte.

Als er sich hinkauerte, um die Hände auf die blutende Wunde eines Opfers zu drücken, warf er einen raschen Blick auf den Mann, der für den Horror verantwortlich war.

Hank erkannte das Gesicht sofort.

NINA

Zwei Tage waren vergangen, seit Deborah Caine aus ihrem Büro gestürzt war, um ihr Team von der Schießerei im New York Memorial Hospital zu informieren.

Nina hatte den ganzen Morgen mit ein paar Reportern über die letzten Meldungen aus Nordkorea diskutiert, wo alle Boxen mittlerweile an die Regierung abgegeben werden mussten. Wer seine Box noch nicht geöffnet hatte, durfte nicht mehr hineinsehen, und wer mit zweiundzwanzig sein Exemplar bekam, musste es sofort aushändigen.

Es war die erste Vorschrift dieser Art, die in Kraft trat.

Im März und April waren die Regierungen der Länder zu sehr damit beschäftigt, die Echtheit der Fäden zu bestätigen und die Weltwirtschaft vor dem Absturz zu bewahren, um zu erkennen, dass sie nicht völlig machtlos waren. Die Ankunft der Boxen konnten sie nicht kontrollieren. Aber vielleicht, wie die Menschen sie benutzten.

In diesem Frühjahr hatten mehrere Länder der Europäischen Union in aller Stille zusätzliche Truppen an die kontroversesten Grenzen geschickt, in der Erwartung, dass verängstigte Migranten mit kurzen Fäden für ein letztes bisschen Hoffnung die Länder mit besserer Gesundheitsversorgung erreichen wollten. Die Grenzpolizei der USA war angeblich genauso alarmiert. Doch diese nordkoreanische Vorschrift war etwas *Neues,* das über die übliche Politik hinausging. Die Anordnung war angeblich die Folge der schwelenden Unruhe und der Befürchtungen des Kreises um den obersten Führer, ein paar aufgewühlte Kurzfaden, die nichts zu verlieren hatten, könnten vielleicht einen Aufstand anzetteln.

»Natürlich ist das eine extreme Maßnahme, aber vielleicht sind sie da an etwas dran«, hatte ein Reporter gesagt. »Wenn niemand mehr in seine Box schaut, dann kann das Leben wieder normal werden.«

»Außer für diejenigen, die schon hineingesehen haben«, meinte Nina. »Für sie ist es zu spät.«

»Nun, vermutlich können wir nur hoffen, dass *unsere* Kurzfaden zu keiner Bedrohung werden.«

Der merkwürdige Kommentar überraschte Nina. »Warum sollten sie zu einer Bedrohung werden?«

Bevor ihr Kollege antworten konnte, eilte Deborah mit angespanntem Gesichtsausdruck aus ihrem Büro. »Schüsse im New York Memorial«, sagte sie. »Es gibt mehrere Tote.«

Achtundvierzig Stunden später stand die endgültige Anzahl der Todesopfer, ohne den Attentäter, fest. Die fünf Toten waren zwischen dreiundzwanzig und einundfünfzig Jahre alt. Fünf Kurzfaden, die von ihrem Schicksal vielleicht gar nichts gewusst hatten oder die auf der Suche nach Hilfe ins Krankenhaus gekommen waren. Nicht ahnend, dass das Schicksal, dem sie entgehen wollten, hinter den Türen zur Notaufnahme auf sie warten würde. In der Gestalt eines anderen Kurzfaden mit einer Pistole, den man als Jonathan Clarke aus Queens, New York, identifiziert hatte.

Der Kriminalreporter eröffnete die morgendliche Redaktionskonferenz: »Was wollen wir für den Leitartikel zur Krankenhausschießerei? ›Die Tragödie im Memorial – was alles geschah‹?«

»Möglich. Wie stehen wir zu dem Wort *Tragödie*?«

»Diese Diskussion hatten wir doch schon einmal. Wollten wir es nicht von der Zahl der Toten abhängig machen? Ich dachte, jemand hätte gesagt, dass es über zehn Tote sein müssten, damit wir es eine ›Tragödie‹ nennen.«

»Ich glaube, den Hausfriedensbruch vor zwei Wochen haben wir ›Tragödie‹ genannt, und dabei ist nur ein Mensch umgekommen.«

»Ja, das hätten wir wahrscheinlich nicht tun sollen. Persönliche Tragödien sind etwas anderes.«

»Nun, das hier war ein Massaker, und das sind immer Tragödien.«

»Läuft das hier definitiv unter *Massen*schießerei?«

»Wenn wir mindestens vier Tote als Kriterium ansetzen, dann ja.«

»Natürlich ist es eine Tragödie. Attentate wie diese können normalerweise verhindert werden. Die kranken Scheißkerle verbreiten fast immer vorher im Internet ihre durchgeknallten Ideologien. Wenn wir es hätten aufhalten können, ist es eine Tragödie.«

»Wir verlieren uns hier gerade in Bedeutungsnuancen. Das war kein Neonaziattentäter mit einem Onlinemanifest. Hier geht es um die Fäden.«

»Hört sich ganz so an, als hätte sich das Krankenhaus geweigert, den Angreifer aufzunehmen, obwohl er behauptet hat, er wäre gerade dabei zu sterben.«

»Ich habe gehört, dass es einfach nicht mehr finanzierbar war, bei jedem völlig gesunden Kurzfaden ein CT durchführen zu lassen.«

»Ich frage mich, ob das Krankenhaus hätte vorhersagen können, dass etwas Schreckliches passieren würde, wenn es gewusst hätte, dass lauter Leute im Wartebereich saßen, deren Faden fast aufgebraucht war.«

Einen Moment herrschte Schweigen am Tisch.

»Na ja, die einzigen Gewinner sind die Waffenlobbyisten und die Politiker, die sie in der Tasche haben«, sagte jemand. »Das ist das erste Attentat in diesem Land, bei dem sie leicht die Hände in Unschuld waschen können: Gebt nicht den Waffen oder den Gesetzen die Schuld oder dem Gesundheitssystem. Ein Kurzfaden ist dafür verantwortlich. Gebt den Fäden die Schuld.«

»Von der Seite ziehen wir es auf«, schaltete sich Deborah ein, nachdem sie die Diskussion über das Wesen einer Tragödie und wie viele Todesopfer für eine offizielle Bezeichnung nötig waren, ruhig verfolgt hatte. Deborah hatte Nina einmal auf einer Weihnachtsfeier nach ihrem dritten Drink gestanden, dass sie immer wieder fassungslos war, wie leichthin das Team bei einer Massenschießerei oder einer Naturkatastrophe über Formulierungen diskutierte. In ihren drei Jahrzehnten als Journalistin waren die Schlagzeilen immer reißerischer geworden, und Deborah hatte miterlebt, wie die Worte bei jedem Vorfall immer ein bisschen mehr an Gewicht verloren, bis sie kaum noch den Substantiven und Adjektiven ähnelten, die früher einmal schwer auf ganzen Räumen gelastet hatten. Doch nur so konnte man weiterarbeiten, dachte Nina. Indem man seine Seele schützte, damit sie nicht zerbrach.

»Das ist die erste Massenschießerei der neuen Weltordnung«, sagte Deborah zu den Anwesenden. »Inwiefern ist sie dadurch anders? Wie verändert das unsere Reaktion?«

Sie stand auf und entfernte sich, wandte sich dann aber noch einmal um.

»Und fünf Menschen sind gestorben«, sagte sie müde. »Verdammt noch mal, das kann man nun wirklich eine Tragödie nennen.«

Abends starrte Nina zu Hause auf ihrem Laptop auf den Artikel, den sie eigentlich redigieren sollte. Stattdessen dachte sie an Jonathan Clarke.

Was würde passieren, wenn *Maura* jetzt ins Krankenhaus käme? Sie mieteten oft Räder und fuhren am Fluss entlang. Was, wenn Maura von einem Taxi angefahren und in die Notaufnahme gebracht würde? Dürften die Ärzte sie nach ihrem Faden fragen?

Nina wusste, dass ihre Partnerin als Schwarze Frau in einer medizinischen Umgebung sowieso einem größeren Risiko ausgesetzt war, dass Beschwerden von Frauen und Schwarzen schon immer gern falsch diagnostiziert oder ignoriert worden waren. Und jetzt *das*? Die Ungerechtigkeit machte sie immer wieder sprachlos.

Natürlich würde Maura ihnen nicht von ihrem Faden erzählen *müssen*. Sie könnte lügen und sagen, dass sie ihre Box nie geöffnet hätte. Aber würden sie sie tatsächlich anders behandeln, wenn sie die Wahrheit wüssten?

Vielleicht wäre es keine bewusste Entscheidung. Klar, wenn eine Ärztin zwischen einem acht- und einem achtundachtzigjährigen Patienten wählen müsste, würde sie zuerst das Kind retten, oder? Vielleicht war das eine ähnliche Situation? Man half der Person mit dem langen Faden zuerst?

Die Vorstellung, Maura könnte nur aufgrund ihres Fadens als hoffnungsloser Fall gelten und nicht behandelt werden, jagte Nina schreckliche Angst ein. Doch Chaos richtete die Frage in ihrem ansonsten so sortierten Gehirn an, die sich letztendlich stellte: Wurde eine Patientin schlechter behandelt, weil sie einen kurzen Faden hatte, oder war der Faden einer Patientin kurz, *weil* sie schlechter behandelt wurde?

Das war die mit Abstand beschissenste Variante des Henne-Ei-Problems.

Nina schloss das Dokument und öffnete Outlook, in ihrer Inbox hatten sich ein paar neue Mails angesammelt. Sie löschte die Nachricht, in der um Spenden für Anthony Rollins' Präsidentschaftswahlkampf gebeten wurde. Sie wusste nicht einmal genau, wie sie überhaupt auf seiner Mailingliste gelandet war. Ein paar ihrer Kolleginnen und Kollegen hatten erst kürzlich über Rollins diskutiert und sich darüber beschwert, dass seine schmierige Ausstrahlung und sein Vermögen ihn offenbar zur Führung des Landes qualifizierten. Nina war er zu aufgeblasen, und im Februar hatte sie ein Interview mit einer alten Klassenkameradin von Anthony gesehen, laut derer er der sexistische Präsident einer zwielichtigen Studentenverbindung gewesen war.

Doch das war vor den Fäden gewesen. Nina hatte jetzt anderes im Kopf.

Nachdem sie ein paar Arbeitsmails beantwortet hatte, gab sie nach und tippte »kurzer Faden + Krankenhaus« in die Suchleiste. Doch wonach suchte sie eigentlich? Irgendeine Bestätigung, dass man Maura an der Krankenhaustür nicht abweisen würde?

Die ersten Suchergebnisse handelten von dem Attentat, doch auf der zweiten Seite fand Nina eine neue Website namens »Fadentheorie«. Es handelte sich offenbar um ein Diskussionsforum, doch die Beiträge waren anders. Sie las keine Posts zu Außerirdischen oder Gott oder der NSA. Die diskutierten Probleme waren drängender, realer.

Hat noch irgendwer mit kurzem Faden Auswirkungen auf seine Krankenversicherung bemerkt? Ich hatte meine Versicherung von meinem Faden informiert, und sie weigert sich jetzt, Untersuchungen zu übernehmen, von denen ich eigentlich gedacht hatte, dass sie sie übernehmen! Ich habe auch Gerüchte gehört, dass bei manchen Kurzfaden plötzlich die Beiträge angehoben wurden.

Bitte helft meinem Bruder: Er ist ein großartiger Koch, es ist sein absoluter TRAUM, sein eigenes Restaurant in New York zu eröffnen, und ihm bleiben nur noch drei Jahre. Die Bank hat seinen Kreditantrag aber wegen seines kurzen Fadens zurückgewiesen! Wir haben eine GoFundMe-Seite eingerichtet, um Spenden für ihn zu sammeln, schaut mal vorbei.

Ich habe einem Kollegen von meinem kurzen Faden erzählt, und jetzt wurde ich im Rahmen einer »langfristigen Haushaltsplanung« gekündigt. Das heißt also, mein Leben ist nicht »langfristig« genug, dass mich die Firma weiter beschäftigt? Falls hier Anwälte mitlesen: Reicht das für eine Klage wegen unrechtmäßiger Kündigung?

Nina scrollte weiter.

Was macht die Regierung, um Menschen mit kurzen Fäden zu helfen?? Erst hat sie die ganze Forschungsarbeit übernommen und die Echtheit der Fäden bestätigt, und jetzt müssen wir allein klarkommen. Wir brauchen Rechtsschutz!

> Hat irgendwer Daten zum Verhältnis Fadenlänge und Demografie gesammelt? Ich frage mich, ob kurze Fäden unter POC und Geringverdienern verbreiteter sind. Das könnte der Beweis sein, dass Generationen von systemischer Misshandlung + mangelnden Aufstiegschancen die Menschen in diesen Bevölkerungsgruppen TÖTEN!

Eine Antwort auf den letzten Post erhielt viele Reaktionen.

> Such auf KEINEN FALL nach solchen Daten. Das wird nur verdreht und fällt dann auf dich zurück. Waffenbefürworter schieben das Krankenhausattentat bereits auf die Fäden. Was kommt als Nächstes? »Es ist nicht UNSERE Schuld, dass du arm und krank und arbeitslos bist – es liegt an den Fäden! Wir haben das nicht in der Hand!«

Vielleicht hatte Maura recht, dachte Nina. Vielleicht war es mittlerweile unwichtig, *woher* die Fäden stammten. Selbst wenn der Himmel sie geschickt hatte oder sie aus dem Weltall heruntergebeamt worden waren oder aus einer fernen Zukunft in der Zeit zurückgereist waren – die *Menschen* entschieden, wie jetzt damit umgegangen werden sollte.

Nachdem die Wahrheit über die Fäden von allen außer den letzten Verweigerern akzeptiert worden war, wurde die neue Welt deutlich: ein Garten, in dem viele Bewohner vom Apfel gegessen hatten, während der Rest weiterhin zu viel Angst hatte, um einen Bissen zu nehmen.

Das Gewicht dieser Erkenntnis, dieses einst undenkbaren Wissens, verfestigte sich immer mehr in den Herzen und Köpfen der Menschen. Es wog immer schwerer, übte immer mehr Druck aus, bis manche schließlich unausweichlich darunter zerbrachen.

Häuser und Besitztümer wurden verkauft, Arbeitsstellen gekündigt, weil man die letzte verbleibende Zeit noch bestmöglich nutzen wollte. Manche wollten reisen, am Strand leben, Zeit mit ihren Kindern verbringen, malen und singen, schreiben und tanzen. Andere stürzten in einen Abgrund aus Wut, Neid und Gewalt.

Eine Woche nach dem Vorfall im Memorial Hospital schoss ein anderer Kurzfaden in Texas in einem Einkaufszentrum um sich.

Zwei aufeinanderfolgende Attentate von Schützen mit kurzen Fäden verursachten einen Aufruhr in den Medien. MÜSSEN WIR WEITERE ANGRIFFE VON KURZFADEN BEFÜRCHTEN?, lauteten die Schlagzeilen.

In London hackten sich drei Computerwissenschaftler, deren Fäden fast aufgebraucht waren, in die Konten einer Großbank und stahlen zehn Millionen Pfund, vermutlich in der Hoffnung, ihre letzten Lebensjahre auf einer abgelegenen Insel ohne Auslieferungsabkommen verbringen zu können.

In den sozialen Medien las man von Paaren, die ihre Hochzeit nur wenige Tage vor dem Termin absagten, nachdem sie von ihrem Schicksal erfahren hatten, wohingegen andere nach Las Vegas durchbrannten und mit ihrer überstürzten Eheschließung den Boxen vor ihren Türen gewissermaßen den ausgestreckten Mittelfinger zeigten.

Ein paar Kurzfaden nutzten ihre verbleibende Zeit, um sich an denen zu rächen, die ihnen Unrecht zugefügt hatten. Wenn ein Ziel dieser Wut einen langen Faden hatte, mussten sich alle Tötungsversuche als vergeblich erweisen, weshalb man Wege fand, auf andere Weise Schmerz zuzufügen. Ganz gewöhnliche Leute verhielten sich wie Mafiosi. Fenster wurden eingeschlagen, Häuser in Brand gesetzt, Beine gebrochen, Geld wurde gestohlen. Verbittert und gleichzeitig ermutigt von dem Wissen, dass sie eine lange Gefängnisstrafe sowieso nicht mehr durchleiden würden müssen, fühlten sich manche Kurzfaden fast unbesiegbar. Man musste sich nicht vor der Todesstrafe fürchten, wenn einem der Tod sowieso bevorstand.

Diejenigen mit den längsten Fäden gingen genauso viele Risiken ein wie die mit den kürzesten. Getragen von der Gewissheit, dass sie ein hohes Alter erreichen würden, gingen sie Fallschirmspringen und fuhren Autorennen und experimentierten mit harten Drogen. Sie vergaßen dabei, dass ein langer Faden ihnen nur das reine Überleben zusicherte. Er bewahrte sie nicht vor Verletzungen oder Krankheiten. Er bedeutete nicht, dass sie nicht zur Rechenschaft gezogen würden. Nachrichtensprecher, Ärzte, Talkshowmoderatoren und Politiker beschworen Langfaden, daran zu denken, dass sie nicht unverwundbar waren. Man hat euch das ultimative Geschenk eines langen Lebens gemacht, sagten sie, das wollt ihr doch nicht im Koma oder im Gefängnis verbringen.

Doch trotz der dramatischen Taten von Langfaden bereiteten immer noch die Kurzfaden die größten Sorgen. Sicherlich war nur ein Bruchteil von ihnen gewalttätig, doch die stark angestiegene Zahl von Verbrechen schürte die öffentliche Angst. Und auch wenn die meisten Langfaden Mitgefühl mit der Wut und der Trauer der Kurzfaden hatten, wuchs auch ihre Angst.

Gedämpft sprach man über diejenigen mit »gefährlich kurzen Fäden« – eine besonders unglückselige Bevölkerungsgruppe in jeder Stadt und in jedem Land, die einer Zukunft entgegensah, deren kurze Zeitspanne geringe oder auch gar keine Konsequenzen für ihre Handlungen garantierte. Zumal deren sich rasch näherndes Ende eine unverblümte, brutale Erinnerung daran war, dass es keine kosmische Belohnung für moralisch einwandfreies Verhalten gab, keinen Segen am Ende des Lebens, keinen spürbaren Grund, Gutes zu tun.

Diese überzeichnete Darstellung der extremen Kurzfaden, die sich weder um öffentliches Recht noch Moral und Sitten scherte, sickerte in Klassenzimmer und Vorstandsetagen, in Krankenhäuser und Haushalte. Schließlich tröpfelte sie auch in die Büros hochrangiger Politiker auf der ganzen Welt.

In Amerika, dessen Bevölkerung sich immer wieder als besonders empfänglich für Paranoia erwiesen hatte, fasste das Misstrauen schnell Fuß. Man schätzte die Zahl der Kurzfaden – deren Fäden vor dem fünfzigsten Lebensjahr endeten – auf fünf bis fünfzehn Prozent der Gesamtbevölkerung. Ja, eine kleine Menge. Aber nicht klein genug, um sie zu ignorieren.

Ein paar kurzfristige Maßnahmen waren ergriffen worden, ein Pflaster auf einer großen, klaffenden Wunde. Diverse Bundesstaaten richteten Hotlines mit dem Slogan »Schaut nicht allein hinein« ein und ermutigten die Bürger, mit einer ausgebildeten Fachkraft zu sprechen, während sie ihre Boxen öffneten. Der Kongress diskutierte über besondere Hilfen für Kurzfaden – Schutz vor Zwangsräumung? Einmalige Zahlungen? –, tat dann jedoch gar nichts, als sich die Einzelheiten als zu komplex herausstellten. (Wie kurz *genau* musste ein Faden sein, um Hilfen in Anspruch nehmen zu können? Und schaffte ein finanzieller Zuschuss möglicherweise einen Anreiz, die eigene Box zu öffnen, und setzte damit diejenigen unter Druck, die sich bisher dagegen entschieden hatten?)

Doch nichts konnte die immer lauter werdenden Gerüchte aufhalten, die von jeder Gewalttat angeheizt wurden, bis die Bürgermeister, Gouverneure und Senatoren im Stillen über eine ganz *andere* Herangehensweise sprachen. Auch wenn der Präsident erst nach den Ereignissen des zehnten Juni beschließen sollte, dass das »Kurzfaden-Problem« zu groß geworden war und ernsthafte Maßnahmen ergriffen werden mussten.

ANTHONY

Als die Fäden im März eintrafen, vergaßen die meisten Amerikanerinnen und Amerikaner vorübergehend die Präsidentschaftswahlen im nächsten Jahr, für die gerade der Wahlkampf begonnen hatte. Viele große Magazine und Zeitungen stellten ihre geplanten Artikel über die Kandidaten sogar ein.

Anthony Rollins vergaß die Wahlen jedoch nicht.

Für ihn als reichen, ambitionierten Kongressabgeordneten aus Virginia mit enttäuschenden Umfragewerten waren die Fäden ein Gottesgeschenk.

Nachdem Anthony Ende Februar seine Kandidatur bekannt gegeben hatte, behauptete eine frühere Kommilitonin auf CNN, sie hätte einmal gehört, wie Anthony bei seiner Studentenverbindung betrunken üble, sexistische Kommentare zu weiblichen Partygästen abgegeben hatte. Sie erzählte auch, dass man Erstsemesterstudentinnen allgemein davor gewarnt hatte, im Verbindungshaus Bowle zu trinken, nachdem einige junge Frauen nach einer Party an Gedächtnisverlust gelitten hatten und ein Student sogar an einer Alkoholvergiftung gestorben war.

Sein Team formulierte umgehend eine Antwort und betonte, dass Anthony als Sohn und Enkel bemerkenswerter Frauen das andere Geschlecht immer mit äußerstem Respekt behandelte. Die Mitteilung bestätigte, dass

Anthony diverse Veranstaltungen bei seiner Verbindung besucht hatte, auf denen alle Anwesenden Alkohol konsumiert hatten, er sich aber nicht an eine spezielle »Bowle« erinnern könne.

Bevor noch weitere Kommilitonen im landesweiten Fernsehen auftreten konnten, tauchten die mysteriösen Boxen auf, und jegliches Interesse an Anthonys College-eskapaden erlosch über Nacht.

An diesem Morgen, fast drei Monate später, brachten Anthony und seine Frau Katherine ihre zwei kleinen Boxen ins Wohnzimmer und diskutierten, was sie tun sollten. Anthony rief seinen Wahlkampfleiter an, der ihm riet, seine Box nicht zu öffnen. Anthony stand schließlich in der Öffentlichkeit, und wenn die Botschaft auf dem Kästchen tatsächlich zutraf, dann bestand die Gefahr, dass sensible Informationen zu Anthonys Leben gestohlen und an die Presse weitergegeben werden konnten.

Katherine rief ihre Freunde aus der Kirchengemeinde an, die ihr ebenfalls rieten, die Box nicht zu öffnen, und sie warnten, dass das Ende der Zeit sicher kurz bevorstand.

»Glaubst du, das ist es, was gerade passiert?«, fragte Katherine ihren Mann, ihre Bibel in der Hand. »Hier steht in der Offenbarung: *Seht, die Wohnung Gottes unter den Menschen! Er wird in ihrer Mitte wohnen, und sie werden sein Volk sein; und er, Gott, wird bei ihnen sein.* Vielleicht sind diese Boxen eine Art Wohnung Gottes? Gott wohnt in unserer Mitte?«

Anthony war skeptisch. »Wird darin nicht auch von Wellen der Zerstörung und Wasser, das zu Blut wird, gesprochen? Dass eine neue Welt entsteht?«

»Wie sonst sollte man es dann erklären?«

Anthony nahm seiner Frau die Bibel aus den Händen und legte sie neben ihre ungeöffneten Boxen auf den Tisch.

»Vor ein paar Tagen stand unser Wahlkampf unter Beschuss«, sagte Anthony. »Jetzt kümmert es die Menschen nicht mehr, was irgendeine Frau *glaubt,* noch aus der Collegezeit zu wissen. Ich glaube, die Boxen sind ein Zeichen von Gott, dass Er die Hand schützend über diese Wahlkampagne hält.«

Katherine war nicht völlig überzeugt, doch sie holte tief Luft und entspannte ihre Schultern. »Ich hoffe, du hast recht.«

Anthony lächelte und gab seiner Frau einen Kuss. »Außerdem, selbst *wenn* die Welt untergehen würde«, sagte er, »werden wir zwei ganz sicher gerettet.«

Schon bald verstanden Anthony und Katherine, zusammen mit der restlichen Welt, die Bedeutung der Fäden. Als sie ihre Boxen schließlich öffneten und Fäden von beträchtlicher Länge zum Vorschein kamen, die ihnen beiden mindestens achtzig Lebensjahre versprachen, wussten sie, dass sie mit einem wundersamen Geschenk bedacht und für ihren Glauben belohnt worden waren.

Am darauffolgenden Sonntag dankten sie in der Kirche ihrem Glück und baten um Führung für den vor ihnen liegenden langen Wahlkampf. Katherine trug sogar ihr Glückskostüm – ein purpurroter Rock mit ebensolchem Blazer –, das zu Anthonys Lieblingskrawatte passte und in dem sie wie eine junge Nancy Reagan aussah. Das Outfit hatte sie an jenem kalten Januarmorgen getragen, an dem Anthony für den Kongress vereidigt worden war, und wenn sie im Bett Mr. und Mrs. President spielten, streifte sie es verführerisch ab.

Als der Mann auf der Kanzel seiner Gemeinde versicherte, dass Gott sie durch diese stürmische Zeit geleiten würde, und Katherine pflichtbewusst dazu nickte, bat Anthony stumm, dass ihre langen Fäden erst der Anfang waren, der Vorbote noch viel bedeutenderer Dinge.

Im März, April und Mai war Anthonys kleines Wahlkampfteam weiterhin damit beschäftigt, Wähler anzuwerben und zu befragen und zu twittern, während der Großteil der Welt zu entscheiden versuchte, wie man auf die unwiderruflichen Veränderungen des Lebens reagieren sollte. Trotz der unbefriedigenden Teilnehmerzahlen bestand Anthony darauf, seine Wahlkampfauftritte fortzusetzen. (Immerhin unterschrieb die Familie seiner *Frau* die meisten Schecks.)

Anthony hatte Katherine Hunter, mit der er seit dem College zusammen war, vor fast fünfundzwanzig Jahren auf dem ein Quadratkilometer großen Anwesen ihrer Familie in Virginia geheiratet, als er nur ein junger Strafverfolger in der Bezirksstaatsanwaltschaft gewesen war und sie neu in den Vorstand der Daughters of the American Revolution gewählt worden war. Beide hatten nach Höherem gestrebt.

Und jetzt waren sie ganz oben.

Anthony und Katherine hatten keine Kinder, doch seit dem Wahlkampfbeginn im Februar hatten Angehörige der Hunters an beinahe allen von Anthonys Veranstaltungen teilgenommen. (Es war besonders nützlich, wenn Katherine ihren kamerascheuen, zweiundzwanzigjährigen Neffen Jack Hunter überreden konnte, mit ihnen auf die Bühne zu gehen. In seiner adretten Kadettenuniform erinnerte er die Wähler daran, wie sehr Anthony die Army am Herzen lag.)

Doch Anthony wusste, dass sein Wahlkampf selbst mit der Hilfe der Hunters sich nur mühsam gegen die von den Fäden verursachte Unruhe und die Stimmen der bekannteren Kandidaten durchsetzen könnte. Das ganze Frühjahr über wartete Anthony auf etwas, *irgendetwas.* Den Katalysator, den seine Kampagne so dringend benötigte.

Und Ende Mai bekam er ihn.

Eine freiwillige Helferin in seinem Team namens Sharon informierte ihre Gruppenleiterin, sie müsse persönlich mit Anthony und Katherine sprechen.

Sie trafen sich in einem Büro, und Sharon erzählte, ein Collegekommilitone ihrer Tochter sei Wes Johnson Jr., der neunzehnjährige Sohn von Wes Johnson Sr., dem Senator aus Ohio und zufällig der Präsidentschaftsbewerber, der in den Umfragen direkt vor Anthony lag.

»Die Welt ist klein«, meinte Katherine interessiert.

»Meine Tochter ist mit Wes Juniors Freundin befreundet, und so hat sie erfahren, dass der Faden von Wes' Vater bald aufgebraucht ist«, fuhr Sharon fort. »Wes ist verzweifelt. Der Sohn, nicht der Vater. Obwohl der sicher auch am Boden zerstört ist.«

Anthony verengte die Augen und überlegte bereits, was er mit dieser Information anfangen könnte. »Wie schrecklich«, sagte er ernst.

»Tragisch«, fügte Katherine hinzu.

»Vielen Dank, dass Sie uns das erzählt haben.« Anthony schüttelte der Frau die Hand.

Nachdem Sharon und die Gruppenleiterin gegangen waren, wandte sich Katherine zu ihrem Mann. »Ich weiß nicht, wie du das siehst, aber meiner Meinung nach müssen wir die Bürgerinnen und Bürger informieren, dass Wes Johnson wahrscheinlich während seiner Amtszeit stirbt, sollte er gewählt werden.«

»Wir müssen vorsichtig vorgehen«, mahnte Anthony. »Doch sobald die Öffentlichkeit Bescheid weiß, wird Wes seine Kandidatur sicher zurückziehen müssen.«

Katherine schlang strahlend die Arme um die Taille ihres Mannes. »Du hattest recht, Schatz«, sagte sie. »Gott ist auf unserer Seite.«

BEN

Endlich konnte sich Ben wieder auf die Arbeit konzentrieren.

Vielleicht hatte sein Freund Damon recht, und die Selbsthilfegruppe war der Ausgleich, den er gebraucht hatte. Sonntagabends war Ben ein Kurzfaden, doch von Montag bis Freitag saß er sicher hinter den Glaswänden seines Büros und war immer noch der aufstrebende Architekt, der er die ganze Zeit zuvor gewesen war.

Am Montagmorgen ging Ben an dem Modell des Science Centers der Universität vorbei, mit dessen Bau bald begonnen werden würde, in sein Büro, das alle Insignien des Erfolgs aufwies: der ergonomische Schreibtischstuhl, der höhenverstellbare Tisch, der Blick aus dem siebenundzwanzigsten Stockwerk. Ben hatte ein Team aus eifrigen jungen Architekten unter sich, die hofften, innerhalb von fünf Jahren *zu ihm zu werden.* Und alles, was er getan hatte, um hierhin zu gelangen – in der Küche mit seinem Dad Multiplikationstabellen pauken, vor zehn Uhr abends aus der Bar nach Hause gehen, um Bewerbungen für die Universität fertigzustellen, sogar die vielen Stunden, die er als Kind allein mit seinem Malbuch verbracht hatte –, hatte sich gelohnt. Hätte man Ben in einem Interview gefragt, wo er mit dreißig Jahren in seinem Leben stehen wollte, hätte er genau das geantwortet.

Doch es war ein seltsames Gefühl, dass dieser Teil seines Lebens so gelungen war, triumphal sogar, während der Rest weggebrochen war. Sein Schreibtisch erschien ihm immer noch leer, seit das gerahmte Foto von ihm und Claire nicht mehr dort stand. Manchmal glaubte Ben, am Rand seines Gesichtsfelds ein Phantombild zu sehen: er und Claire unschuldig lächelnd am Pier von Coney Island.

Ben bückte sich unter den Tisch und zog ein Blatt Papier aus dem Innenfach seiner Tasche. Es war der Brief, den er und Maura am Abend zuvor in der Schule gefunden hatten, mit der mysteriösen Antwort von »A«.

Er fragte sich, ob man ihn gerade auf den Arm nahm. Sich wieder in einem Schulgebäude zu befinden, machte ihn besonders misstrauisch, dass der Brief vielleicht nur ein böser Scherz von jemandem aus der Gruppe war, wie damals, als ein paar Lacrosse-Spieler vor dem Mathewettbewerb die Batterien aus den Taschenrechnern von Ben und seinen Teamkollegen entfernt hatten. Doch Ben war nicht mehr der Nerd aus Teenagerzeiten, wie ihm ein Blick in sein Büro in Erinnerung rief. Und er konnte einfach nicht glauben, dass irgendjemand aus der Selbsthilfegruppe so mit ihm spielen würde. Ihre Verbindung untereinander war zu besonders.

Die einzige Erklärung war daher, folgerte er, dass jemand aus der Schule unter der Woche seinen Brief gefunden und eine Antwort dazugeschrieben hatte.

Wenn er es so betrachtete, klang es fast normal.

Was es *ihm* wiederum leichter machte zurückzuschreiben.

Hallo A.,

ich muss dich leider enttäuschen, aber ich weiß auch nicht mehr als du. Ich würde gern glauben, dass deine erste Interpretation zutrifft und dass nichts, nicht einmal der Krieg, etwas an der Liebe des Soldaten zu Gertrude ändern konnte. Doch nach den letzten harten Monaten (inklusive einer schlimmen Trennung, lange Geschichte) weiß ich nicht, ob ich der Richtige bin, mit dem man über Liebe reden sollte.

Ich denke lieber über den Krieg nach, ehrlich gesagt. Fragst du dich jemals, was vielleicht passiert wäre, wenn die Fäden vor dem Zweiten Weltkrieg aufgetaucht wären? Oder irgendeinem anderen großen Krieg? Wenn Millionen von Menschen auf der ganzen Welt – ganze Generationen in manchen Ländern – ihre kurzen Fäden gesehen hätten, hätten sie da gewusst, dass ein Krieg bevorstand? Und hätte das gereicht, um ihn aufzuhalten?

Vielleicht hätten die Menschen einfach gedacht, dass eine Seuche bevorstand, und der Krieg wäre trotzdem ausgebrochen.

Doch genau deshalb frage ich mich, warum die Fäden nicht damals aufgetaucht sind. Warum ausgerechnet jetzt?

Eine Antwort auf diese Fragen würde mir auch nicht bei der Frage weiterhelfen, nach deren Antwort ich am dringendsten suche.

Warum ich?

B.

Es fiel Ben erstaunlich leicht, seine Gedanken schriftlich zu formulieren, viel leichter, als vor der Gruppe zu sprechen. Doch als er seine Worte noch einmal las, wurde ihm klar, was er da eigentlich geschrieben hatte – ein Eingeständnis seines kurzen Fadens –, und er fragte sich, ob er noch einmal von vorn anfangen, den letzten Teil streichen sollte. Der oder die Fremde musste nichts von Bens Faden wissen. Trotzdem hatte der physische, intime Akt des Briefschreibens etwas an sich, dass er ehrlich sein wollte. Sollte Bens kurzer Faden die unbekannte Person abschrecken, dann wäre es eben so.

Außerdem musste er üben, wenn er seiner Familie am Wochenende die Wahrheit erzählen wollte.

Mit der Entscheidung, seine Eltern einzuweihen, kämpfte Ben ebenso sehr wie mit dem Faden an sich. Wochenlang hatte er es für sich behalten, wollte sie nicht mit der schrecklichen Wahrheit belasten, die ihre goldenen Jahre nur trüben würde.

Lea aus der Selbsthilfegruppe hatte ihn überzeugt, sie doch einzuweihen.

»Ich weiß genau, wie es dir gerade geht«, sagte sie. »Du fürchtest, dass du eure verbleibende gemeinsame Zeit kaputtmachst, wenn du es ihnen erzählst. Aber es ihnen *nicht* zu erzählen und dieses Geheimnis mit dir herumzutragen, das in dir arbeitet, zusammen mit den Schuldgefühlen, so etwas Wichtiges vor deiner Familie zu verheimlichen – *das* würde eure gemeinsame Zeit kaputtmachen.«

»Wie haben deine Eltern reagiert?«, fragte Ben.

Lea schwieg einen Moment. »Sie haben sehr viel geweint.«

Ben nickte mitfühlend.

»Als ich ein kleines Kind war«, fuhr sie fort, »war es das Schlimmste für mich, meine Eltern weinen zu sehen. Es war nur ein paarmal, bei einer Beerdigung oder bei irgendeiner besonderen Krise im Land, aber es ist wirklich beängstigend, wenn die eigenen Eltern weinen. Und dafür ist man wohl nie zu alt.«

Lea zog den Ärmel ihres Pullovers über die Faust und wischte sich die Tränen aus dem Auge.

»Aber ich finde immer noch, dass du es deiner Familie erzählen solltest«, sagte sie. »Diese Last ist zu groß, um sie allein zu tragen.«

I'll take your part when darkness comes, and pain is all around.

Der eindringliche Rhythmus dröhnte durch den U-Bahnhof. Die Stimme erinnerte an Ray Charles und ließ alle Zuhörer verstummen. Angespannt stand Ben am Bahnsteig und atmete den tiefen Bass des Straßenmusikers ein.

Like a bridge over troubled water, I will lay me down.

Eine ältere Frau neben ihm schloss die Augen und wiegte sich zur Musik.

Like a bridge over troubled water, I will lay me down.

Das Kreischen des einfahrenden Zugs übertönte schließlich den Gesang des Mannes, und die ältere Frau ließ ein paar Münzen in die Baseballkappe vor dem Musiker fallen, bevor sie Ben in den Waggon folgte und sich auf einen freien Platz setzte.

Ben ließ den Blick über die Passagiere schweifen, während der Zug durch den Tunnel rumpelte, bis zurück zu der älteren Frau auf der anderen Gangseite, die jetzt leise mit sich selbst sprach.

Er wollte nicht unhöflich erscheinen und wandte den Blick wieder ab, doch er hörte, wie ihre Stimme immer hektischer und inbrünstiger klang. Ein paar andere Passagiere sahen ebenfalls zu der Frau.

»Jetzt laufen noch mehr Irre herum als früher«, sagte der Mann neben Ben seufzend.

Ben jedoch tat die Frau leid, die bis zu seiner Haltestelle weiter leise mit sich selbst sprach.

Beim Aussteigen sah er rasch auf den Schoß der Frau, wo ihre Hände versteckt hinter ihrer Handtasche ruhten. Sie hielt eine Kette, und ihre Finger glitten von einer Perle zur nächsten. Sie betete einen Rosenkranz.

Bens Eltern lebten in einer Zweizimmerwohnung in Inwood, am nördlichsten Ende von Manhattan, wo die Mieten günstiger waren und das Leben langsamer verlief, genau wie sie es als Rentner mochten. Seine Eltern hatten über vierzig Jahre unterrichtet, sein Vater Mathematik für zwölfte Klassen und seine Mutter Geschichte für neunte. Sie witzelten gern, dass ihr Sohn Architekt geworden war, um sie beide zufriedenzustellen: Gebäude waren sichtbare Zeugen der Stadtgeschichte – und die richtigen Berechnungen waren nötig, damit sie nicht einstürzten.

Als er sich mit seinen Eltern an den Esstisch setzte, wurde ihm schmerzhaft bewusst, dass er zum letzten Mal in dieser Wohnung mit Claire zu Abend gegessen hatte, etwa einen Monat vor ihrer Trennung, vor der Ankunft der Fäden, bevor alles zusammengebrochen war. Doch er verdrängte die Erinnerung und konzentrierte sich auf das Essen vor ihm.

Seine Eltern hatten beschlossen, ihre Boxen nicht zu öffnen, und erst nachdem sie die Lasagne aufgegessen hatten und die letzten Reste Kaffee-Eis in seiner Dessertschale schmolzen, hatte Ben genügend Mut gesammelt, um ihnen von seinem Faden zu erzählen.

Er legte seinen Löffel beiseite und sah auf, doch seine Mutter kam ihm zuvor.

»Ach ja, Ben, wir haben ganz vergessen, dir etwas Wunderbares zu erzählen!«, sagte sie. »Du erinnerst dich doch an die Andersons, hier auf dem Stockwerk?«

Bens Mutter war in einer Kleinstadt im Mittleren Westen aufgewachsen und weigerte sich, zu einer typischen Großstädterin zu werden, die ihre Nachbarn nicht kannte.

»Das Paar, dessen Sohn diese seltene Blutkrankheit hat«, half sie Ben auf die Sprünge.

»Ah ja, genau.« Ben nickte. Er erinnerte sich, dass seine Mutter letzten Monat einen Streuselkuchen gebacken und ihnen vorbeigebracht hatte. »Wie geht es ihm?«

»Genau darum geht es. Letzte Woche ist er zweiundzwanzig geworden, und der arme Junge hatte schreckliche Angst, seine Box zu öffnen, aber er hat es dann doch gewagt, und ... sein Faden ist richtig lang!« Bens Mutter verschränkte aufgeregt die Hände.

»Wow!« Ben versuchte, seine Überraschung und – ehrlich gesagt – auch seinen Neid zu verbergen.

»Der Arzt hatte ihnen gesagt, sie sollten die Hoffnung nicht aufgeben, die Behandlung würde vielleicht doch anschlagen, und jetzt wissen sie, dass ihm geholfen werden wird!«

Bens Vater lehnte sich zufrieden auf seinem Stuhl zurück, der unter seinem Gewicht knarzte. »Die Familie will dieses Wochenende groß feiern und hat uns eingeladen«, sagte er.

»Das ist der Beweis«, fügte Bens Mutter hinzu. »Wunder geschehen.«

Lächelnd stand sie auf, um die leeren Teller abzuräumen, und Ben dachte unwillkürlich an die Frau mit dem Rosenkranz. Er wusste, dass seine Eltern an Gott glaubten, doch er war nicht besonders religiös erzogen worden. Bei den Mahlzeiten hatte man keine Gebete gesprochen. Jegliche Frommheit, die einmal auf beiden Seiten seiner Familie existiert haben mochte, war mit jeder Generation schwächer geworden. Doch vielleicht waren seine Eltern gläubiger, als ihm bewusst war.

»Glaubt ihr wirklich daran?«, fragte Ben. »An Wunder?«

Seine Mutter stellte den letzten Teller in die Spülmaschine und richtete sich auf. »Ich schon«, sagte sie. »Vielleicht nicht gerade daran, dass jemand übers Wasser laufen kann, aber ... Jeden Tag passieren *tatsächlich* wunderbare Dinge, die man nicht erklären kann. Weißt du noch, wie du vom Fahrrad gefallen bist und dir nichts gebrochen hast?«

Ben lächelte und nickte. Plötzlich entschied er sich dagegen, seine Eltern einzuweihen, sie mit der niederschmetternden Wahrheit zu belasten, dass sie ihr einziges Kind sehr wahrscheinlich überleben würden.

Es war besser, an Wunder zu glauben, dachte er.

MAURA

Früher hatte Maura kaum über Kinder nachgedacht. Schon allein die Vorstellung von sich selbst als Mutter fiel ihr schwer.

Mit neunundzwanzig empfand sie sich immer noch als nur wenig erwachsener als das Teenagermädchen, das sich aus dem Elternhaus geschlichen hatte, um Konzerte zu besuchen oder sich einmal von einer Freundin die Ohren piercen zu lassen. (Die dann wochenlang entzündet gewesen waren.) Das starrköpfige, verantwortungslose junge Mädchen konnte einfach keine Mutter sein. Sie wollte ihre Barbesuche bis spät in die Nacht nicht gegen frühmorgendliches Stillen eintauschen. Sie wollte bestimmt keine neun Monate Schwangerschaft und Gott weiß wie viele Stunden brutaler Wehen durchstehen müssen; für ihre Freundinnen hatte sie sich das auch nie gewünscht. Sie wollte die Freiheit, den ganzen Tag in der Jogginghose daheimbleiben zu können und nichts zu tun oder ihren Job zu kündigen und um die Welt zu reisen oder eines Tages eine Zweitwohnung in London oder Madrid zu besitzen.

Seltene schmerzhafte Anfälle von auch nur annähernder Sehnsucht nach Kindern traten so selten auf – nur, wenn sie ein besonders niedliches Baby sah oder von der Schwangerschaft einer Freundin erfuhr –, dass Maura sie leicht als unbedeutendes biologisches Ärgernis abtun konnte. Wenn sie *wirklich* Kinder wollte, wüsste sie es mittlerweile. Schließlich war sie fast dreißig.

Als sie Nina kennengelernt hatte, hatte sie befürchtet, dass ihre nicht vorhandenen mütterlichen Instinkte die Beziehung belasten könnten, doch Nina ging es zum Glück genauso, und außerdem war sie voll darauf konzentriert, Chefredakteurin zu werden. Sie war nicht wie ihre Schwester damit aufgewachsen, Vater-Mutter-Kind zu spielen, und sie malte sich nur selten ihre zukünftige Familie aus, vor allem, nachdem ihr klar geworden war, dass die häusliche Idylle im Fernsehen – das typische Sitcom-Ehepaar aus Mann und Frau – nicht ihren Sehnsüchten entsprach. Sie wollte eine Partnerin, sagte Nina, jemand, mit dem sie das Leben teilen konnte. Und Maura war zufrieden, dass ihre Zukunftsvorstellungen zueinanderpassten.

Bis sie ihre Box öffnete.

Die Anfälle traten öfter auf, wurden stärker. Maura hätte gedacht, dass die Sehnsucht einer Frau nach einem Kind rein emotional war, doch sie spürte sie geradezu körperlich.

Wenn sie an ein eigenes Kind dachte, verkrampfte sich ihr Bauch um die Leere darin. Ihre Hände und Arme kribbelten, Ruhelosigkeit zog sich bis in die Finger hinab. Sie wollte etwas berühren, das nicht da war, etwas halten, das es gar nicht gab.

Eines Abends im Frühling sah Maura auf dem Heimweg, wie eine junge Mutter mit ihrem Sohn aus einem Haus kam. Der kleine Junge war etwa fünf Jahre alt und trug einen winzigen blauen Rucksack auf den Schultern. Er sprang vor Maura die Stufen hinunter auf den Gehsteig und griff nach der Hand seiner Mutter.

»Das war lustig, oder?« Er sah zu ihr hoch.

Seine Mutter stimmte ihm zu.

Nach einem Moment fragte der Junge: »Können wir ihn vielleicht auch mal zu uns zum Spielen einladen?«

Vielleicht lag es an der überraschend hohen Stimme des kleinen Jungen oder dass er so schüchtern und unsicher klang, als ob er sich fragte, ob alle anderen auch so viel Spaß gehabt hätten wie er selbst, oder ob seine Mutter ihm je wieder erlauben würde, sich mit anderen Kindern zum Spielen zu verabreden. Maura wusste nicht, woran es lag. Doch sie blieb abrupt stehen, und mitten auf dem Gehsteig kamen ihr die Tränen.

Der kleine Junge und seine Mutter gingen davon, während Maura dastand und weinte, einfach nur wegen der unschuldigen Szene, die sich gerade vor ihr abgespielt hatte.

Als Maura später zu schlafen versuchte, war der Schmerz so stark, dass sie sich umdrehte und Nina beinahe auf die Schulter getippt hätte, um sie zu fragen, ob sie ihre Meinung zu Kindern vielleicht noch einmal ändern würde. Bei zwei Müttern mit unterschiedlicher Hautfarbe gäbe es sicher einige Fragen zu beantworten: Würden sie ein Kind adoptieren oder auf eine Samenspende zurückgreifen? Würden sie sich für ein Geschlecht entscheiden? Einen ethnischen Hintergrund?

Doch diese Fragen erschienen auf einmal so klein im Vergleich zu Mauras Faden, zu der Übelkeit erregenden Erkenntnis.

Wenn ihr Kind sieben oder acht Jahre alt wäre, wäre Maura schon tot.

Sie verbrachte eine schlaflose Nacht mit der Frage, *warum* sie unbedingt jetzt ein Kind wollte. Aus Selbstlosigkeit, damit sie Nina nicht allein zurückließ? Hoffte sie, dass Nina der Anblick ihres gemeinsamen Kindes an sie erinnern würde? Aus Eitelkeit? Wollte sie ein Vermächtnis hinterlassen? Ein Stück von sich selbst, das weiterlebte? War sie dem sexistischen Mythos zum Opfer gefallen, dass sie *von Natur aus* den Wunsch nach einem Baby verspüren musste? Oder wollen wir einfach immer genau das, was wir nicht haben können?

Dass die Fragen an sich in ihrem Kopf herumspukten, war letztendlich die Antwort. Maura wusste, dass sie unter *diesen* Bedingungen kein Kind in die Welt setzen konnte, wenn sie sich nicht sicher war. Und das war sie ganz und gar nicht.

Doch ihr war auch klar, dass der Schmerz nie ganz verschwinden würde, und während sie auf Ninas Rücken starrte, der sich im Schlaf hob und senkte, fragte sie sich, ob es ein Vertrauensbruch war, diese Gefühle und Gedanken vor ihrer Partnerin zu verbergen. Vor Nina, mit der sie doch laut Schwur alles hatte teilen wollen.

Doch Maura konnte ihr nicht von den schmerzhaften Sehnsuchtsanfällen oder dem Jungen mit dem winzigen Rucksack erzählen.

Nina würde es nie verstehen können, egal, wie sehr sie es versuchte.

Nach den emotionalen Achterbahnfahrten wachte Maura am nächsten Morgen völlig übermüdet und erschöpft auf. Nina putzte sich bereits die Zähne, als Maura sich herumrollte und in das helle Licht, das aus dem Badezimmer fiel, blinzelte.

»Geht es dir gut?«, fragte Nina.

»Ich fühle mich nicht so besonders«, antwortete Maura.

»Soll ich dir etwas holen? Oder einen Arzt rufen?«

»Nein, nein, schon in Ordnung«, beruhigte Maura sie. Seit Nina von Mauras kurzem Faden erfahren hatte, versetzte sie jedes Anzeichen für eine Krankheit, und war es noch so harmlos, in einen Alarmzustand.

»Bist du sicher?« Nina runzelte besorgt die Stirn.

»Ja. Ich melde mich heute einfach krank und schlafe mich aus.« Maura sah sich suchend nach ihrem Handy um, fand es jedoch nicht. Dann entdeckte sie Ninas Laptop am Fußende des Bettes. »Darf ich an deinem Computer schnell eine Mail an die Arbeit schreiben?«, fragte sie.

»Natürlich.« Nina drehte sich zum Waschbecken um und spülte sich den Mund aus.

Maura zog den Laptop über die Decke und lehnte sich in die Kissen. Nachdem sie ihrer Chefin eine Nachricht geschickt hatte, wollte sie ein wenig durch Facebook scrollen. Doch sie wurde von seltsamen Werbeanzeigen bombardiert, die sie noch nie gesehen hatte.

Eine Reiseagentur warb mit ihren »Orte, die man als Kurzfaden noch besucht haben sollte«-Trips, die in ein paar Monaten um die ganze Welt führten, und zwei schmierig aussehende Anwälte priesen ihre Rabatte für Kurzfaden bei Zivilklagen an. »Hat man Ihnen in der Vergangenheit unrecht getan? Holen Sie sich Ihr Recht, solange Sie es noch können!«

Warum bekam Nina diese merkwürdigen Anzeigen angezeigt, die ganz eindeutig auf Kurzfaden abzielten? Hatte sie nach Klischeeurlaubsorten für Kurzfaden gesucht? Nach einem Anwalt?

Normalerweise versuchte Maura, die Onlineaktivitäten ihrer Partnerinnen gelassen zu sehen. Es machte ihr nichts aus, wenn sie während ihrer Abwesenheit Pornos schauten oder hin und wieder ihren Ex-Freundinnen mailten, solange sie es auf Nachfrage erzählten. Doch irgendetwas war komisch an diesen Anzeigen.

Nina zog sich gerade vor dem Schrank an, und Maura ließ den Cursor über dem »Suchhistorie«-Tab auf dem Laptop schweben. Sie zögerte, war sich des Übergriffs bewusst, aber auch zu neugierig, um die Finger davon zu lassen. Es war, als würde sie ihre Box noch einmal öffnen.

Zuletzt hatte Nina eine normale Auswahl an Nachrichtenseiten besucht, doch die älteren Einträge in der Liste waren anders. Dutzende von Reddit-Seiten von variierender Absurdität, außerdem diverse Besuche auf einer Seite namens Fadentheorie, die eine Art Forum für wütende Kurzfaden zu sein schien. Nichts davon sah nach einem normalen Tag im Internet aus, vor allem nicht für Nina.

Nachdem sie sich fertig gemacht hatte, kam Nina zurück zum Bett. »Bist du sicher, dass es dir gut geht? Ich bleibe gern mit dir zu Hause.«

»Was ist Fadentheorie?«, fragte Maura sie.

»Du meinst, wie in der Physik?«

»Ich meine die Website«, erklärte Maura und drehte den Laptop, sodass Nina das Display sehen konnte. »Und die anderen Seiten, auf denen du warst.«

»Nichts.« Nina zuckte mit den Schultern.

»Wie nichts sieht es aber nicht aus.«

»Ich weiß, dass das seltsam wirkt«, gab Nina errötend zu. »Aber ich habe nur gegoogelt, und das ist wohl ein bisschen aus dem Ruder gelaufen.«

Nina drehte Maura den Rücken zu – vielleicht, um eine genauere Befragung zu vermeiden – und packte ihre Tasche, überprüfte zweimal, ob sie alles Wichtige dabeihatte: ein paar Stifte, Taschentücher, ein Notizbuch.

Maura stand auf und stellte sich vor ihre Freundin. »Das da sind *stunden*lange Recherchen, Nina. Als ob du komplett abgetaucht gewesen wärst.«

Nina sah von ihrer Handtasche auf und strich sich verärgert die Haare aus dem Gesicht. »Ich finde, du übertreibst.«

»Weißt du, für jemanden mit einem echt langen Faden«, erwiderte Maura, »interessierst du dich ganz schön viel für die missliche Lage von Kurzfaden.«

Nina zuckte zurück. »Was soll *das* denn heißen?«

»Nichts.« Maura wurde plötzlich bewusst, dass sie sich auf gefährliches Gebiet begab. »Ich bin wohl nur überrascht, dass du diese ... Besessenheit nie erwähnt hast.«

»Das ist keine *Besessenheit*«, wehrte Nina ab. »Ich habe nur ... keine Ahnung ... nach Antworten gesucht.«

»Und hast du welche gefunden?«

Nina verdrehte die Augen.

»Das dachte ich mir«, meinte Maura hart und verließ das Schlafzimmer.

»Wo gehst du hin?«, rief Nina ihr nach.

Als Maura nicht antwortete, rannte Nina ihr durch den Flur hinterher, griff nach ihrem Arm und drehte sie zu sich herum. »Warum bist du deswegen so wütend?«, fragte sie.

Maura starrte in Ninas panische Augen. Sie wusste, dass sie ihre Freundin verletzte, und das wollte sie nicht. Doch sie war erschöpft und mürrisch und dachte immer noch über die vergangene Nacht nach. Während Maura sich einer der größten Herausforderungen ihres Lebens gegenübersah, verlor sich Nina in irgendwelchen Aluhut-Verschwörungsmythen.

»Ich verstehe einfach nicht, warum du so auf die Fäden fixiert bist. Schließlich ist es doch nicht *dein* Leben, das völlig im Arsch ist!«, brüllte Maura.

Nina stockte der Atem, und sie wurde blass. Sie ließ ihre Hand schlaff von Mauras Arm rutschen.

»Ja, ich habe keinen kurzen Faden«, sagte sie leise, »aber du und ich führen jetzt ein *gemeinsames* Leben, weshalb mich alles, was du durchmachst, auch betrifft.«

»Ich kann nicht fassen, dass es dabei jetzt auf einmal um dich geht«, erwiderte Maura bitter.

»Das will ich doch gar nicht!« Nina warf frustriert die Hände in die Höhe und kämpfte gegen die Wut an. Maura konnte geradezu sehen, wie Nina fieberhaft nach einem Weg suchte, die Situation zu entschärfen, bevor es zu spät war.

»Ich weiß, dass ich manchmal ein wenig zwanghaft werden kann, und ja, es macht mich verrückt, die Wahrheit über die Fäden nicht zu kennen«, sagte Nina. »Und vielleicht hat es auch so angefangen, aber ich schwöre, ich habe nur recherchiert, weil ich an *dich* und deine Sicherheit gedacht habe. Ich habe mir Sorgen um dich gemacht. Ich mache mir *immer* Sorgen um dich.«

»Es ist völlig egal, was du auf diesen Websites findest, weil es nichts ändern wird«, entgegnete Maura fest. »Was passieren wird … wird trotzdem passieren. Du verschwendest nur deine Zeit.«

Nina kämpfte mit den Tränen.

»Und ich will nicht, dass du dir die ganze Zeit Sorgen um mich machst.« Maura seufzte, endlich bereit nachzugeben. »Das macht uns nur *beide* verrückt. Ich will, dass du dich zusammenreißt. Für mich. Schaffst du das?«

Nina nickte.

»Gut«, sagte Maura. »Denn in der Wohnung ist gerade mal Platz für eine von uns beiden, um durchzudrehen, und unter den gegebenen Umständen würde ich das gern für *mich* beanspruchen.«

Hallo B.,

ich wünschte, ich könnte dir eine Antwort geben. Ein Kollege (ein Langfaden) hat die gesamte Mittagspause versucht, den Tisch davon zu überzeugen, dass die Fäden ein Geschenk an die Menschheit sind. Er hat gemeint, dass wir ständig von Liedern und Gedichten und Stickkissen überschwemmt worden sind, um uns daran zu erinnern, dass das Leben kurz ist und wir jeden Tag so leben sollten, als sei es unser letzter, was aber niemand getan hat.

Vielleicht hat er also recht, und die Fäden bieten tatsächlich eine Möglichkeit, ein erfüllteres Leben zu führen, weil wir genau wissen, wie viel Zeit uns dafür noch bleibt. Aber ist das nicht trotzdem zu viel von den Menschen verlangt? Ich kann kaum die vielen Leben zählen, die ich in meinem Kopf gelebt habe – Reiter, Schriftsteller, Schauspieler, Weltreisender –, und trotzdem weiß ich, dass ich kaum fähig bin, diese Ziele umzusetzen.

Jetzt sollte ich dir vermutlich erzählen, dass ich meine Box nicht geöffnet habe und das auch nicht vorhabe.

Seit der Ankunft der Fäden handeln so viele Gespräche von großen, schweren Themen, buchstäblich von Leben und Tod. Und ich vermisse es, über die kleinen Dinge zu reden, vor allem in einer Stadt, in der es so viele wundervolle kleine Dinge gibt.

Gestern Abend habe ich zum Beispiel vor meiner Wohnung auf ein Taxi gewartet, und auf der anderen Straßenseite hat sich ein alter Mann aus seinem Fenster gelehnt und einer älteren Frau unter ihm auf dem Gehsteig zum Abschied zugewinkt, als sie aus dem Gebäude kam. Er hat ihr nachgewinkt, während sie davonging, und sie hat sich immer wieder umgedreht und zurückgewinkt. Wie Kinder haben sie sich immer wieder zugewinkt, bis die Frau fast am Ende des Blocks angelangt war. Der Mann hat dann noch lange zu der Ecke gesehen, an der sie abgebogen ist.

Vielleicht waren das Gertrude und ihr Soldat. Wieder zusammen und glückliche Rentner in Manhattan.

A.

Hallo A.,

ich erzähle dir eine kleine Geschichte: Vor einem Jahr etwa ging ich um Mitternacht herum gerade nach Hause, als irgendwo plötzlich ein alter Song gespielt wurde. »Que será, será.« Die Originalversion von Doris Day. Meine Grandma hat ihn früher manchmal gesummt. Der Song wurde immer lauter, bis ich mich umdrehte und einen Radfahrer mitten auf der leeren Straße entlangfahren sah. Er trug ein unglaubliches lilafarbenes Sakko und hatte einen Ghettoblaster auf dem Gepäckträger festgebunden. Er fuhr langsam an mir vorbei, als wäre er ein ganz normaler Radfahrer.

Ich hatte ihn ganz vergessen, bis ich das Lied vor ein paar Monaten wieder auf der Straße hörte, wieder mitten in der Nacht. »Que será, será. Whatever will be, will be. The future's not ours to see …« Und da war er wieder: derselbe Mann, derselbe Song, sogar dasselbe Sakko.

Manche halten New York vielleicht für eine gierige, egozentrische und aggressive Stadt, und damit liegen sie auch gar nicht falsch, aber hier leben auch viele großzügige Menschen, die ihr Wesen mit der Welt teilen. Vielleicht hat der Mann eine Art Turnus und fährt mit seiner Musik jeden Abend in einem anderen Teil der

Stadt herum. Und alle paar Monate ist er dann in meinem Viertel.

Vielleicht hat er nach der Ankunft der Fäden ein anderes Lied ausgewählt, und wir sehen jetzt gerade die Zukunft, zumindest teilweise. Doch ich stelle mir gern vor, dass er immer noch herumfährt. Dass er an die Musik glaubt, an ihre verbindende und belebende Kraft. Vielleicht weiß er, dass wir das schon immer gebraucht haben – und jetzt noch mehr als je zuvor.

B.

JACK

Jacks Mutter hatte Musik geliebt, daran erinnerte er sich noch. In der Küche pfiff sie immer vor sich hin, und abends sang sie ihm vor dem Einschlafen etwas vor, beide dabei gleichermaßen vom Klang ihrer sanften, beruhigenden Stimme verzaubert.

Nachdem sie die Familie verlassen hatte, hatte sein Vater gesagt, Jack sei zu alt für Gutenachtlieder, und hatte seinem Sohn die Bitte abgeschlagen. Seine Tante Katherine versuchte zumindest, ihm an den Abenden etwas vorzusingen, an denen sie ihn ins Bett brachte, doch sie kannte nur sechs Kirchenlieder, und irgendwann fragte Jack nicht mehr.

Doch gerade wegen dieser Erinnerungen an seine Tante, wie sie pflichtbewusst an seiner Bettkante saß und schrill von Gottes Liebe und Jesu Opfer sang, hatte Jack das Gefühl, als *müsse* er ihrer Bitte nachkommen, bei den Wahlkampfveranstaltungen aufzutreten.

»Onkel Anthony und ich würden uns sehr freuen, wenn du zu uns auf die Bühne kommen könntest«, hatte sie gesagt. »Du wirst umwerfend in deiner Uniform aussehen.«

Jack hatte zugestimmt, trotz des Knotens in seinem Magen. In der Familie Hunter gab es nur »Ja« als Antwort.

Meistens kamen noch andere Cousins oder angeheiratete Verwandte mit auf die Bühne, doch Jack war der einzige aus dem Hunter-Clan, der sich dort oben unwohl fühlte und sich in seinen Kampfstiefeln wand. Er versuchte immer, sich direkt hinter seinen Onkel oder seine Tante zu stellen, um den aufdringlichen Kameraobjektiven zu entgehen und sich so unsichtbar wie möglich zu machen.

Im Gegensatz zu seiner Familie hatte Jack kein Bedürfnis, im Licht der Scheinwerfer der landesweiten Aufmerksamkeit zu schwitzen. Er versuchte nur, sein letztes Jahr auf der Militärakademie zu überleben, ohne *noch mehr* Aufmerksamkeit auf sich zu ziehen. Anthony Rollins machte ihm das nicht gerade leichter.

Sein Mitbewohner Javier war der Einzige, dem sich Jack anvertrauen konnte.

»Ich habe keine Ahnung, wie ich aus der Nummer rauskommen soll«, beklagte sich Jack, als sie zusammen in der Turnhalle auf der Hindernisstrecke trainierten.

»Warum kannst du ihnen nicht sagen, dass du dich unwohl dabei fühlst?«, fragte Javier und zog die zwei herabbaumelnden Seile heran. »Kannst du nicht behaupten, du hättest Lampenfieber oder so etwas?«

Die beiden jungen Männer packten die Seile und kletterten daran empor.

»Angst gilt für sie nicht als Entschuldigung.« Jack keuchte, als sich die borstigen Fasern des Seils in seine Handflächen bohrten.

»Aber sie sind deine *Familie*«, meinte Javier.

Jack seufzte und sah nach oben zu Javiers Turnschuhen, die sich bereits einen halben Meter über ihm befanden und sich weiter hocharbeiteten. »Ja. Und deshalb weiß ich auch, dass sie es nicht verstehen werden.«

Javier zog sich von dem Seil auf die Holzplattform und nickte Jack zu, als zwei Mitglieder des Rugbyteams die Turnhalle betraten.

»Hey, Hunter! Nicht nach unten schauen!«, spottete der eine.

»Ja, blöd, dass dein Onkel noch nicht Präsident ist«, sagte der andere. »Vielleicht hätte er dir die Seile ersparen können.«

Wut durchzuckte Jack, und er umklammerte das Seil fester, doch Javier warf ihm von oben einen warnenden Blick zu. *Das ist es nicht wert.*

Jacks Familie brachte ihm nicht zum ersten und sicher auch nicht zum letzten Mal Ärger ein. Der Ruf der Hunters war auf dem Campus und außerhalb davon wohlbekannt. Die Familie konnte als eine von wenigen einen Soldaten aus dem Amerikanischen Unabhängigkeitskrieg zu ihren Vorfahren zählen – den ersten Captain Hunter –, und jede Generation seit den 1770ern hatte mindestens ein Familienmitglied zum Militär geschickt. Nur eine bei einem Fußballspiel an der Highschool zerschmetterte Kniescheibe hatte Jacks Vater davon abgehalten, sich ebenfalls zu verpflichten.

Der einzige Makel, der den Hunters anhaftete, war tatsächlich Jacks Mutter, die Mann und Kind verlassen hatte, als er noch ein kleiner Junge war. Von den wenigen Informationen, die er aus seiner Familie herausbekommen hatte – und von seinen eigenen bruchstückhaften Erinnerungen –, hatte er gefolgert, dass seine Mutter immer zu unabhängig für die Hunters gewesen war, ein zu großer Freigeist. Sie hatte Jacks Vater sicher einmal geliebt, ihn vielleicht sogar zugänglicher gemacht, doch *sein* Leben hatte sie nicht gewollt. Eine ungeplante Schwangerschaft und eine übereilte Hochzeit hatten sie hineingezwungen. Als sie ihm schließlich mitgeteilt hatte, dass sie ihn verlassen würde, hatte Jacks Vater seinen Erben nicht aufgeben wollen, und ihr Anwalt hatte dem langjährigen Familienanwalt der Hunters nichts entgegenzusetzen gehabt. Jacks Dad hatte das alleinige Sorgerecht bekommen, Jacks Mutter ihre Freiheit. Sein letzter Wissensstand war, dass sie irgendwo in Spanien mit einem anderen Amerikaner zusammenlebte und sich als Musikerin durchschlug. Und Jacks Vater hatte unmissverständlich klargemacht, dass sein Sohn sich an der Militärakademie einzuschreiben hatte.

Die Hunters waren in Virginia und in Militärkreisen immer hoch angesehen gewesen – wer nicht zur Army ging, wurde Senator oder Aufsichtsrat –, doch Anthonys und Katherines Vorstoß in die landesweite Politik hatte den Status der Familie in ungekannte Höhen katapultiert. Zwar hatte Anthony alle mit der Erklärung seiner Präsidentschaftskandidatur überrascht, ohne sich zuvor einen größeren Namen außerhalb seines Heimatstaates gemacht zu haben, doch die Hunters schworen vereint, ihm bei der Wahl zu helfen.

»Ich weiß, ich habe es Tante Katherine versprochen, aber muss ich wirklich an allen Wahlkampfterminen dabei sein?«, fragte Jack seinen Vater an diesem Abend am Telefon. »Ich habe Angst, dass ich dann nicht genügend Zeit zum Lernen habe. Außerdem habe ich mir fest vorgenommen, dieses Semester öfter zu trainieren und …«

»Es geht hier um deine Familie, Jack. Und in einer Familie unterstützt man sich gegenseitig«, unterbrach ihn sein Vater. »*Vor allem* in einer wie unserer.«

Jack liebte seine Tante Katherine, und er wollte sie unterstützen, doch er hatte noch nie verstanden, was sie in Anthony außer seiner Herkunft und seinem kantigen Kiefer sah. Von Anthony hatte er zufällig von seiner ungeplanten Empfängnis erfahren. Als Kind hatte er einmal vom oberen Treppenabsatz aus gelauscht, wie sich sein Onkel und seine Tante mit seinem Vater unterhalten hatten, kurz nachdem seine Mutter fortgegangen war. Es war eine von Jacks frühesten Kindheitserinnerungen, die bis zum heutigen Tag klar und deutlich war und die schmerzhafter wurde, je öfter er daran zurückdachte.

»Außer der Familie soll erst einmal niemand davon erfahren«, hatte Jacks Dad entschieden, ohne zu wissen, dass sein Sohn alles mit anhörte. »Ich will nicht, dass die Leute reden.«

»Du bist ohne sie besser dran, ernsthaft«, hatte Katherine gesagt. »Sie hat nie zur Familie gepasst. Und wenigstens hast du den lieben kleinen Jack.«

»Pass nur auf, dass er nicht *zu* lieb ist.« Anthony lachte, und Katherine tadelte ihren Mann mit einem Zungenschnalzen.

»Du hast recht, Jack kommt bestimmt gut zurecht«, fügte er hinzu. »Wer hätte gedacht, dass sich schwängern lassen das einzig Gute war, was diese Frau zustande gebracht hat. Wir haben uns wegen der Belastung Sorgen gemacht, aber ... jetzt hast du deinen Erben.«

Jack war noch zu klein, um das in dem Moment begreifen zu können, doch später fragte er seinen Cousin, was Anthony damit gemeint hatte. Wenn sich Jack in den folgenden Jahren wie ein Fremder in seiner eigenen Familie vorkam, konnte er das Gefühl bis zu dem Abend auf dem Treppenabsatz zurückverfolgen, als Anthony ihn beiläufig verspottet und seine ganze Existenz als Unfall hingestellt hatte.

Von dem Moment an hatte Jack seinen Onkel gehasst.

Und wenn er ehrlich war, war er auch immer ein wenig neidisch darauf gewesen, dass Anthony von den sonst so kritischen Hunters nicht nur akzeptiert, sondern sogar geschätzt wurde, ohne eine Verpflichtung bei der Army auch nur erwogen zu haben, während Jack sich durch die Militärakademie kämpfte, die er nie hatte besuchen wollen.

Während sein Onkel an politischer Bekanntheit gewann, fand Jack ihn immer ruppiger und aufgesetzter, und sein Ego wuchs unaufhaltsam. Jedes Mal, wenn er für seine Kampagne um einen Gefallen bat – oder Katherine dafür vorschickte –, dachte Jack an seine Bemerkungen an jenem Abend, an sein Lachen.

Im Frühjahr klammerte sich Jack an zwei Hoffnungsschimmer: seinen bevorstehenden Abschluss an der Academy und die kurz zuvor aufgetauchten Fäden.

Auch wenn sie die Aufmerksamkeit von Anthonys schlechter Presse abgelenkt hatten, war Jack davon überzeugt, dass die Fäden das Ende von Anthonys Wahlkampf bedeuten würden – und damit auch das Ende von Jacks Zeit im Rampenlicht. So etwas Verheerendes, so eine neuartige Bedrohung erforderte einfach ein bekanntes Gesicht im Weißen Haus, einen bewährten Kandidaten, den alle erkannten und der über das Können verfügte, die Situation zu bewältigen und die Nerven der Nation zu beruhigen. Man würde sicher einen routinierten Außenminister benötigen, vielleicht einen ehemaligen Vizepräsidenten, jemanden mit jahrzehntelanger Erfahrung, um das Land durch einen derart gefährlichen Wandel zu manövrieren.

Anthony Rollins war neu im Kongress und profitierte vom Namen der Hunters. Er war nie im Krieg gewesen, hatte noch nie in einer Krise die Führung übernommen. Er konnte jetzt nicht mehr gewinnen.

Und Jack war erleichtert.

JAVIER

Jack Hunter und Javier García wohnten seit ihrem ersten Jahr an der Academy zusammen, was perfekt war, da sie beide introvertierter als die anderen Kadetten waren – ganz zu schweigen davon, dass sie auch einige Zentimeter kleiner und einige Kilogramm leichter waren.

Zuerst war Javier auf Jacks Hilfe angewiesen gewesen, da er der Erste aus seiner Familie war, der überhaupt ein College besuchte. In Jacks Familie hingen Militärorden wie Christbaumkugeln von jedem Zweig seines Familienstammbaums. Jacks Großcousine hatte kürzlich die Academy abgeschlossen, und Jack kannte die Geschichte und die Traditionen und den Campus, wie es nur ein Nachkomme eines Absolventen konnte.

Erst in der dritten oder vierten Woche hatte Javier allmählich den *wahren* Jack gesehen, hatte erkannt, dass der Baumschmuck in Wahrheit schwer auf den Zweigen lastete und sie beinahe zersplittern ließ.

Als ein paar neue Kadetten ihre Absicht verkündeten, sich »Death Before Dishonor« – lieber tot als ein Verräter zu sein – auf die Unterarme tätowieren zu lassen, hatte Jack sie für verrückt gehalten.

»Magst du keine Tattoos?«, hatte Javier ihn gefragt.

»Ich mag die Aussage dahinter nicht«, hatte Jack geantwortet.

Im täglichen Training wurde schmerzhaft deutlich, dass Jack nicht so schnell, nicht so stark und auch nicht so von Natur aus diszipliniert wie die meisten anderen Kadetten war, von denen viele sich nur allzu bereitwillig als einem Mitglied des angesehenen Hunter-Clans überlegen erweisen wollten.

Anfang Herbst erkannte eines Abends einer der muskulöseren Typen Jacks Nachnamen auf einer Plakette zu Ehren seines Urgroßvaters und forderte ihn zu einem Faustkampf heraus.

»Komm schon, Hunter!«, verspottete er ihn. »Du willst doch nicht, dass dein Uropa auf dich herabschaut und dich für eine Pussy hält!«

Der Kampf dauerte zwei ganze Minuten, bis Jack nach drei harten Schlägen zusammenbrach. Das höhnische Grinsen und das Kichern der anderen waren jedoch weitaus schlimmer als die Schläge.

Danach gingen Javier und Jack zurück in ihr Zimmer, Javier holte aus der Küche einen Eisbeutel für die geschwollene Nase seines Mitbewohners.

»Danke, Javi«, stöhnte Jack und drückte das Eis auf sein sich rasch verfärbendes Gesicht.

»Keine Ursache.« Javier zuckte mit den Schultern.

»Ich meine nicht nur das Eis. Sondern alles. Dass du mich wie einen normalen Typen behandelst.«

»Du meinst, weil ich dich *nicht* zu einem öffentlichen Schwanzvergleich herausgefordert habe?«

»Weil du mich nicht anders als die anderen Jungs auf dem Campus behandelst und mich nie nach meiner Familie fragst«, antwortete Jack. »Was ich so nicht kenne. Und das ist angenehm.«

»Tut mir leid, wenn ich deinem Ego einen Dämpfer verpassen muss, Mann, aber du *bist* völlig normal«, sagte

Javi. »Klar, du weißt, wie alles hier läuft, was superhilfreich ist, aber ich bin nicht in dieser Welt aufgewachsen. Dein Familienname hat für mich keine Bedeutung.« Er lächelte freundlich.

Und er meinte es auch so. Javier verstand nicht, warum er Jack auf ein Podest stellen sollte, das aus den Leistungen seiner Vorfahren erbaut war. Jacks besondere Stellung war ihm aber trotzdem bewusst. Aus ein paar zögerlichen Bemerkungen und dem Klatsch der anderen Kadetten hatte Javi sich genug zur Familiengeschichte seines Zimmergenossen zusammengereimt: Neun Generationen von Hunters hatten seit dessen Gründung für ihr Heimatland gekämpft, und die Familie hatte Unmengen Ehrungen erhalten und Geld gespendet, Jahr für Jahr für Jahr.

Javi verstand den Druck, dem sein Zimmergenosse ausgesetzt war – die genauere Beobachtung, unter der er stand, die Erwartungen, die an ihn gestellt wurden –, nachdem es ihm in mancher Hinsicht ähnlich ging. Nur zehn Prozent der Kadetten auf dem Campus waren Latinos. Sie konnten es sich nicht leisten, für Versager gehalten zu werden.

»*Warum* ist den Leuten dein Mitbewohner so wichtig?«, fragte ihn sein Vater am Telefon.

»Seine Familie ist in bestimmten Kreisen ziemlich bekannt«, versuchte Javi zu erklären. »Ich glaube, sie halten sich für die Kennedys.«

»Und jetzt besucht *mein* Sohn dieselbe Schule wie ihr Sohn«, sagte sein Vater. Javi hörte die Ehrfurcht in seiner Stimme.

Javiers Eltern waren unglaublich stolz auf alles, was ihr Sohn erreicht hatte, auf den Mann, zu dem er sich gerade entwickelte. Auch wenn es Javis eigene Entscheidung gewesen war, sich an der Academy zu bewerben, war diese sicherlich von den achtzehn Jahren beeinflusst, in denen seine Eltern über die Tugenden der amerikanischen Freiheit referiert hatten, während sie Essensspenden in der Kirche sortierten. Sie arbeiteten jeden Tag lange im Laden seines Vaters, auch am Wochenende, und sparten, damit ihr Kind in den Genuss der Ausbildung kommen sollte, die sie nie bekommen hatten. Doch sie nahmen sich immer Zeit für den Gottesdienst am Sonntag und halfen ehrenamtlich in der Suppenküche. Sie führten ein beispielhaftes Leben voller Fleiß und Hingabe, ein Leben, das nur an einem Ort wie Amerika möglich schien und das trotz all seiner Schwächen einem Jungen wie Javier die Möglichkeit bot, zu lernen, zu spielen, etwas zu werden.

Javi wollte einen Weg wählen, den seine Eltern bewundern würden, mit dem er ehren würde, was sie ihm mitgegeben und wie sie ihr Leben geführt hatten.

Als Javi ihnen erzählte, dass er angenommen worden war – und von seinem Vollstipendium –, feierten sie das mit ihrem ersten Familienurlaub seit Jahren.

Jack und Javi durchlitten vier der härtesten Jahre ihres Lebens, doch sie überlebten zusammen. Jetzt war es Mai, und in wenigen Wochen würde dieses überaus merkwürdige Semester zu Ende und sie die neuesten Angehörigen der U.S. Army sein. Jacks Onkel hatte im Februar seinen Wahlkampf angekündigt, zu Jacks und Javis Unmut. (Javier hatte ihn nur einmal bei einem Essen mit der Familie Hunter getroffen, merkte jedoch sofort, dass Anthony nach Macht gierte.) Und dann waren im März zwei kleine braune Boxen vor Jacks und Javiers Wohnheimzimmer aufgetaucht.

Kein Kadett hatte es gewagt, seine Box zu öffnen, nachdem alle die Inschrift gelesen hatten. Sie gingen davon aus, dass es sich um einen Test von der Academy handelte, ob sie in den letzten Monaten vor dem Abschluss der Neugier nachgeben und der Versuchung erliegen würden. Doch auch nachdem sie erfahren hatten, dass es sich um keinen Test handelte, dass die Boxen auf der ganzen Welt aufgetaucht waren, wollten die jungen Männer nicht hineinschauen. Sie hatten einen gefährlichen Beruf, und das bevorstehende Risiko war sehr viel einfacher zu akzeptieren, wenn es genau das war: ein Risiko, keine Garantie.

Und in den glückseligen Tagen des Mai, den letzten vor dem Abschluss, als sie Frisbee auf dem Rasen spielten und auf die überstandenen Abschlussprüfungen anstießen, wussten weder Jack noch Javier, dass das, was im Juni passieren sollte, alles auf den Kopf stellen würde.

HANK

Der Mai war wie im Flug vergangen, und Hanks letzter Tag im Krankenhaus – von dem er einmal gedacht hatte, er wäre erst gekommen, wenn seine Haare weiß und seine Finger zu arthritisch waren, um eine Wunde zu nähen – war angebrochen. Seine Kollegin Anika lud ihn zur Feier des Tages zum Mittagessen ein.

»Eigentlich ist das kein Anlass zum Feiern«, sagte Hank, als sie sich in die Cafeteria setzten.

»Wir feiern ja auch nicht, dass du *gehst.* Wir feiern deine ganzen Erfolge in deiner Zeit hier im Krankenhaus.« Anika lächelte und hob ihre Kaffeetasse.

Hank war froh, dass er und Anika als Freunde auseinandergehen konnten. Angesichts ihrer gemeinsamen Vergangenheit wäre es nicht verwunderlich gewesen, wenn sie einander völlig aus dem Weg gehen würden. Doch jetzt bei seinem Abschied fragte sich Hank, ob er sie je wiedersehen würde, Dr. Anika Singh, die talentierteste Chirurgin, die er je kennengelernt hatte, und die zweitgrößte Liebe seines Lebens (nach Lucy, mit der er drei Jahre an der Universität zusammen gewesen war und die eine Assistenzarztstelle in San Diego angenommen hatte, als Hank nach New York zog). Für Hank waren er und Anika das perfekte Paar. Sie verstanden die Anforderungen ihrer Berufe, sie waren beide gleich ehrgeizig, und sie trieben einander an, bessere Ärzte zu werden. Vielleicht hatte Hank es dabei ein wenig übertrieben, denn irgendwann hatte Anika das Gefühl, sich auf die Beziehung nicht so einlassen zu können wie auf ihren Beruf.

Zumindest schien es die richtige Entscheidung für sie gewesen zu sein. Anika würde eines Tages Chefärztin der Chirurgie werden. Außerdem hatte sie Hank nicht *völlig* aufgegeben.

Seit ihrer Trennung vor zwei Jahren nutzten beide ihre Freundschaft, wenn sie eine gewisse Erleichterung benötigten. Alles war so einfach zwischen ihnen. Verlegenheit, Scham und Unsicherheit hatten sie schon lange hinter sich gelassen, und keiner war beleidigt, wenn der andere beim Sex einen Notruf aus dem Krankenhaus erhielt.

Doch als er jetzt mit Anika am Tisch saß, konnte Hank nicht an ihre nächtlichen Zusammenkünfte denken, ohne sich an den Abend im April zu erinnern. Den Abend, an dem Anika die Wahrheit erfahren hatte.

Der Sex war besonders gut gewesen, von verzweifelter, hungriger Intensität, wie man sie nur empfand, wenn etwas auf dem Spiel stand, wenn die Welt um einen herum in die Brüche ging. Und in diesem Frühling war die Welt definitiv in die Brüche gegangen.

Hank hatte seine Box nicht sofort geöffnet.

Er misstraute der Inschrift und wollte abwarten, bis man mehr darüber wusste. Doch auch als die Echtheit der Fäden offiziell bestätigt war, konnte Hank sich nicht entscheiden. Einerseits sah er die Boxen wie eine medizinische Routineuntersuchung: Bei Beschwerden sollte man wissen wollen, was im Körper vorgeht. Selbst wenn man die endgültige Diagnose nicht ändern kann, gibt es vielleicht eine Möglichkeit, das Leben zu verbessern. Nachdem er aber jeden Tag Wut und Trauer bei Patienten und Angehörigen erlebte, fragte er sich andererseits, ob es vielleicht besser wäre, den Schmerz so lange wie möglich aufzuschieben.

Schließlich gewann der Wissenschaftler in Hank. Er konnte nicht vor dem Wissen, das ihm angeboten wurde, davonlaufen.

Deshalb öffnete er seine Box und maß seinen Faden mit einem Heimrechner und erfuhr, dass er absolut und unwiderruflich am Arsch war. Er befand sich bereits in der kurzen Zeitspanne, in der sein Leben enden würde.

Er hätte die verdammte Box nicht öffnen dürfen.

Hank überlegte kurz, ob er seinen Job aufgeben und seine letzten Monate mit Reisen verbringen sollte, doch zu seinem Glück hatte er bereits viel von der Welt gesehen. Zwei Sommer hatte er in Europa verbracht und war das Jahr vor Studienbeginn mit dem Rucksack durch Asien gereist. Außerdem war seine Arbeit alles, was er hatte. Die sterilen weißen Wände des Krankenhauses waren die Grenzen seines Lebens, seine Kollegen seine einzigen Freunde. Hank hatte es nie etwas ausgemacht, dass er die meiste Zeit in der Notaufnahme verbrachte. Er mochte seine Arbeit. Er mochte das Adrenalin und die Herausforderung und dass er Leben rettete, was viele Menschen wollen, aber nur wenige wirklich *tun*.

Er wusste, dass er manchmal selbstsüchtig war und vielleicht ein bisschen zu viel Befriedigung aus der Dankbarkeit seiner Patienten zog, doch er war der Meinung, dass er sich seinen Platz im Himmel – wenn es so etwas denn gab – wahrscheinlich verdient hatte. Und bis dahin konnte es nicht schaden, weiter Menschenleben zu retten.

In den zwei Jahren seit der Trennung von Anika hatte Hank sich mit fast niemandem getroffen, sein Vater war bereits tot, und er wollte seine sechsundsiebzigjährige Mutter nicht in Angst und Schrecken versetzen, weshalb er niemandem von seinem Faden erzählte. Er wollte niemanden mit dem Wissen belasten, und er wollte auch kein Mitleid oder irgendwelche wohlmeinenden Gefälligkeiten. Er wollte nur stark bleiben, und das konnte er nicht, wenn ihn alle wie ein Opfer behandelten.

Hank hatte genügend Tragödien gesehen und Patienten verloren – genügend Kurzfaden, bevor man sie so genannt hatte –, dass er sich nicht die Mühe machte, sich zu fragen, *warum ich*? Hank unterschied sich nicht von den Patienten, die in den letzten zwei Jahrzehnten in seine Notaufnahme gerollt worden waren. Warum *sie,* davor? Warum *er,* jetzt? Sinnlose Fragen, die den Schmerz nur noch verstärkten.

Etwa eine Woche, nachdem er seine Box geöffnet hatte, zog sich Hank im Krankenhaus nach einer langen Schicht um, nach der er drei Tage frei haben würde, seine erste richtige Pause seit Monaten, als ihm plötzlich bewusst wurde, dass er nicht nach Hause gehen wollte. Volle zweiundsiebzig Stunden ohne Patienten, ohne Arbeit, ohne Ablenkung erschienen ihm wie ein Albtraum. So viel Zeit konnte er nicht allein mit seinen Gedanken verbringen.

Sein ganzer Körper verkrampfte sich vor Angst, als er an die vor ihm liegenden Tage dachte. Er knallte seine Spindtür zu und schlug mit der Handfläche dagegen.

»Scheißtag?«

Hank drehte sich um. Anika, noch in OP-Kleidung, sah ihn besorgt an, und irgendetwas in ihm gab nach.

»Willst du noch was trinken gehen?«, fragte er.

Aus einem Drink wurden viele, und bald darauf waren sie in Hanks Wohnung und hatten besonders guten Sex, und einen kurzen Moment lang vergaß er die Box mit dem kurzen Faden in seiner Küche.

Danach lag er schläfrig im Bett, während Anika sich eines seiner T-Shirts aus der Kommode neben dem Bett holte. Sie bewegte sich in seiner Wohnung, als wäre es ihre eigene.

»Ich hole mir ein Glas Wasser«, sagte sie, und Hank dachte nicht daran, sie aufzuhalten.

Als sie in die Küche trat, sah sie sie.

Hanks Box, auf dem Tisch, mit aufgeklapptem Deckel. Der Faden lag daneben.

Den ganzen März über hatte Anika alles offen geleugnet. Trotz der vielen Anhaltspunkte war sie eine Frau der Wissenschaft, und ohne *wissenschaftliche* Erklärung für die prophetischen Kräfte der Fäden konnte sie sie nicht akzeptieren. Diesen Standpunkt hatte sie durchgehalten, bis das Gesundheitsministerium die Ergebnisse seiner Studie vorgestellt hatte. Dann hatte sie endlich nachgegeben und ihre Box geöffnet. Laut ihrem Faden würde sie fast neunzig Jahre alt werden. Mehr hätte sie sich nicht erhoffen können.

Als Anika Hanks Faden auf dem Tisch liegen sah, erstarrte sie. Warum lag er da? Hatte Hank ihn am Morgen erst gemessen?

Natürlich wusste sie, dass sie sich umdrehen, das Glas Wasser vergessen und zurück ins Bett gehen sollte. Doch sie konnte es nicht. Nur drei, vier Schritte lagen zwischen ihr und dem Faden.

Über ihre eigenen Boxen hatten sie und Hank bisher nicht gesprochen, sondern über Patienten und Behandlungen, da beide lieber über andere redeten, als sich mit sich selbst zu beschäftigen. Doch Hank hatte seinen Faden offen liegen lassen, überlegte sie. Was einer Einladung für sie gleichkam, ihn sich anzusehen. Außerdem waren Anika und Hank fast drei Jahre zusammen gewesen, hatten keine Geheimnisse voreinander und standen sich immer noch nahe, wenn auch unter anderen Umständen. Manchmal fragte sich Anika sogar, ob sie mit der Trennung einen Fehler gemacht hatte.

Ihre verworrenen Gefühle Hank gegenüber vereinten sich in diesem Moment mit ihrer schrecklichen Neugier, und sie ging die letzten drei, vier Schritte zum Küchentisch. Dort schlug sie die Hände vor den Mund, ihre geschickten Chirurgenfinger unterdrückten ihr Aufkeuchen.

Anika hatte erst kürzlich ihren eigenen Faden gemessen, weshalb sie sofort sah, dass Hanks ungefähr halb so lang war. Was bedeutete, dass er mit Anfang vierzig sterben würde.

Und er *war* bereits Anfang vierzig.

Schockiert wurde Anika klar, warum Hank sie eingeladen haben musste und warum der Sex intensiver denn je gewesen war, voller Verzweiflung über etwas, das größer war als sie beide. Hank wusste, dass sein Tod bevorstand – schon bald.

Als Anika zurück ins Schlafzimmer kam, saß Hank aufrecht im Bett. Im gedämpften Licht konnte er ihren seltsamen Gesichtsausdruck nur schwach erkennen. Sie setzte sich neben ihn und legte ihre warmen Hände auf seinen Unterarm.

»Es tut mir so leid, Hank.«

»Was denn?«, fragte er.

»Du musst nicht länger die Fassung bewahren. *Ich* bin es doch.«

Hank verlagerte unbehaglich das Gewicht. »Im Ernst, Anika, wovon redest du?«

»Ich weiß, ich hätte nicht so neugierig sein sollen«, flüsterte Anika. »Und ich weiß nicht, was ich sagen soll, außer ... dass es mir leidtut. Und ich bin für dich da, wenn du etwas brauchst, egal was.«

Hank brauchte einen Moment, bis er ihr plötzliches Mitgefühl mit dem Faden in Verbindung brachte, den er unvorsichtig auf dem Tisch liegen gelassen hatte. Sie hatte ihn entdeckt, und jetzt sah sie ihn mit unmissverständlichem Mitleid an.

»Verdammt!« Hank riss seinen Arm zurück. »Warum zum Teufel hast du ihn dir angesehen?«

Anika sah ihn hilflos an. »Er lag einfach da, als ich in die Küche kam. Ich habe schließlich nicht danach gesucht!«

»Ich hatte ja auch nicht vor, dich mit herzunehmen!«, brüllte er zurück. »Du hättest dich einfach umdrehen und gehen können! Du hättest nicht genauer hinschauen müssen. Du respektierst meine Privatsphäre wohl überhaupt nicht?«

Hanks Herzschlag beschleunigte sich, das Blut pochte in seinen Adern. Sein Körper schaltete in den Kampf-oder-Flucht-Modus, ein vertrautes Gefühl für einen Notaufnahmeveteranen. Doch jetzt konnte er nicht wegrennen; Anika wusste bereits Bescheid.

»Das war ein Fehler«, sagte er wütend. »Das heute Abend war ein großer Fehler.«

Anika zuckte voller Reue zusammen und verzog das Gesicht, Tränen traten in ihre Augen. »Vielleicht hätte ich nichts sagen sollen, aber ich *kenne* dich, Hank. Ich weiß, dass du das allein durchmachen willst, weil du niemanden belasten willst«, sagte sie. »Deshalb sollst du wissen, dass du *nicht* allein bist. Nicht, wenn du das nicht möchtest.«

Hank spürte immer noch, wie die Stresshormone durch seinen Körper pulsierten und ihn kampfbereit machten. Er spürte immer noch die Wut in sich. Doch bei Anikas Worten, ihrem Anblick, wie sie beschämt am Rand der Matratze kauerte, zitternd in einem seiner T-Shirts, wurde ihm klar, dass er eigentlich gar nicht auf sie wütend war.

Sondern auf seinen Faden.

Irgendwie liebte er Anika immer noch. Vor ein paar Jahren hatte er sogar gedacht, dass er sie eines Tages heiraten würde, lieben und ehren, in guten wie in schlechten Zeiten. Heute zählte sicher zu den schlechten Zeiten, als sie einfach seinen Faden genauer angesehen hatte. Doch danach war sie nicht gegangen. Sie war zurück ins Bett gekommen. Sie hatte ihm gesagt, dass er nicht allein war.

Hank wollte nicht kämpfen. Er wollte die Menschen, die er liebte, nicht wegstoßen, nicht, wenn ihm nur noch so wenig Zeit mit ihnen blieb. Er seufzte erschöpft, dann legte er seine Hand auf ihre.

Und Anika sah dankbar zu ihm auf, biss sich auf die zitternde Unterlippe. »Ich weiß, dass ich nicht hinschauen hätte sollen, Hank. Aber hättest du es mir *wirklich* nicht erzählt?«

»Ich hätte es niemandem erzählt.«

Anikas Augen waren gerötet und blickten gequält. »Aber es muss doch schrecklich sein, das allein durchzustehen.«

»Nicht so schrecklich wie der Blick, mit dem du mich gerade ansiehst.«

»Vielleicht stimmt es ja gar nicht!« Anika versuchte, hoffnungsvoll zu klingen. »Ich habe schon Patienten gesagt, sie hätten nur noch ein paar Monate zu leben, und dann lebten sie noch einige Jahre.«

»Du weißt, dass das etwas anderes ist«, erwiderte er.

Anika seufzte schwer. »Gut, ich verspreche, es niemandem zu erzählen, wenn du das wirklich möchtest.«

Hank wollte sein Geheimnis immer noch bewahren, auch wenn er wusste, dass seine Kündigung bereits einiges Gerede verursacht hatte. (Seine Begründung war, einfach eine Pause zu benötigen und dass die Flut an Kurzfaden auf der Suche nach Antworten ihn ausgelaugt hatte.) Doch als er es jetzt laut aussprach, vor Anika, fühlte er sich tatsächlich ein wenig erleichtert, dass wenigstens *ein* Mensch von seinem Faden wusste. Es war zermürbend, es vor allen zu verbergen, ständig zu befürchten, dass er sich unbeabsichtigt verraten könnte. Jetzt konnte er wenigstens Anika gegenüber weniger wachsam sein. Er musste nicht mehr so tun, als sei alles in Ordnung.

»Ich war so darauf konzentriert, dass es niemand im Krankenhaus herausfindet und es meiner Familie nicht zu erzählen«, sagte Hank. »Ich habe nie richtig geweint oder geschrien oder sonst etwas getan, was man so tun sollte.«

»Warum nicht?«

Hank wusste, warum er bei der Beerdigung seines Vaters nicht geweint hatte, als er seiner Mutter eine Stütze hatte sein wollen, und warum er nicht geweint hatte, als Anika sich von ihm getrennt und er vor der Frau, die er bewunderte, das Gesicht hatte wahren wollen. Doch jetzt wusste er nicht, was ihn davon abhielt.

Anika nahm ein Kissen und hielt es Hank hin.

»Soll ich hineinboxen oder was?«, fragte er.

»Du kannst damit machen, was du willst«, sagte sie.

»Man merkt es mir im OP nicht an, aber ich halte viel davon, mal ordentlich in ein Kissen zu schreien.«

Zögernd nahm Hank das Kissen und betrachtete es stumm.

»Soll ich dich allein lassen?«, fragte sie.

Hank sah mit verschwommenem Blick zu ihr. Die schwarzen Haare, die ihr über die Schulter fielen und auf seinem weißen T-Shirt noch dunkler erschienen. Die braunen Augen, unter denen ein wenig feuchte Wimperntusche klebte. Das scharfe, spitze Kinn, das sie auf ihre Hände stützte, wenn sie über ein Problem nachdachte.

Plötzlich drückte Hank sich das Kissen gegen das Gesicht und schrie in den weichen Stoff. Anika sah, wie die Adern an seiner Stirn hervortraten, als würden sie genauso laut schreien.

Schließlich ließ Hank das Kissen erschöpft in den Schoß fallen. »Meinst du, du könntest bei mir bleiben?«, fragte er.

Anika schlang die Arme um seine breiten Schultern, und Hank erlaubte sich endlich, sich von den Wellen tiefer Schluchzer davontragen zu lassen, die über ihm zusammenschlugen, die ihm die Luft raubten und sich wieder zurückzogen, ihm einen Moment der Ruhe gewährten, bevor die nächste Welle ihn wieder mit sich riss.

Anika hielt ihn die ganze Zeit fest, bis Hank sich schließlich von ihr löste.

Bei ihrer nächsten Begegnung im Krankenhaus in der Woche darauf fragte Anika ihn, wie es ihm ging.

»Normalerweise empfehle ich meinen Patienten in dieser Situation ja eine Therapie oder eine Selbsthilfegruppe«, antwortete er, »weshalb ich wohl meinem eigenen Rat folgen sollte.«

Anika gab ihm die Adresse der Connelly Academy, einer Schule in der Nähe ihrer Wohnung, an der verschiedene Gruppen angeboten wurden. Am Sonntag ging Hank dorthin, eine halbe Stunde zu spät nach einer anstrengenden Schicht in der Notaufnahme.

Er spähte durch die Tür zu Raum 201, in dem sich einige Leute versammelt hatten, deren Faden fast aufgebraucht war. Alle weinten, rieben einander den Rücken, reichten eine Taschentuchbox herum. Es sah furchtbar deprimierend aus. Die Gruppe sollte Hank doch eigentlich helfen, nicht das Gegenteil.

Gerade wollte er wieder gehen, als er leises Lachen hörte, das aus Raum 204 kam, wo sich die Kurzfaden trafen, denen noch etwas mehr Zeit blieb, Jahre, nicht nur Monate. Hank beschloss, sich die Gruppe einmal anzusehen. Es musste niemand wissen, dass er eigentlich nicht dazugehörte.

MAURA

Heute möchte ich über Geheimnisse sprechen«, sagte Sean zu Beginn der Sitzung.

»Gut, wir hatten schon eine Weile kein konkretes Thema mehr«, flüsterte Maura Ben zu.

»Und das könnte pikant werden«, fügte er hinzu.

Nachdem sie beim ersten Gruppentreffen nebeneinandergesessen hatten, behielten sie die Sitzordnung bei. Maura mochte Bens Aufgeschlossenheit ihren beiläufigen Kommentaren gegenüber, und Ben schien dankbar zu sein, dass Maura die Treffen nie allzu ernst nahm. Ihre trockenen Bemerkungen stachen ein Loch in die Hülle aus düsteren Gedanken, unter der sie sonst vielleicht erstickt wären.

»Sicherlich investieren viele von uns einiges an emotionaler Energie, Sachen geheim zu halten«, sagte Sean. »Doch wenn man bereits mit etwas so ... Entscheidendem wie dem eigenen Faden zurechtkommen muss, hilft es vielleicht, sich sonstige Last von der Seele zu reden. Natürlich nur, wenn euch danach ist.«

»Wir sind hier doch nicht bei der verdammten Beichte«, knurrte Carl.

Maura dachte kurz an ihren Streit mit Nina und wie besessen ihre Freundin wochenlang das Internet durchforstet hatte. Aber hatte Maura nicht auch etwas verheimlicht? Sie hatte Nina nie von den Sehnsuchtsanfällen in der Nacht erzählt, dem kleinen Jungen mit dem Rucksack und seiner Mutter.

»Also, *ich* hätte da was, was ich mir von der Seele reden will«, meldete sich Terrell.

Sichtlich zufrieden bedeutete ihm Sean fortzufahren.

»Es geht um diese ganze Sache mit Ted«, sagte Terrell.

»Wer ist Ted?«, fragte Nihal.

»Mein Ex-Freund«, erklärte Terrell. »Ich habe ihm eine Achthundert-Dollar-Uhr gestohlen.«

Alle warteten darauf, dass er weitersprach.

»Ich muss vorausschicken, dass ich mich für einen sehr anständigen Menschen halte«, sagte Terrell. »Das ist mein einziger beschämender Fehltritt. Als ob man sein ganzes Leben lang Salat isst und dann an einem Tag einen ganzen Schokoladenkuchen verschlingt. Um es kurz zu machen, Ted und ich waren fast ein Jahr zusammen, als er mich auf wirklich platteste Art betrog.«

»Mit deinem besten Freund?«, vermutete Chelsea.

»Mit einem Kollegen spätabends im Büro. Wie ein Trottel kam er danach mit dem falschen Gürtel in der Hose nach Hause, weil es ja schließlich dunkel gewesen war und alle Männer, die im Finanzwesen arbeiten, schwarze, hässliche Gürtel tragen. Ich fand das heraus, und nach der Trennung beschloss ich, mich an ihm zu rächen, indem ich ihm etwas wegnehme, was ihm viel bedeutet.«

»Die Uhr hat ihm viel bedeutet?«, fragte Ben.

»Sie war kein Familienerbstück oder so. Sie war einfach eine verdammt teure Uhr. Und der Mistkerl war mir das schuldig. Ich musste es ihm heimzahlen, dass er zehn Monate meines Lebens verschwendet hatte. Er hatte mir diese ganze *Zeit* gestohlen, weshalb es mir angemessen erschien, ihm seine Uhr zu stehlen.«

Terrell krempelte seinen Ärmel hoch und drehte verlegen lächelnd sein Handgelenk, an dem eine goldene Armbanduhr im Neonlicht des Klassenzimmers glänzte. Sogar Sean musste grinsen.

»Mann, ich wünschte, mir wäre das eingefallen«, sagte Chelsea. »Als mein Ex per SMS mit mir Schluss gemacht hat, habe ich nur seinen Rückspiegel mit einem Baseballschläger eingeschlagen.«

»Warum hat er sich von dir getrennt?«, fragte Nihal.

»Also ... er hat es herausgefunden«, antwortete Chelsea, und alle wussten, was damit gemeint war.

Er hatte von ihrem Faden erfahren.

»Aber es gibt nicht nur Schlechtes«, sagte Terrell und bewahrte die Gruppe geschickt vor weiterem Trübsinn. »Theoretisch ist das *auch* ein Geheimnis, aber zufällig weiß ich, dass gerade ein Broadway-Stück ausschließlich mit Kurzfaden inszeniert wird. Drehbuch, Regie, Beleuchtung, Choreografie ... alles! Nur Kurzfaden. Aus dem ganzen Land. Und das Beste ist – meine Wenigkeit gehört zum Produzententeam.«

»Das ist unglaublich«, sagte Ben.

Maura war nicht überrascht. »Man kann sich immer darauf verlassen, dass sich Künstler etwas einfallen lassen«, meinte sie, »vor allem in einer Krise.«

»*Und* dabei noch singen.« Terrell lächelte.

»Da fällt mir ein, ein paar meiner alten Collegekommilitonen stellen ein Haustauschprogramm exklusiv für Kurzfaden auf die Beine«, erzählte Nihal. »Man kann mit jemandem aus einem anderen Bundesstaat oder sogar aus einem anderen Land für einen gewissen Zeitraum die Häuser oder Wohnungen tauschen. So soll es für Kurzfaden einfacher werden, zu reisen und etwas von der Welt zu sehen.«

»Oh mein Gott, wir müssen *unbedingt* Betatester werden!«, quietschte Chelsea.

»Ich habe auch ein großes Geheimnis«, sagte Lea und griff die entspanntere Stimmung auf. »Aber ihr müsst versprechen, dass ihr es nicht weitersagt. Noch nicht.«

Ein paar lehnten sich gespannt vor.

»Ich bin schwanger«, fuhr sie fort.

»Wow!«, »Verdammt!«, »Glückwunsch!«, riefen die anderen überrascht und aufgeregt.

Maura blieb als Einzige still, auch wenn es niemand zu bemerken schien. Natürlich freute sie sich für Lea, doch sie war auch fassungslos. Lea hatte auch einen kurzen Faden. Litt sie nicht unter denselben Ängsten, denselben Belastungen? Maura fragte sich, ob Lea dieselben Berechnungen angestellt, aber zu einem anderen Ergebnis gekommen war.

»Danke euch«, sagte Lea. »Ich dachte mir, ich muss es euch bald sagen. Es werden Zwillinge, und man sieht es bestimmt schon bald.«

»Wer ist der Vater?«, fragte Chelsea und erntete dafür einige beunruhigte Blicke. »Was denn? Darf man das nicht fragen?«

»Kein Problem«, antwortete Lea. »Ich stelle mich als Leihmutter für meinen Bruder und seinen Mann zur Verfügung, und der biologische Vater ist mein Schwager. Die Eier sind allerdings meine eigenen, weshalb wir hoffen, dass die Kinder auch meinem Bruder ein wenig ähnlich sehen.«

Alle gaben staunende und bewundernde Laute von sich. Maura fühlte sich bei der Erklärung einerseits erleichtert, weil sie nicht neidisch sein musste. Andererseits war sie aber auch ein wenig traurig.

»Dein Bruder und sein Mann sind dir bestimmt sehr dankbar«, sagte Hank zu Lea.

»Wenn es ein Junge und ein Mädchen werden, dann wollen sie sie Leo und Lea nennen.« Sie lachte. »Hoffentlich haben sie nur einen Witz gemacht.«

Terrell berührte sanft ihre Hand. »Du machst ihnen damit das größte Geschenk überhaupt.«

Lea lächelte. »Genau das haben sie auch zu mir gesagt.« Sie legte die Hände auf ihren Bauch. »Es ist komisch, weil mein Bruder und sein Mann ziemlich lange Fäden haben, und ich dachte, sie *hätten* damit bereits das größte Geschenk bekommen«, meinte sie. »Aber sie haben es vielleicht nicht so empfunden. Und jetzt kann *ich* ihnen dieses Geschenk ermöglichen.«

Maura erinnerte sich daran, als der Papst auf seinen Balkon hinausgetreten und die Boxen eine Gottesgabe genannt hatte. Für manche Menschen waren sie das vielleicht – wie Leas Bruder oder Sean oder Nina. Doch für alle anderen, für die Menschen in Raum 204, waren andere Dinge Geschenke, wie Lea gesagt hatte. Man musste sie nur erkennen.

Das Musical, das Terrell erwähnt hatte – die Träume von hundert Kurzfaden auf einer Broadway-Bühne –, klang auf jeden Fall wie ein Geschenk.

Der Moment am Morgen, wenn Maura neben der Frau aufwachte, die sie liebte, einer Frau mit vielen Gründen, sie zu verlassen.

Dass sie und Nina einander überhaupt frei und offen lieben konnten.

Sie beschloss, Nina die Wahrheit zu sagen.

Eine Stunde später saß Maura auf der Bettkante und sah ihre Freundin an.

»Ich sollte dir etwas sagen«, begann sie. »Ich weiß, dass wir nie Kinder haben wollten. Und mit meinem Faden sollten wir auch wirklich keine haben. Aber manchmal ... komme ich damit nicht klar.«

Nina sah aus, als wollte sie irgendetwas Nettes und Aufmunterndes sagen, vielleicht sogar das Thema noch einmal neu besprechen. Doch Maura schüttelte den Kopf.

»Wir müssen das nicht vertiefen«, sagte sie. »Es ist, wie es ist. Aber ich will keine Geheimnisse vor dir haben. Du solltest nur wissen, wie es mir geht. Dass man etwas bedauern kann – oder zumindest darüber nachdenken kann –, obwohl man weiß, dass es die richtige Entscheidung war.«

»Ich wusste nicht, dass dich das beschäftigt«, erwiderte Nina.

»Ich habe es auch nicht gezeigt«, gab Maura zu. »Ich weiß, dass ich Glück habe und es mir nie an Selbstvertrauen gefehlt hat.« Sie lächelte schwach. »Aber manchmal ist es dann nicht so leicht, Verletzlichkeit zuzulassen.«

Nina setzte sich neben ihre Partnerin. »Ich bin froh, dass du es mir erzählt hast«, sagte sie. »Bei *mir* kannst du immer verletzlich sein.«

»Denkst du manchmal darüber nach?«, fragte Maura.

»Ehrlich, ich weiß es nicht«, antwortete Nina leise. »Ich habe mich ja nie aktiv *gegen* Kinder entschieden. Sondern nie aktiv *dafür.* Und als wir uns gefunden hatten, fühlte ich mich ... vollständig.«

Maura nickte und holte tief Luft. »Ich weiß, wie es dir geht«, sagte sie. »Doch das Verrückte ist, dass ich überhaupt keine Kinder wollte, bis mir klar wurde, dass ich vermutlich keine haben könnte. Es ist, als hätte man mir die Tür vor der Nase zugeschlagen, bevor ich einen Blick hineinwerfen konnte. Und vielleicht geht es auch gar nicht konkret um Kinder. Vielleicht geht es darum, dass ich jetzt ständig an die *anderen* Türen denken muss, die sich möglicherweise auch schließen. Was ist zum Beispiel, wenn ich nie eine Arbeit finde, die ich wirklich mag? Was ist, wenn ich nicht mehr viel von der Welt sehe? Was ist, wenn ich nie etwas tue, das ... etwas bewirkt?«

Nina legte den Arm um Maura. »Du hinterlässt bei jedem Eindruck, dem du begegnest«, sagte sie. »Du bist so ein Mensch. Du bist fast schon enervierend beeindruckend.« Sie lächelte.

Maura lachte, leise und etwas beherrscht, doch dabei merkte sie, dass es ihr gut ging. Und zwischen ihnen war auch alles gut.

»Vielleicht will sich ja Amie beeilen und Kinder bekommen, damit wir die coolen Tanten sein können.« Maura grinste. »Oder *ich* kann zumindest die coole Tante sein, und du liest ihnen dann zum Einschlafen die Zeitung vor.«

Beide lachten, dieses Mal befreiter, bis Nina Maura leidenschaftlich küsste und sie nach hinten aufs Bett fielen.

Hallo B.,

heute hat während einer Vokabelstunde eine meiner Schülerinnen »gewitzt« als »witzig« erklärt, und ich musste ihr sagen, dass sie damit falschlag. Sie wirkte so verwirrt, und dann sagte sie: »Tut mir leid. Ich dachte, es bedeutet das, was ich wollte, dass es bedeuten soll.« Ich hatte noch nie gehört, dass ein Schüler das so ausdrückt, und ich denke schon den ganzen Tag darüber nach.

Vielleicht ist es mit den Boxen das Gleiche. Niemand hat eine sichere Erklärung für sie, weshalb sie am Ende einfach das bedeuten, was wir wollen – ob das nun Gott ist oder das Schicksal oder Magie. Und mit dem eigenen Faden, egal wie lang, ist es genauso – ein Freibrief, nur noch das zu tun, was man möchte, mit der Diät aufzuhören, Rache zu nehmen, den Job zu kündigen, irgendein Risiko einzugehen, um die Welt zu reisen. Ich will bei meinen Schülerinnen und Schülern bleiben, aber manchmal stelle ich mir vor, wie ich ein Jahr im Ausland verbringe, zu meinen liebsten Reisezielen pilgere, durch Emily Brontës dramatische Moorlandschaften wandere, an Fitzgeralds Riviera bade, mich im Winter in Tolstois Russland warm einpacke (auch wenn ich wahrscheinlich kneifen und im Sommer hinfahren würde).

Jeden Morgen frage ich mich, ob heute der Tag ist, an dem ich schließlich nachgebe und die Box öffne.

Wenn die Frage nicht zu persönlich ist: Bereust du es, hineingesehen zu haben?

A.

BEN

Ben wusste nicht, warum er überrascht war. Er hätte damit rechnen müssen, dass die Frage irgendwann aufkam.

Doch er brauchte eine Weile, um eine Antwort zu schreiben. Zuerst zeichnete er ein neues Gebäude, radierte es so oft aus und zeichnete es neu, bis er wieder bei seiner ersten Version angelangt war. Da wusste er, dass er zu schreiben beginnen musste. Doch die Antwort war viel komplizierter, als die simple Frage – *Bereust du es, hineingesehen zu haben?* – es klingen ließ. Außerdem drohte sie alle Gefühle von jenem Abend hervorzuholen, dem Abend, an dem er von seinem kurzen Faden erfahren hatte. Schock und Trauer und Angst. Claires Gesichtsausdruck, als sie weinte.

Er glaubte, dass sein anonymer Brieffreund (oder Brieffreundin) immer ehrlich zu ihm gewesen war, und im Gegenzug wollte er auch ehrlich sein. Doch er brachte es nicht über sich, die ganze Geschichte zu erzählen. Er wollte diesen Abend lieber nicht noch einmal durchleben. Zumindest nicht jetzt.

Hallo A.,

ich habe das Gefühl, als gäbe es ein Davor und Danach – bevor meine Box geöffnet wurde und danach –, und ich kann nie wieder in die Zeit davor zurückkeh-

ren. Ich weiß, dass das wie ein Klischee klingt, aber es stimmt. Sobald man etwas weiß, vergisst man, wie es war, als man es noch nicht gewusst hat.

Und ja, meistens würde ich es lieber nicht wissen. Aber ich versuche, mir zu sagen, dass die anfängliche Reue vorbeigehen wird und dass ich eines Tages vielleicht sogar dankbar für das Wissen bin.

Wenn sich natürlich herausstellt, dass ich überraschend bei einem Unfall sterbe, dann wäre es vielleicht besser gewesen, nichts zu wissen, ohne die Zeit, über Fehler oder was wäre wenn nachzudenken. Doch wenn mich ein langsames Ende erwartet, mit genügend Zeit zur Selbstreflexion, dann muss ich mich damit trösten, dass der Tod keine schreckliche Überraschung sein wird und dass ich die vergangenen vierzehn Jahre hoffentlich so verbracht habe, wie ich wollte, und ich so zufrieden wie möglich darauf zurückblicken kann.

Danach fühlte er sich ausgelaugt, als ob er jeden Moment einschlafen könnte. Doch er war noch nicht fertig.

Aus deinem letzten Brief lese ich heraus, dass du vermutlich Lehrer bist. Und da wir Juni haben, fährst du vielleicht in die Sommerferien, an einen anderen Ort.

Ben wusste nicht, wie er den Brief beenden sollte. Sollte er seinen Namen preisgeben? Seine Adresse hinzufügen? Ein Treffen vorschlagen?

Er war überrascht, dass der Briefwechsel überhaupt so lange angehalten hatte. Bisher hatte er erst einmal eine Brieffreundschaft geführt, damals nach dem Ferienlager, als er und seine Zimmergenossen geschworen hatten, einander das ganze Schuljahr über zu schreiben,

Pfadfinderehrenwort! Im Winter waren aber bereits fast alle Briefwechsel eingeschlafen, nachdem das Leben der Jungen wieder von Schule und Sport und Musikstunden in Anspruch genommen wurde. Ben hatte den letzten Brief geschrieben und darauf nie eine Antwort erhalten.

Aus dem letzten Schreiben wurde deutlich, dass »A.« Lehrer von Beruf war, doch nicht, ob sein Brieffreund männlich oder weiblich war, jung oder alt. Vielleicht sollte er dem nachgehen, sich unter der Woche unter einem Vorwand in die Schule schleichen und fragen, welche Lehrer in Raum 204 unterrichteten. Doch würde das nicht verdächtig wirken? Ein dreißigjähriger Mann, der herumschnüffelte?

Außerdem war Ben sich nicht sicher, ob er es wissen wollte. Er war noch nicht bereit, das Geheimnis aufzugeben, das diese Briefe so besonders machte. Ihm war klar, dass es für »A.« vielleicht nur ein oberflächlicher Zeitvertreib war. Vielleicht bemitleidete er oder sie ihn auch. Doch er wollte nicht, dass dieser Mensch verschwand.

Die wenigen Freunde, denen Ben von seinem Faden erzählt hatte – alle hatten einen langen Faden –, hatten sich anfangs regelmäßig gemeldet, hatten angerufen oder geschrieben. Doch das war in letzter Zeit immer weniger geworden. Selbst Damon, der Ben im April überredet hatte, die Gruppe auszuprobieren, und der sonst jeden Montagmorgen nach dem Treffen am Abend zuvor fragte, hatte es jetzt schon zwei Wochen hintereinander verpasst.

Vielleicht fühlten sich alle Ben gegenüber hilflos oder unbehaglich oder schuldig wegen ihrer eigenen langen Fäden. Oder sie wussten einfach nicht, was sie sagen sollten.

Aber ich werde weiter jeden Sonntagabend in dieses Klassenzimmer kommen, falls du über den Sommer hier bist.

Und wenn nicht, dann wünsche ich dir alles Gute, und ich hoffe, dass du Frieden mit deiner Entscheidung findest, ob du dir deinen Faden nun ansiehst oder nicht.

B.

Ben wartete, bis sich die Gruppe zerstreut hatte und er allein im Klassenzimmer war. Er zog das Blatt Papier aus seiner Tasche, faltete es einmal, sodass der Buchstabe *A* auf der Vorderseite stand. Dann bückte er sich, um es wie ein kleines Zelt auf den Boden an das Bücherregal zu stellen.

Als er sich umdrehte, stand Hank verwundert hinter ihm.

»Ich glaube, ich habe meine Kopfhörer vergessen«, erklärte dieser.

»Oh, äh, ich helfe dir gern beim Suchen«, bot Ben an.

In verlegenem Schweigen gingen die beiden Männer mit gesenktem Kopf suchend durch den Raum.

»Darf ich fragen, was das mit dem Blatt Papier sollte?«, sagte Hank schließlich vorsichtig.

Ben überlegte einen Moment. »Fällt das unter die ärztliche Schweigepflicht?«

»Klar, warum nicht?« Hank lachte.

Und so erzählte Ben ihm von dem Brief, den er nach einem Treffen im Raum vergessen hatte, und der mysteriösen Antwort.

»Und jetzt schreibe ich irgendwie mit einem völlig fremden Menschen hin und her«, erklärte er. »Was blödsinnig klingt, wenn ich es laut ausspreche.«

Hank sah Ben neugierig an. »Du hast wirklich keine Ahnung, mit wem du da schreibst?«

Ben schüttelte den Kopf. »Ich vermute, eine Lehrkraft hier an der Schule«, sagte er. »Aber ich glaube, hier finden abends auch AA-Treffen und ein paar andere Gruppen statt, weshalb es auch davon jemand sein könnte.«

Hank zuckte mit den Schultern und lächelte aufmunternd. »Wahrscheinlich findest du es nur heraus, wenn du weiter zurückschreibst.«

»Danke.«

»Wofür?«

»Dass du mir nicht das Gefühl gibst, verrückt zu sein.«

»Wir bewegen uns hier alle in unbekannten Gewässern. Da ist nichts verrückt.« Hank spähte unter den Tisch.

»Du arbeitest im Memorial Hospital, richtig? Tut mir leid, was da passiert ist.«

»Ich habe Ende Mai dort aufgehört. Aber ich hatte die Kündigung schon vor der Schießerei eingereicht«, antwortete Hank. »Was du machst, weiß ich gar nicht, oder?«

»Ich bin Architekt«, sagte Ben.

»Wow. Hast du irgendwelche Gebäude entworfen, die ich vielleicht kennen könnte?«

»Noch nicht«, meinte Ben sehnsüchtig. »Eines ist gerade im Entstehen, aber weiter im Norden.«

Hank setzte sich auf einen Stuhl. »Warum wolltest du Architekt werden?«

Leicht überrascht setzte sich Ben neben ihn. »Ich weiß es nicht genau«, erwiderte er. »Aber ich bin ohne Geschwister aufgewachsen, und meine Eltern haben beide gearbeitet, weshalb ich oft kleine Häuser und Städte gezeichnet und mir die Menschen vorgestellt habe, die darin wohnen.«

Hank sah ihn mit mitleidig gerunzelter Stirn an.

»Nein, nein, versteh das nicht falsch«, stotterte Ben. »Meine Eltern sind toll, und ich war nicht einsam. Es hat mir einfach Spaß gemacht, diese kleinen Welten zu zeichnen.«

»Und jetzt willst du größere Welten erschaffen?«

Ben lachte. »Sagen wir so, die Schule war nicht immer einfach für mich, und damals dachte ich, wenn ich etwas so Großes wie einen Wolkenkratzer in New York erschaffen könnte, dann könnte ich mich gar nicht klein fühlen.«

»Und wie ist es jetzt?«

Ben sah aus dem Fenster, hinter dem die imposanten Apartmenthäuser der Upper East Side im Dämmerlicht miteinander verschmolzen.

»Jetzt möchte ich etwas Dauerhaftes erschaffen. Etwas, das auch noch steht nach ...«

Hank seufzte wissend, und die beiden schwiegen. Wussten nicht, ob sie das Gespräch weiterführen würden. Doch Ben war neugierig. »Weshalb hast du dann gekündigt, wenn nicht wegen der Schießerei?«

»Ich glaube, ich war müde«, antwortete Hank. »Ich wollte keine Menschen mehr sehen, die weinend und verängstigt ins Krankenhaus kamen, völlig verzweifelt, und mich um Antworten anflehten, die ich ihnen nicht geben konnte.«

»Das klingt schrecklich.«

Hank verzog nachdenklich den Mund.

»Das war nicht der einzige Grund, weißt du. Das habe ich meiner Vorgesetzten und den Kollegen gesagt, aber ich wollte einfach kein Arzt mehr sein. Ich hatte Hunderte

Menschen vor dem Tod bewahrt. Ich hatte den Tod herausgefordert und gewonnen. Und dann fand ich heraus, dass das vielleicht gar nicht mein Verdienst gewesen war. Vielleicht hatte ich nur die gerettet, die sowieso nicht gestorben wären, diejenigen, deren Fäden noch nicht aufgebraucht waren. Und die anderen, die ich nicht retten konnte ... Die hätte ich vielleicht auch gar nicht retten können. Kein Arzt hätte ihnen helfen können.«

»Das klingt aber fast tröstlich, oder?«, meinte Ben.

»Es ist schwer, weiter gegen etwas anzukämpfen, nachdem man erkannt hat, dass der Kampf nicht fair ist«, sagte Hank. »Alle anderen konnten es anders sehen. Selbst wenn wir die Lebensdauer eines Menschen nicht beeinflussen können, haben wir immerhin noch Einfluss auf die Lebensqualität. Ich weiß, dass sie recht haben, aber ich kann das so nicht akzeptieren. Ich habe in der Notaufnahme gearbeitet. Mein ganzes Leben als Arzt habe ich damit verbracht, den Tod in die Schranken zu weisen. Doch gegen ihn sind wir machtlos.«

»Hm, aber war das vor den Fäden nicht auch schon so?«, fragte Ben.

»Ja«, antwortete Hank. »Aber vor den Fäden konnte ich mir noch einbilden, dass ich eine Chance hatte.«

Ben nickte ernst. »Das tut mir leid.«

»Mir tut es leid, dass ich deinen Wolkenkratzer nicht sehen werde.«

Ben tat so, als wäre er beleidigt. »Hey! Ich habe immer noch Zeit, ihn zu bauen.«

Hank senkte den Blick zu seinen Füßen. »Ich bin nicht wie ihr anderen.«

»Was meinst du damit?«

»Ich bin meinem Tod schon viel näher«, gestand Hank. »Aber ich wollte nicht zu der Gruppe für die Kurzfaden gehen, denen nur noch ein Jahr bleibt. Viel zu deprimierend. Deshalb bin ich stattdessen hierhergekommen.«

»Das tut mir so leid.« Bens Stimme war nur noch ein Flüstern.

»Ja, manche Tage sind ganz schön düster«, gab Hank zu, »aber an anderen Tagen erinnere ich mich einfach daran, dass ich ein gutes Leben geführt habe. Ich habe mein Bestes gegeben, um Menschen zu helfen. Ich habe mich ein paarmal verliebt. Ich habe mich bemüht, ein guter Sohn zu sein.« Hank lehnte sich langsam zurück. »Ich habe viele Menschen kurz vor ihrem Tod gesehen, und alle um sie herum haben sie angefleht zu kämpfen. Man braucht viel Kraft, um weiterzukämpfen, und ja, normalerweise ist das auch die richtige Antwort. Kämpf weiter, klammer dich auf jeden Fall am Leben fest. Aber manchmal vergessen wir, dass man auch Kraft braucht, um loslassen zu können.«

Hallo B.,

keine Sorge, ich fahre nicht weg. Ich werde Sommerkurse und Nachhilfe geben.

Aber auch, wenn ich das nicht tun würde, habe ich gemerkt, dass ich mich so sehr auf deine Briefe freue, dass ich vielleicht sogar meinen Job riskieren und nach Unterrichtsende in die Schule einbrechen würde – ich will keine Woche verpassen.

Ich verspreche, hier zu sein, solange du weiterschreiben möchtest.

A.

HANK

Am neunten Juni fragte Maura, ob sich die Selbsthilfegruppe eine Stunde früher treffen könnte, damit sie danach die erste Fernsehdebatte für die Vorwahlen anschauen könnte.

Hank machte sich nicht viel aus Politik. Natürlich waren ihm allgemein Dinge wichtig, die ihn und seine Arbeit direkt betrafen – Krankenversicherungen, Verbrechensstatistiken, Steuern –, auch wenn er keine Zeit hatte, stundenlang über Politik zu diskutieren oder lange politische Analysen zu lesen. Doch er hatte gehört, dass der Kandidat aus Virginia, Anthony Rollins, eine große Ankündigung für die Debatte geplant hatte. Hank hielt ihn nur für einen weiteren aalglatten Millionär, der keine Ahnung von der Lebensrealität der meisten Amerikaner hatte, die er selbst jeden Tag in der Notaufnahme erlebte. Doch seine Neugier war trotzdem groß genug, um einzuschalten.

Er saß auf seiner braunen Ledercouch und trank ein Bier, als der Moderator die Frage stellte, von der Hank gar nicht klar gewesen war, dass er auf sie gewartet hatte.

»Ich möchte den heutigen Abend mit einem Thema eröffnen, das alle Wählerinnen und Wähler beschäftigt: die Fäden. Wie sicher jeder weiß, hat China gerade eine neue landesweite Verfügung erlassen und verlangt – ganz im Gegensatz zu Nordkorea – von seinen Bürgerinnen und Bürgern, ihre Boxen nach Erhalt zu *öffnen* und den Behörden die Länge des eigenen Fadens mitzuteilen. Während die meisten Bemühungen des Kongresses, wie hier in den USA mit den Fäden umgegangen werden soll, weitgehend ins Stocken geraten sind, haben wir sicher alle die tragischen Ereignisse in letzter Zeit verfolgt, darunter die Schießereien im vergangenen Monat in einem New Yorker Krankenhaus und einem Einkaufszentrum in Texas, die mit dem Auftauchen der Fäden in Verbindung zu stehen scheinen. Haben die Fäden *Sie*, liebe Kandidatinnen und Kandidaten, dazu veranlasst, Ihren jeweiligen Standpunkt oder Ihre Ziele zu überdenken?«

Anthony Rollins war vorbereitet. Er ignorierte die Frage und stürzte sich sofort in die Rede, die er offensichtlich eingeübt hatte.

»Die Präsidentschaft ist das höchste Amt in unserem Land, und wer in dieses Amt gewählt wird, sollte seinem oder ihrem Land vier volle Jahre dienen können, vielleicht sogar *acht* volle Jahre. Die Präsidentschaftskandidatur ist ein Versprechen an die Menschen dieser großartigen Nation, dass man sich für die gesamte Amtszeit im Oval Office verpflichten will und kann, vielleicht sogar für *zwei* Amtszeiten. Deshalb lege ich Ihnen allen in aller Bescheidenheit – zusammen mit meiner Steuererklärung und meinem Twitter-Verlauf – etwas noch Wichtigeres vor: meinen Faden.«

Anthony holte eine kleine Schachtel hinter seinem Pult hervor, klappte den Deckel auf und hielt einen Faden in die Höhe, dessen beträchtliche Länge mittlerweile alle mit einem kurzen Blick erfassen konnten.

»Sollte mir die Ehre zuteilwerden, als Ihr Kandidat antreten zu dürfen, versichere ich Ihnen, dass ich so lange im Amt bleiben werde, wie Sie es möchten. Und ich bitte darum, dass meine Mitbewerberinnen und Mitbewerber im Sinne der Transparenz ebenfalls ihre Fäden vorzeigen, damit die Wählerinnen und Wähler so gut wie möglich über den Menschen informiert sind, der unser Land vielleicht in den nächsten Jahren führen wird.«

Das Publikum war unsicher, wie es darauf reagieren sollte. Die meisten klatschten und nickten zustimmend, doch es waren auch einige Buh- und Zwischenrufe zu hören.

»Schon gut, schon gut.« Der Moderator beruhigte die Menge. »Hören wir mal, was die anderen Bewerberinnen und Bewerber zu sagen haben.«

»Zusammen mit meinem Mann habe ich die Entscheidung getroffen, dass wir unsere Boxen nicht öffnen werden«, sagte Dr. Amelia Parkins, Professorin für Politikwissenschaft in Harvard und Außenseiterkandidatin aus Washington. »Für mich ist das eine hochgradig persönliche Entscheidung, und von den Kandidatinnen und Kandidaten zu verlangen, etwas so Persönliches preiszugeben, erscheint mir ungerecht und unmoralisch und definitiv unamerikanisch. Die Forderung des Kongressabgeordneten Rollins passt eher zu den gerade angesprochenen autoritären Regimes.«

»Danke, Dr. Parkins«, sagte der Moderator. »Gouverneur Russ, wie sehen Sie das?«

»Ich glaube, Miss Parkins versteht nicht, dass man, um ein effizienter und vertrauenswürdiger Diener des Volkes zu sein, akzeptieren muss, dass ein Großteil des eigenen Privatlebens öffentlich werden *wird*«, antwortete der Gouverneur. »Das trifft auf jeden Fall auf das Präsidentenamt zu. Selbst wenn die Bewerberinnen und Bewerber sich weigern, ihre Fäden vorzuzeigen, werden die Boulevardblätter garantiert Nachforschungen anstellen. Und ich sehe schon die Schlagzeilen vor mir: Land wählt Präsidenten, der im Amt sterben wird.«

Um ihrem Ruf als der »werteorientierten« Kandidatin gerecht zu werden, fügte Alice Harper, Kongressabgeordnete aus Kentucky, hinzu: »Ich hoffe doch, dass die Kandidaten, die unglücklicherweise einen kurzen Faden erhalten haben, ihre Kandidatur zurückziehen und ihre verbleibende Zeit mit ihren Lieben verbringen und nicht auf der Straße, um Wahlkampf für ein Amt zu betreiben, das sie ohnehin nicht lange ausüben werden können.«

Während die anderen Kandidaten sprachen, dachte Senator Wes Johnson Sr. nach.

Er war der einzige Afroamerikaner in der Runde, und ihm war sicher bewusst, dass seine Worte doppelt so kritisch bewertet werden würden, dachte Hank. Johnson wartete, bis die anderen ihren Kommentar abgegeben hatten und der Moderator fragte, ob er noch etwas beizutragen hätte.

»Ja, das habe ich«, antwortete Johnson. »Die Bürgerinnen und Bürger der Vereinigten Staaten von Amerika sollten den Kandidaten wählen, dessen Werte sie teilen, dessen Standpunkte sie unterstützen und dessen Ziele ihrer Meinung nach unserem Land dienen. Ein kurzer Faden ändert nichts an diesen Qualitäten, und für einen Kandidaten nur wegen seines kurzen Fadens *nicht* zu stimmen, kommt einer Bestrafung gleich für etwas, das sich völlig seiner Macht entzieht. Wir haben Gesetze gegen die Diskriminierung aufgrund von ethnischer Herkunft, Geschlecht, Behinderung und Alter erlassen, doch Kandidaten zu zwingen, ihre Fäden vorzuzeigen, wäre die Billigung einer völlig neuen Form der Diskriminierung.«

Vereinzelter Applaus wurde laut, und der Moderator beugte sich zu seinem Mikrofon, doch Johnson war noch nicht fertig.

»Einige unserer größten Führungspersönlichkeiten starben im Amt«, fuhr er fort, »und einige unserer ineffizientesten Politiker wurden mit einem langen Leben gesegnet. Wenn John F. Kennedy seinen Faden publik gemacht hätte und die Wähler ihn dafür bestraft hätten, hätte die Kubakrise vielleicht in einem Atomkrieg mit den Sowjets geendet. Wenn Franklin D. Roosevelt seinen Faden publik gemacht hätte und die Wähler ihn dafür bestraft hätten, wären die Nazis vielleicht nicht besiegt worden. Und wenn Abraham Lincoln seinen Faden vorgezeigt hätte, dann wären die Männer und Frauen, die wie ich und meine Kinder aussehen, vielleicht immer noch versklavt, und unser Land wäre möglicherweise endgültig auseinandergerissen worden. Ich schaudere bei der Vorstellung, wie unsere Welt heute aussehen würde, wenn man diesen Männern allein aufgrund ihres unglücklichen Schicksals die Chance zum Regieren verweigert hätte, und ich hoffe, dass die Amerikanerinnen und Amerikaner die Gefahren erkennen, die der Vorschlag des Kongressabgeordneten Rollins mit sich bringt.«

Hank atmete erleichtert aus, als das Publikum jubelte und Rollins dabei keine Miene verzog. Beim letzten Blick auf Wes Johnsons Gesicht, bevor die Kamera weiterschwenkte, hätte Hank schwören können, dass in den Augen des Senators Tränen glänzten, die dieser keinesfalls im Fernsehen vergießen durfte.

Da wurde Hank klar, dass er und Wes Johnson wohl dasselbe Schicksal teilten.

Er verlor rasch das Interesse an der Übertragung und las stattdessen auf seinem Handy die Online-Reaktionen auf die Diskussion. Viele teilten Johnsons Meinung, doch Rollins hatte … etwas in Gang gesetzt. Überall im Land wurden die Kandidaten in Tweets und Blogbeiträgen aufgefordert, ihre Fäden herzuzeigen, weil man einem Kurzfaden nicht das wichtigste Amt des Landes anvertrauen könne. Kurzfaden seien zu sehr abgelenkt, hieß es. Zu nervös, zu deprimiert, zu unberechenbar.

Schon bald ging die Diskussion über das reine Präsidentenamt hinaus. Vielleicht sollte man für alle politischen Ämter seinen Faden öffentlich machen?, wurde gefragt. Und was war mit den CEOs großer Unternehmen? Assistenzärzten? Warum sollte ein Krankenhaus Zeit in die Ausbildung eines Menschen investieren, der dafür nichts zurückgeben konnte?

Hank warf sein Handy auf die Couch.

Am nächsten Morgen, dem zehnten Juni, um neun Uhr – ungefähr drei Monate nach der Ankunft der Boxen – zündete ein Kurzfaden eine selbst gebaute Bombe vor dem Kapitol und tötete einige Passanten. Und Hank wusste, dass irgendwo in einem gesichtslosen Hotelzimmer in irgendeinem Bundesstaat im Mittleren Westen Anthony Rollins sicher sehr zufrieden war.

SOMMER

ANTHONY

Der mutmaßliche Täter des Bombenanschlags vom zehnten Juni starb bei der Explosion – bei der er einige Kurzfaden mit sich riss –, doch bei der Durchsuchung seiner Wohnung fanden die Behörden später eine Botschaft: *Die Menschen leiden und sterben, während unsere Politiker tatenlos zusehen.*

Eine vom Präsidenten einberufene Elite-Taskforce kam rasch überein, dass die Regierung nichts tun konnte, um Kurzfaden das Leid und das Sterben zu ersparen. Dafür entschied der Ausschuss, dass etwas getan werden müsse, um wild gewordene Kurzfaden davon abzuhalten, weiteren Schaden anzurichten.

Eine Woche nach dem Attentat flog Anthony Rollins nach Hause nach Washington, D.C. Seine Frau blieb in Charleston, um bei einem Nachmittagstee mit prominenten Geldgebern Earl Grey zu trinken und Cranberry-Walnuss-Scones zu essen.

Am Tag darauf begrüßte die Taskforce des Präsidenten ihr neuestes Mitglied.

Das Team bestand bereits aus drei altgedienten Senatoren, zwei hochrangigen Mitarbeitern des FBI und des Heimatschutzministeriums sowie dem Vorsitzenden des Vereinigten Generalstabs.

»Wir wissen, es ist ein wenig unorthodox, einen

Abgeordneten bei einer Angelegenheit von solcher Tragweite einzubeziehen, noch dazu einen Kandidaten für die Vorwahlen«, informierte der Vorsitzende Anthony. »Doch dies sind nie da gewesene Zeiten. Und der Präsident wird nicht mehr lange im Amt sein. Langfristig muss er überlegen, wer die Hand der Nation in den nächsten vier Jahren dieses Albtraums halten wird. Ihr Auftritt bei der Fernsehdebatte hat offensichtlich etwas bei einigen Teilen der Partei bewegt.«

»Und sicher haben Sie auch gesehen, dass meine Umfragewerte nach oben schießen«, fügte Anthony hinzu. Er wusste, dass manche Experten ihn schon wieder abschrieben und prophezeiten, seine Popularität wäre nur von kurzer Dauer, doch diese Berufung konnte möglicherweise seinen Aufstieg zementieren. »Das ganze *Land* scheint mir zuzuhören.«

An diesem Nachmittag hörte ihm auch die Taskforce zu.

Am nächsten Morgen versammelten sich die neun Mitglieder des Ausschusses im Oval Office, um dem Präsidenten ihre Überlegungen zur sogenannten »Kurzfaden-Situation« zu präsentieren.

Für hochrangige Posten in der Regierung sollte eine Offenlegung des eigenen Fadens verpflichtend sein, argumentierten sie. Man sollte ihn wie eine Sicherheitsüberprüfung oder einen körperlichen Eignungstest behandeln. Um eine Machtposition ausfüllen zu können, müsse man beweisen, dass man mit vollem Einsatz dabei sei und körperlich und geistig in der Lage dazu. Ein Kurzfaden sei, offen gesagt, eine Schwachstelle, lautete die Argumentation. Man wisse nie, wann ein solcher Mensch durchdrehen würde, wie der Bombenattentäter und die Amokläufer vor ihm.

Agent Breslin vom FBI war die einzige Frau im Raum und verfolgte das Meeting weitgehend schweigend. Sie ließ die Männer laut überlegen, während sie sich still ihre eigenen Gedanken machte.

»An eines haben wir bisher noch nicht gedacht«, schaltete sie sich schließlich ein. »Wenn wir die Fäden aller Bewerber für den aktiven FBI- oder Militärdienst überprüfen und nur diejenigen mit langen Fäden auf Einsätze schicken, können wir jegliches Sterberisiko quasi eliminieren. Sie werden garantiert überleben.«

Die Agentin sah die Männer an, die verblüfft nickten, und lächelte.

»Abgesehen davon, dass das reine Überleben nur das eine ist«, erwiderte ein älterer Senator. »Das heißt nicht, dass wir unsere Jungs nicht im Koma oder mit fehlenden Gliedmaßen nach Hause holen.«

»Besser als in einem Leichensack«, konterte sie.

»Würden wir das auf militärische und Regierungspositionen beschränken?«, fragte ein anderer. »Ich könnte mir vorstellen, dass Polizeibehörden und andere Hochrisikoberufe sich anschließen wollen.«

Der Präsident hatte der Diskussion aufmerksam gelauscht, doch seine Taskforce schien sich einem folgenschweren Konsens zu nähern. Er musste seine Meinung beisteuern.

»Also gut«, sagte er und hob mahnend die Hand. »Ich stimme dem zu, was Sie sagen, aber es muss Grenzen geben. Wir sind die Vereinigten Staaten, nicht China oder Nordkorea. Wir kämen niemals mit der Bedingung durch, dass alle ihre Boxen öffnen und uns deren Inhalt mitteilen müssen. Wenn wir außerdem zulassen, dass sich diese Praxis in alle Unternehmenszweige ausbreitet, wird es keine Jobs mehr für Menschen mit kurzem Faden geben, fürchte ich.«

»Was schlagen Sie vor, Sir?«

»Einen Kompromiss«, erwiderte der Präsident. »Wir verlangen die Offenlegung der Fäden für den aktiven Militärdienst, für FBI-Agenten im Außendienst und Regierungsbeamte mit der höchsten Sicherheitsfreigabe. Alles andere bleibt, wie es ist. Zumindest vorerst.«

Ein paar Tage später war Katherine wieder zusammen mit ihrem Mann im Vorort McLean, wo sie nach Anthonys Wahl in den Kongress ein bescheidenes Haus mit vier Schlafzimmern gekauft hatten.

»Ich kann immer noch nicht glauben, dass dich der Präsident persönlich berufen hat«, sagte sie aufgeregt. »Er muss glauben, dass du gewinnen wirst.«

»Immer mit der Ruhe«, erwiderte Anthony. »Wir haben immer noch einen langen Weg vor uns. Der Präsident hat einfach nur erkannt, dass ich als Einziger mutig genug war, öffentlich auszusprechen, was viele andere sich bereits gedacht haben.«

In der Ungestörtheit ihres Wohnzimmers erzählte Anthony seiner neugierigen Frau von dem Meeting, ohne zu sehr ins Detail zu gehen.

»Es wird sich einiges ändern«, sagte er. »Doch Leuten wie uns werden daraus keine Nachteile entstehen.«

»Ganz im Gegenteil.« Katherine grinste.

Da konnte Anthony ihr nur zustimmen.

MAURA

An einem Freitagabend Ende Juni wurden die Änderungen auf einer Pressekonferenz des Weißen Hauses bekannt gegeben.

Maura und Nina hatten auf den Beginn der Fernsehübertragung der zweimal verschobenen Pressekonferenz gewartet und sich mit einer dieser Krimiserien abgelenkt, die reale Vorfälle in ihre Handlung integrierten. Speziell dieses Format hatte gerade Schlagzeilen gemacht, weil es als erste Serie die Fäden in die Handlung eingearbeitet hatte, und Maura sah sprachlos zu, wie die Polizei in dieser Folge zwei brutale Serienverbrecher jagte, beides Kurzfaden, die am Ende in einer wilden Schießerei starben. Eine Darstellung, die echten Kurzfaden sicher schaden würde, dachte sie.

Nina schien sich genauso über die Story zu ärgern und rutschte unruhig auf der Couch hin und her, bis sie zu der Pressekonferenz umschaltete. Endlich trat der Präsident der Vereinigten Staaten unter dem gedämpften Husten von Reportern und einem Blitzlichtgewitter, vor die Kameras. Flankiert von hochrangigen Militärs und dem FBI, verkündete er seinen bislang weitreichendsten Erlass: die Initiative für Sicherheit und Transparenz bei Amtsernennung und Rekrutierung, kurz »STAR«-Initiative. Ein ähnlicher Gesetzesentwurf würde wahrscheinlich bald in den Kongress eingebracht werden, doch das Attentat am Kapitol habe deutlich gemacht, so der Präsident, dass sofortiges Handeln geboten sei.

»Ihnen ist sicher klar, dass die Leute wütend reagieren werden«, sagte Nina nach der Pressekonferenz. »Deshalb haben sie es auch an einem Freitagabend bekannt gegeben. Sie hoffen, dass die Medien am Wochenende weniger darüber berichten und die Leute vielleicht nicht so sehr darauf achten. Als ob das je passieren würde.«

Maura dachte schweigend nach, während Nina angespannt weiterredete. »Ich habe zwar gehört, dass im Kongress nach der Vorwahldebatte anders darüber diskutiert wurde«, sagte sie, »aber ich kann nicht glauben, dass es so schnell so weit gekommen ist.«

Nina sah Maura an. »Alles in Ordnung?«, fragte sie leise.

»In *Ordnung*?«, fragte Maura zurück. »Erst muss ich mir diese Hetze gegen Kurzfaden anschauen, die sich als Fernsehserie ausgibt, und jetzt *das*? Der Präsident hat gerade eine Zweiklassengesellschaft erschaffen, die auf den Fäden aufbaut.«

Nina wusste nicht, was sie antworten sollte. »Ich weiß, dass die Krimiserie ... nicht gut war, aber ich glaube nicht, dass die STAR-Initiative so übel ist«, sagte sie beschwichtigend.

Maura stand auf. »Das gehört alles zum selben Problem!«, rief sie.

»Vielleicht klingt die Ankündigung extremer, als die Umsetzung dann ist«, meinte Nina.

»Gerade haben sie mir mitgeteilt, dass ich, nur wegen meines Fadens, nicht mehr Soldatin oder FBI-Agentin werden oder irgendwas bei der NSA tun kann. Wie zum Teufel können die so was machen?« Aufgebracht ging Maura auf und ab. »Es ist, als würden wir uns in der Zeit rückwärts bewegen. Was kommt als Nächstes? ›Frag nicht, sag nichts‹, nur auf die Fäden bezogen?«

»Ich kann das auch nicht glauben, ehrlich«, sagte Nina. »Aber du könntest immer noch zur Armee oder zum FBI gehen, du wärst nur eingeschränkt in dem, was du dort tun kannst.«

»Im Ernst, Nina? Versuchst du, sie zu verteidigen?«

»Nein, natürlich nicht«, erwiderte Nina rasch. »Es ist einfach schrecklich.«

»Alle haben behauptet, dass *hier* nie passieren könnte, was in den anderen Ländern passiert ist«, fuhr Maura fort. »Und jetzt schau dir das an!«

»Wahrscheinlich ist das eine undurchdachte, überstürzte Reaktion auf das Bombenattentat«, sagte Nina. »Sie werden es abblasen, sobald sie merken, dass es ein Fehler war.«

Doch Maura schüttelte seufzend den Kopf. »Das glaube ich nicht.«

Maura liebte Nina, doch ihre Freundin versuchte immer, sie aufzumuntern, ihr zu helfen, das Positive zu sehen. Die Beziehung mit Nina mochte zwar ein Regenschirm für Maura sein, doch das hielt die Wucht des Regens nicht auf, und manchmal musste sie einfach wütend werden dürfen.

Ihr ganzes Leben lang war sich Maura des verachtenswerten Stereotyps bewusst gewesen und war nie zu wütend geworden, zu laut. Sie wusste, dass die Welt gern die Heiligen feierte, diejenigen, die ihre Bürden friedlich akzeptierten und nicht mit Zorn oder Klagen reagierten. Doch wenn etwas so willkürlich wirkte, so unfair, wie konnte man dann jemandem vorwerfen, Schmerz zu empfinden und ihn zu äußern?

Zumindest im Raum 204 konnte Maura in dieser Wut baden, inmitten derer, die sie teilten.

Am Sonntag nach der Pressekonferenz kam sie ins Klassenzimmer, in dem ein paar andere bereits über die Neuigkeiten diskutierten, und ließ ihre Tasche auf den Boden fallen. »Seid ihr auch so angepisst?«

»Verdammt, ja!«, »Natürlich!« schallte es ihr von den anderen entgegen.

»Ihr seid sicher aufgebracht, und ihr dürft mir gern alle der Reihe nach davon erzählen«, schaltete sich Sean ein, der die Sitzung nicht in unkontrollierte Tiraden ausufern lassen wollte.

»Vielleicht reagieren wir alle über«, meinte Nihal.

»Ich glaube, darauf kann man nur auf *eine* Art und Weise reagieren«, bemerkte Maura.

»Was bedeutet das für uns, was glaubt ihr?«, fragte Lea und blickte sich Antwort suchend in der Gruppe um.

Hank sah sie an. »Leider heißt das, dass es schlimmer werden könnte.«

»Ich wüsste nicht, was noch schlimmer werden sollte«, sagte Carl. »Sie können unsere kurzen Fäden ja schließlich nicht noch kürzer machen.«

»Aber wir haben nicht einmal mehr die Zeit, uns wegen unserer Fäden mies zu fühlen oder wütend wegen unseres Lebens zu sein«, sagte Maura. »Nicht, wenn auf der Welt so viel andere Scheiße los ist, wegen der wir wütend werden müssen.«

»Und es ist ja nicht nur die Regierung«, bemerkte Chelsea. »Sondern *alle.* Ich habe von einer neuen Dating-App gehört, die nur für Kurzfaden ist, sie heißt ›Teil Deine Zeit‹. Man kann sogar nach Fadenlänge sortieren. Sie verkaufen es einem als Möglichkeit, Gleichgesinnte zu finden, aber es ist ganz offensichtlich ein Trick, um uns bei den normalen Dating-Apps loszuwerden, damit irgendwelche Langfaden sich nicht, Gott bewahre, aus Versehen in einen von uns verlieben.«

»Wie irgendein gestörter darwinscher Versuch der Ausgrenzung.« Terrell schauderte. »Das erinnert mich an eine ziemlich verstörende Geschichte von Freunden, die ein Kind adoptieren wollten. Beide haben ihre Boxen nicht geöffnet, doch die Vermittlungsagentur hat sie wohl unter Druck gesetzt. Sie scheinen sich gegen Paare durchsetzen zu müssen, die ihre langen Fäden als Qualifikation für ihre Eignung als Eltern anführen.«

»Das ist *richtig* übel«, sagte Chelsea.

»Kurzfaden, die ein Kind adoptieren wollen, sind wohl die neuen schwulen Paare«, meinte Terrell. »Unmöglich ist es nicht, aber ganz bestimmt nicht leicht.«

»Ich würde gern glauben, dass die Leute merken, wie falsch das alles ist, und verlangen, dass sich etwas ändert.« Lea rieb sich angespannt den wachsenden Bauch.

»Aber das haben die Menschen schon immer getan«, sagte Maura, deren Wut immer größer wurde. »Wir teilen uns anhand der ethnischen Herkunft oder der sozialen Klasse oder der Religion oder irgendeinem anderen verdammten Kriterium auf, und dann müssen wir einander unbedingt unterschiedlich behandeln. Wir hätten nie zulassen dürfen, dass Menschen ›Langfaden‹ und ›Kurzfaden‹ genannt werden. Wir haben es ihnen zu einfach gemacht.«

Hank nickte ernst. »Es scheint keinen zu kümmern, dass wir alle gleich aussehen, wenn wir offen auf einem OP-Tisch liegen.«

Alle schwiegen einen Moment.

»Aber glaubst du wirklich, dass es fair ist, unterschiedliche Fäden mit unterschiedlicher ethnischer Herkunft zu vergleichen?«, fragte Terrell.

»Warum nicht?«, erwiderte Maura. »Wir haben alle die Nachrichten gehört. Man hat uns gerade verboten, die mächtigsten Positionen im Land zu besetzen. Keine Kurzfaden dürfen sich bewerben! Wir leben in einer verdammten Zeitschleife, in der niemand aus der Geschichte gelernt hat! Sobald die Leute glauben, dass eine bestimmte Gruppe hinter ihnen her ist – dass Immigranten ihnen die Jobs wegnehmen und schwule Paare die Institution der Ehe untergraben und Feministinnen sie fälschlich der Vergewaltigung bezichtigen –, ist nicht mehr viel nötig, damit wir alle gegenseitig aufeinander losgehen.«

»Na ja, zumindest haben viele Menschen Mitleid mit uns«, meinte Ben. »Dann haben sie hoffentlich auch mehr Mitgefühl.«

»Das ist aber nicht einfach Mitleid oder Mitgefühl«, entgegnete Hank. »Seit dem ersten Zwischenfall im Krankenhaus hat sich etwas geändert. Bei jedem neuen gewalttätigen Vorfall, den ein Kurzfaden verübt, mischt sich immer mehr Angst unter die Anteilnahme. Und Angst ist ein viel mächtigeres Gefühl.«

»Aber warum sollten *sie* vor *uns* Angst haben?«, fragte Nihal. »Sie haben alles und wir nichts.«

»Nichts zu verlieren«, antwortete Hank.

Er dachte an den Abend der Vorwahldebatte zurück, als das Publikum Anthonys herzlosem Aufruf zum Handeln applaudiert und er selbst stundenlang Internetdiskussionen zu der Frage gelesen hatte, ob die Diskriminierung von Kurzfaden gerechtfertigt war.

»Sie sagen, dass man Kurzfaden nicht trauen kann«, erklärte er. »Dass wir eine zu große Belastung sind, zu unberechenbar. Und natürlich ist das alles Schwachsinn, aber Maura hat recht. So war es schon immer. Wir brauchen nur noch eine Schießerei oder ein Bombenattentat oder Gott weiß was noch, und ich will gar nicht darüber nachdenken, was dann passieren könnte.«

Nihal wirkte erschüttert, und Lea war den Tränen nahe.

Carl wandte sich an Hank. »Also, für einen Arzt kannst du schlechte Nachrichten aber nicht besonders gut überbringen.«

»Aber es stimmt«, sagte Maura. »Und wenn wir nicht weiter darüber sprechen – und wütend werden –, wird sich nichts ändern.«

»Das heißt also, dass noch Hoffnung besteht, ja?«, fragte Lea.

»Also, ich weiß zwar nicht, wie es ist, einen kurzen Faden zu besitzen«, sagte Sean. »Aber ich habe mein ganzes Leben in diesem Stuhl verbracht und weiß, wie es ist, wenn Menschen einen als ... *anders* ansehen. Ich weiß, dass das Leben manchmal ein Kampf ist, damit man um seiner selbst willen anerkannt wird und nicht wegen der Umstände. Deshalb habe ich mich ursprünglich als Leiter dieser Gruppe gemeldet. Und ich bin der lebende Beweis, dass *ein* Langfaden auf dieser Welt mit euch allen Mitgefühl empfinden kann. Ich finde, das ist immerhin *ein* Grund, die Hoffnung nicht aufzugeben.«

JAVIER

Als der Präsident die STAR-Initiative im landesweiten Fernsehen präsentierte, wussten Jack Hunter und Javier García – ebenso wie alle übrigen Militärangehörigen –, dass ihre Karriere und ihr Leben sich von Grund auf ändern würden.

Die beiden Freunde hatten die Academy an einem glühend heißen Donnerstag Ende Mai abgeschlossen, als Second Lieutenants der U.S. Army, und zogen nach Washington in eine Wohnung, die Jacks Vater einmal für seine gelegentlichen Reisen von Virginia nach D.C. gekauft hatte. Die Ankunft der Fäden war für Militärangehörige besonders erschütternd gewesen. Die Führung brauchte Zeit, um sich neu zu orientieren. Daher gewährte man Jack und Javi und ihren Mitabsolventen den Sommer als kurze Atempause, bevor sie mit der Offiziersausbildung beginnen würden.

Sie wollten ihre letzten Monate in Freiheit genießen und verbrachten ihre Abende bei kaltem Bier und kalter Pizza und *Madden NFL*. Sie schleppten einen ausrangierten Kickertisch von der Straße in ihr Wohnzimmer. Und samstags machten sie die Bars in Georgetown unsicher.

Doch an einem Freitagabend im Juni bebte der Boden unter ihren Füßen.

»Was genau bedeutet dieses STAR-Ding eigentlich?«, fragte Javi.

»Ich glaube, dass wir in die Boxen schauen müssen«, antwortete Jack. »Dass wir keine Wahl mehr haben.«

Vor den Fäden waren die Einsatzbereiche für neue Lieutenants nach den Interessen der Absolventen festgelegt worden, in Abstimmung mit den Bedürfnissen der Army. Doch die Welt hatte sich in den letzten drei Monaten verändert. Neue Erkenntnisse mussten in Betracht gezogen werden.

Nach der Ankündigung des Präsidenten, dass für alle militärischen Posten die Fäden offen dargelegt werden mussten – persönlich, indem man seine Box im nächstgelegenen Rekrutierungsbüro vorzeigte –, sprach sich unter Jacks und Javis früheren Kommilitonen rasch herum, dass gewisse Bereiche – darunter der aktive Kampfeinsatz in Hochrisikogebieten – keine Option mehr für Soldaten mit kurzen Fäden waren. Auch wenn man davon ausging, dass viele derjenigen, die bereits im Einsatz waren, von dieser Regelung nicht betroffen sein würden und ihren Dienst trotzdem ableisten konnten, würden die neuesten Rekruten gemäß ihrer Fadenlänge eingesetzt werden.

»Sie zwingen uns, unseren Faden anzuschauen, auch wenn wir das gar nicht wollen«, beschwerte sich Jack. »Und wofür? Glauben sie, sie könnten das Schicksal ändern? Dass es das Leben eines Kurzfaden rettet, wenn sie ihn nicht in den Krieg schicken? Ich wette, die versuchen nur, sich selbst zu retten.«

»Ich weiß nicht«, meinte Javi, der etwas zwiegespaltener war als sein Freund. »Vielleicht haben sie Schuldgefühle, einen Haufen Kurzfaden in ein Kampfgebiet ziehen zu lassen, ohne wenigstens *versucht* zu haben, etwas dagegen zu unternehmen.«

Doch ihnen blieb nicht viel Zeit, um sich zu beschweren oder ihre Gefühle zu analysieren, denn man teilte ihnen umgehend Termine zu, an denen sie sich mit ihren Boxen beim nächstgelegenen Rekrutierungsbüro der Army melden sollten. Es wurde empfohlen, vor dem Termin einen Blick in die Box zu werfen, sollte man das bisher noch nicht getan haben, um einen eventuellen Schock vor Ort zu vermeiden.

Ihnen blieben noch zwei Wochen.

Jack und Javier saßen auf der Couch, zwischen ihnen die zwei kleinen Boxen und Jacks iPad mit der geöffneten Fadenmess-App.

In den letzten Jahren hatten sie viele Herausforderungen gemeistert: beschwerliche Hindernisläufe, Schikanen gegenüber neuen Kadetten, Boxkämpfe, das Navigieren durch hügeliges, sumpfiges, bewaldetes Gelände nur mit einem Kompass. Doch die vor ihnen liegende Aufgabe war mit Abstand die schwierigste.

»Würdest du versuchen auszusteigen?«, fragte Jack. »Wenn er kurz ist?«

»Ich habe so hart gearbeitet, um an diesen Punkt zu kommen«, antwortete Javi. »Und ich habe mich verpflichtet – der Army *und* mir selbst. Daher glaube ich, dass ich weitermachen werde. Egal, was in der Box ist.«

Javier sprach ein stilles Gebet zu Ehren seiner Eltern, die gläubige Katholiken waren, dann nickte er Jack zu. Er war bereit.

Weil er es sein *musste.*

Als Jack seinen Faden maß, seufzte er erleichtert und lächelte breit.

Javier jedoch verstummte.

Javi beschloss, es seinen Eltern nicht zu erzählen. Sie waren zu glücklich, ihn in Uniform zu sehen, ein Absolvent eines der besten Colleges im Land und jemand, dem von allen Leuten Respekt entgegengebracht wurde. Das war alles, was sie sich für ihren Sohn gewünscht hatten.

Jack kümmerte sich die nächste Woche um seinen trauernden Mitbewohner, brachte ihm Essen in sein Zimmer und fragte ständig, ob er etwas brauchte.

Ein paar Tage später musste Javier raus und joggen, das war alles, was er brauchte.

Die zwei jungen Männer liefen ihre übliche Runde entlang einiger Blocks, an denen viele Läden und Restaurants seit April geschlossen hatten, wodurch die Häuserreihen seltsam nackt wirkten. Der kaum vorhandene Verkehr erleichterte das Joggen, da man weniger Autos oder einkaufenden Menschen ausweichen musste. Ein besonders wütendes Graffito an einem der nackten Schaufenster – »Scheiß auf die Fäden!!« – diente den Jungs als Drei-Meilen-Marke.

Jack schwieg die meiste Zeit, nur das schwere Klatschen ihrer Joggingschuhe auf dem Asphalt war zu hören. Erst nach der halben Strecke ergriff er das Wort.

»Javi?«

Javi blickte starr nach vorn. »Ja?«

»Was wäre ... Was wäre, wenn wir tauschen würden?«

»Was tauschen?«

»Unsere Fäden.«

Javi blieb abrupt stehen. »Was hast du gerade gesagt?«

Ein Radfahrer hinter ihnen klingelte hektisch, doch Javi blieb wie gelähmt auf der Straße stehen.

»Pass doch auf!«, rief der Radfahrer, und Jack zog Javi rasch aus dem Weg. Der Mann zeigte ihnen im Vorbeifahren den Mittelfinger.

»Alles okay?«, fragte Jack. »Der hätte dich fast umgefahren!«

Doch Javi konnte gerade an nichts anderes denken. »Hast du echt gesagt, wir sollten unsere Fäden *tauschen*?«

Jack nickte. »Bin ich verrückt, dass ich es überhaupt laut ausspreche?«

Ja, das bist du, dachte Javier. »Aber ... es würde nichts ändern«, sagte er.

»Das Ende vielleicht nicht«, meinte Jack. »Aber alles andere.«

Javier kapierte es immer noch nicht. »Warum würdest *du* so tun wollen, als hättest du einen kurzen Faden?«

Jack war sichtlich unwohl. »Ich komme mir wie ein Arschloch vor, wenn ich das sage, weil ich natürlich sehr froh über meinen Faden bin, aber ... er macht mir auch irgendwie Angst. Mir ist schon klar, dass ich der Army auf *irgendeinem* Posten ein paar Jahre schulde, aber was, wenn man mich mein Leben lang in den Krieg schickt?«

All die Ängste, die die Academy versucht hatte, Jack auszutreiben, quälten ihn erneut. Er machte sich keine Illusionen über seine körperliche Leistungsfähigkeit, er konnte sich kaum in einer albernen Rauferei mit einem Kommilitonen behaupten. Wie sollte er da in einem echten Krieg kämpfen?

»Und wenn die Army glaubt, ich hätte einen kurzen Faden«, sagte er, »würde man mich vielleicht hier in D.C. eine Weile an einen Schreibtisch setzen. Ich könnte quasi verschwinden.«

Javier nickte nur. Es war unwahrscheinlich, dass sich Jacks größte Angst bewahrheiten würde – die Army konnte ihn nicht *zwingen,* ein Leben lang zu dienen, egal, was sein Faden vorhersagte –, doch nach vier Jahren Freundschaft war Javi kaum überrascht von Jacks Widerwillen, in den Krieg geschickt zu werden, von seinem Selbsterhaltungstrieb. Die Dreistigkeit von Jacks Vorschlag schockierte ihn am meisten. Die Fäden tauschen? War das möglich?

»Du hast doch gesagt, dass du es dir selbst schuldig bist, weiterzumachen«, fügte Jack hinzu. »Und wir wissen beide, dass du in allen Bereichen viel besser abgeschnitten hast als ich. Wenn also nur einer von uns die Chance bekommt, sich wirklich zu beweisen, dann solltest das du sein.«

Javi konnte es noch immer nicht fassen, aber er konnte auch nicht länger stehen bleiben. Seine Beine waren so unruhig wie seine Gedanken. Er drehte um und lief wieder los, sodass Jack zu ihm aufholen musste.

Während er sich auf seinen Atem konzentrierte, ging Javier im Kopf alle Optionen durch.

Jack schlug ihm vor, die Streitkräfte der Vereinigten Staaten bewusst zu belügen, die Leute, die ihn ausgebildet hatten. Es fühlte sich nicht nur falsch an, es war auch definitiv gegen das Gesetz. Die STAR-Initiative besagte, dass alle Angehörigen der Streitkräfte, die sich weigerten, ihren Faden vorzuzeigen, mit einer unehrenhaften Entlassung rechnen mussten. Was würde wohl passieren, wenn jemand einen fremden Faden vorzeigte?

Jack war völlig verrückt, so etwas Aberwitziges vorzuschlagen, dachte Javi.

Und doch ... Jack hatte ja recht mit der ganzen Zeit und Mühe, die Javi bereits investiert hatte, den Nächten, in denen er den Schlaf geopfert hatte, um zu lernen, den

Tagen, an denen er salzigen Schweiß und metallisches Blut geschmeckt hatte.

Javi hatte sich seine Chance *verdient.* Und jetzt blieben ihm nur noch ein paar Jahre, um sie zu ergreifen.

Seine Füße fühlten sich schwerelos an, trugen ihn voran, die Endorphine pumpten durch seinen Körper. Er wusste, dass er nie mit dem ruhigen Schreibtischjob zufrieden wäre, der Jack vorschwebte. Doch ohne langen Faden – oder zumindest dem *Anschein* – würde Javier nichts anderes bekommen.

Er fragte sich, was seine Eltern jetzt sagen würden, wenn sie von seinen Überlegungen wüssten. Dass Lügen eine Sünde ist, egal aus welchem Grund? Dass sie nicht so hart gearbeitet hatten, um einen Kriminellen großzuziehen?

Oder würden sie dasselbe wie bei seiner Abschlussfeier sagen? *Wir sind so stolz auf dich, Javier.*

Als sie bei ihrer Wohnung ankamen, hatte Javi immer noch nichts gesagt, und Jack brach nervös das Schweigen. »Mach, was du möchtest«, sagte er, vom letzten Sprint noch außer Atem. »Es ist allein *deine* Entscheidung. Ich wollte dir nur sagen, dass du noch andere Möglichkeiten hast.«

Javi sah das allerdings nicht so. Er hatte das Gefühl, als hätte Jack ihm eine Bombe in den Schoß geworfen. Eine halbe Woche war es noch bis zu Javiers Termin. Nur noch drei Tage, um eine Entscheidung zu treffen, von der seine ganze Zukunft abhing.

Javi schob den Schlüssel ins Türschloss. »Ich muss darüber schlafen«, sagte er.

Doch er schlief nicht.

Er schloss die Augen, weinte in sein Kissen, starrte an die Zimmerdecke, drehte sich auf den Bauch und wälzte sich hin und her, doch der Schlaf wollte nicht kommen. Stattdessen quälten ihn Wachträume, während Jacks Angebot in seinem Kopf widerhallte.

Am schlimmsten war es, als er sich seine Beerdigung vorstellte. Die Farben der amerikanischen Flagge auf seinem Sarg waren vor der schwarzen Kleidung der Trauernden noch kräftiger. An diesem Tag wäre die Flagge der einzige Trost für seine Eltern.

Natürlich würde man darüber reden, wie er gestorben war. Vielleicht würde der Pfarrer es erzählen, wenn seine Eltern die Worte nicht herausbrachten. Immer wieder ging Javi diesen Teil in Gedanken durch, während er mit geschlossenen Augen um Schlaf bat.

»Das Auto war plötzlich da«, sagte der Pfarrer und schüttelte betroffen den Kopf.

Zurück.

»Er war ein guter Schwimmer, aber die Wellen waren zu hoch.«

Zurück.

»Er saß friedlich an seinem Schreibtisch, als die Bombe explodierte.«

Zurück.

»Er war ein wahrer amerikanischer Held, bis zu seinem letzten Atemzug«, sagte der Pfarrer fest.

Zum ersten Mal schüttelte er nicht den Kopf.

BEN

Die Klimaanlage in Raum 204 war defekt, weshalb Carl die Fenster öffnete, um ein bisschen Luft hereinzulassen. Doch der Sommerabend war völlig windstill, und die träge Wärme, die das Klassenzimmer erfüllte, schien die Gruppe noch nachdenklicher als sonst zu stimmen.

»Wer von euch hat es seiner Familie noch nicht erzählt?«, fragte Sean. »Ich bin neugierig.«

Ben hob zaghaft und ein wenig verlegen die Hand, während Hank beiläufig den Zeigefinger nach oben streckte, als verlange er nach der Rechnung.

»Das ist okay«, sagte Sean. »Jeder macht das in seinem eigenen Tempo.«

»Ich habe es meinen Eltern diese Woche erzählt«, sagte Nihal.

Er war gerade von einem Besuch in Chicago zurückgekehrt, wo seine Eltern seit dreißig Jahren lebten, seit Nihals Vater einen Promotionsplatz an der Northwestern bekommen hatte und mit seiner frisch angetrauten Ehefrau aus Indien ausgewandert war.

»Wie lief es?«, fragte Lea.

»Ganz ehrlich? Es war hart.« Nihal seufzte. »Aber sie glauben daran, dass Körper nur vorübergehende Gefäße für unsere Seelen sind und dass die Fäden nur für unsere gegenwärtigen Körper gelten. Meine Seele wird wiedergeboren werden, wahrscheinlich mit einem neuen Faden. Und damit einer neuen Chance.«

»Du glaubst aber nicht daran?«, fragte Sean.

»Ich liebe meine Religion. Sie ist so ... *fröhlich*. Und voller Freiheit. Sie ist nicht so festgefahren mit diesen ganzen Regeln und dem Gerede vom Fegefeuer«, erklärte Nihal. »Und vor den Fäden habe ich auch nicht so viel über Wiedergeburt nachgedacht. Im Hintergrund war sie immer da, während ich mich auf die Schule oder andere Sachen konzentrierte. Und ich weiß, dass meine Eltern mir nur helfen wollen, aber jetzt ... will ich mehr Zeit in *diesem* Leben, nicht in irgendeinem neuen Leben, mit neuen Menschen.«

Ein paar nickten verständnisvoll.

»Für meine Eltern ist das ein weiteres Zeichen dafür, dass ich mich von meinem Erbe entferne«, fuhr Nihal fort. »Und ja, manchmal war ich böse auf sie, wenn jemand meinen Nachnamen nicht richtig ausgesprochen oder eine Bemerkung fallen gelassen hat wegen des Essens, das ich mit in die Schule genommen habe. Aber ich war *immer* stolz darauf, ihr Sohn zu sein.«

»Das wissen sie auch sicher«, meinte Hank.

»Aber ich hasse es, mit ihnen zu streiten, weil ich mir ja sogar *wünsche*, dass ich es wie sie sehen könnte«, sagte Nihal. »Vielleicht würde die Gewissheit, dass das nicht unsere einzige Chance war, alles einfacher machen.«

Ben erinnerten Nihals Worte an seinen Chef, einen der leitenden Architekten des Büros, der gern sagte, Gebäude hätten »viele Leben«. Vielleicht war das seine Art, damit umzugehen, wenn ein geliebtes Gebäude nicht unter Denkmalschutz gestellt und umgebaut werden würde. Die Theorie seines Chefs von architektonischer Wiedergeburt hatte Ben dazu inspiriert, eine Hommage an das frühere Gebäude – ein Muster im Mauerwerk oder eine Fensterform – in die Entwürfe für den Neubau zu integrieren. Ihm gefiel die Vorstellung, dass sogar Gebäude Erinnerungen haben konnten und man sich im Gegenzug an sie erinnern konnte.

»Ich habe einfach das Gefühl, dass meine Eltern alles richtig gemacht haben«, sprach Nihal weiter. »Sie kamen in dieses Land und haben sich ein Leben aufgebaut. Und ich habe auf sie gehört, habe geschuftet, um nach Princeton gehen zu können, und dort habe ich wieder geschuftet, auch wenn die Hälfte meiner Kommilitonen Bierpong wohl als Hauptfach hatte. Ich dachte, *ich* hätte auch alles richtig gemacht.«

»Und dein Faden macht das auch nicht zunichte«, erwiderte Sean. »Glaubst du, ich habe etwas getan, weshalb ich in diesem Stuhl gelandet bin? Oder dass irgendjemand hier im Raum etwas getan hat und dafür einen kürzeren Faden bekommen hat?«

»Nein, natürlich nicht«, antwortete Nihal.

»Warum solltest du dann weniger Mitgefühl mit dir haben?«

An diesem Abend strömten die Teilnehmer mehrerer Gruppen zur gleichen Zeit aus dem Schulgebäude auf die Straße. Hank, Maura und Ben blieben in einer Ecke stehen.

»Das war ganz schön heftig heute«, bemerkte Hank.

»Es war ein ganz schön heftiges Jahr«, meinte Maura.

»Was machst du normalerweise, um mit etwas zurechtzukommen?«, fragte er.

»Hm ... Keine Ahnung.« Maura zuckte mit den Schultern. »Ich mache wohl einfach weiter mit meinem Leben.«

»Habt ihr beiden irgendeinen Ausgleich? Irgendetwas, wo ihr Dampf ablassen könnt?«

»Sollte das nicht die Gruppe sein?«, fragte Ben.

»Ja, schon, aber Reden hilft nur bis zu einem bestimmten Punkt«, sagte Hank. »Vielleicht liegt es daran, weil ich mit meinen Händen gearbeitet habe, aber ich habe auch immer etwas ... *Körperliches* gebraucht.« Ihm kam ein Gedanke. »Warum kommt ihr beiden beim nächsten Mal nicht einfach mit?«

»Wohin?«, fragte Ben.

»Vertraut mir einfach.« Hank lächelte. »Nächstes Wochenende. Am besten zum Sonnenuntergang.«

Am nächsten Samstag wartete Ben bei der Adresse, die Hank ihm geschrieben hatte, einem großen Sportzentrum am Ufer des Hudson River.

Auf dem Fernseher in der Lobby war ein Reporter vor einem großen Lagerfeuer zu sehen, der von den Mittsommerfeuern berichtete, die gerade in Europa entzündet wurden. Die Tradition aus der zweiten Junihälfte war dieses Jahr von einer europäischen Bewegung übernommen worden, die die Menschen ermunterte, ihre Boxen und Fäden ins Feuer zu werfen. Nachdem beides unzerstörbar war, war die Geste eher symbolisch, trotzdem waren Tausende dem Aufruf gefolgt.

Ben sah gebannt Aufnahmen von überfüllten Stränden in Kroatien und Dänemark und Finnland, auf denen Hunderte junger Menschen barfuß im Sand herumsprangen, während die Flammen an ihren Boxen leckten. Ihre Ablehnung der Fäden wirkte angesichts der jüngsten amerikanischen Anstrengungen, Kurzfaden von bestimmten Machtpositionen zu verbannen, noch trotziger. Einige knickten unter der beängstigenden

Macht der Fäden ein, dachte Ben, andere hingegen setzten sie in Brand.

»Also, ich hätte nicht erwartet, dass wir uns hier treffen«, hörte er plötzlich Mauras Stimme neben sich. »O Gott, glaubst du, wir müssen klettern? Als Metapher dafür, Hindernisse zu überwinden?«

Ben lachte. In diesem Moment kam Hank mit drei Golftaschen auf sie zu.

»Äh, ich habe noch nie gegolft«, sagte Maura zurückhaltend.

»Ich auch nicht«, sagte Ben.

»Nun, ich habe in meiner Arbeit Leben gerettet«, erwiderte Hank, »da kann ich euch beiden sicher auch beibringen, wie man einen Schläger hält.«

»Okay, Doc«, gab Maura nach. »Aber ich hätte dich nicht als jemand mit so einem Bonzenhobby eingeschätzt.«

»Ich weiß, Golf wirkt sehr steif und langweilig.« Hank lächelte. »Aber es ist tatsächlich ein ziemlich guter Ausgleich. Nach harten Tagen in der Notaufnahme bin ich oft hergekommen. Und nachdem ich meine Box geöffnet hatte, bin ich auch hergekommen.«

Ben fragte sich, ob Hank Maura die Wahrheit über seinen Faden erzählen würde. Doch dieser führte die beiden nur schweigend zum Aufzug.

Die Driving Range befand sich auf dem Hudson River und war mit Netzen eingezäunt, damit keine verirrten Bälle im Wasser landeten. Ben, Hank und Maura fuhren mit dem Aufzug drei Stockwerke hoch bis ganz nach oben, und als Ben auf die erhöhte Plattform über dem Fairway hinaustrat, sah er als Erstes die lebhaften Farben, die den Himmel überzogen. Hank hatte recht gehabt wegen des Sonnenuntergangs, die Wolken färbten sich sanft von Indigo zu Pfirsich zu leuchtendem Orange.

Hank gab den beiden eine rasche Einweisung, dann stellten sich alle an ihre Plätze.

Maura erwies sich als überraschend talentiert, als ihr Ball nach dem Abschlag in einem geraden Bogen davonflog.

»Vielleicht hatte meine Mutter eine Affäre mit Tiger Woods«, scherzte sie.

Bens erster Schlag ging daneben, und als er den Ball schließlich traf, schlug er ihn schief ab und ins Netz.

»Das wird schon«, sagte Hank. »Sieh es einfach als Therapie, nicht als Golf.«

Maura schlug einen Ball nach dem anderen. Ihr kathartischer Monolog begleitete das Zischen des Schlägers und das Krachen, wenn der Schlägerkopf auf den Kunststoffball traf.

»*Der* hier ist dafür, dass ich nie auf jemanden eifersüchtig war. Nie«, verkündete sie mit Nachdruck. »Und jetzt bin ich auf jeden verdammten Menschen eifersüchtig, der die Straße entlanggeht.«

Krach.

»Und *der* hier ist dafür, dass ich nicht einmal wütend werden kann, weil es nur das bisschen kaputtmacht, was von meinem Leben noch übrig ist, wenn ich die ganze Zeit wütend bin.«

Krach.

»Und das macht mich verdammt wütend!«

Krach.

Ben versuchte immer noch, Kopf und Körper zu koordinieren.

Hank kam zu ihm und legte ihm den Arm um die Schultern. »Das hier ist nicht das Masters, Ben. Wen kümmert es schon, wohin der Ball fliegt? Hier geht es um *dich* und deine Gefühle und was du durch deinen Arm in den Ball und aus deinem Körper leitest.«

»Jetzt klingst du wie Sean«, zog ihn Maura auf.

»Verstanden?«, fragte Hank Ben.

»Glaube schon.«

Hank ging ein paar Schritte zurück zum Rand der Plattform.

Ben griff den Schläger fester und hielt den Rücken leicht gerundet. Das letzte Mal hatte er diese Haltung bei seinem zweiten Date mit Claire eingenommen, als sie zum Minigolf auf Governors Island gewesen und unbeabsichtigt in die Geburtstagsfeier eines neunjährigen Kindes geplatzt waren. Auf der Fähre zurück nach Manhattan hatte der Wind Claires Haare immer wieder gegen ihre eingecremten Lippen geweht, und Ben hatte sie zum ersten Mal geküsst, als ihr Mund gerade frei von Haaren war.

Doch das war lange her. Bevor sie alles kaputtgemacht hatte.

Ben hörte immer noch, wie Maura ihre Bälle abschlug, in Gedanken war er aber an einem anderen Ort.

Er saß an einem Küchentisch. Etwa um sieben Uhr abends. Einen Monat nach Ankunft der Boxen.

Man musste nicht sterben und wiedergeboren werden, um von einem Leben ins nächste überzugehen, dachte Ben. An diesem Abend in der Küche zerbrach seine Existenz, sein altes Leben endete und sein neues begann.

Sie aßen gerade etwas vom Lieferservice, was Ben jetzt wie ein lächerliches Detail vorkam. Doch seine Erinnerung begann immer damit, dass Claire unruhig auf ihrem Platz herumrutschte, während Ben die Essstäbchen auspackte.

Sie hatte ihn anfangen lassen. Warum hatte sie zugelassen, dass er mit dem Essen anfing? Warum hatte sie es nicht einfach gleich gesagt?

Claire schob einen Dumpling auf ihrem Teller hin und her.

»Wie war es heute in der Arbeit?«, fragte Ben.

»Ich muss dir etwas sagen, aber ich weiß nicht, wie ich es sagen soll.« Claire sah ihn ernst an, besorgt.

»Okay.« Ben wischte sich den Mund mit einer Papierserviette ab und straffte die Schultern, wappnete sich.

»Ich finde, wir sollten uns trennen.«

Ihre Worte standen zwischen ihnen, über dem Küchentisch, und Ben ließ sie einen Moment einsinken.

»Bist du dir sicher?«, fragte er und bereute es sofort. Wie dumm von ihm. Er wünschte, er könnte die Frage zurücknehmen.

Doch dann bebten Claires Lippen, und sie begann zu weinen, und Bens Gesicht wurde heiß

»Was ist passiert?«, brachte er mühsam heraus.

Seine Gedanken sprangen zu ihren größten Auseinandersetzungen in den letzten anderthalb Jahren und schließlich dem Streit in der Woche zuvor, als sie zugehört hatten, wie der Präsident die Fäden für echt erklärte und Claire gewollt hatte, dass sie ihre Boxen gemeinsam öffnen sollten. Ben hatte ihr gesagt, er sei noch nicht bereit.

»Ich habe meine Box aufgemacht«, gestand Claire mit tränenfeuchtem Gesicht.

Der Satz traf ihn wie eine Kugel in den Bauch. Sie hatte ihre Box aufgemacht. Ohne ihn.

Ben nahm an, dass sie um sich selbst weinte. Dass sie ihren kurzen Faden gesehen hatte.

»Oh nein, Claire, nein.«

Dann kam das Schlimmste.

»Du verstehst nicht«, flüsterte sie kaum hörbar.

»Was meinst du?«

»Meiner war lang«, antwortete sie. »Deiner war …« Sie schluchzte verzweifelt.

»Moment … damit ich das richtig verstehe.« Bens Gedanken rasten. Was genau hatte sie getan? Sie hatte ihren Faden angesehen, so viel war klar. Aber sie hatte gesagt, ihrer sei lang.

Sie weinte wegen *seines* Fadens.

»Oh Gott.« Ihm war kotzübel.

»Bitte sei mir nicht böse«, wimmerte Claire. »Als ich gesehen habe, dass meiner lang ist, habe ich einfach angenommen, dass du auch einen langen Faden hast! Ich habe es ehrlich gesagt nicht einmal für möglich gehalten, dass es anders sein könnte.«

Ben schloss die Augen und versuchte gleichmäßig zu atmen, doch er bekam kaum Luft.

»Wie zum Teufel konntest du das tun?«, brüllte er. Er wusste nicht, dass seine Stimme so viel Wut transportieren konnte. »Dass du dir deinen Faden anschaust, gut und schön, aber du hattest kein Recht, meinen anzusehen!«

»Ich weiß«, sagte sie. »Es tut mir leid.«

Ben schwieg einige Minuten, während Claire ihm weinend gegenübersaß und die Arme um sich geschlungen hatte. Das war alles einfach zu viel, er musste zu viele Schläge einstecken, um sie alle zu verarbeiten.

Er versuchte, sich auf ihren Betrug zu konzentrieren.

Das war sicherer, als daran zu denken, was sie gesehen hatte.

»Ich habe mir so sehr gewünscht, dass sie gleich lang sind. Dass wir unser Leben miteinander verbringen können«, sagte Claire. »Ich hoffe, du weißt das.«

Schließlich musste er es fragen. »Wie kurz war er?«

»Mitte vierzig.« Ihre Stimme brach. »Die neue Website ist nicht … so genau.«

Mitte vierzig.

Damit blieben ihm noch vierzehn, vielleicht fünfzehn Jahre.

Doch darüber würde er später nachdenken. Später nachrechnen.

Jetzt musste er sich um die gegenwärtige Krise kümmern, seine Beziehung, die vor seinen Augen zerbrach.

»Wenn du mich wirklich liebst, warum verlässt du mich dann? Vor allem jetzt?«, fragte er.

»Bitte …« Claire schlug die Hände vors Gesicht.

Ben starrte sie an, sein Blick verschwamm. »Schuldest du mir nicht wenigstens das?«

Claire holte tief Luft, rang um Fassung. »Ich kann das einfach nicht«, sagte sie. »Ich kann nicht bei dir bleiben, und die ganze Zeit tickt die Uhr. Da werde ich verrückt.« Sie sah ihn gequält an. »Ich weiß, dass ich nicht verdiene, dass du mir verzeihst, aber es tut mir wirklich leid, Ben.«

Er fühlte sich wie ein kleines Segelboot in einem furchtbaren Sturm, und er brauchte etwas Festes, einen Anker für seinen Geist, wenn auch nur für einen Moment. Ben sah auf Claires zitternde Hände auf dem Tisch. In den letzten anderthalb Jahren hatte er sie so oft gehalten, auf langen Spaziergängen und im Bett, ihre Finger leicht ineinander verschränkt. Den abgeblätterten lila Nagellack mochte sie besonders gern. Lucky Lavender oder Lucky Lilac. Einer von beiden.

Claire hatte wohl bemerkt, dass er ihre Finger betrachtete, denn sie senkte ebenfalls den Blick darauf. Sie sahen auf ihre zitternden Hände, denn einander konnten sie nicht ansehen.

Doch jetzt starrte Ben auf seine eigenen Hände am Griff des Golfschlägers.

»Alles okay, Ben?«, rief Maura über die Schulter.

Ein anderer Mann hätte sich vielleicht Claires Gesicht auf dem Golfball vorgestellt und mit aller Kraft abgeschlagen. Doch das wollte Ben nicht. Er wollte Claire nicht wehtun.

Er konnte ihr vorwerfen, dass sie ihn hintergangen und ihm keine Chance gelassen hatte, eine eigene Entscheidung zu treffen. Doch er konnte ihr nicht vorwerfen, dass sie ihn verlassen hatte.

Claire hatte es selbst gesagt, sie war nicht stark genug. Sie brauchte Sicherheit, Stabilität. Eine lebenslange Garantie. So war sie einfach, und viele andere Menschen hätten genauso reagiert. Wahrscheinlich die *meisten.* Deshalb waren sie keine schlechten Menschen. Und den Rest seines Lebens verbittert und böse zu verbringen, half auch niemandem.

Ben musste nach vorne schauen, nicht zurück.

Er blinzelte in den sich verdunkelnden Horizont, wo die Sonne mit den letzten Feuerstrahlen über dem Hudson unterging, wie die Lagerfeuer an den Stränden in Europa, deren Flammen die Fäden verschlangen.

Dann straffte Ben die Schultern, holte aus und schlug den Ball hoch in die Luft Richtung Fluss.

HANK

Nachdem er Ben und Maura die Grundlagen gezeigt hatte, hatte Hank keine Lust, selbst abzuschlagen. Er setzte sich auf eine Bank mit Blick auf die Driving Range und sah zu, wie die kleinen weißen Punkte wie Sternschnuppen über das Grün flogen. Der Sonnenuntergang überzog alles mit mystischen Farben, und sogar der Hudson River unter ihnen, der von den Einheimischen so oft verspottet wurde, erschien Hank schön mit seinen in rosa Licht getauchten Wellen.

Das Wasser erinnerte ihn an eine junge Frau, die er im New York Memorial gesehen hatte. Sie hatte auf einem Bett in einem der OP-Vorbereitungsräume gesessen. Die Spitzen ihrer langen schwarzen Haare waren pink gefärbt gewesen, so wie damals in seiner Jugend, als ein paar Mädchen aus seinem Block ihre Haarspitzen immer in Kool-Aid getaucht hatten.

»Sie wartet auf ein Spenderorgan«, sagte Anika hinter ihm und bot ihm einen Kaffee an.

Es war Ende Mai, einer seiner letzten Tage im Krankenhaus und der erste, der sich nach der Schießerei am Fünfzehnten wie die Rückkehr zur Normalität anfühlte. Die Notaufnahme war einige Tage danach leer geblieben, auch als die Polizei ihre Untersuchungen abgeschlossen hatte, die meisten Patienten fuhren lieber ein paar Minuten weiter zu einem Krankenhaus, das kein

Tatort war. Doch die Stadt erwies sich als bemerkenswert vergesslich, und am Monatsende war die Notaufnahme wieder so überfüllt wie immer. Hank fand kaum eine freie Minute, um Anika auf ihrer Station zu besuchen.

»Sie steht noch nicht ganz oben auf der Liste«, erklärte Anika, »aber sie war zufällig zu einer Kontrolluntersuchung hier, als man uns wegen einer Lunge informiert hat, die *vielleicht* geeignet sein könnte.«

»Was für ein Glück«, sagte Hank. »Ich hoffe, das klappt.«

»Wie geht es *dir*?«, fragte Anika, als der Pager an ihrer Hüfte zum Leben erwachte. »Mist, darum muss ich mich kümmern. Hier, du kannst meinen auch haben.« Anika reichte ihm ihren Kaffee, von dem sie den Deckel noch nicht entfernt hatte.

»Ich brauche nicht noch mehr Koffein!«, sagte Hank lächelnd, doch sie eilte schon davon.

»Ich nehme ihn, wenn Sie ihn nicht wollen.«

Hank drehte sich um, und eine ältere Frau deutete auf den zweiten Becher in seiner Hand.

»Oh, natürlich.« Er gab ihr den Kaffee.

»Danke, der Morgen war ganz schön turbulent.« Die Frau atmete aus und hielt ihr Gesicht in den warmen Kaffeedampf. »Das da drin ist meine Tochter, sie wartet wegen der Lunge.«

»Ich kann mir gar nicht vorstellen, wie das sein muss«, meinte Hank. »Aber es klingt, als könnte es heute gute Nachrichten geben.«

»Wenn das vor ein paar Monaten passiert wäre, hätten meine Nerven das nicht verkraftet«, sagte die Frau und beugte sich näher zu Hank. »Aber ich weiß, dass es gut ausgehen wird. Wenn nicht die, dann die nächste.«

Hank war etwas verwirrt, doch er bewunderte ihre Zuversicht. Er hoffte nur, dass sie mit Enttäuschungen umgehen konnte.

»Meine Tochter hat ihre Box nicht geöffnet. Und wir mussten ihr alle versprechen, dass wir auch nicht hineinsehen, aber ... ich musste mich vorbereiten«, erzählte die Frau mit einem Blick zu ihrer Tochter, die in die Kissen gelehnt auf dem Krankenhausbett saß und ein Buch las. »Er war lang.« Die Frau lächelte. »Mein Baby hat einen langen Faden.«

»Das ist großartig«, antwortete Hank. »Wirklich.«

»Sagen Sie ihr aber nicht, dass ich es Ihnen erzählt habe!« Die Frau trank von ihrem Kaffee.

»Moment mal, Sie haben Ihrer Tochter nichts von ihrem langen Faden gesagt?«

»Ich musste ihr *schwören,* dass ich nicht in die Box schaue.« Die Frau schüttelte unheilvoll den Kopf. »Sie wird mich hassen, wenn sie davon erfährt.«

Hank dachte einen Moment an Anika und wie er sich nur kurz hintergangen gefühlt hatte. So wie Ben immer über seine eigene Erfahrung gesprochen hatte – »als meine Box geöffnet wurde« und nicht »als ich meine Box geöffnet habe« –, war das vermutlich ein viel größerer Verrat, als er ihn erlebt hatte.

»Ich bin mir sicher, dass Ihre Tochter Ihnen vergeben würde«, sagte er. »Vor allem, wenn sie von den großartigen Neuigkeiten erfahren hat.«

»Sie kennen sie nicht«, erwiderte die Frau. »Wenn sie sich etwas in den Kopf setzt, schafft sie alles. Sogar jemandem etwas nachzutragen. Sie wird schon bald ihr neues Leben beginnen. Sie muss nie erfahren, dass ich hinter ihrem Rücken in die Box gesehen habe. Jetzt zählt nur, dass sie am Leben bleiben wird.«

Was für eine seltsame neue Welt die Fäden hervorgebracht hatten, dachte Hank. Bei aller Trauer, aller Täuschung, allem zerstörten Vertrauen, bei all den Malen, die jemand verängstigt mit seiner Box ins Krankenhaus gekommen war, gab es immerhin auch das: die Hoffnung einer Mutter für ihr krankes Kind. Die Gnade in dem Wissen, dass Gebete erhört werden würden.

Ein paar Tage später hatte Hank Anika gefragt, ob die OP der Tochter stattgefunden hatte.

»Leider haben wir von der Schwester des Spenders erfahren, dass er letztes Jahr wegen Krebs behandelt worden war«, hatte sie gesagt. »Wir konnten die Lunge nicht verwenden.«

Und doch gab es keinen Grund zur Verzweiflung. Hank hatte noch die Worte der Mutter im Ohr. Wenn nicht die, dann die nächste. Er lehnte sich auf der Bank zurück, beruhigt von dem Stakkatorhythmus der Schläger, die auf die Bälle trafen. Wie seltsam es sein musste, dachte er, die Frau mit den pinken Haarspitzen zu sein und nichts von dem Geschenk zu wissen, das auf sie wartete.

Da bemerkte Hank, dass Ben immer noch mit dem Golfschläger kämpfte. Er ging zu ihm, wich sorgfältig dem schwingenden Schläger aus und legte ihm beruhigend den Arm um die Schultern.

JACK

Normalerweise erinnerte Jack sich nicht an seine Träume, doch an dem Morgen, nachdem er den Tausch vorgeschlagen hatte, wachte er nach einem Traum von seinem Großvater müde und erschöpft auf.

Grandpa Cal hatte ihm als Einziger in der Familie nie das Gefühl gegeben, ein Außenseiter zu sein, und sowohl Jack *als auch* Javier mit dem Respekt eines Kameraden behandelt.

Im ersten Collegejahr hatte Jack die beiden einander bei einem Footballspiel vorgestellt. Cal war da Anfang neunzig gewesen, mit fedrigen weißen Haaren und gekrümmtem Rücken, konnte sich aber immer noch der geistigen Klarheit eines viel jüngeren Mannes rühmen. Jack hörte zu, wie sein Großvater wieder einmal die Geschichte erzählte, wie er sich älter gemacht hatte, um sich im Zweiten Weltkrieg zu verpflichten, als er ein zwar beeindruckend großer, aber immer noch pickliger Teenager gewesen war.

»Ihr Jungs schlagt einen ehrenhaften Weg ein«, sagte Cal zu Jack und Javi, als die drei vor dem Anstoß dicht beieinandersaßen, um sich gegen den Wind zu schützen, der über die Tribünen pfiff. »Man hört ja meistens nur von den schlechten Beispielen, doch die Männer, die ich bei der Army kennengelernt habe, waren alles hochanständige Kerle.«

Jack hatte das alles schon oft gehört, bei fast jeder Familienfeier, doch es freute ihn, dass Javi so fasziniert war.

»Bevor wir in den Kampf ziehen konnten«, erzählte Cal, »verbrachten wir sechzehn Wochen in New England zur Ausbildung, und ein paar ältere Jungs nahmen mich in ihre Gruppe auf. Sie steckten mir Zigarren zu und nahmen mich an unseren freien Abenden mit ins Kino. Vor allem einer, Simon Starr, hat mich unter seine Fittiche genommen. Hat nicht zugelassen, dass irgendwer etwas Gemeines zu mir sagt.

Doch als man uns endlich unsere Einsätze zugeteilt hat, stellte sich heraus, dass ich in den Pazifik komme, die älteren Jungs aber nach Europa. Jack hat dir sicher erzählt, dass die meisten Männer in meiner Familie auf die eine oder andere Weise gedient haben, weshalb man von mir immer erwartet hat, dass ich mich irgendwann verpflichte, aber der Krieg hat mich sehr viel früher geholt, als irgendjemand von uns hätte voraussehen können. Und egal, wie vorbereitet man sich glaubt, man hat immer Angst, bevor man ausrückt.«

Javi nickte stumm.

»Simon hat gemerkt, dass ich traurig war, weil ich von der Gruppe getrennt wurde. Er hat mich zur Seite genommen und ein kleines Gebetskärtchen aus der Tasche gezogen, das er immer dabeihatte. Er sagte, das sei das Haschkiwenu, ein jüdisches Gebet, in dem man Gott bittet, einen in der Nacht zu beschützen. Seine Verlobte zu Hause hatte ihm das Kärtchen gegeben. Und kannst du dir vorstellen, dass er es mir geschenkt hat? Er hat mir gesagt, dass es mich beschützen würde.«

Cal schüttelte den Kopf, als könne er immer noch nicht fassen, was all diese Jahrzehnte zuvor passiert war. »Ich bin Christ, aber ich habe das Bild jeden Tag in meiner Uniform dabeigehabt, und Simon hatte recht. Es hat mich beschützt.«

»Haben Sie nach dem Krieg zu Simon und den anderen Kontakt gehalten?«, fragte Javi.

An diesem Punkt der Erzählung sah Jack immer die Scham im Gesicht seines Großvaters, das Bedauern. Grandpa Cals Geschichte – von seiner Panik, bevor er allein nach Übersee zog, und sein Bedauern über das, was danach passierte – war eine der wenigen Gelegenheiten, bei denen ein Hunter sich freiwillig verletzlich zeigte.

»Leider muss ich zugeben«, sagte Cal, »dass ich nicht weiß, was aus Simon oder den anderen wurde. Ich wollte nach ihnen suchen, als ich endlich wieder zu Hause war, aber um ehrlich zu sein, ich hatte Angst. Solange ich nicht weiß, was aus ihnen geworden ist, kann ich sie mir als alte, runzlige Männer wie mich selbst vorstellen, inmitten ihrer Kinder und Enkel. Verdammt, ich kann sie mir sogar auf dieser Tribüne vorstellen, wie sie heute unsere Mannschaft anfeuern. Und ich stelle mir gern vor, dass deshalb auch von ihnen nie jemand nach mir gesucht hat.«

Jack und Javier schwiegen, während Cal den Blick über die Sitzreihen schweifen ließ.

»Jungs, ich bin zwar alt, aber nicht blind«, fuhr er fort. »Ich weiß, dass es heute anders ist. Ich wusste, dass sich die Zeiten geändert haben, als ich sah, wie furchtbar man die Männer behandelt hat, die aus Vietnam zurückkamen. Doch für mich gibt es keine schönere Lebensaufgabe. Und für mich ist es eine Ehre und ein Privileg, mit meinen Kameraden gedient zu haben. Ich glaube, dass ich mein Leben und mein Glück Gott zu verdanken habe. Aber auch diesen Männern.«

Jack und Javi wussten genau, was er meinte. Sie konnten gar nicht zählen, wie oft sie bis spätnachts aufgeblieben waren, um sich gegenseitig für Prüfungen abzufragen, oder wie oft sie einander durch Schlamm und Regen hindurch angefeuert hatten. Nur so schafften sie es.

Im nächsten Sommer hatte Jacks Vater ihm auf dem Rücksitz eines schwarzen Vans, auf dem Weg zu Cals Beerdigung, einen kleinen Umschlag gegeben. *Für meinen Enkel* stand darauf. Jack wandte sich ab, damit sein Vater seine Tränen nicht sah.

Jack wollte noch nicht aufstehen und rollte sich auf den Bauch. Seltsamerweise war er dankbar, dass Grandpa Cal die Fäden nicht mehr miterlebte. Nach den ganzen Gräueln, die er im Krieg mitangesehen haben musste, war Cal ein Mann von so reinem Glauben – Glauben an seinen Gott, Glauben an sein Land. Wer weiß, was diese verrückte neue Welt mit ihm gemacht hätte?

Jack seufzte und drehte den Kopf auf dem Kissen, starrte zu dem schmalen Streifen Sonnenlicht, der durch einen Spalt in der Jalousie auf seine Kommode fiel, in deren oberster Schublade ein altes, verblichenes Haschkiwenu-Gebetskärtchen lag.

Noch dankbarer war Jack natürlich dafür, dass sein Großvater nicht mehr erfahren konnte, dass auch er vorhatte, die Army zu belügen – nur dass er mit seiner Lüge dem Krieg entgehen wollte.

JAVIER

Javier wachte auf und starrte auf die Datumsanzeige seines Weckers. Nur noch zwei Tage, dann musste er eine Entscheidung getroffen haben.

Er kniff die Augen zusammen und fragte sich, ob er beten sollte, bis die Bilder wieder auftauchten. Die Visionen, die er die ganze Nacht vor sich gesehen hatte, während er zwischen Schlaf und Wachsein schwebte, während sein Verstand versuchte, Jacks Angebot zu begreifen.

Die Flagge und der Pfarrer, der traurig den Kopf schüttelte.

Er war ein wahrer amerikanischer Held, bis zum letzten Atemzug.

»Was ist mit deinem Dad?«, fragte Javi. »Du wirst ihm erzählen müssen, dass wir die Fäden getauscht haben, sonst denkt er …«

»Ich weiß«, unterbrach ihn Jack.

Er beschloss, seinem Vater zu sagen, dass der Tausch Javis Idee gewesen war, dass er nur zugestimmt hatte, weil er einem Waffenbruder helfen wollte. Sein Vater würde es verabscheuen, dass sie die Army täuschten, aber er würde hoffentlich die Loyalität seines Sohnes einem Freund gegenüber respektieren.

Jacks Dad war der Einzige, der von dem Tausch erfahren würde. Niemand sonst durfte es wissen. Vor allem nicht seine Tante Katherine, die gerade irgendwo im Mittleren Westen oder in Florida war und versuchte, ein County von Wechselwählern davon zu überzeugen, für den Wahlkampf seines Onkels zu spenden. Es war definitiv nicht der richtige Zeitpunkt für einen Familienskandal. Sie würden einfach glauben müssen, dass Jack *tatsächlich* einen kurzen Faden bekommen hatte.

»Und was ist … danach?«, fragte Javi. »Werden sich nicht alle wundern?«

»Uns bleiben bestimmt noch ein paar Jahre, um uns etwas zu überlegen«, antwortete Jack. Was er seinem Vater sagen würde, wusste er zwar schon, doch weiter hatte er noch nicht gedacht. »Und wer weiß, vielleicht sind die Fäden dann auch gar nicht mehr so wichtig.«

Javier zögerte. Sich kopfüber in so eine unüberschaubare Situation zu stürzen, ohne eine Ausstiegsstrategie, wirkte wie das genaue Gegenteil dessen, was man ihnen an der Academy beigebracht hatte.

Man hatte sie aber auch dazu ausgebildet, mutig zu sein, selbst bei Ungewissheit.

»Okay«, sagte Javi. »Ich bin dabei.«

Hallo B.,

wenn ich durch mein Viertel gehe, komme ich oft an einem atemberaubenden Wohnhaus namens Van Woolsey vorbei. Du hast es bestimmt schon mal gesehen – es ist wunderschön und erstreckt sich am Broadway über einen ganzen Block. Der Eingang wird nicht nur von einem massiven Eisentor, über dem der Hausname in Goldbuchstaben steht, bewacht, sondern auch von einem echten Wachmann in einem kleinen Pförtnerhaus, sodass nur die Glücklichen, die dort wohnen, eintreten dürfen. Wie der Buckingham Palace der Upper West Side. Vom Gehsteig aus kann man durch das Tor in den Innenhof schauen, einen kleinen Park mit perfekt getrimmten Hecken und weißen Steinbänken, die um einen stufenförmigen Brunnen herum angeordnet sind.

Jeder in New York hat wahrscheinlich einen Ort, der den eigenen Lebenstraum symbolisiert. Vielleicht ist es das Theater am Times Square, in dem man unbedingt auftreten will, oder die Kneipe in Brooklyn, auf deren Kauf man spart. Das Van Woolsey ist mein Ort.

Wenn ich daran vorbeigehe, stelle ich mir vor, wie es wäre, dort zu wohnen, in einem der viele Millionen teuren Apartments, die ich mir von meinem Lehrergehalt niemals leisten könnte. Ich würde auf der Bank am Brunnen sitzen und mich an die ganzen fantastischen Orte erinnern, die ich schon bereist habe, die Menschen, die ich kennengelernt, und die Bücher, die ich schon gelesen habe, und die Schüler, die ich unterrichtet habe. Und ich würde von der Bank aus nach oben blicken und meine Wohnung sehen, ein paar Stockwerke über mir, wo meine imaginäre Familie zusammen das Abendessen kocht, das ich riechen kann, wenn der

Wind richtig steht und die Düfte aus dem offenen Fenster trägt.

Ich komme mir immer albern und oberflächlich vor, wenn ich daran denke, vor allem jetzt, da alles anders ist und die Zukunft viel zerbrechlicher erscheint. Und ich weiß, dass es ein wirklich langweiliger Traum ist, überhaupt nichts Besonderes. Aber es geht nicht um das Geld oder die Opulenz oder den Anschein von Erfolg. Diese Version von mir selbst, die im Van Woolsey wohnt, ist auch innerlich angekommen. Sie sieht auf ihr Leben und ist einfach zufrieden. Sie muss sich nicht mehr in Fantasien verlieren, weil sie bereits in einer Fantasie lebt.

Wahrscheinlich kann ich deshalb nicht in meine Box schauen. Solange ich nicht hineingesehen habe, kann ich mir immer noch den Tag ausmalen, an dem ich auf der Bank im Innenhof des Van Woolsey sitzen werde. Die Tagträume könnten noch wahr werden.

A.

NINA

Als Maura am Sonntagabend bei ihrer Selbsthilfegruppe war, fragte Nina Amie, ob sie mit ihr in einem neuen Restaurant in der Innenstadt essen gehen wolle.

Ihre Schwester verspätete sich, weshalb sich Nina allein an einen Tisch setzte. Ein paar Tage zuvor hatte sie von der Eröffnung des Restaurants gelesen und die Geschichte dahinter wiedererkannt: der Koch mit dem kurzen Faden, dem ein Kredit verweigert worden war und dessen Schwester das Geld über eine Crowdfundingaktion gesammelt hatte. Sie hatte zuerst im Fadentheorieforum davon gelesen, als sie sich noch regelmäßig eingeloggt hatte.

Nina hatte die Website schon seit einiger Zeit nicht mehr besucht und auch keines der anderen Blogs oder Foren gelesen, obwohl täglich neue auftauchten. Nach ihrem Streit mit Maura hatte sie schnell damit aufgehört, um sich dem Sog der Online-Sirenen zu entziehen.

Nina bemerkte einen Papierflyer, der an der Speisekarte auf ihrem Tisch klebte und für nächste Woche einen Open-Mic-Abend ankündigte. Im hinteren Teil des Raums sah sie ein kleines Podest und einen Mikrofonständer. Sie stellte sich Maura auf dieser Bühne vor, das Gesicht halb hinter dem Mikrofon verborgen, aber natürlich immer noch wunderschön, wie sie eine enthusiastische Hommage an Amy Winehouse darbot. Kaum zu glauben, dass mehr als zwei Jahre vergangen waren, seit Nina mit Sarah, ihrer ehemaligen College-Mitbewohnerin, an der Bar gesessen und Maura zum ersten Mal gesehen hatte.

Die Karaokebar war Sarahs Idee gewesen. Bei einem Besuch in New York ließ sie gern die Musicaltage ihrer Jugend wiederaufleben – deren Höhepunkt ihre Rolle als Adelaide in der Highschoolaufführung von *Guys and Dolls* gewesen war –, indem sie eine Broadwayshow besuchte und in der Innenstadt Karaoke sang.

Nachdem Maura mit einer Verbeugung von der Bühne gegangen war, hatte Sarah Nina gedrängt, sie anzusprechen. »Los, red mit ihr. Sie ist hübsch.«

»Das kann ich nicht«, wandte Nina ein.

»Warum nicht?«, fragte Sarah.

»Zum einen weiß ich nicht, ob sie lesbisch ist.«

»Also bitte, nur Lesben singen ›Valerie‹.«

»Das stimmt doch gar nicht«, erwiderte Nina. »Das ist einfach ein Publikumsliebling. Und ursprünglich hat es ein *Mann* geschrieben.«

Sarah verdrehte die Augen. »Du musst nicht immer alle Fakten überprüfen.«

»Und selbst *wenn* sie lesbisch ist«, sagte Nina. »Ich bin nicht wie du und spreche Fremde in Bars an.«

»Willst du damit sagen, dass ich eine Schlampe bin?« Sarah tat so, als sei sie beleidigt.

»Nein! Ich will damit sagen, dass du Selbstvertrauen hast. Das mir schon immer gefehlt hat.«

»Du hast genug Selbstvertrauen, um mit deinem Rotstift jeden Text zu zerlegen. Mit meinen Texten hast du das jedenfalls oft genug getan.«

»Das ist etwas anderes. Da geht es um die Arbeit.«

»Das hier ist auch Arbeit«, erwiderte Sarah. »Und achtzig Prozent des Erfolgs bestehen daraus, sich blicken zu lassen.« Sie unterstrich ihre Argumentation mit einem Schluck Wodka-Cranberry.

Obwohl sie sich seit Sarahs letztem Besuch aus Los Angeles sechs Monate lang nicht gesehen hatten, verfielen sie rasch wieder in ihren alten Rhythmus, bei dem Sarah Ratschläge in Sachen Romantik gab und Nina zweifelte, ob sie sie befolgen sollte.

Als sie in ihrem ersten Jahr am College einander als Zimmergenossinnen zugeteilt wurden, hätte Nina nie gedacht, dass sie sich mit Sarah anfreunden würde, einer quirligen Blondine, deren Haare die übernatürliche Kraft besaßen, in weichen, glänzenden Locken zu trocknen. Doch in der dritten Woche, in der sie sich ein Stockbett teilten, erzählte Nina, dass sie lesbisch war, und Sarah, die froh war, dass ein Mädchen weniger um die besten Jungs auf dem Campus konkurrierte, nahm die stille Nina unter ihre in J.Crew-gekleideten Fittiche.

Für Sarah war Dating ein Spiel, Flirten ein Mittel, um das Interesse eines Mannes zu wecken und ihn mit einer Herausforderung zu locken. Sie weihte Nina in ihre Strategie ein: Fang ein Gespräch an, zeig ihm dein Interesse, aber bring ihn immer, wirklich immer dazu, dass *er* dich um ein Date bittet. Und Nina klammerte sich an diese Regel wie an einen Schild. Wenn sie die anderen Frauen die Führung übernehmen ließ, musste sie selbst nie *zu* viel wagen. Sie musste sich nie verletzlich fühlen.

Und allein schon bei Mauras Anblick auf der Bühne – ihr Selbstvertrauen, ihre leuchtende Ausstrahlung, wie sie ihr Publikum fesselte, obwohl sie keine überragende Sängerin war –, fühlte Nina sich besonders verletzlich. Und im Vergleich dazu auch unglaublich langweilig.

Als sie endlich all ihren Mut zusammengenommen hatte, um Maura anzusprechen, saß diese bereits bei ein paar Leuten an der Bar, die wie Arbeitskolleginnen aussahen. Zum Glück saß sie auf einem Hocker am Rand der Gruppe, sodass Nina sie leicht ansprechen konnte.

Tu es einfach, befahl sie sich. Sie hatte seit über einem Jahr kein Date mehr gehabt – wenn ihre Mutter oder Amie nachfragten, gab sie als Ausrede immer Überstunden an, weil sie eine Beförderung anstrebte –, und Sarahs Drängen war wahrscheinlich ihre beste Chance, doch noch zu einem zu kommen.

Nina räusperte sich. »Toller Auftritt.«

»Oh, danke!« Die Sängerin neigte lächelnd den Kopf. »Willst du heute auch noch für uns singen?«

»Nein, nein, ich habe schreckliches Lampenfieber.«

»Na, der Abend ist ja noch jung. Du hast noch Zeit, das zu überwinden.«

»Ich heiße Nina.«

Die Frau lachte, als Nina ihr die Hand zu einer formalen Begrüßung entgegenstreckte. »Maura.«

»Bist du mit Arbeitskolleginnen da?«

Maura nickte. »Wir feiern. Ich arbeite bei einem Verlag, und wir haben gerade eine hitzige Auktion für eine neue Jugendbuchreihe gewonnen. Quasi der nächste *Harry Potter.*«

»Wow, Glückwunsch! Bei welchem Verlag bist du?«

»*Das* darf ich dir nicht sagen«, antwortete Maura gespielt geheimnisvoll. »Eigentlich darf ich überhaupt nichts erzählen, bis die Pressemitteilung draußen ist.«

»Wahrscheinlich besser so, ich arbeite nämlich für eine Zeitschrift.«

»Mist! Wahrscheinlich hätte ich besser den Mund halten sollen.« Maura lachte wieder.

»Schon okay.« Nina lächelte. »Ich verspreche, dein Geheimnis zu wahren.«

Bei Maura war von Anfang an alles anders. Zum ersten Mal wollte Nina erobern, statt erobert zu werden, und kümmerte sich nicht um Sarahs Rat. Ihre früheren Beziehungen hatte sie um ihres seelischen Schutzschildes willen aufs Spiel setzen können, doch jetzt spürte sie tief in sich, dass sich etwas geändert hatte. Nina war überrascht, dass eine Frau wie Maura – mutig und stolz und ohne Angst – sich für jemanden interessierte, der so farblos und steif wie sie selbst war. Und so tauschte sie ihre einsame Wohnung gegen Konzerte in Brooklyn ein, gegen Hot-Yoga-Stunden, Weinverkostungen und Buchpremieren.

Bei den Dates mit den Frauen vor Maura hatte Nina immer darauf geachtet, nach ihnen zu erscheinen, um nicht etwa nervös warten zu müssen oder zu übereifrig zu wirken.

Bei Maura war sie immer früh da.

»Es tut mir *so* leid, dass ich zu spät bin!«, entschuldigte sich Amie und ließ sich umständlich auf den Stuhl gegenüber ihrer Schwester fallen. »Ich habe schon wieder meine Haltestelle verpasst.«

»Was hast du dieses Mal gelesen?«, fragte Nina.

»Lady Susan«, gestand Amie. »Ich war in der Stimmung für einen Briefroman, weil ... ach, egal. Aber dann habe ich leider gemerkt, dass es mein letztes Austen-Buch ist.«

Nina lächelte und dachte daran zurück, wie sie Amie auf dem College ein Exemplar von *Northanger Abbey* mit einer Warnung auf dem Umschlag geschickt hatte: *Siehst du, wohin deine wilden Fantasien führen könnten?!*

Amie sah von der Speisekarte auf. »Hast du von dieser verrückten Datenbank gehört?«, fragte sie. »Meine Nachbarn haben in der Waschküche darüber geredet.«

»Was für eine Datenbank?«

»Wohl eine riesige Google-Tabelle, die angeblich die Fadenlänge von jedem in New York enthält«, erklärte Amie. »Und sie funktioniert wie Wikipedia, jeder kann sie bearbeiten und Daten eintragen, eigene ... oder von anderen Menschen. Gestern hat man anscheinend sechzigtausend Einträge erreicht.«

»Oh mein Gott.« Ninas Stimme war kaum ein Flüstern. »Das ist ...«

»Beängstigend«, vollendete Amie den Satz. »Die Polizei sucht nach dem ursprünglichen Ersteller, doch die Tabelle hat ein Eigenleben entwickelt. Mein Nachbar hat sie mir auf seinem Handy gezeigt. Es war gruselig.«

»Was für eine Verletzung der Privatsphäre«, sagte Nina. »Was ist, wenn man gar nicht weiß, dass jemand deinen Namen eingetragen hat? Etwas so Persönliches über einen bekannt gemacht hat?«

Schaudernd erinnerte sich Nina an den Tag, an dem man sie in der Schule geoutet hatte. Sie wagte es kaum zu fragen, doch sie musste die Antwort erfahren. »Weißt du, ob Maura ...«

Amie wusste, was sie meinte. »Ich habe auf seinem Handy nach ein paar Namen gesucht, habe aber niemanden gefunden, den ich kenne.«

»Gott sei Dank«, sagte Nina. Dann wollte sie dringend das Thema wechseln, wollte nur einen Abend ohne Stress und Trauer. Ein lustiges Essen mit ihrer Schwester, wie früher.

Nina atmete tief durch. »Also, um über etwas Erfreulicheres zu sprechen – das hier wäre doch ein guter Ort für ein Date, oder? Sich Tapas zu teilen, ist sehr romantisch.« Nina zuckte vielsagend mit den Augenbrauen. »Du könntest dich hier mit jemandem treffen, und dann hört Mom endlich auf, *mir* wegen deines mangelnden Liebeslebens auf die Nerven zu gehen.«

Amie schüttelte gespielt frustriert den Kopf, als sie nach einem Stück Brot griff. »Sie hat nicht die geringste Ahnung, wie komisch es momentan ist, überhaupt zu daten. Als wäre es vorher nicht schon schwierig genug gewesen! Die Fäden sind die ganze Zeit dabei, nur traut sich niemand, darüber zu sprechen.«

Nina nickte nur. Die alten Zeiten waren vorbei, und es war dumm von ihr, sie sich zurückzuwünschen.

»Es gibt also gerade niemanden, oder?«, fragte sie.

»Nur dich, liebe Schwester.« Amie biss grinsend von der Brotscheibe ab.

»Wenn du lernen würdest, den Brotkorb zu teilen, dann vielleicht ...«, neckte Nina sie und zog den Korb näher zu sich.

»Hey!« Amie tauchte zwei Fingerspitzen in ihr Glas und bespritzte ihre Schwester mit Wasser, als wären sie wieder Kinder und würden sich bei ihren Eltern in der Küche um das letzte Pommes frites auf dem Teller streiten.

»Blamier mich nicht!«, sagte Nina lächelnd. »Das hier ist ein gutes Restaurant.«

Amie lachte. »Okay, Mom.«

Die alten Zeiten waren *wirklich* vorbei, dachte Nina. Doch wenigstens das hier hatten sie noch.

JACK

Jack vermisste die alten Zeiten. Vor dem Abschluss, vor den Fäden, bevor er und Javi gezwungen wurden, ihre Boxen zu öffnen und ihre Fäden der Army zu zeigen. Bevor sein Onkel bekannt geworden war.

Anthony hätte nie so berühmt werden sollen. Eigentlich hätte er niemals so viele Fans – und eine beunruhigende Anzahl von Gegnern – haben sollen. Nach der Ankunft der Fäden war Jack davon ausgegangen, dass Anthonys zäher Wahlkampf den Frühling kaum überstehen würde. Doch jetzt war es August und weniger als ein Jahr bis zu den Parteitagen, auf denen der endgültige Präsidentschaftskandidat gewählt werden würde, und die Kampagne nahm immer mehr Fahrt auf.

Seit der Debatte im Juni erhielten Anthonys Reden immer mehr Aufmerksamkeit, und Katherine drängte Jack immer wieder, an den Veranstaltungen teilzunehmen. (Offenbar war es nach der umstrittenen STAR-Initiative wichtig, Anthonys Unterstützung fürs Militär zu demonstrieren.)

Katherine hatte Jack gerade eingeladen, sich ihnen bei einer großen Kundgebung in Manhattan anzuschließen, doch er überlegte noch, ob er hingehen sollte. Er hatte seiner Tante und seinem Onkel noch nicht von seinem »kurzen Faden« erzählt, und er war sich nicht sicher, wie lange er es noch aufschieben konnte. Irgendwann würde jemand danach fragen.

Jack versuchte, dieses Gespräch so lange wie möglich hinauszuzögern. Er hatte bereits letzten Monat im Rekrutierungsbüro der Army gelogen, und die Erinnerung daran verfolgte ihn noch immer. Jack hatte auf dem Stuhl gegenüber von Major Riggs gesessen, an den Oberschenkeln geschwitzt und befürchtet, dass die Feuchtigkeit durch seine Hose dringen und ihn als abscheulichen Betrüger entlarven könnte. Er hatte versucht, seine Beine leicht anzuheben, unmerklich, damit sie nicht so fest gegen die Sitzfläche gedrückt wurden.

»Haben Sie Ihre Box bereits geöffnet?«, fragte der Major.

»Jawohl, Sir.«

»Und?«

»Der Faden ist recht kurz, Sir. Höchstens noch fünf oder sechs Jahre.«

Major Riggs zog das Kästchen lautlos zu sich – auf dem Jack Hunters Name prangte und das Javier Garcías Schicksal enthielt – und maß den Faden selbst nach, die Lippen fest aufeinandergepresst, der Blick konzentriert. Es schien ihm unangenehm zu sein, ins Leben seiner Kameraden auf diese Weise eindringen zu müssen. Doch sein Gesichtsausdruck verriet nichts.

»Das tut mir sehr leid«, sagte der Major und vermerkte die Länge in seinen Unterlagen. Und Jack erkannte, dass es egal war, ob man ihm die Nervosität anmerkte. Es war egal, dass ihm der Stift fast aus der Hand gerutscht war, als er die eidesstattliche Erklärung unterschrieben hatte. Major Riggs würde einfach annehmen, dass er wegen seines Fadens aufgebracht war.

Zu Hause schaltete Jack den Fernseher ein, um sich von den Gedanken an seinen Onkel und den Erinnerungen an Major Riggs abzulenken. Glücklicherweise landete er bei einem Spiel der Nationals. Aber das vierte Inning hatte kaum begonnen, als Werbung zugeschaltet und ein neuer »Rollins für Amerika«-Werbespot eingeblendet wurde.

Das Gesicht einer zierlichen blonden Frau erschien auf dem Bildschirm.

»Ich heiße Louisa«, sagte die Frau, »und ich war am zehnten Juni in der Nähe des Kapitols, als die Bombe explodierte. Als ein Kurzfaden die Bombe zündete, die er wochenlang gebaut hatte.«

Die Kamera fuhr zurück, um zu zeigen, dass die Frau saß und ihr ein Bein fehlte.

»Ich verstehe den Schmerz, den dieser Mann empfunden haben muss, nachdem er seinen kurzen Faden gesehen hatte. Aber warum musste er diesen Schmerz auch noch so vielen anderen zufügen?« Louisas Augen glänzten, als sie weitersprach. »Ich vertraue dem Kongressabgeordneten Anthony Rollins, dass er für die Sicherheit unserer Städte sorgt, damit nicht noch mehr Unschuldige das Gleiche durchmachen müssen wie ich.«

Anthony trug wirklich dick auf, dachte Jack. Was dieser Frau widerfahren war, war ohne jeden Zweifel furchtbar, aber es passierte ja nicht täglich. Und *vor* den Fäden war das Land auch nicht gerade eine Bastion des Friedens gewesen.

Am Ende des Werbespots trat Anthony noch selbst auf. »Deshalb bin ich stolzes Mitglied der Taskforce des Präsidenten, die als Reaktion auf die Fäden ins Leben gerufen wurde, sowie einer der ersten Befürworter der STAR-Initiative und weiterer Gesetze, die alle Amerikanerinnen und Amerikaner wie Louisa vor weiterer Gewalt schützen werden«, verkündete er. »Ich bin Anthony Rollins, und Ihre Sicherheit liegt mir am Herzen.«

Jack war schockiert. *Anthony* gehörte zur Taskforce des Präsidenten? *Anthony* hatte an der STAR-Initiative mitgearbeitet?

»Scheiße!«, brüllte er.

Sein eigener Onkel war dafür verantwortlich, dass Jack und Javi ihre Boxen hatten öffnen müssen. Er war dafür verantwortlich, dass sie ihre Fäden tauschen und alle belügen mussten. Er war der Grund, warum Jack unter dem mitleidigen Blick von Major Riggs mit seiner Unterschrift einen Meineid hatte leisten müssen.

Jack packte seine Wasserflasche, die neben ihm lag, und warf sie gegen Anthonys Gesicht. »Verdammt! Scheiße!«

Die Plastikflasche prallte vom Bildschirm ab, und die letzten Wasserreste spritzten in die Luft, während das Baseballspiel fortgesetzt wurde.

Zum Glück war Javi nicht da, dachte Jack, und hatte den Spot und damit nicht gesehen, wie sehr Anthony an ihrer Situation schuld war. Und mit ihm Jacks restliche Familie, die hinter ihm stand.

Und jetzt wollte Anthony, dass Jack bei seiner Kundgebung in New York auftrat, albern mit ihm auf der Bühne stand, während sein Onkel damit angab, genau den Erlass mitgestaltet zu haben, der Jacks und Javis Leben auf den Kopf gestellt hatte.

In einer Familie unterstützt man sich gegenseitig, hörte Jack die Stimme seines Vaters. *Vor allem in einer wie unserer.*

ANTHONY

Anthony war bereit.

Auf seinem Schoß lagen die Karteikarten, auf denen er in Stichpunkten seine Rede notiert hatte, und er lehnte sich in den beigefarbenen gepolsterten Sitz in seinem Wahlkampfbus zurück, auf dessen Seite »Rollins für Amerika« zu lesen war. Sie befanden sich gerade auf der Fahrt von Washington zu einem Park in Manhattan, in dem sich eine ansehnliche Menschenmenge versammelte, um Anthony sprechen zu hören, und eine ebenso ansehnliche Menge an Protestanten.

Anthonys Wahlkampfleiter hatte ihn wegen der Demonstranten gewarnt.

»Sollten wir uns Sorgen machen?«, fragte Katherine.

»Es wird jede Menge Security vor Ort sein«, sagte der Wahlkampfmanager. »Und die Sprengstoffhunde haben bereits alles abgeschnüffelt.«

»Ich meinte das Bild, das dadurch abgegeben wird.« Katherine runzelte die Stirn.

»Nun, wir wussten, dass das passieren könnte, als wir die Fäden zum Thema gemacht haben«, erwiderte der Wahlkampfleiter. »Aber ich sehe es tatsächlich als Zeichen für den aufgehenden Stern Ihres Mannes. Die Leute würden nicht für irgendwen kommen.«

»Vielleicht haben wir sogar Glück, und ein paar verrückte Demonstranten fangen eine Schlägerei an«, überlegte Anthony. »Niemand mag einen wütenden Mob.«

Als der Bus auf den Park mit der Menschenmenge zufuhr, konnten Anthony und Katherine tatsächlich nur schwer entscheiden, welche der lauten Gruppen aus ihren Unterstützern bestand und welche vielleicht auf Ärger aus war.

HANK

Hank war bereit.

Mit einigen Freunden aus der Selbsthilfegruppe wollte er sich auf der Protestveranstaltung in der Innenstadt treffen, wo Anthony Rollins eine Rede halten sollte. Zum ersten Mal seit seiner Kündigung hatte er das Gefühl, endlich etwas zu *tun*.

Nachdem er seinen Kaffee ausgetrunken hatte, schaltete er die Nachrichten ein, die immer noch über die Demonstrationen der letzten Woche in China berichteten.

»Für alle Zuschauer, die gerade erst zuschalten: Es ist der vierte Tag der Proteste in Peking«, verkündete der Moderator. Videoaufnahmen zeigten mehrere Tausend Menschen, die die Straßen im zentralen Geschäftsviertel der Stadt blockierten.

»Vor ein paar Monaten hat die chinesische Regierung alle Bürgerinnen und Bürger aufgefordert, ihre Fadenlänge an ein nationales Datenregister zu melden, und behauptet, dies diene dem Schutz der Öffentlichkeit und der offiziellen Aufzeichnungspflicht«, erklärte der Moderator. »Und trotz des internationalen Aufschreis wegen der Zweideutigkeit dieser Begründungen, vor allem in der EU und den USA, hat erst die plötzliche Verhaftung von drei Bewohnern Pekings Anfang des Monats, die sich weigerten, die Anordnung zu befolgen, diese großen Proteste ausgelöst.«

Hank vermutete, dass die laufende Berichterstattung zu Peking mit ein Grund für die heute in New York erwartete Menschenmenge war. Bei Anthony Rollins' Reden konnte man leicht befürchten, dass Amerika sich immer mehr Chinas drakonischen Maßnahmen annäherte.

Man munkelte, dass Anthony Rollins zu den entscheidenden Kräften hinter der jüngsten Politik der Regierung gehörte, und sein Auftritt bei der Debatte im Juni wurde von vielen als Auslöser für die aktuelle Diskriminierung von Kurzfaden angesehen, die vom Kongress auf nahezu jede Gruppierung übergriff. Laut der Veranstaltungsseite auf Facebook wollten sich fast zwölftausend Teilnehmer in dem kleinen Park in Manhattan versammeln, wo Anthonys Kundgebung stattfand, um ihrer Empörung mit Plakaten, Megafonen und Fahnen Ausdruck zu verleihen.

Hank dachte daran, wie Anika ihn zum March for Science mitgeschleppt hatte. Zuerst hatte er nicht hingehen wollen, weil er nicht daran glaubte, dass die Demonstration etwas bewirken würde.

»Vielleicht wird sie das auch nicht«, hatte Anika gesagt. »Aber ich sage dir dasselbe wie meinen Freunden beim Women's March. Wir laufen nicht *nur,* weil wir hoffen, damit etwas ändern zu können. Wir wollen zeigen, wie viele wir sind. Um sie daran zu erinnern, dass man uns nicht ignorieren kann.«

Hank schaltete den Fernseher aus und verließ das Haus.

Im Park war Hank von Schildern umgeben. »Kurzfaden halten zusammen!« »Ein langer Faden heißt noch gar nichts!« »Gleichheit für alle!« »Wir sind mehr als unsere Fäden!«

Er war überrascht, wie überwältigt er war. Der Anblick war wunderschön, dieses Kaleidoskop an neonfarbenen Postern, an bissigen und ernsten Parolen, alle Ausdruck seiner eigenen Gedanken und Emotionen.

In diesem Moment fühlte sich Hank in eine andere Zeit und an einen anderen Ort versetzt, als seine damalige Freundin Lucy ihn vor zwanzig Jahren in ihrer ersten Ausbildungswoche im Krankenhaus an der Hand genommen und ihn zur Entbindungsstation geführt hatte. Sie hatten durch die Glasscheibe auf die Reihen der schlafenden, unruhigen, gähnenden, weinenden Neugeborenen geblickt. Lucys Augen waren feucht geworden, doch Hank hatte nicht vor der Frau weinen wollen, die er immer noch hatte beeindrucken wollen. Also hatte er nur dagestanden und in die Zukunft gestarrt. Auf ein Dutzend leere Leinwände in Babybettchen, noch unberührt von der Welt außerhalb der Station. Ein Dutzend Gründe, Hoffnung zu haben.

Viele von Hanks Kommilitonen hatten gesagt, sie wollten Ärzte werden, um Teil von etwas zu sein, das größer als sie selbst war. Hank hatte dazu immer genickt, aber nie richtig verstanden, was sie meinten. Er hatte nur Menschen helfen wollen.

Doch hier, in der Menschenmenge, als er den Blick über die Gesichter schweifen ließ, verstand er es.

Im Hintergrund hörte er, wie Rollins unter Jubel und Zwischenrufen auf die Bühne trat, doch er wollte sich noch nicht umdrehen. Er wollte die Demonstranten noch einen Moment länger beobachten.

Bis sein Blick auf etwas fiel.

Eine Frau mit kastanienbraunen Haaren bewegte sich schnell durch die Menge, rempelte Leute an und wehrte sie hastig ab, während sie sich nach vorn drängte. Ihre rechte Hand steckte in der Jackentasche, als würde sie etwas festhalten.

Verdammt. Hank spürte die gleiche Übelkeit erregende Gewissheit, wenn ein Patient mit kaum vorhandener Überlebenschance in die Notaufnahme gebracht wurde. Sein Körper wusste, wenn etwas Schreckliches passieren würde.

Hinter ihm sprach jemand ins Mikro und stellte Rollins vor, pries den Mut, die Überzeugung und den Glauben des Abgeordneten, doch Hank hörte es kaum. Er folgte der Frau, schob sich immer näher an sie heran und versuchte herauszufinden, was sie vorhatte. Vielleicht war es nur ein besonders deutliches Schild oder eine Flasche mit Schweineblut. Sie war auf jeden Fall entschlossen.

Er war nur noch ein paar Meter von ihr entfernt, als sie eine Pistole aus der Jackentasche zog.

Sein ganzes Leben lang war Hank von einem instinktiven Impuls angetrieben worden – er ermöglichte ihm, während Zwölf-Stunden-Schichten wach zu bleiben, seine Hand in eine klaffende, blutende Wunde zu stecken und die Arterie mit den Fingern abzudrücken, auf die Schüsse an jenem Maimorgen im New York Memorial Hospital zuzurennen. Derselbe Impuls trieb ihn auch jetzt an.

Er dachte nicht an die offensichtliche Gefahr für sich selbst. Er dachte nicht an seinen Faden. Er dachte nur an diesen Moment, an die Menschen, die um ihn herum in Gefahr schwebten.

Seine Notaufnahme hatte er im Mai nicht vor dem Schützen retten können. Dieses Mal würde es anders sein.

Hank sah die Hand der Frau am Pistolengriff.

Ihre Finger zitterten leicht, zwei volle Sekunden des Zögerns. Genug Zeit für Hank, vor die Pistole zu springen. In diesem Moment drückte sie den Abzug.

ANTHONY

Anthony hatte gerade erst einen Schuss wahrgenommen, als er auch schon von einem Schwarm von Sicherheitsleuten und Polizisten von der Bühne zu einem bereitstehenden Wagen gezerrt wurde. Die panischen Schreie der Menge verstummten augenblicklich, als die gepanzerte Tür hinter ihm zuschlug.

»Was ist passiert?«, fragte er den Fahrer.

»Wir wissen es noch nicht genau.«

»Wo ist Katherine?«

»Sie ist in Sicherheit. Man hat sie in den nächsten Wagen gebracht.«

Anthony nickte und sah auf seinen Anzug hinunter, der bei dem chaotischen Abgang zerknittert worden war.

Er war in Sicherheit.

Katherine war in Sicherheit.

Er hatte gerade einen Mordversuch überlebt. Ein gezieltes Attentat. Auf *sein* Leben.

Heilige Scheiße, dachte Anthony. Irgendjemand da draußen hatte ihn umbringen wollen.

Er hatte immer ein paar Feinde gehabt: die rivalisierende Studentenverbindung im College, einen unausstehlichen Erzfeind an der juristischen Fakultät, einen Kollegen bei der Staatsanwaltschaft, der auf die gleiche Beförderung aus war. Doch das hier war anders. Das war gefährlich.

Einen Moment lang hatte Anthony Angst.

Doch dann dachte er an seinen langen Faden und die drei weiteren Jahrzehnte, die dieser voraussagte, und die Tatsache, dass er trotz seines zerknitterten Armani-Anzugs völlig unversehrt war.

Dann kam ihm ein zweiter Gedanke.

Etwas Besseres hätte seinem Wahlkampf wahrscheinlich nicht passieren können.

Man würde Mitgefühl mit ihm haben, von ihm inspiriert werden, ihn als triumphierenden Überlebenden sehen. Wie viele politische Anführer hatten schon Mordkomplotte überlebt? Teddy Roosevelt, Richard Nixon, Ronald Reagan. Und er, Anthony Rollins, Kongressabgeordneter aus Virginia, hatte sich gerade ihrem illustren Kreis angeschlossen. Dank eines unfähigen Attentäters war er dem Oval Office nun sehr viel näher.

In den kommenden Tagen würde er eine ergreifende Rede verfassen, in der er die Gewalt und den Hass verurteilte, die ihn hatten zu Fall bringen wollen, um eventuelle Opfer trauerte und seine amerikanischen Mitbürger aufforderte, im Angesicht der Angst trotzdem weiterzumarschieren.

Sie werden es schlucken, dachte Anthony. *Ich werde ein verdammter Held sein.*

HANK

Die Frau wollte ihm helfen, das begriff er. Sie hatte auf ihn geschossen, und jetzt wollte sie ihn retten.

»Nein, nein, nein, nein, nein«, flehte sie immer wieder. »Ich habe nicht auf Sie gezielt!«

Die Attentäterin drückte ihre Hände fest auf die Wunde in seinem Bauch. Ihr Gesicht war so nah, dass Hank die Tränenspuren auf ihrer Haut sehen konnte, die Bläschen, die sich in ihren Nasenlöchern bildeten. Kastanienbraune Haarsträhnen streiften seine Nase.

»Es tut mir leid«, schluchzte sie. »Es tut mir so leid.«

Sie streckte weiter die Arme nach ihm aus, als ein paar tapfere Umstehende sie hochzerrten und von ihm wegzogen.

An die Stelle der Frau traten bekanntere Gesichter, Lea und Terrell, die sich hinknieten, um die Hände auf Hanks Wunde zu drücken, die plötzlich verdammt wehtat, weil das Adrenalin nachzulassen begann. Seine Haut brannte, und es klingelte in seinen Ohren.

»Du wirst wieder gesund«, flüsterte Lea.

»Er schafft das, das wird wieder!«, rief Terrell und versuchte, alle zu beruhigen. »Er hat noch ein paar Jahre vor sich, wie wir anderen auch.«

Hank drehte den Kopf und erhaschte einen Blick auf Ben, der bebend Mauras Hand umklammerte. Ben würde es den anderen erklären müssen.

Dann schoben sich wieder andere Gesichter vor ihn. Sanitäter mit einer Trage und einer Sauerstoffmaske.

Als Arzt hatte Hank die letzten Atemzüge von hundertneunundzwanzig Patienten miterlebt. Jeder einzelne stand ihm deutlicher vor Augen als gemeinsame Erinnerungen mit Lucy oder Anika oder seinen Eltern in seiner Kindheit. Die friedlichen Momente und die schmerzhaften. Die, mit denen man gerechnet hatte, und die, die einen eiskalt erwischten. Er sah jede Nulllinie auf dem Monitor vor sich. Ein straff über den Bildschirm gespannter Faden.

Hank hatte immer gewollt, dass sein eigener letzter Moment ruhig verlief, aber der Aufruhr der Menge und die Sirenen des Krankenwagens verhinderten das.

Als die Gummibänder der Sauerstoffmaske über seinen Kopf gezogen wurden, fragte er sich, was wohl kommen würde. Er hatte höllische Angst und konnte sich nur an der Hoffnung festklammern. Der Hoffnung, dass er an einen schönen Ort kommen würde. Der Hoffnung, dass sein Vater dort auf ihn warten würde. Der Hoffnung, dass seine Mutter zurechtkommen und irgendwann zu ihnen stoßen würde.

Bens Gesicht tauchte über ihm auf. Offenbar war Ben den Sanitätern gefolgt und hatte Hank gerade noch erreicht, bevor er in den Krankenwagen geladen wurde.

»Die ganzen Menschen mit den langen Fäden, von denen du dachtest, du hättest sie gerettet«, sagte Ben, »hast du *wirklich* gerettet. Ihre Fäden sind lang, weil du dazu bestimmt warst, sie zu retten. Ihre Fäden sind wegen *dir* lang.«

Bens Gesicht verschwand, als die Krankenwagentüren geschlossen wurden, und Hank schloss die Augen, allein mit seiner Hoffnung.

JACK

Eigentlich hätte Jack an der Kundgebung in Manhattan teilnehmen sollen. Katherine hatte ihn gedrängt, doch er hatte gelogen und gesagt, er sei krank.

Gott sei Dank war er nicht dort gewesen und hatte mit ansehen müssen, wie ein unschuldiger Mann bei der Veranstaltung seines Onkels getötet wurde, von der Kugel, die für Anthony bestimmt gewesen war. Er konnte nicht verstehen, wie es so weit hatte kommen können, wie das Tun seiner Familie im Tod eines Menschen hatte enden können. Wie Jack an einem heißen Tag Ende August auf das Foto des Mannes starren konnte, der gestorben war, nur wenige Meter von seiner Tante und seinem Onkel entfernt.

Der Arzt hatte kurze schwarze Haare, tiefe Falten um den lächelnden Mund, einen leichten Bartschatten auf den Wangen und ein Stethoskop um den Hals. Wahrscheinlich war das sein offizielles Mitarbeiterfoto aus dem Krankenhaus, dachte Jack.

Er fragte seinen Vater, wie es Anthony und Katherine ging.

»Deine Tante ist natürlich erschüttert, dass sie von dieser Verrückten angegriffen wurden«, sagte sein Vater. »Aber alles in allem habe ich den Eindruck, dass es ihnen bemerkenswert gut geht. Die Umfragewerte deines Onkels sind seit dem Attentat sogar noch gestiegen.«

Es ging ihnen bemerkenswert gut? Sie hatten schon wieder die Umfragewerte im Blick? Hatten sie denn nicht mit angesehen, wie ein Mann erschossen wurde?

Jack wollte nicht glauben, dass seine eigene Familie den Tod dieses Mannes verursacht haben könnte. Ja, viele seiner Verwandten hatten in Kriegen gekämpft, aber das hier war etwas anderes. Das hier war ein Park in Manhattan, kein Kampfgebiet. Und bis zu diesem Sommer hatte Jack ernsthaft geglaubt, dass seine Familie ihre größten Verbrechen gegenüber ihren eigenen Angehörigen begangen hatte, gegen Angehörige wie Jack und seine Mutter, die nicht in die von den Vorfahren gefertigte Form passten.

Jack war bewusst, dass er in vielerlei Hinsicht Glück hatte, zur Familie Hunter mit ihren Privilegien und Verbindungen zu gehören. Doch Anthonys Wahlkampf hatte etwas Neues entfesselt, etwas Dunkles, etwas, das alle anderen Schwächen der Familie banal wirken ließ.

Die meisten Berichte über das Attentat sprachen davon, der Arzt habe dem Abgeordneten Rollins das Leben »gerettet«.

Doch Jack las einen Artikel im Internet, in dem ein Freund erklärte, dass das Opfer, Hank, eigentlich an der Anti-Rollins-Demonstration teilgenommen hatte.

Hatte Hanks Hass auf Anthony zu seinem Tod geführt? Seine Leidenschaft für die Sache der Kurzfaden? Jack wollte den Grund dafür herausfinden, die Motivation, die Hank offenbar wichtig genug gewesen war, um sich vor eine Pistole zu werfen. Sosehr er sich auch bemühte – und an der Academy hatte er es immer wieder versucht –, Jack konnte sich immer noch nicht vorstellen, dass ihm *irgendetwas* so wichtig war, dass er dafür bereitwillig sein Leben riskieren würde. Die anderen Kadetten hatten diese Hingabe, ebenso wie Javier, der immer noch eifrig seine Militärlaufbahn verfolgte, selbst nachdem er seinen Faden erhalten hatte. Jack fragte sich, wie es sich wohl anfühlen mochte, so sicher zu sein, so überzeugt. Zu spüren, dass nichts an einem selbst falsch war.

Jack fuhr vor dem Haus seiner Tante und seines Onkels vor und holte tief Luft. Heute musste er es tun. Egal wie viele Stunden er über die Schwächen seiner Familie nachdachte, sie waren immer noch seine Familie. Er konnte sich nicht ewig vor ihnen verstecken. Und er hatte der Army bereits von seinem »kurzen Faden« erzählt, er musste es also echt aussehen lassen.

Doch er hatte sich bewusst für den Nachmittag entschieden. Anthony würde bei der Arbeit sein, und er würde nur mit seiner Tante sprechen müssen.

»Gott sei Dank warst du nicht bei der Kundgebung mit dieser schrecklichen Demonstration«, sagte Katherine und zog ihren Neffen in ihre Arme. Jacks Vater zuckte bei körperlicher Nähe zusammen, doch Katherine umarmte immer alle gern.

»Ich weiß, dass das für dich und Onkel Anthony nicht leicht war, aber ich, äh, muss dir etwas sagen«, begann Jack, während Katherine ihm eine Tasse Kaffee einschenkte. »Du weißt sicher, dass die Army eine Offenlegung des Fadens fordert. Daher wollte ich, dass du von mir erfährst, dass er … kurz ist.«

Katherines Hand zitterte, als sie die Kaffeekanne abstellte. »Wie kurz?«, fragte sie leise.

»Er scheint irgendwo zwischen sechsundzwanzig und achtundzwanzig aufzuhören«, sagte er. (Jack sprach von seinem kurzen Faden immer nur von »er«, nie von »meinem Faden«, wahrte immer die sprachliche Distanz.)

»Oh, Jack, ich weiß nicht, was ich sagen soll. Das tut mir so leid.« Katherines Stimme brach.

»Schon gut. Bitte weine nicht wegen mir«, bat Jack, dem ihre Reaktion plötzlich unangenehm war. Aber was hatte er denn anderes erwartet? Er wusste, dass seine Tante genauso ehrgeizig sein konnte wie sein Onkel und unerschütterlich hinter ihm stand. Doch sie war es auch, die Jack als Kind Actionfiguren von G.I. Joe und Captain America geschenkt hatte, und die tiefgefrorenes Essen vorbeigebracht hatte, nachdem seine Mutter fortgegangen war. Natürlich würde sie bei solchen Neuigkeiten weinen.

Er verdiente ihre Tränen nur nicht.

»Wirklich, es geht mir gut«, versicherte er ihr, auch wenn er den Gedanken nicht unterdrücken konnte, dass ihr eigener Mann an diesem ganzen Dilemma schuld war. Wenn er nur etwas in Javiers Namen sagen, ihr vielleicht sogar die Wahrheit anvertrauen könnte.

Nachdem seine Mutter ihn verlassen hatte, hatte Jack gehofft, dass seine Tante, die kleine Schwester seines Vaters, ihren Platz einnehmen könnte. Manchmal war es ihr auch gelungen. Doch sie hatte nie Jacks Mutter sein wollen. Sondern Mrs. Rollins.

Sie wollte die Bilderbuchehe, den begehrten gesellschaftlichen Status, sie wollte über Dinnerpartys herrschen und Benefizveranstaltungen und Jachtclubs und vielleicht eines Tages sogar über das ganze Land. Und Hunters bekamen immer, was sie wollten.

»Du bist sehr tapfer«, sagte Katherine schließlich. »Die ganze Familie wäre stolz auf dich.«

Und das war vielleicht noch schlimmer als die Tränen.

»Danke.« Mehr brachte Jack nicht heraus. »Ich sollte jetzt wahrscheinlich zurückfahren. Bevor der Verkehr zu stark wird.«

»Ich bin für dich da, wenn du mich brauchst«, sagte Katherine. »Dein Onkel auch.«

Letzteres bezweifelte Jack.

Katherine lächelte, als sie ihm die Tür öffnete, und Jack war froh, als er kurz darauf allein im Wagen saß.

Zu Hause ließ er sich erschöpft und voller Schuldgefühle aufs Bett fallen.

Das Lügen war schon schwer genug; musste seine Tante auch noch seinen stoischen Mut loben? Seine klassische Hunter-Tapferkeit? Dass er seine Familie stolz machte?

Er hatte ihre Bewunderung nicht verdient und schon gar nicht ihr Mitleid. Jack wurde schlecht bei der Vorstellung, dass sie wegen seines angeblich kurzen Fadens um ihn weinte, während um Javier niemand weinte. *Er* war derjenige, der wirklich tapfer war, nicht Jack.

Als Jack sich aufsetzte, starrte er auf seinen halb offen stehenden Schrank und die unordentlichen Kleiderhaufen auf dem Boden, die schief auf den Bügeln hängenden Sakkos. Die Army hätte dieses Durcheinander niemals geduldet. Genauso wenig wie die Lügen, die er seiner Tante erzählt hatte, Lügen, die aus Angst entstanden waren.

Als Jacks Blick auf seine Uniform fiel, die ganz hinten hing, frisch gebügelt und immer noch in dem Plastiksack der Reinigung, löste das etwas in ihm aus. Er hastete zum Schrank und riss alles von der Academy oder der Army heraus – Sweatshirts auf Kleiderbügeln, T-Shirts in

Fächern, eine gefaltete Jogginghose –, jeden Beweis dafür, dass er einmal versucht hatte, sich anzupassen. Dann schob er den ganzen unordentlichen Haufen kränkender Kleidungsstücke unter sein Bett.

ANTHONY

Wie Anthony erwartet hatte, stiegen seine Umfragewerte nach der Kundgebung sprunghaft an. Seine Botschaft fand Gehör. Die Menschen waren verängstigt. Und bei ihm suchten sie Hilfe.

Gerade als Anthony dachte, es könne nicht besser werden, fand die Polizei in der Wohnung seiner Möchtegernmörderin eine Box mit einem kurzen Faden. Sie hatte nur noch ein paar Jahre zu leben. Darüber musste sie verrückt geworden sein, folgerte die Öffentlichkeit. Ein weiterer Grund, warum man Kurzfaden nicht trauen konnte, warum Anthony die ganze Zeit recht gehabt hatte.

Twitter explodierte geradezu.

> Noch so ein Durchgeknallter mit kurzem Faden!! Echt keine Überraschung!

> Das Krankenhaus, das Einkaufszentrum, das Bombenattentat, jetzt das. Wir dürfen nicht zulassen, dass diese Menschen unser Land terrorisieren!

> Die Lehrerin meines Kindes in der vierten Klasse hat einen kurzen Faden. Muss ich mir Sorgen um die Sicherheit meiner Tochter in der Schule machen?

An alle, die die Schützin verteidigen und dem Kongressabgeordneten Rollins die Schuld geben: Schämt euch! Ein kurzer Faden darf keine Rechtfertigung für Mord sein.

Welcher Vollpfosten hat dieser Feminazi-Kurzfaden-Braut überhaupt eine Waffe gegeben??

Anthony war es ziemlich egal, worüber die Sklaven des Internets stritten, doch sein Wahlkampfleiter war hocherfreut. Die landesweite Diskussion schien sich weiter zu ihren Gunsten zu verschieben.

Die Fäden waren immer noch ein neues Phänomen, weshalb jegliche Gewalt, die durch ihre Ankunft ausgelöst wurde, eine *neue* Form der Gewalt war. Dass der Schütze eine Frau war, kam Anthony nur zugute. Vor den Fäden waren weibliche Attentäter eine Seltenheit im Land, jetzt aber konnte *jeder* mit einem kurzen Faden als potenzielle Bedrohung wahrgenommen werden. Die bisherigen Konzepte von Recht und Ordnung genügten einfach nicht mehr. Und Anthony positionierte sich als einziger Kandidat als Kämpfer, der für die Schlacht gerüstet war.

Auch wenn Wes Johnson immer noch versuchte, an das Gewissen und die Moral der Menschen zu appellieren, wurden den meisten anderen Kandidaten Klischees zum Verhängnis: Die Ivy-League-Professorin war zu weltfremd, der forsche Gouverneur zu grob, die konservative Kongressabgeordnete zu mütterlich. Es war klug von Anthony gewesen, sich auf die Fäden zu konzentrieren, sich das hervorstechendste Thema auf die Fahnen zu schreiben, bevor *ihn* jemand in eine Schublade stecken oder, noch schlimmer, als unwichtig abstempeln konnte.

Schon nach wenigen Tagen forderten die Ersten, Kurzfaden den Erwerb von Waffen zu verbieten, und Anthony erklärte sich sofort bereit, mit der Ausarbeitung eines entsprechenden Gesetzes zu beginnen. Sogar die Wissenschaft schien auf seiner Seite zu sein. In derselben Woche, in der Anthony mit der Arbeit an seinem Gesetzesentwurf begann, ließ ein Team aus japanischen und amerikanischen Wissenschaftlern eine Bombe platzen: eine aktualisierte Version ihrer Website zur Vermessung von Fäden. Keine Zeitfenster von mehreren Jahren mehr, keine Schätzungen oder Zeitspannen. Sondern eine einzige Zahl. Ein konkretes Sterbealter.

Nachdem die Daten von weiteren sechs Monaten eingespeist worden waren, konnten die Leute ihre Fäden jetzt bis auf den Monat genau vermessen.

Je präziser die Technologie, dachte Anthony, desto leichter konnte man neue Regeln für die Kurzfaden aufstellen.

»Was für ein großartiger Tag.« Anthony lächelte, als er in der Diele sein Jackett abstreifte. Seine Frau war wohl im Wohnzimmer. »Das neue Gesetz, das Kurzfaden den Erwerb von Waffen verbietet, dürfte das erste Waffengesetz sein, das seit Jahren vom Kongress verabschiedet wird. Unglaublich.«

»Ich bin mir nicht sicher, ob wir sie weiter verfolgen sollten«, ertönte Katherines Stimme.

»Wen verfolgen?«

»Kurzfaden.«

Anthony war überrascht. Er ging ins Wohnzimmer, wo seine Frau traurig auf dem antiken Sofa saß. »Wie kommst du denn jetzt darauf?«, fragte er.

»Du wurdest gerade fast erschossen, und ich glaube, wir haben die Konsequenzen nicht genau bedacht.«

Anthony wusste, dass das versuchte Attentat sie aus der Bahn geworfen hatte, auch wenn die Kugel gar nicht in ihre Nähe gekommen war. Ihm war wohl nicht klar gewesen, wie sehr sie sich Sorgen machte.

»Wir haben beide sehr lange Fäden«, sagte er und versuchte, beruhigend zu klingen. »Uns passiert nichts. Die Fäden sind der Beweis.«

»Das ist nicht mal ansatzweise so tröstlich, wie du zu glauben scheinst«, erwiderte Katherine. »Das heißt nur, dass wir nicht *getötet* werden. Es können einem noch viele andere schlimme Dinge zustoßen.«

»Wir haben uns beide für ein Leben in der Politik entschieden«, sagte er. »Wir wussten, worauf wir uns einlassen.«

»Vielleicht ist die Strategie mit den Fäden aber nicht mehr die richtige.«

»Moment mal, es war schließlich *deine* Idee, dass wir auf Wes Johnsons Faden abzielen sollten. *Ich* habe nur danach gehandelt. Und warum stellst du etwas infrage, was uns bisher so gut weitergeholfen hat?«

»Jack war heute hier«, sagte Katherine. »Er hat mir erzählt, dass sein Faden kurz ist.«

Anthony setzte sich mit einem Seufzer neben seine Frau und nahm sanft ihre Hand. »Wie furchtbar. Er ist ein guter Junge.«

»Das weiß ich, deshalb kann ich nicht verstehen, warum ausgerechnet ihm das zustößt! Oder meinem Bruder. Unsere Familie hat diesem Land stets gute Dienste geleistet, und das ist jetzt der Dank? Mein Bruder muss sein einziges Kind verlieren? Nachdem er schon von dieser Hippiefrau im Stich gelassen worden ist und Jack allein aufgezogen hat! Und nach den ganzen Jahren harter Arbeit, um das Erbe meines Vaters weiterzuführen, wird

Jack in eine erbärmliche Ecke des Militärs verbannt, bis er vor seinem dreißigsten Lebensjahr stirbt? Was ist daran fair?«

Anthony ließ seine Frau eine Minute lang weinen, während er überlegte, was er sagen sollte.

Er konnte nicht zulassen, dass sie von ihrem Weg abkamen, vor allem jetzt, wo er gerade richtig in Schwung gekommen war. Er brauchte Katherine an seiner Seite. Seit sie sich auf dem College kennengelernt hatten, er im Abschlussjahr mit einem weiterführenden Jurastudium als Ziel und sie im zweiten Jahr, wusste er, dass sie sein Gegenstück war. Sie teilte seine Träume und seinen Ehrgeiz, und ihr familiärer Hintergrund hätte wirklich nicht besser sein können. Ihre Familie konnte ihre Abstammung bis zur Amerikanischen Revolution zurückverfolgen, verdammt noch mal! Deshalb tolerierte er ihre anfängliche Verklemmtheit, ihre gelegentlich anmaßende Selbstgerechtigkeit. Sie hatte den nötigen Stammbaum und die gesellschaftlichen Umgangsformen, um erfolgreich zu sein, und die Härte, zu tun, was nötig war. Nachdem sie zwei Minuten vor dem Finale der College-Debattiermeisterschaften »versehentlich« ihren Kaffee über seinem Gegner verschüttet hatte, hatte er ihr gesagt, dass er sie liebte.

Katherine glaubte an ihn. Sie glaubte an sie *beide als Paar.* Sie war immer eine Bereicherung gewesen. Anthony würde nicht zulassen, dass sie jetzt zu einer Belastung wurde.

»Deine Familie ist sehr stark«, sagte er. »Ihr werdet das durchstehen.«

Katherine griff nach einem Taschentuch, um sich die Nase zu putzen. »Aber wenn es ein Zeichen dafür ist, dass wir die Dinge ... neu bewerten sollten?«

»Du bist verständlicherweise gerade sehr durcheinander«, fuhr Anthony ruhig fort. »Aber das ändert nichts. Wir sind dem Weißen Haus so nahe, das spüre ich. Wir haben uns das verdient. Wir *beide.*«

»Und du glaubst, Jack *verdient,* was ihm passiert?«, fragte Katherine aufgebracht, weil er so gleichgültig reagierte.

»Nein, natürlich nicht.« Anthony schüttelte den Kopf. »Aber ich glaube, dass wir uns *unseren* Erfolg verdient haben. Wir beschützen die Zukunft dieses Landes. Geben den Menschen, was sie wollen. Weißt du noch, unser erstes Date im Café auf dem Campus? Ich habe dir erzählt, dass ich eines Tages Präsident werden möchte, und du hast nur gesagt: ›Okay. Das schaffen wir.‹ Und dann hast du weiter deinen Latte getrunken, als sei nichts gewesen. Ich wusste nicht, ob du verrückt warst oder einen Witz gemacht hast oder was auch immer. Aber es war dir todernst.« Anthony lächelte.

»Das weiß ich noch.«

»Du hattest so viel Vertrauen in uns, sogar damals, als wir nur zwei Kinder waren.« Anthony berührte die Wange seiner Frau, ihre Haut war weich und feucht unter seinem Daumen. Er sah ihr tief in die Augen. »Glaubst du jetzt auch an uns?«

»Das weißt du doch«, sagte sie.

»Und glaubst du, dass Gott das hier für uns will?«

»Ja.«

»Ich auch. Wir *sollen* das tun, wir sind dazu bestimmt.« Anthony legte seiner Frau den Arm um die Schultern, und Katherine lehnte den Kopf an seine starke Brust, schmiegte sich an seine tröstliche Vertrautheit.

»Ich weiß, dass wir uns gerade auf einem schwierigen Weg befinden«, sagte Anthony und strich seiner

Frau über die Haare. »Aber nur so werden wir gewinnen.«

Erst als Katherine eingeschlafen war, dachte Anthony an Jack.

Er und seine Frau hatten nie Kinder gewollt. Kinder hätten nicht in ihrer beider Lebensplan gepasst, und Katherine schien damit zufrieden zu sein, bei Geburtstagen und Abschlussfeiern die vernarrte Tante zu spielen, ihrem Bruder zu helfen, wenn dieser überlastet war, und dann in das aufregende Leben zurückzukehren, das sie sich mit Anthony aufbaute.

Natürlich hatte Anthony Mitleid mit seinem Neffen und dessen kurzem Faden. Seiner Meinung nach hatte Jack schon immer ein wenig fehl am Platz gewirkt, das dürre Kind bei Familientreffen, das meistens als Letzter als Partner für den Dreibeinlauf ausgewählt wurde. Er hatte nie den gleichen Kampfgeist, dachte Anthony. Wahrscheinlich hatte er zu viel von seiner unzuverlässigen Mutter geerbt, die wie irgendeine Sozialistin nach Europa abgehauen war. Anthony hoffte nur, dass der kurze Faden Jack nicht zu etwas Unüberlegtem verleiten würde, zu etwas, das seinen und Katherines guten Namen beschmutzen könnte.

Und dann wurde es ihm klar. Die Demonstrationen und das versuchte Attentat hatten erschreckend, wenn auch kaum überraschend deutlich gemacht, wie wenig beliebt Anthony bei Wählern mit kurzem Faden war. Vielleicht hatte Jack ihm gerade einen Ausweg geliefert.

MAURA

Die Berichterstattung über die Schießerei dauerte tagelang an: »Toter Arzt ein Held«. Die Fernsehmoderatoren betrauerten das Martyrium eines engagierten Arztes, der einen Kongressabgeordneten und viele Zuschauer vor einem möglichen Amoklauf bewahrt hatte. Nur wenige Berichte erwähnten, dass Hank nur bei der Kundgebung gewesen war, um gegen den Kongressabgeordneten und seine Politik zu protestieren.

In den Tagen und Wochen nach seinem Tod war Maura angespannt, haltlos. Doch sie musste sich trotzdem jeden Abend den Wecker stellen, am nächsten Morgen mit der U-Bahn in die Arbeit fahren und an ihrem Platz auf eine Tabelle starren und dem Kaugummiknallen ihres Kollegen lauschen. Mauras Abteilung wurde verkleinert, jedes Team musste seine Budgets kürzen, und obwohl Maura sich nie von ihren Jobs hatte definieren lassen, hatte ihr die Arbeit im Verlag immer gefallen – das Verfassen cleverer Bildunterschriften für Social-Media-Posts, Brainstorming für neue Werbestrategien, die ganzen interessanten Zusammenkünfte von kreativen Köpfen –, doch jetzt nicht mehr. Hank war tot, ihr eigenes Leben geriet aus den Fugen, die ganze *Welt* schien in Flammen zu stehen, und dennoch wurde von ihr erwartet, weiter Pressemitteilungen zu verschicken und überflüssige Ausgaben einzusparen, als ob sich überhaupt nichts geändert hätte?

Natürlich brauchte Maura ihr Gehalt. Sie konnte nicht einfach wegen ihres Fadens kündigen. Und sie konnte eine Entscheidung nicht einmal in Erwägung ziehen, ohne dass die Warnungen in ihrem Kopf kreisten: *Du hast einen kurzen Faden. Deine Möglichkeiten sind begrenzt. Deine Zeit ist kostbar. Triff eine weise Wahl.*

Da wurde Maura klar, warum Hanks Tod sie so aus der Bahn geworfen hatte. Es lag nicht nur an dem immensen Verlust oder der schockierenden Gewalt. Sondern daran, dass Hank der Erste war.

Natürlich war er nicht der erste Bekannte, der gestorben war, aber der erste *mit kurzem Faden,* den Maura kannte und der am Ende seines Fadens angelangt war. Der keine Möglichkeiten mehr hatte, keine Zeit mehr.

Und deshalb fragte Maura sich, wie ihr Ende wohl aussehen würde. Die Schere, die den Faden durchschneiden würde.

Nina, mit ihrem herrlich langen Faden, hatte eigentlich zwei Geschenke bekommen: ein langes Leben *und* einen potenziell natürlichen Tod, der vielleicht im Schlaf kommen würde, wenn sie alt und müde und bereit war. Das friedliche Ende, das wir alle verdienten, das aber nur wenigen Glücklichen zuteilwurde.

Maura hatte nicht so viel Glück.

Die Wissenschaft machte rasche Fortschritte, die Messungen wurden immer genauer. Das Zeitfenster, in dem das eigene Leben enden würde, wurde von Minute zu Minute kleiner. Sowohl Kurz- als auch Langfaden besuchten noch einmal die aktualisierte Website, um ihre Lebenserwartung zu korrigieren. Aber die präzisen Angaben schürten nur die Angst, denn was einst eine

Handvoll Jahre war, wurde zu einer Saison, zu einem Monat.

Und Maura hörte von Kurzfaden, die sich ihrem Lebensende näherten, ohne offensichtliche Krankheit, verfolgt von Angst und Ungewissheit. Die zögerten, bevor sie eine Straße überquerten, am U-Bahnsteig weit weg von den Gleisen standen. Es klang unglaublich anstrengend. Ein schreckliches Gefühl der Machtlosigkeit. Maura war nicht überrascht, dass einige Kurzfaden offenbar ein Netzwerk gebildet hatten, um an spezielle Tabletten zu gelangen, entweder über mitfühlende Ärzte oder Händler im Ausland, und die sich dafür entschieden, mit ihren geliebten Menschen an der Seite sanft zu entschlafen, anstatt noch ein paar Tage länger auf einen möglicherweise schmerzhaften Unfall zu warten. Es war ein komplexes Thema – Ninas Zeitschrift hatte gerade über den Trend berichtet –, nachdem diese Kurzfaden scheinbar gesund waren, ihr Handeln nach wie vor illegal. Aber hatten sie nicht die gleichen Rechte wie unheilbar Kranke?, fragte sich Maura. Die Chance, am Ende ihres Lebens ihre Macht, ihre Freiheit auszuüben?

Maura beschloss, die Website nicht noch einmal aufzurufen und ihren Faden genauer zu vermessen.

Sie wusste bereits genug.

Und diese spezielle nagende Frage – das eine, was sie *nicht* wusste – versuchte sie, so tief wie möglich in sich zu vergraben. Hin und wieder tauchte es aber trotzdem auf, und falls sie sich dem doch einmal ergab, versuchte sie sich stattdessen auf die Varianten zu konzentrieren, die sicherlich nie eintreten würden.

Ein Haiangriff. Ein defekter Fallschirm. Die beiden konnte sie zumindest ausschließen. War das nicht beruhigend?

Den Biss einer giftigen Schlange. Vom Blitz getroffen werden. Unterernährung. Alles unwahrscheinlich.

Doch Hanks Tod – bei einer Demonstration erschossen zu werden – war auch sehr unwahrscheinlich. Wenn man Hank vor einem Jahr gesagt hätte, dass er bei einer »Kurzfaden-Demo« sterben würde, hätte er nicht einmal den Ausdruck verstanden. Wer hätte ahnen können, dass er von einer Frau erschossen werden würde, die auf den korrupten Politiker hinter ihm gezielt hatte?

Vielleicht war er aber auch einfach so gestorben, wie er gelebt hatte, wurde Maura schließlich klar. Seinem Schwur entsprechend, Leben zu retten, selbst das der Menschen, die das vielleicht nicht verdient haben mochten.

Als Maura am Sonntagabend zum Gruppentreffen kam, saß Chelsea auf den Eingangsstufen der Schule, rauchte träge eine Zigarette und schwitzte in der schwülen Sommerhitze, die auch nach Sonnenuntergang kaum nachließ. Das Treffen würde erst in ein paar Minuten beginnen, weshalb sich Maura neben sie setzte.

Chelsea bot ihr die Zigarette an. »Rauchst du?«

»Nur ein paar Mal, im College«, antwortete Maura. »Aber das war natürlich *Gras* ...«

Chelsea lachte und nahm einen weiteren Zug.

»Wenn Doc jetzt hier wäre, würde er mich wahrscheinlich schimpfen, weil ich nicht aufhöre«, sagte sie. »Aber manchmal habe ich das Gefühl, als wäre das einzig Gute an einem kurzen Faden, dass ich wieder ungeniert rauchen kann. Was auch immer mich erwischen wird, ist schon da, ob es nun Lungenkrebs oder etwas anderes ist.«

Bei den ersten Treffen, damals im April, hatte sich Maura Gedanken über Chelsea gemacht, über den natürlichen Orangeton ihrer Haare, der zu ihrem eher unnatürlichen Hautton passte. Maura war fasziniert, dass Chelsea auch mit ihrem kurzen Faden weiterhin alle zwei Wochen Bräunungsspray auftrug. Doch hier, auf der Treppe, als Chelsea die letzten Züge ihrer Zigarette genoss, bewunderte Maura ihre Hingabe. Was machte es schon, dass sie einen kurzen Faden hatte? Sie wollte immer noch ihr Leben genießen. Sie wollte immer noch braun sein.

»Und, hast du noch mal nachgesehen?«, fragte Chelsea. »Auf der neuen Website?«

Maura schüttelte den Kopf.

»War sicher die richtige Entscheidung. Man flippt viel leichter aus, wenn man ein konkretes Datum hat. Wenigstens musste Hank nicht an dem Tag aufwachen und denken: *Jetzt könnte es* wirklich *so weit sein.*«

Chelsea ließ den Zigarettenstummel auf den Boden fallen und trat die glühende Spitze unter dem Absatz ihrer Keilsandale aus. Dann stand sie langsam auf. »Wollen wir?«

Als die beiden Frauen das Klassenzimmer betraten, war die restliche Gruppe bereits im Gespräch.

»Er hätte uns die Wahrheit über seinen Faden sagen sollen«, sagte Lea.

Es war das erste Treffen seit Hanks Beerdigung.

»Diese Dr. Singh hat eine schöne Grabrede gehalten«, bemerkte Terrell. »Sie hat erzählt, Hank habe sie dazu inspiriert, bei Ärzte ohne Grenzen mitzuarbeiten. Ich bezweifle, dass einer meiner Verflossenen so nett wäre.«

»Hat man noch mehr über die Schützin herausgefunden?«, fragte Sean.

»Es scheint, als hätte sie *tatsächlich* auf Rollins gezielt«, sagte Ben. »Es wäre also wahrscheinlich nicht auf eine Massenschießerei hinausgelaufen.«

»Nur eins ist wirklich sicher«, bemerkte Nihal. »Ihr Faden ist fast aufgebraucht.«

Chelsea stöhnte. »Erst ermordet sie unseren Freund, und jetzt bringt sie uns alle in Verruf.«

Doch *Anthony* hatte den Anschlag mit der Box der Frau in Verbindung gebracht, dachte Maura, und ihre Beweggründe als die Wut eines Kurzfadens hingestellt. Über die Attentäterin war nur sehr wenig bekannt geworden. Sie war Anfang vierzig, unverheiratet, keine Kinder. Niemand aus ihrer Familie meldete sich, keine Freunde, weder, um sie in Schutz zu nehmen, noch, um ihr Entsetzen angesichts der Tat auszudrücken.

Doch der Anschlag – wie die anderen Gewalttaten zuvor – würde zweifellos die unterbewussten Vorbehalte befeuern, die in so vielen Köpfen brodelten, davon war Maura überzeugt. Würden sie beim nächsten Zusammentreffen mit einem Kurzfaden innehalten, nur für einen Moment? Würden sie sich fragen: *Kann ich diesem Menschen vertrauen? Bei allem, was er durchmacht? Dem ganzen Schmerz? Dem ganzen emotionalen Ballast?*

So jemand konnte doch nicht ... normal *sein?*

HERBST

AMIE

Manche Schüler kehrten im Herbst nicht zurück. Einige Eltern meldeten ihre Kinder von der Privatschule ab, weil sie die zusätzlichen Kosten nicht rechtfertigen konnten, wenn ein kürzerer Faden einen zukünftigen Einkommensverlust voraussagte. Mehrere Familien kehrten Manhattan in dem drängenden Bewusstsein den Rücken, dass das Leben kurz war und außerhalb der Stadt vielleicht von besserer Qualität sein würde. Eine Handvoll verließ sogar das Land.

Tatsächlich hatte die *Times* im September, sechs Monate nach der Ankunft der Fäden, genug Daten gesammelt, um zu zeigen, dass ein sehr kleiner, aber statistisch signifikanter Prozentsatz der amerikanischen Bevölkerung das Land verlassen hatte. Viele Auswanderer gingen einfach nach Kanada, während einige noch weiter nördlich nach Skandinavien reisten, wo die jahrelange gute Presse – die Länder zählten zu den glücklichsten Regionen der Welt und setzten sich mit am meisten für Gleichberechtigung ein – die Ängste vor dem endlosen Winter scheinbar übertrumpfte.

Schon lange vor den Fäden hatte Amie selbst mit dem Gedanken gespielt, umzuziehen und irgendwo ein neues Zuhause zu finden, wo das tägliche Leben etwas weniger teuer und ein bisschen weniger schwierig war. Aber die Stadt stimmte Amie immer wieder um, zog sie immer wieder zu sich. Auf jede verfilzte braune Ratte, die an ihren Füßen vorbeihuschte, kam ein farbenfroh blühender Garten in der Nachbarschaft. Auf jeden spätabendlichen Raubüberfall in den Nachrichten kam ein Spaziergang am späten Nachmittag durch den Park, in dem an jeder Ecke Musiker und Sänger eine andere Melodie beitrugen. Manche Dinge konnten nicht einmal die Fäden ändern.

Wenn doch nur ihre Schule dazugehörte.

Im August, eine Woche nach der Schießerei bei der Kundgebung des Kongressabgeordneten, hatte der Schulleiter eine E-Mail an die gesamte Belegschaft geschickt, in der er die anhaltende Gewalt im ganzen Land beklagte und allen sein Beileid aussprach, die durch die Ankunft der Fäden beeinträchtigt wurden.

»Ich verstehe den Druck, den viele Lehrer verspüren müssen, ihren Schülerinnen und Schülern in dieser schwierigen Zeit beizustehen«, hatte der Schulleiter geschrieben. »Doch angesichts der zunehmenden Brisanz des Themas und der jüngsten Fortschritte in der Fadenmessung empfehle ich allen Lehrkräften, im kommenden Herbst von einer eingehenden Diskussion der Fäden im Unterricht abzusehen.«

Die Eltern-Lehrer-Vereinigung war offenbar zu dem Schluss gekommen, dass ein so sensibles Thema allein den Eltern vorbehalten sein sollte.

Amie verstand die Herausforderungen, mit denen Familien konfrontiert waren, aber sie war nie mit der neuen Anweisung einverstanden gewesen, die die Lehrer so vollständig ausgrenzte. Sie war der Meinung, dass die Schule etwas bewirken konnte, indem sie die Fäden direkt ansprach, Bücher über Sterblichkeit und Verlust, über Mitgefühl und Vorurteile in den Lehrplan aufnahm.

Amie hatte durch ihren eigenen Briefwechsel mit »B.« sogar geplant, ein Brieffreundschaftsprogramm zwischen ihren Schülern und einem örtlichen Pflegeheim ins Leben zu rufen. Sie hatte gehofft, dass die Erfahrungen von Menschen, die so viele Jahrzehnte in einer sich verändernden Welt überlebt hatten, denjenigen eine nützliche Perspektive bieten könnten, die jetzt gerade erwachsen wurden, doch sie befürchtete, dass das Ganze ohne die Erwähnung der Fäden zu gekünstelt wirken könnte.

Am Ende des Sommers hatte sie ihre Bedenken dem Direktor vorgetragen, jedoch ohne Erfolg.

»Haben Sie Kinder, Ms. Wilson?«, hatte er sie gefragt.

»Nein, ich habe keine«, hatte sie geantwortet.

»Sosehr ich Ihren Idealismus auch bewundere, ich fürchte, Sie können nicht nachvollziehen, wie es unseren Eltern geht. Ich erhalte *jedes* Jahr zwei Dutzend Anrufe wegen unseres Sexualkundeunterrichts. Manche sagen, er käme zu früh für die Schüler, andere sagen, er käme zu spät, und wieder andere bemängeln die Unterrichtsinhalte an sich. Man kann es eben nicht allen recht machen. Aber die *Eltern* sind diejenigen, die das Schulgeld bezahlen. Sie müssen entscheiden, wann und wo und wie sie mit ihren eigenen Kindern über die Fäden sprechen.«

Der Schulleiter hielt einen Moment inne. »Wenn *Sie selbst* Mutter sind, werden Sie das sicher verstehen.«

Amie hatte nur genickt, verletzt, aber keinesfalls überrascht.

Ein paar Wochen später waren die Zahlen bekannt gegeben worden. Der Rückgang der Einschreibungen war schockierend.

Und dann, nur vier Tage nach Beginn des Herbstsemesters, wurde der ersten Lehrkraft gekündigt.

An jenem Morgen kam Amie in die Connelly Academy und sah einige Kollegen und ein paar verärgerte Eltern, die sich bereits vor dem Büro des Schulleiters versammelt hatten.

»Es war eine sehr schwierige Entscheidung«, sagte der Direktor und versuchte, die Gruppe zu beruhigen. »Aber wir müssen uns an den neuen Verhaltenskodex halten, der im August vereinbart wurde.«

»Was ist passiert?«, fragte Amie.

»Es geht um Susan Ford«, antwortete ein Kollege. »Anscheinend hat sie gestern eine Präsentation zu den Fäden abgehalten, inoffiziell, und den Zwölftklässlern erzählt, dass sie keine Angst davor haben müssten, einen kurzen Faden zu bekommen ... und dass sie keine Angst vor Kurzfaden haben sollten.«

»Das ist ja nicht unbedingt eine schlechte Botschaft«, meinte Amie.

»Ja, aber ... einige Eltern waren sauer. Das ist ein heikles Thema.«

Als Mrs. Ford niedergeschlagen das Büro verließ und eine Schachtel mit Postern in den Mülleimer warf, wurde die Menge wütend.

»Das ist lächerlich!«, rief ein Elternteil. »Wir bezahlen nicht dafür, dass unsere Kinder in einer Diktatur zur Schule gehen! Wir sollten zur Diskussion ermuntern und sie nicht unterdrücken!«

»Der Vorstand und der Elternbeirat haben bereits eine Entscheidung getroffen«, sagte der Schulleiter. »Bei unserer nächsten Sitzung in einem Monat können wir noch einmal darüber sprechen.«

Die Uhr schlug acht Uhr, und die ersten Schüler strömten ins Gebäude, weshalb sich die Gruppe widerwillig auflöste, um die Kinder nicht zu beunruhigen. Zwei der protestierenden Mütter trösteten Mrs. Ford, als wäre sie eines ihrer Kinder und keine erwachsene Frau.

Und Amie starrte traurig auf den Mülleimer vor dem Büro des Schulleiters, aus dem die Ecken von Mrs. Fords zerknitterten Postern ragten und vergeblich versuchten zu entkommen.

MAURA

Am Sonntagabend machte sich Maura auf den Weg zur Schule. Gedankenlos scrollte sie auf ihrem Handy durch Facebook und überflog einen Post mit schlechten Nachrichten nach dem anderen. Sie ertrug keine weitere Story über Anthony Rollins' florierenden Wahlkampf oder die Gründe, warum irgendein Milliardär glaubte, wir sollten auf den Mars auswandern und die Fäden hier auf der Erde lassen, doch dann hielt sie bei einer überraschenden Schlagzeile inne: »Fake-Faden-website enttarnt, Betreiber verhaftet.« Ein Mann in Nevada hatte offenbar in seiner Garage Fälschungen von kurzen Fäden hergestellt und sie online verkauft. Bevor man ihn festnahm, hatten Hunderte von Menschen diese Fäden gekauft, um grausame Streiche zu spielen und jemandes echten Faden gegen einen gefälschten kurzen auszutauschen. Als ob das das schlimmste Schicksal wäre, das man sich vorstellen konnte. Zur Zielscheibe des besten Scherzes der Welt zu werden.

Beinahe hätte sie ihr Handy auf dem Gehsteig zertrümmert.

Ein paar Mitglieder der Gruppe diskutierten gerade über diese Neuigkeit, als Maura ins Klassenzimmer kam.

»Hat noch jemand die Story über die gefälschten Fäden gesehen?«, fragte Nihal. »Hatte der Typ wirklich nichts Besseres zu tun?«

»Zuerst das beschissene Google-Dokument, in der die Fadenlängen von Menschen gesammelt werden, und jetzt das?«, beschwerte sich Carl.

»Vergiss nicht das neue Waffengesetz«, fügte Terrell hinzu. »Bisher konnte jeder in diesem Land mit einem Sturmgewehr herumlaufen, und niemanden kümmerte es, wer getötet wurde. Aber jetzt, nach jahrelanger Diskussion, machen sie bei Kurzfaden plötzlich Ernst?«

»Ehrlich, das ist nichts im Vergleich zu dem, was mein Vater mir erzählt hat«, sagte Chelsea. »Eine Frau in seinem Büro versucht, das volle Sorgerecht für ihre Kinder einzuklagen, mit der Begründung, dass ihr Ex-Mann einen kurzen Faden hat. Sie hat wahrscheinlich irgendeinen Mist zu seiner emotionalen Stabilität erfunden oder dass sie ihre Kinder vor unnötigen Belastungen schützen will.«

»Ach du Scheiße«, knurrte Terrell.

»Ich hoffe, der Vater kämpft um seine Kinder«, sagte Ben. »Auch wenn sie ihn verlieren werden, wissen sie wenigstens, dass er sie nicht einfach aufgeben wollte.«

»Und ich bin mir sicher, dass es noch mehr Proteste geben wird, wenn dieser Sorgerechtsstreit zu einer größeren Sache wird«, fügte Nihal hinzu.

»Habt ihr das nicht alle langsam satt?«, rief Maura plötzlich. »Es ist nicht fair, dass *wir* alles machen müssen.«

»Was meinst du?«, fragte Sean.

»Ich habe das Gefühl, als müssten wir uns ständig neu beweisen. Beweisen, dass wir nicht gefährlich oder verrückt sind. Beweisen, dass wir dieselben Menschen sind, die wir schon immer waren, bevor die Fäden aufgetaucht sind und man uns wie Ausgestoßene angesehen hat«, sagte Maura, und ihre Stimme brach vor Frustration.

»Wir waren alle bei den Demonstrationen. Wir wissen, wie es ist. Warum müssen *wir* dafür verantwortlich sein, etwas zu verändern? Haben die Kurzfaden nicht schon genug auszuhalten? Warum sind *wir* die Einzigen, die kämpfen?«

Als Maura an dem Abend nach Hause kam, spürte sie Ninas Sorge sofort.

»Alles in Ordnung?«, fragte Nina.

»Ja, ich bin nur ... müde«, antwortete Maura. »Die letzten sechs Monate waren lang.«

»Möchtest du darüber reden?«

Maura seufzte. »Du weißt ja, dass ich das Gefühl hatte, als würden sich so viele Türen vor mir schließen ... Die Arbeit war unbefriedigend ... Und jetzt kommen immer schrecklichere Nachrichten, und die Leute tun wirklich üble Dinge, und ich frage mich, ob ich nicht lieber *dagegen* ankämpfen als in einem Büro sitzen sollte«, sagte sie. »Doch dass ich immer wieder für mich kämpfen muss, fühlt sich auch wie eine ... Falle an.«

»Das tut mir so leid«, sagte Nina, das Gesicht schmerzvoll verzogen. »Kann ich irgendetwas tun?«

Maura schloss die Augen und holte tief Luft. »Legst du dich neben mich, bis ich einschlafe?«

Die beiden Frauen gingen schweigend ins Bett, und als sie nach ein paar Minuten noch wach waren, drehte Nina sich um und flüsterte: »Warum unternehmen wir nicht was?«

Maura drehte sich leicht verwirrt zu ihr. »Ich hätte dich nicht für so eine Nachteule gehalten.«

»Nicht *jetzt.*« Nina lächelte. »Aber bald. Lass uns irgendwohin fahren. Wo wir beide noch nicht waren.«

Maura war überrascht. »Meinst du das ernst?«

»Wenn du dich gefangen fühlst«, sagte Nina, »dann ist es vielleicht Zeit, dass wir hier rauskommen.«

»Das *klingt* großartig, aber ... können wir uns das leisten?«, fragte Maura.

»Wir verlassen New York so gut wie nie, wir haben es uns verdient, einmal Geld auszugeben. Vor allem für etwas Wichtiges.«

»Okay.« Maura spielte Nina zuliebe mit. »Wohin würden wir fahren?«

»Keine Ahnung, irgendwohin! Vielleicht irgendwo, wo es romantisch ist, wie Frankreich oder Italien.«

»Na ja, ich hatte ein Jahr Italienisch auf dem College, und ich habe es noch nie anwenden können ...«, sagte Maura. Doch dann hielt sie inne. »Du musst das nicht für *mich* tun.«

»Machst du Witze? Du weißt doch, wie gerne ich plane. Ich bin schon aufgeregt, wenn ich nur an die Stunden *denke,* die ich auf Tripadvisor verbringen könnte.«

Maura lachte. »Ich meinte nur ... Ich weiß, dass ich manchmal wirklich niedergeschlagen klinge ... Aber das wird auch wieder.«

»Das bezweifle ich auch nicht«, sagte Nina. »Du bist der stärkste Mensch, den ich kenne.«

Maura küsste Nina sanft auf die Stirn. »Okay. Morgen früh fangen wir mit dem Brainstorming an.«

Sie schmiegte ihre Wange ins Kissen, und die Finsternis des Tages – der Mann, der gefälschte Fäden verkaufte, die Frau, die ihren Mann verklagte – zog sich zurück. Stattdessen dachte sie an ein Poster, das sie in der Schule gefunden hatte. Es hatte aus einem Mülleimer geragt, der noch nicht geleert worden war. Maura hatte es nach dem Gruppentreffen entdeckt und in einem unbeobachteten Moment verstohlen mitgenommen.

Das Poster zeigte die zerknitterten Fotos von berühmten Persönlichkeiten, die alle früh gestorben waren: Selena Quintanilla, Kobe Bryant, Prinzessin Diana, Chadwick Boseman. *Ein Leben voller Sinn, egal, wie lang* stand in kursiver Schrift am oberen Rand.

Maura hatte keine Ahnung, wer das Plakat gestaltet hatte oder warum, aber sie fühlte sich irgendwie weniger allein, als sie es in den Händen hielt. *Jemand* war auf ihrer Seite. Jemand sah den Wert in ihrem Leben, im Leben aller Kurzfaden. Vielleicht war sie nicht die Einzige, die kämpfte.

Bevor der Schlaf sie mit sich riss, wusste Maura, wohin sie fahren wollte.

Sie sah noch immer die Fotos aus dem Italienischunterricht vor sich.

Die Kanäle, die Gondeln, die schillernden Masken.

Die schrecklichen Warnungen, Jahr für Jahr, dass die Stadt unterging.

Die Chancen stehen schlecht, das Wasser steigt immer weiter. *Aber noch steht sie,* dachte Maura.

Eine Kämpferin.

JAVIER

Javi hoffte auf einen Kampf.

Das TV-Duell im September war angekündigt als Revanche zwischen dem kontroversen Anthony Rollins, dessen aggressives Vorgehen gegen Kurzfaden ihn über Nacht bekannt gemacht hatte, und dem emotionalen Redner Wes Johnson, dessen Rede bei der ersten Debatte viele bewegt, aber Rollins nicht hatte in Schach halten können. Javi wartete sehnlichst darauf, dass Johnson an Rollins vorbeiziehen würde, ohne zu ahnen, was die beiden Kandidaten als Nächstes tun würden.

Jack war zu Besuch bei seinem Vater, weshalb Javi allein in ihrer Wohnung war und das Duell auf seinem Laptop ansah.

»Ich möchte zu Beginn auf die Gerüchte eingehen, die seit Juni über meine Kampagne kursieren«, begann Senator Johnson.

Und dann sagte er es.

»Ich schäme mich nicht zu erzählen, dass ich einen kürzeren Faden erhalten habe.«

Johnson sprach über das Gemurmel in der Menge und Javiers Überraschung hinweg weiter.

»Manche werden deshalb meine Eignung für dieses Amt infrage stellen«, fuhr er fort. »Ich möchte sie daran erinnern, dass *acht* Präsidenten unseres Landes während ihrer Amtszeit gestorben sind, darunter einige der besten politischen Führungskräfte, die unsere Welt je gesehen hat. Ihnen zu Ehren setze ich meinen Wahlkampf fort.«

Der Senator hielt einen Moment inne und holte tief Luft. »Außerdem möchte ich direkt zu meinen Brüdern und Schwestern mit kurzen Fäden sprechen, die heute Abend zuhören. Der große amerikanische Autor Ralph Waldo Emerson hat einmal geschrieben: ›Nicht die Länge des Lebens ist entscheidend, sondern die Tiefe.‹ Man braucht kein langes Leben, um etwas auf dieser Welt zu bewegen. Man braucht nur den *Willen* dazu.«

Der stürmische Jubel des Publikums hallte in Javier nach. Zum ersten Mal, seit er dem Fadentausch zugestimmt hatte, war er überzeugt, dass er die richtige Wahl getroffen hatte. Er würde etwas auf der Welt bewegen. Er hatte den Willen, wie Johnson gesagt hatte, und Jacks Faden würde ihm den Weg ebnen.

Der Moderator wandte sich an den Kongressabgeordneten Rollins, und Javi runzelte die Stirn beim Anblick von Jacks Onkel, dessen Haare akkurat gescheitelt waren und im Scheinwerferlicht glänzten. Sein glatt rasiertes Gesicht war zu einem falschen Grinsen verzogen. Ein Mann war bei Anthonys Kundgebung in New York getötet worden, und es schien ihn kaum zu berühren.

»Nun, zunächst möchte ich Senator Johnson für seinen Mut und seine ... *Verletzlichkeit* ... danken, die er heute Abend gezeigt hat«, sagte Anthony. »Ich weiß, dass einige Leute meine Reaktion auf die jüngste Gewalt in unserem Land kritisiert haben und glauben, dass ich mich unfair gegenüber Kurzfaden verhalte. Aber dies ist *keine* Frage der Fairness, sondern eine Frage der nationalen Sicherheit. Da ich selbst das Ziel eines vereitelten Anschlags war, werde ich alles tun, was nötig ist, um für

Amerikas Sicherheit zu sorgen. Da unsere Möglichkeiten zur Fadenmessung immer präziser werden, wird diese Aufgabe noch dringlicher. Aber denjenigen, die behaupten, ich hätte kein Mitgefühl für Kurzfaden, sei gesagt, dass sie vollkommen falschliegen. Mein Neffe ist Second Lieutenant in der U.S. Army, und ich bin stolz darauf, sein Onkel zu sein. Auch er hat einen kurzen Faden. Wenn ich Präsident bin, werde ich das Land nicht nur mit der Stärke von jemandem führen, der unsere Nation beschützen wird, sondern auch mit dem Mitgefühl von jemandem, der die Auswirkungen der Fäden in seiner eigenen Familie gespürt hat.«

Während das Publikum Rollins applaudierte, saß Javier wie betäubt auf seinem Bett, und die Euphorie von Johnsons Rede war wie weggeblasen.

Jacks Onkel führte Jacks kurzen Faden – der eigentlich *Javis* kurzer Faden war – zu seinem eigenen politischen Vorteil vor.

Javi war übel. Sein persönliches Unglück wurde dazu missbraucht, diesen gierigen, selbstsüchtigen Mann vielleicht tatsächlich an die Macht zu bringen.

Hatte *Jack* von Anthonys Plan für den heutigen Abend gewusst?

In den letzten Wochen hatte Jack kaum von seiner Tante und seinem Onkel gesprochen, doch Javi wusste, dass er seiner Familie endlich von seinem »kurzen Faden« erzählt hatte, was wohl auch der Grund dafür war, dass er immer öfter niedergeschlagen auf der Couch saß, Bier trank und lethargisch Barbecuechips aß. Ganz offensichtlich hatte er es Anthony vor dem heutigen Abend erzählt. Aber hatte Jack gewusst, dass sein Onkel ihn wie einen verdammten Bauern im landesweiten Fernsehen einsetzen würde?

Javier war zu wütend, um sich das Duell weiter anzusehen. Er klappte den Laptop zu, zog seine Turnschuhe an und ging joggen. Er lief durch die Nachbarschaft und bis nach Georgetown, wo er müde und keuchend auf die Stufen vor der Dahlgren Chapel sank.

Javi musterte die Studenten, die sich auf den Rasenflächen um ihn herum unterhielten, die lernten und flirteten. Der rote Backstein-Campus vibrierte vor frühherbstlicher Energie, die man nur an einem College spüren konnte. Viele Colleges hatten offenbar die Zahl der Studienberater auf dem Campus für das kommende Jahr verdoppelt, darunter einige, die speziell dafür ausgebildet waren, Studenten bei der Bewältigung ihres zweiundzwanzigsten Geburtstages zu helfen. Javi hörte, dass viele Studenten im Abschlussjahr geschworen hatten, ihre Boxen nicht zu öffnen. Der Hashtag #Lasstsiezu trendete kurz im Internet. Aber das war leichter getweetet als getan, dachte Javi. Selbst nach vier Jahren Ausbildung wusste er, dass er unmöglich vorhersagen konnte, wie er in einer hochgradig belastenden Situation reagieren würde. Egal wie entschlossen diese College-Kids waren, die wahre Prüfung kam, wenn sie ihre Box vor sich hatten.

Javi wischte sich den Schweiß vom Kinn, dann drehte er sich zu der kleinen Kapelle hinter ihm um und blinzelte gegen den Sonnenuntergang an.

Es war ihm etwas peinlich, dass er den ganzen Sommer über nicht zur Messe gegangen war. Als Kind hatten ihn seine Eltern jeden Sonntag mit in die Kirche genommen, und seine Mutter hatte ihm kleine Tamarindenbonbons zugesteckt, damit er auf der Bank nicht herumzappelte. An der Academy besuchte er noch die meisten Feiertagsgottesdienste, vergaß es aber immer öfter.

Die Fäden hatten offenbar bei vielen säumigen Gläubigen wie ihm ein Wiederaufleben der Religiosität ausgelöst. Javi erinnerte sich an mehrere Berichte in den Nachrichten, dass die Zahl der Gottesdienste in allen Religionen in den Monaten nach der Ankunft der Boxen zugenommen hatte, und die von Fotos von überfüllten Kirchen und Synagogen illustriert gewesen waren. Seine eigenen Eltern hatten erzählt, dass ihre Gemeinde mehr Zulauf denn je zuvor hatte, eine sehr willkommene Entwicklung nach den sinkenden Mitgliederzahlen in den letzten Jahren.

Javi war mit der Religion aufgewachsen. Er verstand, warum die Zahl der Gläubigen stieg, warum die Menschen hier Hilfe suchten. Für viele waren die Fäden entweder ein Beweis für Vorhersehung oder nur eine weitere Erinnerung an die Beliebigkeit des Lebens, an die Ungerechtigkeit des Glücks. Das Chaos fühlte sich jedoch bestimmt weniger willkürlich an, wenn man es als Teil von Gottes Plan akzeptierte.

Doch Javi war nicht davon überzeugt, dass es *tatsächlich* einen Plan gab, und er wollte glauben, dass die Menschen mehr waren als nur Autos, die Gott auf eine Straße gesetzt hatte. Er konnte allerdings den Trost nicht leugnen, den der Glaube mit sich brachte, die heimliche Erleichterung des Beichtstuhls, die Absolution durch die Hände des Priesters. Javi fragte sich, ob er den Tausch beichten sollte, die Lügen, die er mit Jack teilte und die sein Denken ständig beherrschten. Vielleicht würde es sein Gewissen beruhigen. Ehrlich gesagt, machte sich Javi jedoch viel mehr Sorgen über seine mögliche Bestrafung auf Erden als über himmlische Konsequenzen. Die militärische Disziplin war nur allzu real, die Standards peinlich genau. Javi konnte sich noch an seinen dritten

Monat an der Academy erinnern, als sieben Kadetten wegen Betrugs von der Schule verwiesen wurden und er den Jungen im Schlafsaal nebenan beobachtet hatte, wie er beschämt seine Sachen gepackt hatte.

Javier seufzte, stand langsam auf und betrachtete die Holztür der Kirche. Seine Beine waren immer noch wackelig von dem Lauf über das Kopfsteinpflaster, vor dem er aus lauter Wut vergessen hatte, sich zu dehnen. Egal wie hart er trainierte, wie stark seine Muskeln waren, sein Körper hatte immer noch seine Grenzen.

»Gott lädt uns nie mehr auf, als wir bewältigen können«, sagte Javis Mutter oft.

Würde sie das jetzt auch sagen, wenn er seinen Eltern die Wahrheit über seinen Faden erzählte? Dass Javi stark genug war, um damit umzugehen? Dass *sie* damit umgehen konnten?

Plötzlich musste Javi die Hand ausstrecken und an der Tür rütteln. Leicht überrascht stellte er fest, dass sie unverschlossen war, und er betrat die Kapelle, als die letzten Sonnenstrahlen durch die königsblauen und karminroten Buntglasfenster über dem Altar fielen. Weiter wollte er jedoch nicht hineingehen, weshalb er bei einem Regal mit Votivkerzen stehen blieb und sich fragte, ob er bei seiner gegenwärtigen Gemütslage überhaupt das Recht hatte, hier zu sein.

Er war wütend auf Gott, natürlich war er das. Hatte Gott ihm nicht seinen kurzen Faden gegeben?

Eine Nonne kam hinter Javier herein, nickte ihm verhalten lächelnd zu, als sie an ihm vorbeiging, und setzte sich in eine der Stuhlreihen. Die Falten in ihrer gebräunten Haut, die fröhlichen Fältchen in ihren Augenwinkeln, die Brille, die ihr die Nase hinunterrutschte – so vieles an ihr erinnerte Javi an seine Großmutter, die bei ihm und seinen Eltern gelebt hatte, als er ein kleines Kind gewesen war. Nachdem sie früh gestorben war, stammte ein Großteil seiner Erinnerungen an sie von dem Foto auf dem Nachttisch seiner Mutter.

»Das ist deine *abuela*«, pflegte seine Mutter zu sagen und ihm das Bild hinzuhalten. Sie wollte unbedingt, dass ihr Sohn sich an etwas erinnerte, für das er aber einfach zu jung war.

»Früher lebte sie hier bei uns, aber jetzt lebt sie im Himmel, bei Gott«, erklärte Javis Mutter. »Und deshalb werden wir sie eines Tages wiedersehen.«

Javi lehnte sich an die Wand hinter ihm, seine Augen begannen zu brennen.

Er wusste, dass andere Religionen ihre eigenen Vorstellungen zum Leben nach dem Tod hatten – der Glaube an Wiedergeburt, an karmische Belohnungen und zweite Chancen schien ihm eine besonders reizvolle Alternative zu sein –, doch Javi hatte immer im Himmel, ähnlich wie in der Beichte, Trost gefunden. Der Tod war immer noch beängstigend, aber um einiges weniger schrecklich mit der Überzeugung, dass es etwas *jenseits* dieser Welt gab. Das Ende seines Fadens musste kein *Ende* sein, wenn es der Anfang von etwas anderem war, etwas Ewigem. Sein Vater, seine Mutter und seine Großmutter glaubten es auf jeden Fall. Vielleicht hatte Javi vergessen, dass er auch daran glaubte, als er sein Zuhause verließ, als er nicht mehr zum Gottesdienst ging, als er stattdessen von stoischen Soldaten umgeben war.

Auf einmal vermisste er seine Familie furchtbar, viel mehr als während der Jahre an der Academy, in denen ihn seine Ziele und sein Antrieb und sein bester Freund geleitet hatten. Er hatte gerade gesehen, wie Anthony Rollins seinen kurzen Faden für eine hinterhältige politische List missbraucht hatte, indem er Javiers Schicksal als eine anonyme Requisite in seiner Angst- und Hasskampagne verwendete, und Javi hatte sich noch nie so allein gefühlt.

Er starrte auf den Rücken der Nonne, die den Kopf im Gebet neigte. Ohne zu überlegen, drehte sich Javi zu dem kleinen Altar neben sich, der mit ein paar schwach brennenden Kerzen geschmückt war, und kniete davor nieder.

Als er seine Finger verschränkte, wurde ihm klar, dass er schon lange nicht mehr gebetet hatte. Nicht seit der Ankunft der Boxen. Da hatte er um einen langen Faden gebeten.

»Lieber Gott«, sagte Javi leise, »ich weiß, dass es zu spät ist, um bei mir noch etwas zu ändern, aber ich *muss* wissen, dass es meiner Familie gut gehen wird. Dass du meinen Eltern in dieser Situation beistehst.« Seine Stimme zitterte vor Verzweiflung. »Bitte, lieber Gott, hilf ihnen. Lass sie nicht zusammenbrechen.«

Javi sank auf dem kalten Boden noch weiter in sich zusammen. »Und bitte gib mir *Kraft*«, sagte er.

Seine Zehen waren taub und begannen zu kribbeln. Javi rieb sich rasch mit dem Ärmel seines Pullovers über die Nase, obwohl der einzige potenzielle Zeuge seiner Tränen eine ältere Nonne war, die ihm den Rücken zuwandte.

»Und bitte hilf den anderen Kurzfaden«, flehte er. »Lass nicht zu, dass es noch schlimmer wird.«

Er hörte, wie die Nonne aufstand und sich auf die Lehne ihres Stuhls stützte. Javi schloss fest die Augen.

»Und bitte, bitte, wenn die Zeit gekommen ist, mach, dass meine *abuela* auf mich wartet. Und alle anderen aus der Familie, die ich kannte, und all die, die ich nie kennengelernt habe. Bitte mach, dass sie dann da sind«, bat er. »Damit ich nicht allein bin.«

Er sammelte sich vor dem bernsteinfarbenen Schein der Flammen. Dann erhob er sich vom Boden und verließ schweigend die Kapelle.

Der Himmel hatte sich verdunkelt, und am Rand des Campus kam Javi an einem erleuchteten Fenster im Erdgeschoss vorbei, hinter dem sich ein paar Dutzend Studenten in einem Gemeinschaftsraum versammelt hatten, um das TV-Duell zu verfolgen, das gerade zu Ende ging. Javi blieb vor dem offenen Fenster stehen, als Wes Johnson auf dem Bildschirm seine Schlussworte sprach.

»Wenn ich in den März zurückreisen könnte, würde ich mir vielleicht sagen, dass ich nicht hineinsehen sollte«, sagte Johnson. »Vielleicht würde ich allen sagen, sie sollten nicht hineinsehen. Aber wir können nicht zurück. Wir müssen akzeptieren, dass die Fäden ein Teil unseres Lebens sind. Doch wir müssen *nicht* akzeptieren, was gerade passiert. Ich höre von Menschen, die ihren Arbeitsplatz verlieren, ihre Krankenversicherung und ihre Kredite, und das alles nur wegen ihrer Fäden. Und ich bin nicht bereit, einfach der Parteilinie zu folgen und zu schweigen. Ich sehe, was der Kongressabgeordnete Rollins und unsere derzeitige Regierung tun – sie zwingen Angehörige bestimmter Berufsgruppen dazu, sich ihre Fäden anzusehen, auch wenn sie sich dagegen entschieden haben, sie stellen die Fähigkeit von Menschen, ihrem Land zu dienen, infrage und behandeln Menschen aufgrund einer bloßen Zufälligkeit des Schicksals unterschiedlich. *Ich* jedoch glaube an eine freie Wahl. Ich glaube an Gleichheit. Aktivisten für Bürgerrechte, Frauenrechte, Homosexuellenrechte kämpfen diesen Kampf seit Generationen. Und auch wenn diejenigen von uns mit einem kurzen Faden nicht so viele Menschen umfassen wie diese Gemeinschaften, so sind wir doch nicht unbedeutend. Und wir werden auch nicht aufhören zu kämpfen.«

MAURA

Es war neun Uhr abends, und Maura war allein zu Hause. Die Kandidaten hatten ihre Schlussworte gesprochen und gingen winkend von der Bühne. Da Nina wegen der Berichterstattung über das TV-Duell länger im Büro war, griff Maura zum Handy.

Wollen wir was trinken gehen?, schrieb sie Ben.

Um halb zehn saßen sie am dunklen Holztresen einer ruhigen Bar.

Maura war ein paar Minuten zu spät gekommen und hatte sich an Ben herangeschlichen, als er gerade seine Version der Bar auf eine fadenscheinige Papierserviette kritzelte.

»Ich habe ganz vergessen, wie gut du bist!« Maura lächelte und betrachtete seine kleine Skizze, als wäre sie in einer Galerie ausgestellt. Dann bedeutete sie dem Barkeeper, ihr ein Bier zu bringen.

»Glaubst du wirklich, Rollins hat einen Neffen mit kurzem Faden?«, fragte sie. »Ich würde ihm zutrauen, so etwas zu erfinden.«

»Vielleicht in einer Zeit, als es noch keine Faktenchecker gab.« Ben lachte. »Aber heutzutage nicht mehr.«

»Nun, zumindest hat die ACLU eine Klage gegen seine schwachsinnige STAR-Initiative eingereicht, das ist vielleicht ein Lichtblick. Außerdem ist Johnson noch im Rennen. Obwohl ich es echt unglaublich finde, dass er wegen der Gerüchte von seinem Faden erzählen musste, wie ein schwuler Kandidat, der gezwungen wird, sich zu outen«, sagte Maura. »Man vermutet, dass sein Leben etwa mit fünfzig vorbei sein wird, weshalb er jetzt offiziell ein ›Kurzfaden‹ ist.«

Ben nickte langsam. »Schon komisch. Ich würde *niemandem* einen kurzen Faden wünschen«, sagte er, »aber insgeheim habe ich vielleicht doch gehofft, dass die Gerüchte stimmen. Dass jemand auf der Bühne ... einer von uns sein könnte.«

Maura steckte ihre Hände in die Bauchtasche ihres abgetragenen CBGB-Sweatshirts und neigte neugierig den Kopf. »Hast du eigentlich eine Freundin?«

Ben verschluckte sich fast an seinem Bier. »Das ist aber ein abrupter Themenwechsel. Außerdem dachte ich, du wärst lesbisch.« Er lächelte.

»Und wenn ich es nicht wäre, dann wäre ich *natürlich* an dir interessiert«, zog ihn Maura auf. »Nein, ich frage wegen dem, was du gesagt hast. Dass Wes Johnson ›einer von uns‹ ist. Das ist noch mal ein eigenes Thema, oder? Ob Leute *wie wir* Beziehungen mit Leuten haben sollten, die nicht wie wir sind?«

»Ich hatte tatsächlich eine Freundin, als die Fäden aufgetaucht sind. Aber wir sind nicht mehr zusammen.«

»Was ist passiert?«

Ben starrte auf seine Bierflasche und drehte sie vorsichtig zwischen zwei Fingern. »Sie hat meine Box geöffnet«, sagte er bedächtig. »Bevor ich entschieden hatte, was ich selbst tun wollte. Und dann hat sie mit mir Schluss gemacht, nachdem sie meinen kurzen Faden gesehen hat.«

»Scheiße.« Maura war schockiert. »Das tut mir so leid.«

»Danke«, sagte Ben leise.

»Warum hast du das nicht in der Gruppe erzählt?«

»Ich wollte wohl einfach mit meinem Leben weitermachen«, antwortete Ben. »Und das *habe* ich, wirklich. Ich habe ihr verziehen, dass sie mit mir Schluss gemacht hat. Ich weiß, dass es nicht jeder unter solch schwierigen Umständen schafft durchzuhalten, deshalb kann ich also eigentlich nicht böse auf sie sein. Aber jetzt fürchte ich, dass die nächsten Frauen auch nicht die richtigen sein werden. Wahrscheinlich ist das der Grund, warum ich seit der Trennung noch nicht einmal versucht habe, jemand Neuen kennenzulernen.«

Auch wenn sie wusste, dass Bens Faden länger war als ihrer, empfand Maura in diesem Moment Mitleid mit ihm. Er wollte doch nur, dass jemand das zu ihm sagte, was Nina zu ihr gesagt hatte: *Ich würde dich nie verlassen.*

Maura lehnte sich auf ihrem Barhocker zurück, spürte die kühle Bierflasche an ihrer Handfläche. Auf dem Platz neben ihr lag eine Zeitung, und sie hielt sie hoch.

»Hast du das gesehen?«, fragte sie Ben und deutete auf die Schlagzeile.

Es war die gestrige Titelstory über immer neue Mind-uploading-Firmen, die auf ein Verfahren hofften, wie man das menschliche Gehirn scannen und dauerhaft abspeichern konnte. Man wollte das wachsende Interesse von Kurzfaden befriedigen, die ihr Leben verlängern wollten, sei es in dieser oder der nächsten Generation.

Ben überflog die Seite. »Noch nie war die Nachfrage nach dieser Forschung größer«, wurde einer der Gründer zitiert. »Früher wussten nur wenige von ihrer begrenzten Lebenserwartung, und jetzt verfügen wir natürlich über die Möglichkeit, Bescheid zu wissen. Doch wenn wir eine technische Lösung finden, dann werden die Fäden vielleicht irrelevant. Wir können einen Ausweg aus dem Zeitrahmen bieten, der uns von unserem Körper und unserem Faden vorgegeben wird.«

In dem Artikel wurden zwei eifrige Kandidaten interviewt, die beide das Ende ihrer Fäden erreicht hatten – ein Wissenschaftler, der davon träumte, die Zukunft zu sehen, und eine fünfundfünfzigjährige Mutter, die ihre Tochter jetzt in der Hoffnung zurücklassen wollte, eines Tages zurückzukehren und ihre Enkelkinder sehen zu können.

»Die Wissenschaft hat bei der Fadenmessung bemerkenswert schnelle Fortschritte gemacht«, sagte der Mann. »Wir haben unsere Vorhersagen bereits von einigen Jahren auf einen einzigen Monat präzisiert. Wer sagt, dass die Wissenschaft hier nicht auch schnell vorankommen kann?«

»Man forscht schon eine ganze Weile auf diesem Gebiet«, sagte Ben. »Einige Unternehmen experimentieren damit, den Körper in einer Kältekammer einzufrieren; diese Leute hier wollen anscheinend ganz vom Körper loskommen.« Er überlegte einen Moment. »Ich glaube, für mich wäre das nichts.«

»Ich wollte nur sichergehen, dass du nicht insgeheim vorhast, dein Gehirn zu digitalisieren und mich ganz allein in der Gruppe zurückzulassen.« Maura lächelte.

»Das ist ein aufregender Traum«, sagte Ben. »Aber im Moment hilft er uns nicht weiter.«

»Es ist verrückt, dass uns schon so viel Technologie zur Verfügung steht und dass da noch mehr auf uns zukommt. Dass so viele brillante Köpfe darauf fixiert sind, die Fäden zu entschlüsseln, falls das überhaupt möglich ist. Gleichzeitig haben große Teile der Weltbevölkerung das alles nicht«, sagte Maura. »Meine Freundin Nina hat gerade an einem Artikel über Menschen an Orten gearbeitet, wo es kein Internet gibt. Keine Website, um seinen Faden zu Hause zu vermessen, keine Möglichkeit zu erfahren, was in anderen Ländern passiert.«

»Ganze Gegenden, in denen niemand die genaue Umrechnung der Fadenlängen kennt?«, fragte Ben.

»Klar, sie können immer noch vergleichen, welcher Faden länger ist«, sagte Maura. »Und anscheinend haben manche auch eigene behelfsmäßige Datensätze erstellt und zum Beispiel aus dem Sterbealter und dem Faden eines Menschen einen Vergleichswert berechnet. Menschen finden immer einen Weg, um sich anzupassen, oder? Aber viele tun nicht einmal das. Sie machen ... einfach weiter, wie bisher.«

Ben nickte und trank einen Schluck von seinem Bier. »Wie hat sich Nina bisher geschlagen?«

Maura dachte an ihren Streit wegen Ninas obsessiver Internetrecherchen, dann an ihre stille Akzeptanz, keine Kinder zu bekommen. Daran, wie oft Nina seit der Ankunft der Fäden »Ich liebe dich« gesagt hatte.

»Wir hatten natürlich ein paar schwierige Momente, aber ... sie hat nie an uns gezweifelt«, sagte Maura. »Sie hat sogar eine Reise für uns geplant. Nächsten Monat fahren wir nach Venedig.«

»Wow, das klingt toll.« Ben lächelte.

»Ich glaube, wir beide mussten einfach mal irgendwohin, wo wir noch nie waren. Raus aus unserer Wohnung, ein kleines Abenteuer erleben. Wie Wes Johnson heute Abend gesagt hat, wir können nicht zurückgehen. Aber wenigstens können wir irgendwo anders hingehen.«

ANTHONY

Anthony war zufrieden mit der Debatte im September, denn die Wähler reagierten positiv auf Jacks Geschichte und ausgesprochen *ungnädig* auf Johnsons Eingeständnis.

Grinsend sah er auf die Top-Schlagzeile des Tages: »Johnson stürzt nach Enthüllung seines kurzen Fadens ab.«

»Natürlich habe ich Mitleid mit Senator Johnson«, wurde ein anonymer Wähler zitiert, »aber ich möchte ungern für jemanden stimmen, der sich nicht für eine volle Amtszeit verpflichten kann.«

»Ich bewundere Johnsons Können wirklich«, sagte eine andere, »aber ich befürchte, dass wir mit einem Kurzfaden an der Spitze vor anderen Nationen schwach wirken könnten. Vor allem, wenn er nicht einmal genau sagt, wie viel Zeit ihm noch bleibt.«

Ein Dritter drückte es unverblümt aus: »Mit Sympathie kann man keine Stimmen gewinnen. Mit Stärke schon. Und das haben wir beim Kongressabgeordneten Rollins gesehen.«

Selbst jetzt noch war die Schießerei bei der Kundgebung im August ein Segen für Anthonys Kampagne und er selbst ein Inbegriff an Stärke. Nach dem Vorfall war über das Motiv für den Angriff spekuliert worden, Kurzfaden und ihre Fürsprecher hatten verzweifelt nach einer anderen Erklärung für die Wut der Frau gesucht als ihren Faden. Doch die meisten Theorien versandeten rasch, nachdem die Frau nur mit Schweigen reagierte.

Weshalb Anthony auch nicht mit der Dringlichkeitssitzung gerechnet hatte, die sein Wahlkampfmanager und der Leiter der Oppositionsrecherche einberiefen.

»Wir haben etwas herausgefunden«, sagten sie. »Über die Schützin.«

Einer der Männer schob Anthony eine Mappe mit Dokumenten zu: zwei Geburtsurkunden, eine Sterbeurkunde und eine Kopie eines eingescannten Artikels aus Anthonys College-Zeitung über die Nacht, in der ein Junge in einer Studentenverbindung gestorben war.

»Aber sie haben unterschiedliche Nachnamen«, wandte Anthony ein. »Sie sagen also, die Schützin und dieser Junge waren verwandt?«

»Er war ihr Halbbruder.«

Verdammt. Anthony hatte gedacht, diese Nacht läge hinter ihm. Immerhin war es drei *Jahrzehnte* her.

»Einen Moment«, sagte er und sah sich den eingescannten Artikel genauer an.

Natürlich erinnerte er sich an den Jungen. Er war einer von einer Handvoll Studenten, die Anthonys Verbindung nur zum Spaß rekrutiert hatte, ohne realistische Aussicht, aufgenommen zu werden. Und doch hatten die Anwärter *immer* geglaubt, dass der Aufnahmeprozess echt war, erinnerte sich Anthony. Das machte das Ganze so lustig.

Er war damals Präsident der Verbindung, aber er hatte die Jungs nicht ausgesucht, dafür war der Pledge Master zuständig gewesen. Anthony konnte sich nicht erinnern, warum man ausgerechnet sie ausgewählt hatte, doch normalerweise wurden sie aus den armen Studenten mit

Pell-Stipendien oder anderen staatlichen Hilfen ausgesucht, Jungen, die sich die Beiträge nie leisten konnten, die nicht im Traum daran denken konnten, zu den Söhnen von Wirtschaftsbossen zu passen.

Anthonys Erinnerungen an diesen Abend waren spärlich und unzusammenhängend und zerklüftet, wie zerbrochenes Glas: Er wusste noch, dass jemand gegen die schmutzigen Turnschuhe des Jungen getreten hatte, um ihn zu wecken. Und dass jemand auf seine eigenen nagelneuen Schuhe gekotzt hatte, nachdem er begriffen hatte, was passiert war. Er erinnerte sich noch an den Hinterkopf des leblosen Jungen auf dem Boden, die dichten, dunklen Haare, die zum Glück von Anthony abgewandt waren. Er erinnerte sich an die scharfe, stechende Panik, die ihn schwindlig und atemlos machte.

Doch ab da wusste er fast nichts mehr, als einige Väter – darunter auch Anthonys – mitten in der Nacht auf den Campus eilten und sich fast zwei Stunden lang im Büro des College-Präsidenten berieten, bevor sie die Polizei riefen.

Der Junge sei nur ein Partygast gewesen, entschied man. Der Junge hätte aus eigenem Antrieb zu viel getrunken. Die Todesursache war Alkoholvergiftung, und der Tod wurde als Unfall eingestuft.

Als Präsident der Verbindung gab Anthony mithilfe des Familienanwalts eine öffentliche Erklärung ab, in der er den tragischen Verlust betrauerte und für den Verstorbenen beten wollte. Er sah aus wie ein wahrer Anführer, wie jemand, der Großes vollbringen würde.

Und Anthonys Leben ging weiter.

Das der Schützin offenbar nicht.

»Aber sie hat nichts gesagt? Über ihren ... Bruder?«, fragte Anthony.

»Sie schweigt seit der Verhaftung. Vielleicht leidet sie unter einer Art PTBS, weil sie den Arzt getötet hat.«

»Dann tun wir besser nichts«, sagte Anthony. »Diese Geschichte wurde schon mal vergessen.«

Nachdem seine Mitarbeiter gegangen waren, kippte Anthony zwei Gläser Scotch und versuchte, seine Nerven zu betäuben. Er beschloss, Katherine nichts zu sagen. Sie würde sicher überreagieren.

Schließlich hätte der Junge jederzeit gehen können, erinnerte Anthony sich. Das hatten die Verbindungsbrüder damals auch gesagt. Zugegeben, sie hatten den Jungen zum Trinken aufgefordert, ihn sogar angeschrien, und vielleicht, ja, hatten ein paar aggressive Verbindungsbrüder Schnaps in die offenen Münder der Anwärter gegossen, und vielleicht hatte man auch ein paar stumpfe Gegenstände (wahrscheinlich Fuß- oder Basketbälle) nach ihnen geworfen. Aber die Tür war nie verschlossen gewesen. Sie hätten einfach gehen können.

Und jetzt wurde Anthony noch etwas klar. Etwas, das sie damals nicht gewusst hatten. Der Junge war ein Kurzfaden gewesen, bevor es sie überhaupt gegeben hatte. Und in jener Nacht in der Studentenverbindung war sein Faden aufgebraucht gewesen. Wenn der Alkohol ihn nicht getötet hätte, dann hätte es etwas anderes getan, oder?

Solange der Faden des Jungen kurz war – schon *immer* kurz gewesen war –, traf Anthony keine Schuld. Anders konnte es auch gar nicht sein. Er konnte die Möglichkeit nicht in Betracht ziehen, dass es einen bestimmten *Grund* gab, warum der Faden des Jungen kurz gewesen war. Anthony glaubte natürlich an Gott, aber er durfte einfach nicht glauben, dass Gott in die Zukunft gesehen hatte, dass Anthony und seine Verbindungsbrüder den

Jungen in ihre Mitte locken und so tun würden, als würde er bald aufgenommen werden, dass sie ihn körperlich und verbal misshandeln würden, bis er so viel getrunken hatte, dass er kaum noch stehen konnte.

Und Anthony erlaubte sich, den Jungen zu vergessen, während der Scotch in seinem Blut zirkulierte, seine Aufmerksamkeitsspanne bereits schrumpfte und sein Gehirn langsamer wurde. Er schenkte sich ein letztes Glas für den Abend ein.

Am nächsten Morgen würde sein Leben weitergehen.

Hallo A.,

auf dem College kannte ich einen Typen, der einen Job als Investmentbanker annahm, und er war so besorgt, dass er den Job am Ende hassen, aber wegen des Geldes dabeibleiben würde, dass er eine Erinnerung auf seinem Handy einrichtete, die ihm jedes Jahr an seinem Geburtstag die gleiche Nachricht schickte: »Ganz ehrlich: Bist du glücklich?«

Wir haben seit ein paar Jahren nicht mehr miteinander gesprochen, aber gestern war sein 30. Geburtstag, und ich frage mich, ob er sich immer noch die gleiche Frage stellt. Bin ich glücklich?

Ich denke, wir werden in dem Glauben erzogen, dass Glück etwas ist, das man uns versprochen hat. Dass wir es alle verdienen, glücklich zu sein. Weshalb die Scheiße, die einigen von uns widerfährt, so schwer zu akzeptieren ist. Denn eigentlich sollten wir doch glücklich sein. Doch dann stand diese Box vor unserer Tür und behauptete, dass wir nicht dasselbe glückliche Ende bekämen wie die Menschen, an denen wir auf der Straße vorbeigehen, im Kino, im Supermarkt. Sie dürfen weiterleben und wir nicht, und dafür gibt es überhaupt keinen Grund.

Und jetzt machen die Regierung und so viele andere es nur noch schlimmer, sind sich einig, dass wir weniger verdienen als die anderen. Von den meisten meiner Langfadenfreunde habe ich seit Wochen nichts mehr gehört. Ich denke, dass die Langfaden vielleicht das Bedürfnis haben, sich von uns zu distanzieren, uns in eine andere Kategorie zu stecken als sich selbst, weil sie auch in dem Glauben erzogen wurden, dass sie Glück verdient haben.

Und jetzt wollen sie dieses Glück aus einer bequemen Entfernung genießen, wo sie sich nicht so schuldig fühlen müssen, wenn sie uns sehen. Wo unser Pech nicht auf sie abfärben kann.

Und dann wurde ihnen natürlich noch gesagt, sie sollten Angst vor uns haben. Den wilden, ungestümen Kurzfaden.

Es tut mir leid, dass ich dich mit so negativen Gedanken bombardiere, aber ein Freund von mir ist letzten Monat gestorben, und manchmal fühlt es sich so an, als ginge es mit allem bergab. Und obwohl ich einer Gruppe beigetreten bin, in der ich ermutigt werde, solche Gedanken laut auszusprechen, ist es irgendwie einfacher, alles aufzuschreiben.

B.

AMIE

Amie hatte immer noch den Brief von letzter Woche. Sie hatte ihn schon ein Dutzend Mal gelesen, aber sie wusste nicht, was sie zurückschreiben sollte.

Mit dem Blatt in der Hand saß sie auf der Couch im Lehrerzimmer und dachte, dass »B.« recht hatte. Eine Kluft hatte sich zwischen Menschen mit kurzen und langen Fäden aufgetan, die nur wenige, wie Nina und Maura, irgendwie überbrücken konnten.

Amie befürchtete zum ersten Mal, dass sie einen Fehler gemacht hatte, als sie im Frühjahr auf den ersten Brief geantwortet hatte. Damals hatte sie gewusst oder zumindest vermutet, dass der Schreiber einen kurzen Faden hatte. Und nun wurde der Austausch zwischen ihnen tiefer, persönlicher. Wie konnte Amie sicher sein, dass sie das Richtige sagte? Oder, Gott bewahre, das Falsche?

Da fiel es ihr auf.

Sie tat es auch.

Alles, was der Briefschreiber gesagt hatte.

Sie stellte Vermutungen über ihn (oder sie) an. Bewegte sich auf Zehenspitzen um ihn herum. Fragte sich, ob diese Freundschaft zu viel war, zu belastend. Befürchtete, dass er – wegen seines Fadens – zerbrechlich, zart, anders war.

Der Brief wartete in ihrer Handtasche immer noch auf eine Antwort, als Amie sich mit Nina zu einem Spaziergang im West Village traf, bevor sie und Maura ihre Reise antreten würden.

Die beiden Schwestern schlenderten durch den Washington Square Park, der an dem warmen Abend von Skateboardern und Hundespaziergängern bevölkert war, von Familien und Paaren. Dank der gestiegenen Nachfrage unter feierwütigen Langfaden und bei Kurzfaden, die dem Alltag entfliehen wollten, hielten sich auch mindestens zwei Drogendealer in entgegengesetzten Ecken des Parks auf.

Amie und Nina gingen durch den massiven Marmorbogen am Eingang des Parks. Auf eine der beiden weißen Säulen hatte jemand gesprüht: »Was wäre, wenn DU einen kurzen Faden hättest?«

Normalerweise genoss Amie alle »Was wäre, wenn«-Szenarien, sie träumte gern im Konditionalis. Doch dieser einen Frage konnte sie sich nicht stellen, diese eine Box nicht öffnen. Ob die Antwort nun fünfzig oder neunzig lautete, sie wollte *überhaupt* keine Zahl in ihrem Kopf haben. Amies Zuflucht waren ihre Fantasien, ihre Träumereien über die Zukunft. Eine Zahl würde all das zerstören, würde sie erden. Sie *musste* einfach ihr Leben in Unwissenheit leben, als ob ihr Faden unendlich lang wäre. Sie kannte nur diesen Weg.

Es war ihr ehrlich gesagt ein Rätsel, wie so viele Menschen – Nina und Maura und ihr anonymer Briefpartner – anders leben konnten.

»Manchmal denke ich daran, womit du und Maura zu kämpfen habt«, sagte Amie, »und ich weiß nicht, wie ihr das alles aushaltet.«

Nina überlegte einen Moment. »Auch wenn es für

mich nicht einfach ist, ist es für Maura noch viel schwerer, und das versuche ich nicht zu vergessen. Deshalb habe ich die Reise für uns geplant.«

»Vielleicht bin ich auch einfach nicht so stark wie ihr beide.« Amie seufzte.

»Du meinst, weil du nicht in deine Box geschaut hast?«

»Nein, nicht nur deswegen ...« Amie dachte an den unbeantworteten Brief in ihrer Handtasche. »Ich bin eine Art Brieffreundin für einen Kurzfaden, und es wird immer schwieriger zu antworten, wenn ich weiß, dass er oder sie etwas so Schreckliches durchmacht.«

Nina wirkte verwirrt. »Er oder sie? Mit wem schreibst du da?«

»Also«, sagte Amie zögernd, »ich weiß es eigentlich nicht. Wir haben nie unsere Namen genannt.«

»Wie hat das angefangen? Und wann?«

»Es hat in der Schule angefangen«, sagte Amie und verschwieg den genauen Hergang. »Im Frühling. Und ich dachte, im Sommer würde es einschlafen, aber jede Woche war ein neuer Brief in meinem Klassenzimmer.«

»Weißt du, wie lang er oder sie noch zu leben hat?«

»Ungefähr vierzehn Jahre, glaube ich.«

»Und wie alt ist diese Person jetzt?«

»Das weiß ich auch nicht. Aber ich denke, ungefähr in unserem Alter. Einmal wurde ein Freund erwähnt, der dreißig geworden ist. Und ich weiß, theoretisch bin ich kein Langfaden, weil ich nicht nachgesehen habe«, sagte Amie, »aber ich fühle mich trotzdem schuldig. Und es tut mir so leid für ihn – oder sie.«

Sie kamen an einem Pärchen vorbei, das aneinandergeschmiegt auf einer Bank saß.

»Würdest du mit einem Kurzfaden ausgehen?«, fragte Nina plötzlich, die Amies besorgten Gesichtsausdruck bemerkt hatte.

»Hm, ja, ausgehen schon«, antwortete Amie, obwohl sie das letzte Mal vor den Fäden mit jemandem zusammen gewesen war.

Amies Neigung zu Tagträumen brachte die unglückliche Angewohnheit mit sich, sich ihre Hochzeit schon beim zweiten oder dritten Date vorzustellen, und ihre Fantasie hatte ein Talent dafür, selbst die kleinsten Fehler eines Mannes aufzubauschen. In ihrer Vorstellung unterbrach der Mann, der sie im Gespräch unterbrochen hatte, ihr Ehegelübde vor dem Altar, und der Mann, der sich in der Nähe von in der Öffentlichkeit stillenden Müttern unwohl fühlte, wollte sich nicht um sein eigenes fiktives Baby kümmern.

Und manchmal *konnte* sie auch einfach keine gemeinsame Zukunft mit einem Mann sehen. Die Bilder wollten nicht in ihrem Kopf Gestalt annehmen, oder sie erschienen unscharf und dunkel, das Gesicht des armen Mannes verschwommen. Das war noch weniger vielversprechend als die schlechten Bilder.

Bisher hatten nur zwei Männer die Prüfung bestanden, Amies Ex-Freunde, als sie Anfang zwanzig gewesen war: ein Anwalt, der keine Zeit für eine feste Beziehung hatte, und ein Dichter, der mehr Fantasie hatte als Amie.

»Also würdest du vielleicht mit einem Kurzfaden *ausgehen,* aber würdest du ihn *heiraten*?«, fragte Nina.

»Ehrlich, ich weiß es nicht«, sagte Amie langsam. Sie dachte nicht zum ersten Mal über die Frage nach. »Es wäre sicher anders, wenn ich bereits in die Person verliebt wäre, so wie du und Maura, aber wenn wir uns gerade erst kennenlernen würden? Ich weiß, ihr wollt keine

Kinder, aber ich will ziemlich sicher welche, es ginge also nicht nur um mich. Ich würde meiner Familie wissentlich einen schrecklichen Verlust zumuten, meinen Kindern eine Zukunft ohne ihren Vater.«

»Ich verstehe«, sagte Nina.

»Das Leben ist schon schwer genug, und das würde es noch trauriger machen.« Amie sah ihre Schwester an. »Bin ich deshalb ein schrecklicher Mensch?«

»Ich denke, es heißt nur, dass du nicht weißt, wozu du fähig bist«, erwiderte Nina. In der Nähe spielte ein Jazz-Quartett.

»Maura lässt mich nie an Musikern vorbeigehen, wenigstens eine Minute müssen wir zuhören«, fuhr Nina fort. Eine kleine Menge hatte sich bereits um das Quartett versammelt und wippte mit den Füßen zur Melodie.

»Wollen wir tanzen?« Amie lächelte, wiegte ihre Schultern und schwang leicht die Hüften.

Nina verkrampfte sich instinktiv und verschränkte die Arme. »Nein, danke.«

»Komm schon«, bettelte Amie. Sie zog ihre Schwester sanft an den Armen, bis Nina nachgab und sich ungelenk zur Musik bewegte, immer noch etwas gehemmt, aber trotzdem eine Verbesserung.

Und die beiden Schwestern wiegten sich in der Menge der tanzenden Zuschauer hin und her, die alle dankbar dafür waren, einen Moment früherer Unbeschwertheit genießen zu dürfen.

JAVIER

Nach der Debatte im September hoffte Javier, dass Jack von sich aus ansprechen würde, dass sein Onkel der ganzen Nation die rührselige Geschichte von seinem Soldatenneffen erzählt hatte. Als ob das etwas wäre, womit man angeben könnte. Als ob es ihm zustünde, die Geschichte zu erzählen.

Doch Jack kehrte am Tag nach der Debatte in ihre Wohnung zurück und erwähnte seinen Onkel nicht einmal. Javi wollte glauben, dass Jack sich einfach darauf vorbereitete, es anzusprechen, sich vielleicht sogar mit seiner Familie über Anthonys Verhalten beriet, bevor er Javi eine Strategie vorschlug. Aber nach ein paar Tagen, in denen er das Thema umgangen hatte, hatte Javi die Nase voll.

Er beschloss, im Boxstudio mit Jack zu sprechen. Obwohl Jack sein Kampftraining größtenteils aufgegeben hatte, nachdem er der Army seinen »kurzen Faden« offenbart hatte, zog er immer noch jede Woche Handschuhe und Kopfschutz an, um Javi als Sparringspartner zu unterstützen.

Javi übte seine Schläge gegen das Schlagpolster, das Jack hochhielt. »Reden wir eigentlich noch mal darüber, was dein Onkel letzte Woche bei der Debatte gemacht hat?«, fragte er.

»Ja, das war eine echt beschissene Aktion«, antwortete Jack zwischen zwei Schlägen. »Sogar für ihn.«

Javi wartete darauf, dass Jack mehr sagte, doch bis auf das Klatschen von Javis Handschuhen gegen das Polster war es still im Raum.

»Und, hast du danach mit ihm gesprochen?«, fragte Javi.

»Er ist im Moment nicht gerade leicht zu erreichen.«

»Und was ist mit deiner Tante? Oder mit deinem Vater?«

»Ich wollte keine große Sache daraus machen.« Jack zuckte hinter dem Polster mit den Schultern.

»Aber es *ist* eine große Sache!«, sagte Javi. »Ich wünschte, du würdest das ernster nehmen.«

»Nun, ich würde lieber nicht *noch mehr* Aufmerksamkeit auf meinen Faden lenken«, erwiderte Jack. »Aus naheliegenden Gründen.«

»Ich will nur nicht, dass dein Onkel *meinen* Faden benutzt, um gewählt zu werden«, sagte Javi und schlug sich mit dem Handschuh gegen die Brust. »Das ist *mein* Leben. Er hat kein Recht, es für seine Zwecke zu benutzen.«

Jack seufzte und nickte. »Ich weiß, Javi. Du hast recht. Er hätte es nicht tun sollen. Und es tut mir leid, dass ich noch keine Gelegenheit hatte, mit meiner Familie darüber zu sprechen«, sagte er. »Ich war damit beschäftigt, dass mir jeder eine SMS geschrieben und mich angerufen und gefragt hat, ob ich der Kurzfaden bin, den er gemeint hat. Und jetzt wollen alle mit mir reden, aber ich will *wirklich* mit keinem reden.«

Javi konnte nicht glauben, wie egozentrisch er sich anhörte. Jack war nicht derjenige gewesen, der in der Kapelle auf dem Boden gekniet, sich Sorgen um seine Familie gemacht und unter Tränen zu Gott gebetet hatte.

»Wow, tut mir leid, Mann. Ich hatte keine Ahnung, dass du dich mit so viel Mist herumschlagen musst«, antwortete Javi verbittert. »Es muss echt scheiße sein, einen kurzen Faden zu haben.«

Jack schüttelte den Kopf. »Du *weißt,* dass ich das so nicht gemeint habe. Ich will nur nicht mit den Leuten reden, weil ich mich dann wie ein verdammter Betrüger fühle!« Jack warf das Schlagpolster gegen die Wand, womit er ein paar andere Boxer im Raum aufschreckte und sie beide daran erinnerte, leiser zu sprechen, um nicht belauscht zu werden.

Javi wusste, dass sein Freund mit dem Tausch zu kämpfen gehabt hatte. An diesem Morgen trug Jack ein T-Shirt mit dem Maskottchen seiner Highschool auf der Vorderseite, und Javi wurde klar, dass er Jack schon seit einer Weile nicht mehr in etwas mit dem Armylogo gesehen hatte. Javi war froh, dass Jack wenigstens etwas empfand, dass der Tausch auch auf ihm lastete. Aber Javi wollte Jack immer noch schütteln, ihn aus seinem Trübsinn herausreißen, ihm klarmachen, dass er mit seiner Zeit so viel mehr anfangen könnte.

»Ich verstehe einfach nicht, warum du deinem Onkel das durchgehen lässt«, sagte Javi. »Alles. Seine ganze Anti-Kurzfaden-Scheiße.«

Javi hatte Mühe, seine Wut zu unterdrücken, bis ihm die Tweets einfielen, die er kürzlich gesehen hatte und die bestätigten, dass Anthony Rollins an der STAR-Initiative beteiligt gewesen war.

Etwas, das Jack – mal angenommen, er wusste davon – praktischerweise vergessen hatte, ihm zu erzählen.

»Dein Onkel ist schuld, dass wir überhaupt lügen müssen!«, zischte Javi.

»Glaubst du, das weiß ich nicht? Als ich herausfand, dass *er* hinter alldem steckt, habe ich mich beschissen gefühlt! Aber ich kann nichts tun, Javi. Der Typ redet nie mit mir, es sei denn, er bittet mich um einen Gefallen. Und selbst wenn wir miteinander reden würden, würde er mir nicht zuhören.«

»Aber du gehörst doch zu seiner Familie! Du musst doch etwas tun können.«

»Ja, er gehört zu meiner Familie«, erwiderte Jack. »Deshalb kann ich ihm auch nicht einfach sagen, dass er nicht mehr für das Amt des Präsidenten kandidieren soll, wenn alle anderen aus der Familie ihn aktiv im Wahlkampf unterstützen.«

»Aber du kannst ihm zumindest sagen, dass er aufhören soll, den Menschen das Leben noch schwerer zu machen, die *sowieso* schon leiden«, drängte Javi.

»Ich weiß, dass er hier der Wortführer zu sein scheint, aber er ist nicht der Einzige, der so denkt«, sagte Jack leise. »Ich will ihn nicht entschuldigen, aber ... vielleicht macht er sich da etwas Größeres zunutze.«

»Dann sollte er seine Plattform nutzen, um die Menschen umzustimmen! Nicht Öl ins Feuer gießen.« Javi konnte nicht verstehen, warum Jack nicht genauso wütend war. »Es sei denn, du stimmst ihm zu?«

»Himmel, Mann, natürlich nicht!«, rief Jack und hob abwehrend die Hände. »Ich sehe nur keinen Sinn darin, mich gegen meinen Onkel zu stellen. Er wird tun, was er will, egal, was du oder ich sagen.«

Jacks erbärmliche Akzeptanz, seine Resignation, machten Javi noch wütender.

»Aber kümmert es dich denn nicht, dass hier *Menschenleben* auf dem Spiel stehen? Der Arzt, der in New York erschossen wurde, ist nur wegen deines Onkels tot!«

Javi sah Jack an, dass seine Bemerkung einen Nerv getroffen hatte.

»Es ist schrecklich, was mit dem Arzt passiert ist«, sagte Jack. »Aber wenn ich jetzt meinen Onkel kritisiere, könnte ich von der ganzen Familie verstoßen werden. Was glaubst du, auf wessen Seite sie stehen würden? Auf der des Jungen, der es gerade so durch die Academy geschafft hat, oder auf der des Mannes, der vielleicht Präsident wird? Und ich sehe nicht ein, dass *ich* dafür verantwortlich bin, ihm Vernunft beizubringen. Ich habe nicht darum gebeten, dass er mein Onkel ist, er ist nur ein Egomane, der in unsere Familie eingeheiratet hat. Seine Scheiße sollte nicht mein Problem sein.«

»Sie wurde aber zu deinem Problem, als er auf der Bühne stand und der ganzen Welt von dir erzählt hat«, erwiderte Javi barsch. »Von uns.«

Der Manager des Fitnessstudios kam auf sie zu, die Schlüssel klirrten in seinen Taschen. »Alles in Ordnung hier, Jungs? Wir haben ein paar Beschwerden bekommen.«

»Ja, alles okay«, sagte Jack. »Ich haue sowieso ab.« Er spuckte seinen Mundschutz in die Hand, dann stürmte er zum Umkleideraum. Und Javi sah zu, wie sich die Tür hinter Jack schloss, der Schlusspunkt ihres ersten echten Streits in über vier Jahren Freundschaft.

Trotz Jacks Reichtum und Beziehungen tat er Javi immer ein wenig leid. Er wusste, dass Jacks Kindheit nicht so glücklich gewesen war wie seine eigene, dass er sich verloren und verlassen gefühlt hatte. Javi wusste, dass Jacks Familie fordernd war, dass sein Nachname eine Last für ihn war und er immer darum kämpfte, ihren Erwartungen gerecht zu werden. Deshalb konnte Javi auch nicht verstehen, *warum* Jack sich in diesem entscheidenden Moment auf ihre Seite stellte und nicht zu seinem besten Freund hielt.

Hatte er solche Angst vor ihren Vorwürfen? Wollte er so verzweifelt ihre Anerkennung?

Oder konnte er einfach nur die Dinge so gut auseinanderhalten – die Menschen, die er liebte, irgendwie von dem Schmerz trennen, den sie verursacht hatten?

Vielleicht war da noch etwas anderes, das Javier entgangen war.

Javi wollte gerade gehen, als er einen großen Boxsack entdeckte, der einsam in der Ecke hing, und schlug wütend mit der geballten Faust dagegen, sodass der Sack gegen die Wand hinter ihm schwang.

Hallo B.,

ich denke, du hast recht wegen der Langfaden. Manche von ihnen merken vielleicht nicht einmal, was sie tun. Sie wollen nur ihre Traurigkeit von sich fernhalten, ihre Schuldgefühle oder ihre Erinnerung an die eigene Sterblichkeit. Egal, wie viel Zeit ihnen noch bleibt, niemand will an das Ende denken.

Es ist seltsam, denn früher hatte die Gesellschaft viel weniger Probleme mit dem Tod. In unserer Unterrichtseinheit über das viktorianische Zeitalter erkläre ich meinen Schülern, dass die Menschen damals vom Tod umgeben waren. Sie trugen Medaillons mit den Haaren toter Angehöriger, die Totenwache am Sarg wurde im Wohnzimmer abgehalten, sie ließen zur Erinnerung sogar Fotos mit verstorbenen Angehörigen machen. Heutzutage wollen wir am liebsten gar nicht an den Tod denken. Wir sprechen nicht gerne über Krankheiten, wir isolieren unsere sterbenden Mitmenschen in Krankenhäusern und Pflegeheimen, wir verbannen Friedhöfe an die Highways. Die Kurzfaden sind wahrscheinlich die neueste Gruppierung, die unter unserer Todesverweigerung leidet, und vielleicht mehr als alle anderen zuvor.

Aber du hast gefragt, ob jeder Glück verdient. Das finde ich schon. Und ich finde nicht, dass das mit einem kurzen Faden unmöglich sein sollte. Wenn ich etwas aus den vielen Geschichten, die ich gelesen habe, von Liebe und Freundschaft, von Abenteuer und Tapferkeit gelernt habe, dann, dass ein langes Leben nicht dasselbe ist wie ein gutes Leben.

Gestern Abend habe ich zum ersten Mal seit Monaten wieder meine Box zur Hand genommen. Ich habe sie nicht geöffnet, aber ich habe die Inschrift noch einmal gelesen. Das Innere birgt das Maß deines Lebens.

Sicher, das bezieht sich auf die Fäden darin, aber vielleicht ist das nicht unser einziges Maß. Vielleicht können wir unser Leben noch auf Tausende andere Arten messen – die wahre Qualität unseres Lebens, die wir in uns selbst finden, nicht in irgendeiner Box.

Und nach deinem eigenen Maß kannst du trotzdem glücklich sein.

Du kannst ein gutes Leben führen.

A.

MAURA

Nach dem Wahnsinn am Flughafen war es eine Erleichterung, in Venedig zu landen.

Das internationale Terminal war überfüllter gewesen, als Maura es je erlebt hatte. Während sie vor dem Zeitungsladen auf Nina wartete, kamen gleich drei Reisegruppen vorbei, die von Guides in Windjacken mit Veranstalterlogos angeführt wurden. Reisepakete zu Zielen, die man im Leben noch mal besucht haben sollte, waren bei Kurz- und Langfaden enorm populär geworden, bei allen, die das Gefühl hatten, vielleicht bald schon nicht mehr die Welt sehen zu können.

Verschiedene Backpacker hatten gegenüber von ihr gewartet, mit riesigen Rucksäcken, Schlafsäcken und Yogamatten. Maura hatte ein paar Gesprächsfetzen aufgeschnappt und vermutete, dass sie auf dem Weg in den Himalaja waren, was keine große Überraschung war. Seit der Ankunft der Boxen hatte es viele Menschen aus dem Westen nach Ostasien gezogen.

Bereits im April hatten einige buddhistische Klöster ihre Türen für Rat suchende ausländische Besucher geöffnet, doch die schiere Anzahl der Seelen auf der Suche nach Erleuchtung unterschätzt. Im Sommer waren einige Regionen in Bhutan und Indien so überlaufen, dass die Regierungen neue Obergrenzen für die Zahl der Einreisenden einführten. Gebiete, die einst unberührt gewesen waren, waren nun mit Gebetsfahnen der Touristen bedeckt, ganze tibetische Felder von bunten Stoffbahnen durchzogen.

Die heiligsten Stätten der Welt zogen Millionen Menschen mehr als früher an, Pilger brachten ihre Boxen und Fäden an die Klagemauer in Jerusalem, zur Kaaba in Mekka, zur Grotte von Massabielle in Lourdes. Die einen waren in einer Zeit großer Verwirrung auf der Suche nach ihren spirituellen Ursprüngen, andere beteten für ein Wunder.

Maura hatte schon an vielen Klimakundgebungen teilgenommen und gegen den Übertourismus protestiert. Doch sie konnte es diesen Nomaden nicht verübeln, dass sie etwas von der Welt sehen wollten, solange sie es noch konnten. Dass sie sich fragten, ob ihnen ein weit entferntes Land vielleicht die Antworten geben könnte, die sie zu Hause nicht finden konnten.

Wie die heiligen Stätten war auch Venedig überlaufen, doch sobald Nina und Maura an Bord der Flughafenfähre gingen und sich die Stadt vor ihnen aus dem Wasser erhob, und dann, als sie ihre Rollkoffer mühsam über die kleinen Brücken zogen, die die Kanäle überspannten, hinauf und hinunter, spürten sie es in jedem Atemzug, und ihre Lungen füllten sich mit der Freude, an einem neuen Ort zu sein. Aufgeregt versuchten sie, tausend Eindrücke auf einmal zu bewältigen, Gebäude, Geräusche und Gerüche in sich aufzunehmen. Ihre Sinne waren geschärft, sie wussten, dass dies etwas Besonderes war, ein von der Zeit losgelöster Moment, den man sich genau einprägen musste.

Obwohl es Oktober war und die berüchtigten Sommerhorden sich bereits verzogen hatten, bevölkerten Familien und große Touristengruppen immer noch die weitläufigen Plätze und schwitzten in der Sonne. Am zweiten Tag hatten Maura und Nina daher bereits gelernt, sich von den großen Plätzen fernzuhalten und sich in die schattigen, engen Gassen zu wagen, um ziellos durch das Labyrinth der Stadt zu spazieren.

In den kleinen Gassen, flankiert von Häuserfassaden, die vom Zahn der Zeit gezeichnet waren, herrschte erstaunliche Ruhe. Fast überall sonst erinnerten das Echo von Presslufthämmern und entferntes Klirren an die Zerbrechlichkeit der Stadt, ihren unausweichlichen Untergang. Venedig schien sich ständig selbst zu reparieren und zu versuchen, sein Schicksal abzuwenden.

Eines Nachmittags stießen Nina und Maura auf eine besonders malerische Abzweigung, wo eine menschenleere Gasse in einen hölzernen Steg an einem schmalen Kanal mündete, weit entfernt von den größeren Wasserstraßen, auf denen teure Gondeln Touristen herumfuhren.

Maura ging zum Steg hinunter und hätte am liebsten die Füße ins Wasser getaucht, doch Nina war dagegen und zitierte einen Artikel, den sie über die Verschmutzung der Kanäle gelesen hatte und wie selten sie gereinigt wurden. Daher setzten sie sich einfach an das leise schwappende Wasser, und Maura legte Nina den Kopf auf die Schulter.

Sie sah auf das grüne Wasser hinunter. Es war trüber, als sie erwartet hatte, als hätte ein Maler gerade seine Pinsel im Kanal ausgewaschen.

»Wir haben Glück, dass wir hier sein können, solange es noch so aussieht«, sagte sie. »Irgendwie kann ich kaum glauben, dass man diese Stadt überhaupt gebaut hat. Eine Welt auf dem Wasser.«

»Ich habe im Flugzeug einen Artikel darüber gelesen«, sagte Nina. »Man hat tatsächlich Holzpfähle in den Schlamm und den Lehm unter dem Wasser gegraben, Holzplattformen darauf errichtet, darüber dann Steinplattformen und schließlich die Gebäude selbst.«

»Und das Holz ist nicht verrottet?«, fragte Maura.

»Das Holz, das sie verwendet haben, war wasserbeständig, und da es unter Wasser und nicht der Luft ausgesetzt war, ist es nicht verrottet«, sagte Nina. »Es hat seit Jahrhunderten Bestand.«

Obwohl es in den Straßen gelegentlich wie in einem Fischereihafen roch, war die Stadt bezaubernd und anders als alle anderen Orte, an denen sie bisher gewesen waren. Die bunten pastellfarbenen Gebäude, deren gotische Mauerbögen mit dem glitzernden Wasser verschmolzen, und die Gondeln, die aufgereiht davor warteten, sahen genauso aus wie auf Postkarten und in Tagträumen.

Besonders amüsant waren die neugierigen Gesichter, denen sie an jeder Ecke begegneten. Auf den Dächern thronende Skulpturen, in Deckenfresken gemalte Gestalten, mit kleinen Büsten geschmückte Fassaden, sogar geschnitzte Türklinken in Form von Köpfen – überall in der Stadt blickten ihnen die Augen von Heiligen und Künstlern entgegen.

Einmal wäre Maura beim Anblick eines Dutzends gemalter Gesichter, die sie aus gruseligen, leeren Augen aus dem Fenster eines kleinen Ladens heraus anstarrten, fast zurückgesprungen.

Nina folgte ihr in das Geschäft, in dem Wände und Decke über und über mit traditionellen venezianischen Masken bedeckt waren, Hunderten von Porzellangesichtern, jedes mit seiner eigenen Persönlichkeit. Der Narr samt Kappe und Glocken. Der unheilvolle Pestarzt mit seinem langen Schnabel. Es gab Masken in allen Farben. Manche waren mit Bändern und Federn und aufwendigem Blattgold verziert. Andere zeigten Mienen voller Schmerz oder ein schelmisches Grinsen. Maura bewunderte eine weiße Maske mit zarten Musiknoten.

Eine Frau kam aus dem Hinterzimmer des Ladens, eine Hand auf einen Mahagonistock gestützt, und nickte Nina und Maura zu. Ihr dunkles, gewelltes und von grauen Strähnen durchzogenes Haar war zu einem lockeren Knoten geschlungen, und sie trug ihre Brille mit rotem Gestell an einem Band um den Hals.

»Ciao«, sagte sie. »Woher kommen Sie?«

»New York«, antwortete Nina.

»Ah, der Big Apple«, sagte die Frau lachend. Ihr Englisch war gut, auch wenn sie mit starkem Akzent sprach. »Wissen Sie etwas über die Geschichte unserer Masken?«

Nina und Maura schüttelten den Kopf.

»Nun, jeder weiß, dass wir sie während des berühmten Karnevals tragen, aber früher einmal haben die Venezianer Masken *ogni giorno* getragen, jeden Tag. Nicht nur zu Festen.«

Mit der freien Hand deutete die Frau zum Fenster. »Wenn man einfach durch die Straßen laufen wollte, konnte man eine Maske tragen, und niemand erkannte einen.«

»Das klingt sehr ... befreiend«, meinte Maura.

»Freiheit. *Sì*«, sagte die Frau ernst. »In Venedig waren die alten gesellschaftlichen Schichten sehr streng. Aber mit einer Maske konnte man ... jeder sein. Mann, Frau, reich, arm. Ein bisschen wie Ihr New York, ja? Man geht dorthin, um der zu sein, der man möchte.«

Nina nickte zustimmend. »Warum hat man dann aufgehört, Masken zu tragen?«

»Wie nennt man das ... anonym? *Sì*. Anonymität hat einen Preis. Man hat das Gefühl, alles tun zu können. Man trinkt, man betrügt, man spielt ...«

Die Frau sah lächelnd nach oben zu den endlosen Reihen von Gesichtern, die auf sie herabblickten. »Wenigstens haben wir den Karneval beibehalten.«

Maura wollte eine Maske für ihre Wohnung kaufen, und Nina diente als Modell für ein paar verschiedene Exemplare, eines extravaganter als das andere. Es war fast erschreckend, wie die Masken sie unkenntlich machten, und Maura musste daran denken, was die Ladenbesitzerin über die Freiheit gesagt hatte, die die Masken dem Träger gewähren. Das Gefühl der Unbesiegbarkeit. Vielleicht fühlten sich Langfaden auch so.

Und auch wenn ihre Zeit in Italien bisher wunderschön gewesen war, eine Ablenkung vom Leben zu Hause, dachte Maura darüber nach, eine Maske zu tragen, vorübergehend zu einem anderen Menschen zu werden, zu jemandem mit einem anderen Faden. Für einen Tag diese Erleichterung zu spüren, diesen Frieden.

Maura beobachtete, wie die Ladenbesitzerin Nina anmutig eine Maske vom Gesicht nahm.

»Wie war es hier in Italien, als die Boxen kamen?«, fragte sie plötzlich. »Haben die meisten Leute hineingesehen?«

Die Frau nickte, als hätte sie die Frage erwartet.

»Einige schon, aber ich glaube, die meisten nicht. Meine Schwester, sie ist eine sehr traditionelle Katholikin. Sie hat nicht hineingeschaut, denn sie sagt, sie wird gehen, wenn Gott sie zurückruft. Und ich habe nicht hineingeschaut, weil ich mit meinem Leben zufrieden bin.« Die Frau zuckte mit den Schultern. »Ich habe von Amerikanern gehört, die sagen, die Fäden hätten sie dazu gebracht, ihr Leben neu zu überdenken. Wie sagt man, ihre ...«

»Prioritäten?«, schlug Maura vor.

»*Sì, sì*. Ihre Prioritäten. Aber in Italien wussten wir das schon, glaube ich. Die Kunst, das Essen und die Leidenschaft waren für uns schon immer am wichtigsten«, erklärte sie und deutete in ihren Laden. »Und die *Familie*. Wir brauchten die Fäden nicht, um uns das zu sagen.«

JACK

Javiers Sachen standen in der Diele, bereit, in den Lieferwagen seines Vaters geladen zu werden und auf die vierzehnstündige Fahrt zum Armyposten in Alabama zu gehen, wo Javier seine Pilotenausbildung beginnen sollte. Doch Mr. und Mrs. García waren noch eine halbe Stunde entfernt, weshalb Javi auf seinem Koffer saß und wartete.

Eigentlich hätte er nicht so früh abreisen sollen. Er und Jack hätten ihre letzte Woche zusammen verbringen sollen. Aber nach ihrem Streit hatte Javi beschlossen, zu seinen Eltern zu fahren.

Natürlich wollte Javi bei seiner Familie sein, dachte Jack. Er *mochte* seine Familie tatsächlich. Soweit Jack wusste, hatte Javi seine Eltern sonst noch nie belogen, die Sache mit dem Faden war die einzige Ausnahme. Und das ersparte er ihnen aus Liebe.

Jack war nie so ehrlich zu seiner eigenen Familie gewesen, zumindest nicht, wenn es am meisten darauf ankam. Nachdem seine Frau ihn verlassen hatte, hatte sich Jacks Vater voll und ganz seiner Karriere gewidmet und Verträge des Verteidigungsministeriums überwacht. Auf Wunsch seiner Schwester Katherine ging er mit ein paar wohlhabenden, wohlerzogenen Frauen aus, doch seine Arbeit nahm seine ganze Aufmerksamkeit in Anspruch. Jack spürte, dass sein Vater erfolgreich sein *musste,* um ihren Status in der Familie zu erhalten, um den Makel zu tilgen, den seine Mutter verursacht hatte – und dass Jack ebenfalls Erfolg haben musste.

Grandpa Cal war vielleicht der Einzige, der ihn verstanden, der ihn nicht verspottet oder beschimpft hätte, weil er seine Meinung sagte. Aber Jack hätte unmöglich in das eichengetäfelte Wohnzimmer seines Großvaters gehen können, in dem drei Musketen seiner Vorfahren aus dem neunzehnten Jahrhundert neben einem gerahmten Bronze-Star-Orden an der Wand hingen, und gestehen, dass er nicht imstande war zu tun, was so viele Hunters vor ihm getan hatten.

Er konnte nicht zugeben, dass es vielleicht einen anderen Weg für ihn gab, der ihm nicht mitten in der Nacht Schauder über den Rücken jagte oder Kopfschmerzen verursachte, wenn er an die Zukunft dachte. Und er konnte erst recht nichts sagen, ohne eine Alternative anzubieten, etwas Seriöses wie Jura oder Politik. Doch so sicher Jack auch wusste, dass er nicht für die Army bestimmt war, er wusste nicht, *wofür* er überhaupt bestimmt war. Er hatte keine echte Leidenschaft, keine Ahnung, in welche Richtung er gehen wollte (abgesehen von der, in die ihn seine Familie gelenkt hatte). Er war nicht wie die anderen – Grandpa Cal, Javier, die Army, der Arzt, der bei der Demonstration gestorben war. Selbst Anthony und Katherine hatten ein Ziel, wenn auch ein fehlgeleitetes. Und jetzt, nachdem sein »kurzer Faden« Jack zu einem niederen Schreibtischjob in D.C. degradiert hatte, fühlte er sich zielloser denn je. Seine Uniform war lediglich ein schlecht sitzendes Kostüm.

Jack musste sich in Erinnerung rufen, dass es kein Verbrechen war, sich verloren zu fühlen – schließlich war er erst zweiundzwanzig. War das nicht die Zeit im Leben, in der man sich orientierungslos fühlen durfte?

Und hatte die Ankunft der Boxen nicht viele Menschen in die Irre geführt, eine Böe, die sie vom Kurs abgebracht hatte?

Doch Jack entging nicht die unangenehme Ironie, dass *er* einen langen Faden bekommen hatte, ein langes Leben, und nicht wusste, was er damit anfangen sollte, wohingegen Javi der mit dem Ziel im Leben war.

Jack fühlte sich bereits in vielerlei Hinsicht als Versager – als Soldat, als Sohn, als produktives Mitglied der Gesellschaft. Er wollte nicht auch noch als Freund versagen.

Er musste Javi zeigen, wie leid es ihm tat und wie dankbar er für ihre Freundschaft war, vom ersten Tag an der Academy bis zu dem Abend, an dem Javi seinem Plan zugestimmt hatte.

Ihre Freundschaft war der einzige Teil von Jacks Leben, dessen er sich jemals sicher gewesen war.

Als Jack aus seinem Zimmer kam, saß Javier immer noch nachdenklich auf seinem Gepäck.

»Ich weiß, im Moment willst du wahrscheinlich jeden lieber sehen als mich, aber ich konnte dich nicht gehen lassen, ohne mich zu verabschieden«, sagte Jack. »Und mich zu entschuldigen.«

Javi nickte nur stumm.

»Ich weiß, dass ich seit dem Tausch ein beschissener Freund war, und du verdienst es nicht, für *meine* Probleme bestraft zu werden«, fuhr Jack fort. »Ich hoffe, du weißt, dass ich wirklich stolz auf dich bin, Javi. Du bist so viel besser, als ich je sein werde.«

Javier blickte zu seinem Freund auf und schien gerührt von der Anerkennung.

Jacks Augen waren verquollen, er war unrasiert, doch Javi sah noch genauso aus wie an ihrem ersten Tag als Zimmergenossen, als Jack Javis Eltern kennengelernt und bemerkt hatte, wie nervös sie waren, wie ungern sie ihren Sohn zurücklassen wollten. Jack hatte ihnen damals sein Wort gegeben, dass er auf Javi aufpassen würde. Dass sie das gemeinsam schaffen würden.

»Danke, dass du das sagst«, erwiderte Javi.

Jack lächelte und deutete zu dem Kickertisch. »Wollen wir noch mal spielen?«

»Ich glaube, ich muss einfach allein sein, okay? Ich brauche einen klaren Kopf.«

»Ja, klar. Kein Problem.« Offensichtlich hatte Jack sich geirrt, und eine kleine Entschuldigung würde nicht reichen. »Das, äh, wollte ich dir nur geben, bevor du gehst.«

Jack reichte Javi einen dünnen weißen Umschlag. *Für meinen besten Freund* stand auf der Vorderseite. Javi öffnete ihn, und ein abgegriffenes Gebetskärtchen, das vom jahrzehntelangen Festhalten an den Rändern abgenutzt war, fiel in seine Handfläche.

»Das kann ich nicht annehmen«, sagte er.

»Natürlich kannst du das. Du hast es mehr verdient als ich.«

Javi schüttelte den Kopf. »Wirklich, Jack, das kann ich nicht.«

»Ich weiß, du bist katholisch, und das ist ein jüdischer Segen, aber … der Gott ist doch derselbe, richtig?«

»Das ist es nicht.« Javi legte das Bild neben sich ins Bücherregal. »Das ist *dein* Familienerbe. Nicht meins.«

Seine Worte schmerzten Jack. Javi war für ihn immer mehr wie ein Bruder gewesen als seine tatsächlichen Verwandten. Javi wusste als Einziger, wie Jack wirklich über die Hunters dachte, über die Army, über alles.

»Du *bist* meine Familie«, sagte Jack.

Javi schwieg, nur der Verkehr auf der Straße war gedämpft zu hören. »Ich weiß das zu schätzen, Jack. Aber ich habe viel ... nachgedacht ... und ich glaube, ich brauche jetzt einfach etwas Zeit für mich, mit *meiner* Familie, weit weg von dem ganzen Hunter-Rollins-Drama. Nichts für ungut, aber ... man kann sich ihm kaum entziehen.«

Jack seufzte. Dagegen konnte er nichts einwenden.

»Weißt du, mein Großvater war der *einzige* Hunter, der die Gebetskarte jemals besessen hat«, sagte er. »Und er hatte sie von seinem Freund Simon bekommen, sie sollte ihn beschützen. Nur das wollte ich.«

»Und das ist auch nett, Jack. Aber ich möchte wirklich nicht mehr darüber reden.«

Jack hörte den leisen Frust in Javiers Stimme. Er klang nicht mehr wütend wie bei ihrem Streit, sondern eher traurig. Als wäre Jack es nicht mehr wert, angeschrien zu werden. Ein hoffnungsloser Fall.

»Okay, dann bin ich mal weg«, sagte Jack und ging unbeholfen zur Tür. »Aber ich lasse die Karte da, falls du deine Meinung änderst.«

Javi wandte den Kopf ab, und Jack betrachtete seinen Freund von der Türschwelle aus. Sein Blick landete auf den verknoteten Schnürsenkeln von Javis Turnschuhen – zwei zusammengebundene Schnüre, so wie sein und Javis Faden für immer miteinander verbunden sein würden.

Jack war dankbar, dass er Javi mit seinem Faden ermöglichen konnte, wofür dieser so hart gearbeitet hatte. Doch sie wussten beide, dass Javis Traum nur einer von diversen Gründen war, warum Jack den Tausch vorgeschlagen hatte – und noch dazu ein kleiner.

Jack hatte Javi seinen Faden gegeben, um sich selbst zu retten. Und Javi hatte ihn nie darauf angesprochen und ihm nie das Gefühl gegeben, ein Feigling zu sein. Dafür war Jack selbst verantwortlich.

Javi wollte kein altes, verblichenes Gebetskärtchen, das ihm nie gehört hatte. Er hatte Jack während ihres Streits im Boxstudio deutlich gesagt, was er wollte, und doch konnte Jack es ihm nicht geben. Er konnte sich seinem Onkel nicht entgegenstellen, so wie er sich nie jemandem aus seiner Familie entgegenstellen konnte. Und jetzt war Anthony der Thronfolger, potenziell der nächste Präsident, und Jack war immer noch derselbe wie immer. Der Letzte, der beim jährlichen Picknick der Hunters in ein Team gewählt wurde. Der Sohn, der von seinem eigenen Blut verlassen worden war.

Was zum Teufel machte Jack da eigentlich? Er ließ zu, dass die Familie, die ihn nie verstanden hatte, den einzigen Menschen vertrieb, der ihn verstand?

Jack dachte, als ewiger Außenseiter in seiner Familie, als Fehler wüsste er, wie sich Einsamkeit anfühlte. Doch das war immer die *Abwesenheit* von Liebe gewesen. Hier, mit Javi, war es der *Verlust.*

Und etwas zu verlieren, war so viel schlimmer, so viel einsamer, als etwas einfach nicht zu haben.

Jack durfte Javi nicht verlieren. Nicht jetzt. Nicht schon Jahre, bevor er es sowieso musste. Und schon gar nicht, wenn seine eigene Schwäche und Angst daran schuld waren.

Jack sah seinen Freund und ehemaligen Mitbewohner an, und unwillkürlich stiegen ihm die Tränen in die Augen.

»Ich verspreche, ich werde es wiedergutmachen, Javi, und mir deine Vergebung verdienen. Und deinen Respekt. Denn ich habe so viel Respekt vor dir«, sagte er. »Ich weiß, dass die Army stolz auf dich sein wird.«

BEN

Als Ben und Maura sich im September auf einen Drink getroffen hatten, hatte sie ihn um einen Gefallen gebeten. Er sollte eine Überraschung für ihre Freundin vorbereiten, während sie in Italien waren.

Nachdem sie abgereist waren, fuhr Ben mit der U-Bahn zu der Adresse, ging in den dritten Stock und holte den Ersatzschlüssel aus der Tasche, den Maura ihm bei der letzten Sitzung der Selbsthilfegruppe gegeben hatte.

Er rechnete mit einer leeren Wohnung.

Doch als er ins Wohnzimmer kam, stieß er fast mit einer Frau zusammen, die eine Topfpflanze über ihren Kopf hielt.

»Scheiße!« Ben sprang zurück und hätte beinahe den Schlüssel fallen gelassen.

»Wer sind Sie?«, rief die Frau, die genauso erschrocken aussah wie er.

»Ich bin ein Freund von Maura«, erklärte Ben. »Sie hat mir den Schlüssel gegeben.«

»Oh«, sagte die Frau, die sich plötzlich ihrer abwehrenden Haltung bewusst wurde. »Tut mir leid, ich habe dich reinkommen hören, und nachdem es Nina oder Maura nicht sein konnten, habe ich mir einfach die erstbeste Waffe geschnappt.«

Ben warf einen Blick auf die Pflanzen hinter ihr. »Der

Kaktus wäre vielleicht die bessere Wahl gewesen«, meinte er. »Tut noch mal besonders weh.«

Die Frau lächelte, ihre Schultern entspannten sich, und sie stellte den Topf sanft zurück auf das Regal.

»Ich bin Ninas Schwester«, sagte sie. »Amie.«

»Schön, dich kennenzulernen«, erwiderte er. »Ich bin Ben.«

Amie und Ben hatten offenbar beide Aufträge erhalten: Nina hatte Amie gebeten, die Pflanzen zu gießen und die Post hereinzuholen, während Maura Ben mit einem Kunstprojekt beauftragt hatte.

Ben zog ein paar Papierbögen aus der Posterrolle unter seinem Arm hervor und breitete sie auf dem Couchtisch aus.

»Hast du die alle gezeichnet?«, fragte Amie verblüfft. Sie beugte sich näher heran, um die Skizzen zu betrachten – eine schäbige Karaokebar, eine mit Lichterketten geschmückte Caféterrasse, die Gewächshauskuppel im Botanischen Garten in Brooklyn.

»Maura hat mich ein paar Mal beim Kritzeln gesehen, und anscheinend gefiel es ihr.« Ben lachte. »Aber ich habe versucht, die hier etwas professioneller aussehen zu lassen. Ich wollte heute die Wand abmessen, damit ich sie rahmen lassen kann.«

Amie nickte. »Da haben sie sich kennengelernt, und dort hat Nina gesagt: ›Ich liebe dich‹. Nur das in der Mitte sagt mir nichts.«

»Das erste Date«, antwortete Ben. »Maura wollte alle bedeutenden Orte.«

»Das ist ein tolles Geschenk«, sagte Amie. »Und die Zeichnungen sind wunderschön. Bist du Künstler?«

»Architekt.«

»Also ein Künstler, der gut in Mathe ist.« Amie lächelte.

»Was ist mit dir?«

»Oh, ich bin schrecklich in Mathe«, sagte sie.

Ben lachte. »Ich meinte, was machst du beruflich?«

»Ich bin Englischlehrerin. Keine Zahlen, nur Romane.«

Ben wollte gerade fragen, an welcher Schule sie unterrichtete, als es hektisch an der Tür klopfte. »Nina! Maura!«, rief eine panische Stimme.

Ben öffnete rasch die Tür, vor der ein älterer, gebrechlicher Mann stand, der völlig durchnässt war.

»Wer sind Sie?«, fragte der Mann. »Wo sind Nina und Maura?«

»Äh, sie sind verreist«, sagte Ben. »Wir sind ihre Freunde. Können wir Ihnen helfen?«

»Ich weiß nicht, ich wusste nicht, wen ich fragen sollte. Maura und Nina helfen mir normalerweise«, murmelte der Mann ängstlich. »Ich glaube, ein Rohr ist geplatzt. Überall ist Wasser.« Er sah aus, als würde er gleich zu weinen beginnen.

»Sir, warum kommen Sie nicht rein und setzen sich?«, sagte Ben sanft, während Amie dem Mann auf die Couch half.

»Wo ist das Rohr geplatzt?«, fragte Ben.

»Wohnung 3B, hier auf dem Flur.«

»Ich hole ein paar Handtücher«, sagte Amie, während Ben zur Wohnung 3B lief.

Als er die enge Küche betrat, rutschte er beinahe aus. Aus einem Rohr sprudelte tatsächlich Wasser, das bereits über die schwarz-weißen Kacheln floss, eine flüssige Phalanx, die schnell auf den Parkettboden in der Diele vorrückte und den Teppich dahinter bedrohte. Ben kniff die Augen gegen das spritzende Wasser zu, während er unter dem Waschbecken kauerte und mit den Fingern nach dem Absperrventil tastete.

Er fand es und stoppte erfolgreich den Sprühregen, als Amie mit Handtüchern in den Armen hereinstürmte. Wäre Ben nicht so von Wasser und Adrenalin geblendet gewesen, hätte er sich glücklich geschätzt, dass er das Problem genau rechtzeitig hatte lösen können, um sie zu beeindrucken.

»Ein Klempner ist unterwegs«, sagte sie und warf Ben ein paar Handtücher zu, die er fest um das undichte Rohr wickelte. Der alte Mann war Amie gefolgt und stand nervös an der Tür, während Ben und Amie sich hinknieten und das Wasser aufwischten.

»Es tut mir so leid, das ist mir so unangenehm«, sagte der Mann, der sich offensichtlich für seine Not schämte. »Ich hätte es ja selbst gemacht, aber ich hatte Angst, ich könnte ausrutschen und hinfallen.«

»Das ist wirklich kein Problem«, erwiderte Amie freundlich. Dann warf sie einen Blick auf Ben und musste sich das Lachen verkneifen.

»Was?«, fragte er.

»Du bist so ... Also du bist sehr nass«, sagte sie.

»Na ja, du bist genau zum richtigen Zeitpunkt hereingekommen.« Ben lächelte und versuchte, sich das feuchte Haar aus dem Gesicht zu streichen. »Du hast den Teil verpasst, als ich mit dem Kopf in einem Geysir gesteckt habe.«

Nachdem der Klempner eingetroffen war, begleitete der alte Mann Ben und Amie in den Korridor und bedankte sich noch einmal überschwänglich bei ihnen.

»Das war sehr heroisch«, sagte Amie zu Ben, als sie die schmutzigen Handtücher in die Waschküche trugen.

»Wir Mathematiker sind für unsere Tapferkeit bekannt«, scherzte er.

»Ich hoffe, ihr seid auch für eure Diskretion bekannt«, sagte sie, »denn wir dürfen Nina nie sagen, dass wir mit ihren schicken Gästehandtüchern eine Überschwemmung aufgewischt haben. Sie wird schon nervös, wenn ich auch nur in der Nähe der Couch Wasser trinke.«

»Das Geheimnis ist bei mir sicher aufgehoben.« Ben lächelte.

»Du willst wahrscheinlich nach Hause gehen und dich umziehen, oder?«, meinte Amie.

Aber Ben wollte noch nicht gehen. Irgendetwas in ihm sagte ihm, er solle bleiben.

»Eigentlich ... würde ich gerne noch etwas trinken gehen«, sagte er. »In Gesellschaft?«

Die Drinks gingen in ein Abendessen in einer Trattoria um die Ecke über, die Amie vorschlug, um so zu tun, als wären sie auch in Italien.

»Ich habe Nina gebeten, Gondel-Schlüsselanhänger für alle meine Schülerinnen und Schüler mitzubringen«, erklärte sie, nachdem sie fertig gegessen hatten.

»Das ist wirklich nett«, sagte Ben. »So etwas hätte meine Mutter auch getan. Sie und mein Vater waren auch Lehrer.«

»Ich erinnere dich also an deine Mutter?«, zog Amie ihn auf, als der Kellner mit zwei dampfenden Cappuccinos kam. »Das *lieben* Frauen ja.«

Ben hatte den Eindruck, dass er und Amie sich an der Grenze zwischen Freundlichkeit und Flirten bewegten. Hatte Amie sie gerade absichtlich überschritten?

Fühlte sich so ein erstes Date an? Es war schon so lange her, dass Ben es fast vergessen hatte.

Plötzlich war er nervös, dass er seinen Drink verschütten oder Cappuccinoschaum an seiner Lippe kleben bleiben könnte. Zerbiss er die Biscotti zu laut? Diese ganzen kleinen Sorgen von früher, die nagende Unsicherheit.

Es war fast ein Luxus, sie wieder zu spüren.

Während Nina und Maura ihre Reise genossen, stolperte Ben selbst in ein Abenteuer, wurde in diverse Unternehmungen mit Amie hineingewirbelt.

Sie trafen sich noch einmal in Ninas und Mauras Wohnung, damit Ben Maß nehmen konnte, dann begleitete Amie ihn zum Rahmengeschäft und half ihm, etwas auszusuchen, das ihrer Schwester gefallen würde.

In einer guten Woche gingen sie zum Abendessen und unternahmen Spaziergänge im Park. Morgens gab es Bagels und abends Drinks. Und als Ben sich eines Abends zu ihr beugte, um sie zu küssen, fragte Amie, ob das Date denn schon enden *müsse*. Mit unglaublicher Willenskraft lud Ben sie in ein nahe gelegenes Café ein statt in seine Wohnung. Er konnte den nächsten Schritt noch nicht machen, zumindest nicht, ohne sich schuldig zu fühlen.

Nicht, solange Amie es noch nicht wusste.

Aber sie hatten so viel Zeit miteinander verbracht, und die Fäden waren nie zur Sprache gekommen. Amie schien das Thema zu vermeiden, und Ben wusste nicht, wie er es ansprechen sollte.

An dem Abend im Café zückte Amie ihr Handy und scrollte durch ihre letzten Nachrichten, während Ben ihr Profil betrachtete. Als Architekt war ihm Symmetrie wichtig, doch er war seltsam erfreut über die Tatsache, dass sie auf ihrer rechten Wange ein kleines Sternbild aus Sommersprossen hatte, auf ihrer linken jedoch keine.

»Sieh dir das an«, sagte sie und zeigte ihm ein Foto von einer italienischen Landschaft. »Nina hat es mir gerade geschickt. Ist das nicht wunderschön?« Dann legte sie die Hände um ihre Tasse und stieß einen zufriedenen Seufzer aus. »Hast du schon mal darüber nachgedacht, in ein kleines Dorf in Europa zu ziehen? Einfach die Hektik von New York zurückzulassen und in einem kleinen Häuschen zu leben, wo man mit dem Fahrrad in die Stadt fahren kann und jeder jeden kennt und man für den Rest seines Lebens frisches Brot, Marmelade und Käse essen kann?«

»Ehrlich gesagt, nicht sehr oft.« Ben lachte. »Aber es klingt schön, wenn du es beschreibst.«

»Die Fantasie ist sicher schöner als die Realität«, sagte Amie achselzuckend. »Schon komisch, die Leute reden oft von ihrem Traum vom ›einfachen Leben‹ oder dass man sich ›auf die einfachen Dinge‹ konzentrieren solle. Aber nur weil man auf dem Land lebt, weit weg von all dem oberflächlichen Kram, wird das Leben auch nicht weniger kompliziert.«

Ben nickte verstehend. »Wenigstens kann man sich dem stellen, während man frisches Brot und Käse isst.«

Amie lächelte. »Nina und Maura fahren morgen nach Verona, an ihrem letzten Tag«, sagte sie. »Und ich muss ständig an *Romeo und Julia* denken. Wusstest du, dass man in Verona Briefe an Julia schreiben kann?«

»Der fiktiven Figur?«

»Na ja, so in etwa«, erklärte Amie. »Jedes Jahr schicken Tausende Menschen Julia einen Brief und bitten sie um Rat in Liebesdingen. Ein paar Leute aus Verona, die sich Julias Sekretäre nennen, beantworten jeden Brief in ihrem Namen. Mit der Hand.«

»Das klingt nach einer großen Verantwortung.«

»Nicht wahr? Auf meinen Rat in Sachen Romantik kann man sich bestimmt nicht verlassen«, meinte Amie. Dann wirkte sie mit einem Mal verzückt. Ihr war offensichtlich eine Idee, oder vielleicht eine Erinnerung, gekommen.

»Du siehst aus, als wärst du ganz woanders«, sagte Ben.

»Oh, tut mir leid, das mache ich manchmal.« Amie lächelte ein wenig verlegen. »Ich habe mich gerade an eine Frau erinnert, die Julias Rat wirklich hätte gebrauchen können.«

»Eine Freundin von dir?«, fragte Ben.

»Nein, überhaupt nicht. Ihre Geschichte hat mich nur einmal fasziniert. Lustig, ich habe sogar in einem Brief von ihr erfahren. Sie hieß Gertrude.«

Das Wort traf Ben wie der Blitz, beinahe wäre er vom Stuhl gekippt. *Gertrude.*

Dieses einfache Wort stieß jede weitere Erkenntnis an, als ob sich die Ähnlichkeiten zwischen Amie und der mysteriösen Person »A.« in der letzten Woche langsam aufgetürmt hätten, bis sie vollständig zu sehen waren. Beide waren Englischlehrer in Manhattan, beide lebten an der Upper West Side. Und dieser Brief über Gertrude, das musste doch *seiner* sein, oder?

Bens Herz schlug schneller. Das konnte nicht sein. Auf keinen Fall.

Oder doch?

»Mir ist gerade aufgefallen«, sagte er, »dass ich dich noch gar nicht gefragt habe, an welcher Schule du unterrichtest.«

»Oh, sie heißt Connelly Academy, an der Upper East Side«, antwortete Amie. »Ich weiß, sie ist *viel* vornehmer als ich.«

Ben wollte etwas sagen, irgendetwas, doch er brachte nichts heraus, weshalb er schnell etwas trank, um sich zu beruhigen. Aber er verschluckte sich fast an seinem Kaffee.

Amie unterrichtete an derselben Schule, in der Ben jeden Sonntagabend saß und wo er jede Woche seine Briefe deponierte. Sie *musste* es sein, dachte er. Er spürte es bis ins Mark, wenn das überhaupt möglich war.

Der rationale Teil seines Gehirns *wusste,* dass es noch eine andere Erklärung geben könnte, aber er *spürte,* dass es einfach keine Alternative gab. Sie musste es sein.

NINA

An ihrem letzten Tag in Italien fuhren Nina und Maura eine Stunde mit dem Zug von Venedig nach Verona.

Der Tagesausflug war Amies Empfehlung, und Nina und Maura waren sich einig, dass die Literaturstadt einen Abstecher wert war. Verona war auch weniger überfüllt als Venedig, abgesehen von der Casa di Giulietta in der Innenstadt, zu der Paare, Bücherwürmer und Touristen pilgerten.

Die beiden Frauen gingen durch einen Durchgang in den Innenhof von Julias Haus, dessen Innenwände über und über mit gekritzelten Namen bedeckt waren, die mit jedem Jahr mehr wurden. Aus der Ferne sah es wie ein chaotisches Netz aus Graffiti aus, unleserliche Kritzeleien in allen Farben, die die gesamten Wände füllten. Doch bei näherer Betrachtung konnten sie einzelne Namen und Unterschriften ausmachen: *Marko und Amin. Giuli & Simo. Angela + Sam. Manuel und Grace. Nick & Ron. M+L. Teddy war hier.*

Maura sah zu Nina, die immer einen Stift dabeihatte, und beide hinterließen ihre Initialen an der Wand. Dann traten sie aus dem Gang auf eine Veranda, wo ein paar Dutzend Besucher den geschichtsträchtigen steinernen Balkon bestaunten und Fotos mit der Bronzestatue von Julia machten, die sittsam in der Mitte stand.

Nina und Maura reagierten etwas verstört auf die Information, dass offenbar ein anderer beliebter Brauch darin bestand, die Brüste des jungen Mädchens zu reiben, so wie man bei anderen Statuen die Zehen oder die Schuhe als Glücksbringer berührte.

»Mi scusi«, sprach Maura eine Frau an. *»Perché la toccano?«* Sie gestikulierte in Richtung der Touristin, die eine Hand auf Julias Brust gelegt hatte.

Die Frau entpuppte sich als Amerikanerin. »Fragen Sie mich, warum sie ihr alle an die Brüste fassen? Ich glaube, es soll Glück in der Liebe bringen.«

»Weil Julia da ja so viel Glück hatte«, flüsterte Nina.

»Also, das ist widerlich.« Maura verzog das Gesicht, während sie zwei Teenagerjungen beobachtete, die verzweifelt nach Liebe zu suchen schienen.

Die beiden gingen an der Schlange vor der Statue vorbei zu der Wand hinter Julia, die mit Hunderten von Nachrichten auf kleinen Klebezetteln und aus Notizbüchern gerissenen Seiten bedeckt war, da jeder neue Besucher die altehrwürdige Tradition befolgte, der tragischen Heldin einen Brief zu hinterlassen.

»Der hier ist niedlich«, sagte Maura. »›Dein Name ist Taylor, aber du bist meine Giulietta. Wir sind in Verona, und du bist *perfetta*.‹«

»Weißt du, was hier steht?« Nina zeigte auf eine andere Nachricht.

Maura musterte den gelben Zettel unter Ninas Finger.

Se il per sempre non esiste lo inventeremo noi.

Sie runzelte die Stirn, suchte nach den Worten. »Wenn die Ewigkeit nicht existiert«, sagte sie, »dann erfinden wir sie selbst.«

Am Nachmittag spazierten Nina und Maura an der Etsch entlang in Richtung der Ponte Pietra, der Hauptbrücke von Verona. Der Übergang aus der Römerzeit war aus roten Ziegeln und Kalkstein erbaut, und Nina fand, dass die beiden Materialien so chaotisch wie schön wirkten.

Ein starker Wind wehte vom Wasser her, und ein paar Passanten klammerten sich an ihre Hüte. Der Fluss strömte überraschend wild dahin, weiße Schaumkronen trieben unter der Brücke hindurch.

»Das ist Julias Geist«, mutmaßte Maura, »und will sich an allen rächen, die ihre Statue betatscht haben.«

Am Ende der Brücke standen einige Leute bei einem behelfsmäßigen Schrein aus Blumen, Kerzen und ein paar Teddybären.

»Sieht aus wie eine Gedenkstätte«, meinte Nina.

Als sie näher kamen, erkannte Nina den Mann und die Frau auf einem der gerahmten Fotos. Die Frischverheirateten, die im Frühjahr von der Brücke gesprungen waren.

»Lass uns weitergehen«, sagte Nina und hoffte, sich von der Traurigkeit nicht mitreißen zu lassen. Doch jedes Mal, wenn sie aufs Wasser blickte, musste sie an das Paar denken, das gemeinsam hineingesprungen war, und an die Braut mit dem kurzen Faden, die ertrunken war. Wenigstens hatte sie in ihrem Leben eine große Liebe gehabt. Was hatte Maura auf dem Post-it gelesen? *Vielleicht können wir unsere eigene Ewigkeit erfinden.*

»Woran denkst du?«, fragte Maura. »Du bist so still.«

»An den Zettel, den du auf Italienisch vorgelesen hast«, antwortete sie. *»Si siempre no existe ...?«*

Maura lachte. »Ich glaube, das ist Spanisch.«

Beim nächsten Windstoß war Nina von plötzlicher Energie erfüllt. Sie blieb stehen und sah Maura ernst an.

»Weißt du, in den ersten paar Wochen, in denen wir zusammen waren, habe ich immer darauf gewartet, dass du mit mir Schluss machst«, sagte sie. »Ich konnte mir nicht vorstellen, dass jemand so Besonderes, so ... Unvergessliches ... sich auch nur an meinen Namen erinnern würde.« Sie hielt inne. »Und jetzt sind wir hier, zwei Jahre später, und es gibt keine Ewigkeit mehr. Für niemanden. Aber ich will sie trotzdem mit dir erfinden.«

Maura war selten sprachlos, doch jetzt war so ein Moment.

»Ich frage dich gerade, ob du mich heiraten willst«, stellte Nina nervös klar.

»Ich weiß«, sagte Maura schließlich. »Ich würde Ja sagen, wenn der Antrag nicht so kitschig wäre.«

Nina lachte vor Freude und Erleichterung auf. »Gibst du mir eine zweite Chance?«

Maura lächelte. »Ja.«

BEN

Seit Bens Eltern das Haus in New Jersey verkauft hatten und in ihre Wohnung gezogen waren, hatten sie einige Sachen in einem Selfstorage-Abteil im Süden von Manhattan eingelagert. Im ungewohnten Ruhestand hatte Bens Mutter ein Buch zu viel über Downsizing und Entrümpeln gelesen und war überzeugt, dass mindestens die Hälfte der gelagerten Gegenstände überflüssig war. Daher fuhr Ben am Samstagnachmittag in die Stadt, um seinen Eltern beim Ausräumen zu helfen.

Bei seiner Ankunft durchwühlten sie bereits Türme von braunen Umzugskisten und warfen Sachen in große schwarze Müllsäcke.

»Wirf einfach alles weg oder tu zu den Spenden, was du nicht behalten willst«, sagte seine Mutter.

»Alles, was keine Freude macht?«, zog Ben sie auf.

Seine Mutter zerzauste ihm spielerisch die Haare, wie sie es oft getan hatte, als er jünger war. Damals fand er es lästig und kindisch, aber jetzt störte es ihn nicht mehr so sehr.

»Ich glaube, du musst mal wieder zum Friseur.« Ganz konnte sie nicht aus ihrer Haut als Mutter heraus.

»Konzentrieren wir uns lieber auf die Kisten, ja?«

Ben setzte sich auf einen Schrankkoffer und begann, Kisten mit alten Kleidern durchzusehen und die Sachen beiseitezulegen, die noch gut genug für die Altkleidersammlung waren. Bei der systematischen Arbeit konnte er seine Gedanken frei schweifen lassen, und schon bald dachte er an Amie, an alles, was zwischen ihnen noch unausgesprochen war – sein Faden, ihre Briefe.

Aber es gab einfach keine eindeutige Antwort. Ben mochte Amie. Er mochte ihr breites Lächeln und ihre asymmetrischen Sommersprossen, ihre Leidenschaft für ihren Job und dass sich alles zwischen ihnen so einfach anfühlte, wenn sie sich sahen oder wenn sie sich schrieben. Und was Ben natürlich *wirklich* an Amie mochte, waren die Gedanken, Ängste und Träume, die unter der Oberfläche lagen. Die sie in ihren Briefen preisgab.

Und Ben dachte, dass Amie ihn auch mögen könnte. Aber was, wenn sie nur den Teil von Ben mochte, den sie diese Woche kennengelernt hatte, den Helden, der einem Nachbarn in Not half, und nicht den traurigen, selbstmitleidigen Kurzfaden, der aber auch ein Teil von Ben war?

Er sah zu seinen Eltern, die beide Anfang sechzig waren und die die Zeugnisse ihres gemeinsamen Lebens durchforsteten, der Jahrzehnte, die sie zusammen verbracht hatten. Wie konnte Ben von einer Frau verlangen, sich für ihn zu entscheiden, wenn er ihr das nicht geben konnte?

In den letzten Monaten mit Claire, um seinen dreißigsten Geburtstag herum, hatte Ben tatsächlich ernsthaft über Ehe und Vaterschaft nachgedacht, nicht nur als schwer fassbare Hypothesen. Und nachdem Claire ihn verlassen, nachdem er von seinem Faden erfahren hatte, waren plötzlich alle zukünftigen Schritte, die er immer für selbstverständlich gehalten hatte – heiraten, eine Familie gründen, seine Kinder aufwachsen sehen, während er mit seiner Frau alt wurde –, nicht mehr garantiert.

Der Gedanke war schmerzhaft, dass er einfach weitergemacht hätte, wenn die Fäden nie angekommen wären oder wenn Claire nie seine Box geöffnet hätte. Dann hätte er das alles einfach umgesetzt, ohne sich Fragen zu stellen, ohne nachzudenken. Doch jetzt quälten ihn diese Zweifel.

»Oh Gott, sieh dir das an!« Seine Mutter hob ein winziges Kürbiskostüm aus der Schachtel mit der Aufschrift »Halloween«.

Ben beugte sich vor, um die Kostüme in der Schachtel zu betrachten: ein Cowboyhut, ein ausfahrbares Lichtschwert, sogar der verfilzte Kunstbart aus dem Jahr, in dem er nach einer Familienreise nach Spanien von Antoni Gaudí besessen gewesen war, war noch da.

»Die werden einige kleine Kinder sehr glücklich machen.« Seine Mutter lächelte und legte alles in die Spendenkiste.

Sein Vater wollte die leere Schachtel gerade zerdrücken, als Ben eine kleine Grußkarte entdeckte, die am Boden klebte. Auf der Vorderseite rief ein Cartoongeist »Buh!«, und auf die Innenseite hatten seine Eltern geschrieben: »Hab keine Angst! Wir passen immer auf dich auf.«

»Wir waren früher wohl ein bisschen kitschig«, meinte Bens Vater.

»Früher?«, scherzte Ben.

Aber seine Mutter stieß ihren Mann sanft mit dem Ellbogen an. »Hey, die Karte war schön«, sagte sie. »Und wir haben es ernst gemeint.«

Als seine Eltern zu ihren Kistenstapeln zurückkehrten, schaute Ben auf die offene Karte in seinem Schoß, den Witz in der Schrift seiner Mutter, und er spürte ein seltsames Zucken im Auge.

Seine Mutter hatte recht. Ben konnte sich nicht erinnern, dass er bei seinen Eltern je Angst gehabt hätte. Er hatte sich immer beschützt gefühlt.

Selbst nachdem er als leichtsinniger Teenager vom Fahrrad gestürzt war und im Krankenhausbett ängstlich auf seine Röntgenergebnisse gewartet hatte, beruhigten sich seine Nerven sofort, als seine Eltern in die Notaufnahme liefen. Es spielte keine Rolle, dass sie ihn die nächste Stunde wegen seiner Unachtsamkeit geschimpft hatten. Als er sie kommen sah, fühlte er sich einfach sicher.

Wie konnte er sich also jetzt nicht an sie wenden, in der schrecklichsten Stunde seines Lebens, wenn er ihren Trost am meisten brauchte?

Ja, die Wahrheit würde sie verletzen, dachte Ben, aber würde es sie nicht noch mehr verletzen, wenn sie es später herausfänden? Wenn sie dächten, ihr Sohn hätte ihnen nicht genug vertraut? Nachdem sie immer für ihn da gewesen waren?

»Ich muss euch etwas sagen«, begann Ben. »Ich kenne meinen Faden. Das war der eigentliche Grund, weshalb Claire und ich uns getrennt haben. Und ... mir bleiben noch etwa vierzehn Jahre. Eineinhalb Jahrzehnte.« Er lächelte schwach. »Das klingt ein bisschen besser.«

Eine kurze Pause entstand, eine Lücke in der Zeit, in der niemand sprach oder sich bewegte, und Ben befürchtete, dass irgendetwas in seinen Eltern unwiderruflich zerbrochen war.

Bis seine Mutter ihn an sich zog und ihn mit der Heftigkeit, der fast überirdischen Intensität umarmte, die nur von einer bestimmten Person in einem bestimmten Moment heraufbeschworen werden konnte: einem Elternteil, das sein Kind beschützte. Ben war größer und breiter als seine Mutter, das war er schon seit dem College, aber irgendwie schien sich ihr Körper jetzt um seinen zu legen, ihn wie einen kleinen Jungen zu umschlingen, ihn mit ihrem ganzen Ich zu umhüllen. Und Bens Vater legte seinem Sohn warm und schwer die Hand auf die Schulter und übte gerade genug Druck aus, damit Ben nicht umfiel.

Da wurde Ben klar, dass Claire ihn nicht ein einziges Mal berührt hatte, als sie ihm in jener Nacht die Wahrheit gesagt hatte. Im Nachhinein war das ganz schön schockierend. Sie hatte ihre Arme um *sich* geschlungen gehabt und versucht, *sich* zu stützen. Aber Bens Eltern dachten nicht an sich selbst, nicht in diesem Moment. Sie dachten nur an ihren Sohn.

Und so saß Ben auf dem Schrankkoffer, in den Armen seiner Mutter, unter der Hand seines Vaters, und die Stille und ihre Berührungen sagten alles, was gesagt werden musste.

JACK

Ein paar Wochen nach Javiers Abreise musste Jack aus der Wohnung raus, die ihn an ihre angespannte Freundschaft erinnerte. Seit ihrem Streit hatten sie kaum Kontakt gehabt, und Jack verstand endlich, warum sein Vater mit ihm umgezogen war, nachdem seine Mutter die Familie verlassen hatte, er verstand, wie Erinnerungen einen Raum trüben konnten.

Nach einer Woche Cybersicherheitstraining für seinen neuen Posten in Washington, D.C., ging Jack an einem Freitagabend direkt zur Union Station und stieg in den nächsten Zug nach New York.

Er setzte sich in den letzten Waggon und sah aus dem Fenster, das von den Fingerabdrücken und fremden Atemzügen vieler Jahre milchig geworden war. Er konnte es nicht erwarten, nach New York zu kommen. Bisher hatte er die Stadt nur ein paar Mal besucht, aber er wusste, dass es der einzige Ort auf der Welt war, an dem immer Menschen unterwegs waren, egal wohin man ging oder wie spät es war. Der einzige Ort, der ihm Anonymität, ein fast normales Leben garantierte.

Zwei Tage lang streifte Jack durch die Straßen Manhattans, schlief auf dem schäbigen grauen Futon eines Kumpels, trank und spielte Billard in einer Kneipe und versuchte die unverständlichen Ansagen in der U-Bahn zu entschlüsseln, bewegte sich unerkannt an den Menschen vorbei. Doch er dachte immer noch an Javier.

Jeder Hubschrauber, der über ihm dröhnte, erinnerte ihn an seinen Freund, den Piloten in Ausbildung.

Obwohl er im Wohnzimmer bei offenem Fenster schlief und jede Sirene hörte, jedes Geschrei und zerbrechendes Glas in den Müllsäcken, die zum Bordstein geschleppt wurden, war Jack in Gedanken wieder in D.C. oder ihrem Zimmer in der Academy. Selbst New York konnte ihn nicht befreien. Die Ablenkungen der Stadt reichten nicht, um die Schuldgefühle aufzuwiegen, die ihn daran erinnerten, dass er sein Versprechen Javier gegenüber noch nicht eingelöst hatte. Seine Vergebung zu verdienen.

Am Ende des Wochenendes ging Jack die Straße entlang, die Hände in den Taschen, und war deprimiert über seinen gescheiterten Ablenkungsversuch. Es war noch nicht einmal acht Uhr abends, doch nur eine Handvoll Fußgänger war auf dem Gehsteig unterwegs, ein Parteiwerber, der schüchtern nach Unterschriften fragte, ein Trommler, der auf umgedrehten Eimern spielte.

Jack sah die beiden Teenager, die sich dem Aktivisten näherten, einem kleinen Mann mit Brille und Klemmbrett in der Hand. Etwas an der aggressiven, arroganten Körperhaltung der Jungen, die mehr Raum als nötig einnahmen, erinnerte Jack an seine Peiniger von der Academy. Als die Jungs näher an den nichts ahnenden Werber herantraten, beschleunigte er seinen Schritt.

Der Mann versuchte tatsächlich unschuldig lächelnd, die Jungen in ein Gespräch zu verwickeln. »Habt ihr vielleicht eine Minute Zeit, um Wes Johnson zu unterstützen?«, fragte er.

Einer der Jungen legte den Kopf schief. »Sie meinen diesen Kurzfaden?«

»Senator Johnson hat bewiesen, dass er die Interessen *aller* Amerikanerinnen und Amerikaner vertreten wird, also auch von Menschen mit kurzen Fäden«, antwortete der Aktivist.

»Warum sollte ich meine Stimme an jemanden verschwenden, der sowieso bald den Löffel abgibt? Er sollte seinen jämmerlichen Kurzfaden-Arsch aus dem Weg räumen. Der Typ ist voll peinlich.«

Einer der Jungs riss dem Aktivisten das Klemmbrett aus der Hand und überflog gierig die Namen. »Wer zum Teufel mag diesen Kerl überhaupt?«

Eine vorbeigehende Mutter, die die angespannte Szene bemerkte, packte nervös die Hand ihres Kindes und führte es weg, während Jack in der Nähe wartete.

»Bitte gib mir das zurück«, bat der Werber.

Der Junge lächelte schief, dann warf er das Klemmbrett auf den Gehsteig, sodass mit einem lauten Knall auf dem Pflaster aufkam. Der Trommler hörte auf zu spielen.

Jack sah den Schmerz im Gesicht des Wahlwerbers, der überlegte, wie er sich verhalten sollte. Wenn er sich bückte, um das Klemmbrett aufzuheben, würde er die Jungen und vor allem den Tisch mit der Spendenbox aus den Augen lassen müssen.

Jack sah sich um. Ein wenig abseits stand eine junge schwangere Frau und umklammerte mit der rechten Hand ihr Handy, wahrscheinlich bereit, den Notruf zu wählen, sollte die Situation eskalieren. Wo waren die Menschen, wenn man sie am meisten brauchte?, dachte Jack. Er nickte der Frau zu, die die Geste erwiderte, die sofortige Verbundenheit gegenseitiger Besorgnis.

»Willst du das nicht aufheben?«, fragte der Junge den Aktivisten, während sein Freund sich näher an den Tisch heranschob.

Willst du nicht zurückschlagen? Jack konnte immer noch die Hänseleien vom Rand in der Academy hören. *Zu schade, dass deine Familie nicht hier ist. Schade, dass dein Onkel nicht hier ist. Schade, dass du nicht so stark bist wie sie.*

Plötzlich entlud sich Jacks Wut.

»Warum lässt du den Mann nicht einfach in Ruhe, und wir können alle mit unserem Abend weitermachen?«, sagte Jack entschlossen, trat einen Schritt vor und ermöglichte es dem Mann so, sein Klemmbrett vom Gehsteig aufzuheben.

»Kümmer dich um deinen eigenen Scheiß, Arschloch!«

»Ich bin nicht auf einen Streit aus«, sagte Jack.

»Dann verpiss dich.«

»Erst wenn ihr diesen Mann in Ruhe seine Arbeit machen lasst«, sagte Jack.

Der Junge kicherte. »Du bist wahrscheinlich einer von ihnen. Ihr beide. *Kurzfaden.*« Seine Stimme triefte vor Boshaftigkeit.

Als Jack sich weigerte, zu antworten oder wegzugehen, drehte der Junge den Kopf, als wolle er nachgeben, bevor er schnell ausholte und mit der Faust auf Jacks Kinn zielte.

Unglaublicherweise blockte Jack den Schlag ab.

Der andere Junge griff ihn von der Seite an, doch Jack konnte auch ihn abwehren.

Verblüfft und verärgert versuchten die beiden Jungen noch weitere Angriffe, doch Jack parierte auch die. Die frustrierten Jungs konnten nicht wissen, dass Jack nicht mehr in New York war, sondern im Ring mit Javier, wo er mit seinem besten Freund übte, seinem Bruder. Unterbewusst hatte er sich Javiers Bewegungen eingeprägt und wie er sich verteidigen konnte.

Jack wollte die Teenager eigentlich nicht schlagen, doch einen anderen Ausweg gab es wohl nicht, weshalb er jedem von ihnen einen Schlag in den Magen verpasste, nicht zu hart, nur genug, um die Botschaft zu vermitteln, dass der Kampf vorbei war.

Und als die Jungen zurücktaumelten und Jack begriff, was passiert war, lächelte er. Selbst wenn er nicht da war, stand ihm Javi immer bei.

Nachdem die Jungs abgehauen waren, traf ein Polizeibeamter ein. Er nahm gerade die Aussage des Wahlwerbers auf, als die junge schwangere Frau, die die Polizei gerufen haben musste, zu Jack trat.

»Du bist ein ganz schöner Kämpfer«, sagte sie.

Jack zitterte noch immer vor Adrenalin, und seine Handgelenke schmerzten, aber das war nichts im Vergleich zu den Schmerzen des brutalen Faustkampfes im ersten Jahr an der Academy, als er vor all seinen neuen Kommilitonen zu Boden geschickt worden war und Javi Eis aus der Küche stehlen musste, damit sein Gesicht nicht anschwoll.

»Danke«, erwiderte Jack. »Normalerweise bin ich nicht so … fähig.«

»Ich bin Lea.« Die Frau lächelte.

»Jack.«

»Nun, Jack, ich bin eigentlich gerade auf dem Weg zu einem Gruppentreffen. Danke, dass ich dank dir jetzt etwas zu erzählen habe.«

Da bemerkte Jack, dass die junge Frau eine goldene Anstecknadel an ihrem Pullover trug, deren Muster er noch nie gesehen hatte: zwei ineinander verschlungene Linien, wie die Schlangen, die sich um den Hermesstab wanden, nur waren diese Linien von unterschiedlicher Länge.

Lea bemerkte seine Neugierde. »Das sind zwei Fäden«, erklärte sie. »Ein langer und ein kurzer. Aus Solidarität.«

»Hast du den Anstecker gemacht?«, fragte Jack.

»Mein Bruder hat ihn mir gegeben«, antwortete sie. »Ich glaube, es gibt sie erst seit Kurzem auf Etsy, aber sie verkaufen sich ziemlich schnell. Sogar Wes Johnson hat letzte Woche einen getragen.«

Was seinem Onkel sicher gar nicht gefallen dürfte, dachte Jack.

»Glaubst du wirklich, dass sie *deshalb* so grausam waren?«, fragte Lea. »Weil der Mann für Johnson arbeitet?«

Jack zuckte mit den Schultern.

»Ich kann nicht fassen, was sie über Kurzfaden gesagt haben.« Lea schauderte.

»Hoffentlich überlegen sie es sich jetzt zweimal, bevor sie so etwas wieder sagen.«

»Danke«, sagte Lea.

Jack hörte den Ernst in ihrer Stimme. »Das waren nur zwei Arschlöcher, die nach Spaß und vielleicht etwas Geld gesucht haben«, erwiderte er. »Es war wirklich nichts.«

»Du hast etwas *Unrechtes* gesehen und nicht weggeschaut«, betonte Lea. »Das ist nicht nichts.«

Jack dachte daran, was Javi während ihres Streits gesagt hatte. Dass es nicht mehr nur um Anthonys Ego ging. Das Leben von Menschen stand auf dem Spiel. Menschen, die weitaus schlechtere Voraussetzungen hatten als Jack, egal, wie oft er sich über seine Familie beklagte und sich wünschte, sein Leben wäre anders. Javi hatte versucht, ihm das zu sagen, ihn aus seiner Selbstbezogenheit zu reißen.

Wie immer hatte Jack das nicht erkannt, und Javier hatte recht gehabt.

Jack war sich nicht sicher, was ihn dazu getrieben hatte, sich einzumischen, doch an diesem Abend kehrte er nach D.C. mit dem Gefühl zurück, dass er vielleicht doch nicht so schwach war. Vielleicht hatte er nur den richtigen Moment gebraucht, weit weg von seiner Familie, den Kameras, der Army, weit weg von allen, die er je belogen oder zu sehr hatte beeindrucken wollen. Vielleicht hatte er nach all den Jahren, die er mit Javier verbracht hatte, mehr von seinem Freund gelernt als nur das Boxen.

Es war berauschend, dieses Gefühl, etwas Sinnvolles getan zu haben, wenn auch nur für einen Moment. Sein ganzes Leben lang hatte Jack stumpf Befehle befolgt, war nicht für sich eingestanden. Er hatte das Gefühl, dass er die ganze Zeit nichts getan hatte.

Aber das hier war endlich nicht mehr nichts.

Jack wusste, dass es nur noch eine Frage von Tagen war bis zur nächsten Einladung von Anthony und Katherine auf die Bühne. Und vielleicht hätte er dieses Mal weniger Angst.

BEN

Am Sonntagmorgen, einen Tag, nachdem er seinen Eltern die Wahrheit gesagt hatte, wachte Ben auf und stellte fest, dass er immer noch keinen Brief geschrieben hatte. Er hatte sich noch nicht entschieden, was er Amie sagen wollte, und heute Abend fand ein weiteres Treffen in *ihrem* Klassenzimmer statt. Seine letzte Chance, den üblichen Brief dort zu deponieren, so zu tun, als hätte sich nichts geändert.

Doch bevor er weiter darüber nachdenken konnte, warf Ben einen Blick auf sein Handy, und das Datum stach ihm ins Auge.

Vor genau zwei Monaten.

Innerhalb einer Stunde saß er in der U-Bahn und fuhr in die Innenstadt, auf dem Weg zu einem ganz bestimmten Ort.

Seit jenem Nachmittag im August war er nicht mehr dort gewesen, als der Park voller Zuschauer gewesen war, bewundernden und wütenden.

Als er sich dem Parkeingang näherte, bemerkte Ben eine kleine Menschenmenge, die sich an einem Gebäude versammelt hatte. Ein paar machten sogar Fotos. Kurz fragte er sich, ob sie aus demselben Grund hier waren wie er, bevor er erkannte, dass sie ein Graffito an der Steinmauer fotografierten.

Als die Gruppe zur Seite ging, sah Ben, was sie sich angesehen hatten: ein schwarz-weißes Gemälde der mythischen Pandora über ihrer geöffneten Büchse. Es war zu spät, der Inhalt der berüchtigten Truhe – schattenhafte Spiralen und dämonische Gesichter – war bereits in die Welt entlassen worden und kroch an der Wand entlang nach oben. Das Bild ließ Bens Haut kribbeln, und er wandte sich schnell ab und ging in den Park.

Seine Erinnerung schien ihn instinktiv zu der Stelle zu führen, an der er an jenem Tag gestanden hatte. Überrascht sah er eine junge Frau, die regungslos, fast meditativ, mitten auf dem belebten Weg stand. Das Einzige, was sich an ihr bewegte, war der Saum ihres langen geblümten Rocks, der leicht um ihre Knöchel tanzte. Die Frau zog einen Blumenstrauß aus der Tasche, kniete sich hin und legte ihn auf das Pflaster.

Sie war einige Meter von der Stelle entfernt, an der Hank zusammengebrochen war, als wäre sie auch an jenem Tag dort gewesen – oder die Beschreibungen des Vorfalls in den Nachrichten hatten sie hergeführt. Ben war sich jedenfalls sicher, warum sie hier war, und er überlegte, ob er sie ansprechen sollte. Er kannte die Regeln der Stadt, die hochgezogenen Augenbrauen als Reaktion auf diejenigen, die bereitwillig Fremde ansprachen. Und wenn diese Frau wirklich um Hank trauerte, war es dann unhöflich, sie in ihrer Trauer zu stören?

Während er langsam auf sie zuging, versuchte Ben zu erraten, wer sie sein könnte. Hank hatte keine Schwestern, und Dr. Anika Singh, die die Trauerrede für ihn gehalten hatte, war sie auch nicht. Vielleicht eine Cousine, eine Kollegin, eine andere Ex.

»Tut mir leid, dass ich störe«, sagte Ben sanft, »aber sind die für Hank?«

Die Frau schreckte auf. »Oh ja, das sind sie«, sagte sie. »Kannten Sie ihn?«

»Ja.« Ben nickte. »Wenn auch noch nicht lange.«

Die Frau hielt einen Moment lang inne, den Kopf nachdenklich geneigt. »Wie war er so?«, fragte sie.

Ben war überrascht. Er hatte angenommen, dass sie Hank gekannt hatte. Aber sie war wohl nicht einmal eine flüchtige Bekannte. Eine besessene Verehrerin, die Hanks Geschichte gehört hatte?

»Er war einer der interessantesten Menschen, die ich je gekannt habe«, sagte Ben. Seine anfängliche Vorsicht schwand, als er das Interesse der Frau sah. »Ich hatte das Gefühl, dass er nie eine Last sein wollte, und keiner sollte ihn bemitleiden. Er wollte immer der Held sein.« Ben lächelte. »Und zum Glück war er das meistens auch.«

»Deshalb wollte ich auch herkommen«, erklärte die Frau. »Um ihm zu danken.«

Natürlich, dachte Ben. Eine Patientin, die nur Hank, den Arzt, kannte, nicht den Mann außerhalb der Notaufnahme.

»Er war also Ihr Arzt?«, fragte Ben.

»Nein«, antwortete sie, als der Wind ihre langen schwarzen Haare anhob, deren Spitzen pink gefärbt waren. »Er ... hat mir meine Lunge gegeben.«

Einen Moment lang spürte Ben, wie seine eigenen Lungen nach Atem rangen. Er starrte die Frau vor sich an, deren Brust sich hob und mit der Herbstluft füllte.

Ben hatte nicht gewusst, dass Hank Organspender gewesen war; bei der Beerdigung hatte es niemand erwähnt. Aber es war eigentlich nicht überraschend, oder? Die letzte Tat eines Helden.

»Es ist zwei Monate her, und jetzt kann ich ihn zum ersten Mal besuchen. Aber ich denke die ganze Zeit an ihn.«

»Er würde sich bestimmt sehr freuen, von Ihnen zu erfahren«, sagte Ben.

Plötzlich erinnerte er sich an ein Gespräch mit Maura, etwas über Kryonik und Mind-uploading, die Handel und Opfer, auf die Menschen sich in der Hoffnung einließen, eines Tages weiterleben zu können. Doch bei der jungen Frau vor ihm dachte Ben an ihren Faden, und wie jedes Stück, das über jenen Nachmittag im August hinausreichte, ein Teil von Hanks Faden war, den er ihr geschenkt hatte, wie das Leben dieser Frau verlängert worden war, nur weil Hank gelebt hatte, und Ben erkannte, dass man auf mehr als eine Weise weiterleben konnte.

»Ich habe immer noch nicht in meine Box gesehen«, sagte sie, als hätte er seine Gedanken laut ausgesprochen. »Zuerst hatte ich zu viel Angst, und meine Familie musste schwören, auch nicht hineinzusehen. Aber jetzt, nach der OP, ist jeder Tag einfach heilig, egal, wie lang mein Faden ist. Und ich will keine Zeit damit verschwenden, traurig zu sein oder abgelenkt. Ich will nur dankbar sein. Und so viel leben wie möglich.«

Die Frau sprach mit Ben, beobachtete dabei aber die anderen Leute im Park – das Paar, das sich diskret auf einer Decke eine Flasche Wein teilte, den Jogger, der sich über den Trinkwasserbrunnen beugte, das Teenagermädchen, das unter einem Baum las.

Plötzlich klingelte das Handy der Frau, sie zog es aus der Handtasche und sah auf den Bildschirm.

»Oh, Mist, ich muss rennen, um nicht zu spät zu kommen«, entschuldigte sie sich. Dann sah sie Ben grinsend an. »Wissen Sie, früher habe ich das nur so gesagt, denn ich konnte mich ja nicht schnell bewegen, ohne fast zu ersticken. Aber das gerade war eine Freundin«, erklärte sie. »Die OP ist zwei Monate her, und wir fangen jetzt gemeinsam das Walken an. Dann wollen wir uns steigern und joggen, und nächstes Jahr will ich einen Halbmarathon laufen.«

Ben lächelte über die Zuversicht der jungen Frau in ihre eigene Vorhersage. »Viel Glück«, wünschte er ihr.

Nachdem die Frau gegangen war, starrte Ben auf die pfirsichfarbenen Rosen, die sie auf den Boden gelegt hatte. Wie viele Leute würden an ihnen vorbeigehen und sich fragen, warum sie hier lagen, für wen sie bestimmt waren? Vielleicht wüssten es einige sogar.

Auf dem Weg zurück zur U-Bahn kam Ben wieder an dem schwarz-weißen Wandgemälde vorbei und wagte sich näher heran. Als er Pandoras verzweifeltes Gesicht und die leere Box in ihren Händen sah, bemerkte er, dass ein Bereich auf dem Wandbild übermalt worden war, den er von weiter weg nicht gesehen hatte. Es musste von einem anderen Künstler hinzugefügt worden sein, dachte Ben, der hellblaue Farbe und einen dünneren Pinsel verwendet hatte.

Der ursprüngliche Maler hatte nur eine dunkle Ecke des Schachtelinneren gezeichnet, und genau an dieser Stelle hatte ein zweiter Künstler ein einziges Wort hinzugefügt: *Hoffnung.*

AMIE

Am Montagmorgen fand Amie den Brief in ihrem Klassenzimmer.

Sie war verblüfft, dass er mit ihrem vollen Namen an sie adressiert war und nicht wie bisher mit einem A. Sie überlegte, ob sie ihren Namen versehentlich in einem früheren Brief verraten hatte, doch das glaubte sie eigentlich nicht. Als sie das Blatt Papier umdrehte, sah sie, dass der Absender auch mit seinem vollen Namen unterschrieben hatte.

Liebe Amie,

ich habe einmal von dieser abgelegenen Galápagos-Insel gehört, auf der heute nur hundert Menschen leben und auf der im 18. Jahrhundert einige Walfänger ein leeres Fass an der Küste aufgestellt haben, das als behelfsmäßiges »Postamt« diente. Damit begann die Tradition, dass alle Schiffe, die an der Insel vorbeikamen, die Briefe aus der Tonne mitnahmen und sie nach England oder Amerika – oder wo auch immer sie herkamen – brachten und so die Post anderer Seeleute auslieferten. Auch heute noch können Besucher Postkarten oder Briefe in der Tonne hinterlassen – ohne Briefmarke – und dafür einen Brief entnehmen und damit versprechen, ihn an den rechtmäßigen Empfänger zuzustellen. Ich kenne keine Statistiken, aber angeblich funktioniert das System erstaunlich gut.

Ich weiß nicht genau, warum ich dir das erzähle, außer vielleicht, weil ich dadurch glaube, dass ein Brief selbst unter den seltsamsten Umständen seinen Weg zur richtigen Person finden kann.

Irgendwie hat mein Brief vor Monaten den Weg zu dir gefunden.

Und, so verrückt es auch klingen mag, wir haben tatsächlich zueinandergefunden, und mir wurde klar, dass du an der Schule arbeitest, in der ich seit April jeden Sonntagabend eine Selbsthilfegruppe für Kurzfaden besuche. (In der Gruppe habe ich auch Maura kennengelernt, aber ich habe ihr nichts von den Briefen oder von dir erzählt.)

In den letzten Jahren habe ich mir die meiste Zeit Sorgen gemacht, wie mein Chef auf meine Entwürfe reagieren würde oder ob ich so viel Geld verdiene, wie ich sollte. Oder ob meine alten Klassenkameraden mich jetzt endlich nicht mehr als den Streber von früher sehen würden, sondern als jemand, der stärker und größer war. Und natürlich ist das alles – Karriere zu machen, Geld zu verdienen – immer noch wichtig, aber andere Dinge eben auch. Die Fäden haben das so deutlich wie nie zuvor gezeigt.

Als Erwachsener sehe ich jetzt, dass meine Eltern mir zwei wunderbare Geschenke gemacht haben: Sie haben mir vorgelebt, wie eine echte, liebevolle Partnerschaft aussieht, und sie haben mir eine Kindheit ermöglicht, in der ich mich immer sicher und beschützt gefühlt habe und nie Angst hatte.

Ich glaube, das könnte ich auch. Ein guter Partner für den Menschen sein, den ich liebe, und das größte Erbe meiner Eltern an meine Kinder weitergeben.

Es tut mir leid, Amie. Es tut mir leid wegen des Schocks, den dieser Brief auslösen wird, und es tut mir leid, weil du mich einmal gebeten hast, über kleine Dinge zu schreiben, und es gibt wohl kaum etwas Größeres als das hier. Aber du hast auch gesagt, dass wir alle unser eigenes Maß finden müssen, wenn es um unser Lebensglück geht.

Kürzlich sagte jemand zu mir, eine Frau, dass sie keine Zeit damit verschwenden wolle, traurig zu sein. Sie wolle einfach so viel wie möglich leben. Und ich denke, das ist so gut wie jedes andere Maß.

Ich danke dir für alles,
Ben

Amie legte den Brief langsam ab, dessen Ränder von ihren verschwitzten Händen durchfeuchtet waren.

Ben hatte ihr die ganze Zeit geschrieben. *Ben* war es, den sie getröstet und bei dem sie selbst nach Trost gesucht hatte.

Ben hatte einen kurzen Faden.

PS: Apropos gutes Leben und Dinge verfolgen, die ich haben möchte: Ich würde dich gern wiedersehen. Keine Geheimnisse mehr.

Amie fühlte sich fiebrig und benommen, blinzelte gegen die Tränen an. Sie brauchte Zeit zum Nachdenken. Ihre letzte Unterrichtsstunde war für heute beendet, weshalb sie die Schule früh verließ.

Im Bus ließ Amie sich auf einen Sitz sinken und versuchte, ruhig zu bleiben, doch ihr war übel. Sie schloss die Augen, während der Bus langsam durch den Verkehr stotterte. An ihrer Haltestelle angekommen, hastete sie in ihre Wohnung, dankbar, wieder zu Hause zu sein.

Amie hatte alle Briefe von Ben aufgehoben, bevor sie wusste, dass sie von ihm waren, und sie nahm sie aus ihrer Kommodenschublade und las sie der Reihe nach noch einmal. Im Schneidersitz saß sie auf dem Schlafzimmerboden und starrte auf die einzelnen Seiten, die auf dem Teppich ausgebreitet lagen. Jedes Blatt war mit dunkelblauer Tinte und Bens sauberer Handschrift geschmückt.

War es möglich, dass sie in Ben etwas aus den Briefen wiedererkannt hatte?

Vielleicht war sie deshalb in ihrer gemeinsamen Zeit so eifrig gewesen, so aufgeschlossen. Vielleicht hatte sie deshalb sofort diese warme Vertrautheit gespürt, die sonst erst viel später entflammte. Sie hatte sogar schon nach wenigen Tagen mit zu ihm gehen wollen, viel schneller als ihr sonst übliches Tempo.

Hatte Ben *deshalb* an dem Abend warten wollen? Damit er ihr vorher die Wahrheit sagen konnte?

Amie wusste, dass sie sich zu Ben hingezogen fühlte. Sie hatte sich schon zu ihm hingezogen gefühlt, als er nur ein namenloser Schatten hinter seinen Worten war. Aber ihm blieben nur noch vierzehn Jahre. Die Zahl hatte er einmal geschrieben, und Amie hatte sie nie vergessen.

Sie musste mit ihm sprechen, aber sie war noch nicht bereit. Ihr Magen war verkrampft, ihre Organe im Krieg gegeneinander. Sie wollte schreien und weinen, und sie wünschte, dass »B.« immer noch eine anonyme Stimme wäre, die sie jetzt in einem Brief um Hilfe bitten könnte.

Als Amie die auf dem Boden verstreuten Blätter betrachtete, sah sie den ersten Brief, den Ben ihr geschrieben hatte. Beziehungsweise nicht ihr persönlich. Er hatte einfach eine Nachricht ans Universum geschickt, und sie hatte sich entschieden zu antworten.

Warum genau hatte sie ihm damals geantwortet? Sie konnte es sich nicht erklären, weder damals noch heute. Irgendetwas hatte sie einfach angezogen und nicht mehr losgelassen.

Sie starrte auf den ersten Brief, dann nahm sie ihr Handy und suchte nach der Nummer des National World War II Museums.

»Hallo, mein Name ist Amie Wilson, ich bin Lehrerin in New York und, ähm, ich würde gern mehr über einen bestimmten Brief in Ihrer Sammlung erfahren.«

»Sicher, ist das für Ihren Unterricht?«, fragte die Frau am anderen Ende.

Amie hasste es zu lügen, aber sie wusste auch nicht, wie sie die Wahrheit hätte erklären sollen.

»Ja«, antwortete sie. »Wir nehmen gerade das Thema Frauen im Krieg durch.«

Nachdem sie zu einer Kuratorin durchgestellt worden war, schilderte Amie ihr Anliegen. »Es geht um den Brief, in dem ein Soldat seine Mutter bittet, Gertrude zu sagen: ›Egal, was passiert, ich empfinde immer noch dasselbe.‹ Mich interessiert, was aus ihnen geworden ist.«

»Ja, das ist ein schönes Exemplar«, sagte die Kuratorin in ihrem weichen Südstaaten-Tonfall. »Lassen Sie mich schnell etwas überprüfen. Darf ich Sie in die Warteschleife legen?«

Amie wartete eine Minute und dann noch eine und war unsicher, was sie überhaupt hören wollte. Sie hatte einfach das Gefühl, dass sie keine Entscheidung über ihr Leben treffen konnte, bis sie wusste, was aus Gertrude geworden war.

»Hallo, sind Sie noch da?«, fragte die Kuratorin. »Ich habe den Brief gefunden. Leider ist der Soldat, Simon Starr, 1945 in Frankreich gefallen. Gertrude Halpern war die Frau, mit der er damals verlobt war, und sie lebte in Pennsylvania, bis sie mit sechsundachtzig gestorben ist. Es sieht so aus, als hätte sie nie geheiratet.«

Amie atmete aus.

»Ein Dutzend anderer Briefe hat einen ähnlichen Hintergrund«, fuhr die Kuratorin fort. »Soll ich Ihnen ein paar davon für Ihren Unterricht schicken?«

Amie bedankte sich höflich und nannte automatisch ihre E-Mail-Adresse, fragte sich allerdings bereits in Gedanken, ob sie Ben die Wahrheit über Gertrude und ihren Soldaten erzählen sollte.

Nach einer schlaflosen Nacht wusste sie, dass sie mit jemandem darüber reden musste. Sie brauchte die Hilfe ihrer Schwester. Amie hatte Nina bereits eine Nachricht geschickt, als sie und Maura verreist waren, und von dem Mann geschwärmt, den sie in ihrer Wohnung kennengelernt hatte und an den sie seitdem ununterbrochen denken musste.

Ben beschäftigte ihre Gedanken auch jetzt, aber aus einem anderen Grund.

Amie wollte sich nicht bei Nina zu Hause treffen, aus Sorge, Maura könnte etwas von dem Gespräch hören, doch zum Glück rief Nina an diesem Morgen zuerst an und fragte, ob sie nach der Arbeit bei Amie vorbeikommen könnte.

Kaum hatte Nina die Wohnung betreten, sprang Amie schon auf.

»Ich kann es nicht erwarten, alles über deine Reise zu erfahren«, sagte sie atemlos, »aber es ist etwas wirklich Verrücktes passiert. Du wirst es nicht glauben. Ich habe dir doch erzählt, dass ich in den letzten Monaten mit jemandem Briefe ausgetauscht habe, erinnerst du dich? Also, anscheinend handelt es sich dabei um Mauras Freund, Ben. Der, den ich in deiner Wohnung getroffen habe. Der Typ, mit dem ich gerade angefangen habe, mich zu treffen.«

Amie blieb stehen, während Nina sich mit gerunzelter Stirn auf einen Stuhl am Küchentisch setzte.

»Derjenige, der die Bilder für uns gezeichnet hat?«, fragte sie. »Ich ... äh ... Bist du dir sicher? Woher weißt du das?«

»Er hat es mir selbst gesagt«, erwiderte Amie. »In einem Brief.«

»Wow, wirklich? Wie ging das überhaupt?«

»Über die Selbsthilfegruppe, die er und Maura besuchen«, sagte Amie. »In meiner Schule.«

Nina nickte langsam.

»Weißt du, *du* hättest mir sagen können, dass er und Maura sich so kennengelernt haben, als ich dir von ihm geschrieben habe.« In Amies Stimme lag ein Hauch von Vorwurf.

»Du hast ja nur geschrieben, dass du einen Freund von Maura in der Wohnung getroffen hast und ihr etwas trinken gegangen seid«, antwortete Nina. »Du hast nicht gesagt, dass du dich in ihn verliebt hast!«

»Ich ... weiß nicht, ob es Liebe ist«, sagte Amie abwehrend, die Arme fest verschränkt. »Es sind ja nur ein paar Briefe.«

»Aber auch wenn ich die ganze Geschichte gekannt hätte, hätte es mir nicht zugestanden, dich einzuweihen«, sagte Nina. »Wenn ich dir erzählt hätte, dass Ben einen kurzen Faden hat, dann wäre ich nicht besser als die Mädchen, die mich in der Highschool geoutet haben.«

Amie senkte die Arme. »Ich hasse es, wenn du recht hast.«

»Hast du eigentlich mit *Ben* darüber gesprochen?«

Amie schüttelte den Kopf und lehnte sich gegen den Tresen. »Ich weiß nicht, was ich sagen soll, und habe mich schon völlig verrückt deswegen gemacht. Was soll ich tun, was denkst du?«

»Das kann ich dir nicht sagen.«

»Komm schon, Nina! Wenn wir noch in der Schule wären und ich dich um Rat fragen würde, würdest du mir sofort sagen, was ich tun soll.«

»Da ging es immer nur um Kleinigkeiten, welchen Sportunterricht du besser sein lässt oder so. Das hier ... hat eine völlig andere Dimension.«

»Das weiß ich!« Amie riss frustriert die Arme hoch. Sie konnte nie stillhalten, wenn sie aufgewühlt war. »Deshalb denke ich ... dass ich keinen Kontakt mehr mit ihm haben sollte«, sagte sie leise. »Weder persönlich noch schriftlich.«

Ninas Augen weiteten sich. »Ist das dein Ernst?«

Amie blickte zu Boden, konnte Nina nicht ansehen.

»In seinem letzten Brief hat er so ernste Sachen geschrieben, dass er ein guter Partner sein und Kinder haben möchte ...« Amie holte langsam Luft. »Und ich *weiß*, dass ich das auch will, und ... Ich mag Ben«, gestand sie. »Aber ich weiß nicht, ob ich der Mensch sein kann, den er *braucht.*«

Nina legte die Stirn in die Hände und rieb sich mit den Daumen die Schläfen.

»Bitte sag was«, flehte Amie sie an.

»Damit habe ich jetzt nicht gerechnet«, antwortete Nina. »Ich bin eigentlich hergekommen, weil *ich* dir etwas zu erzählen habe.«

»Oh«, meinte Amie. »Und was?«

»Also, so wollte ich es dir eigentlich nicht sagen …«

Nina verstummte. Die Nachricht von ihrem spontanen Heiratsantrag sollte eigentlich eine freudige Überraschung sein, aber in Anbetracht von Amies Stimmung fühlte es sich plötzlich wie ein neuer Schock an.

»Maura und ich werden heiraten«, sagte Nina.

Amie war sprachlos. »*Wie* bitte?«

»Ich habe ihr in Verona einen Antrag gemacht, und wir haben beschlossen, dass es keinen Sinn hat, lange zu warten«, erklärte Nina. »Also heiraten wir in zwei Monaten.«

»Nina! In zwei Monaten? Das ist *sehr* bald.« Amie ging nervös auf und ab. »Wissen Mom und Dad Bescheid?«

»Ich rufe sie heute Abend an«, sagte Nina. »Dir wollte ich es zuerst erzählen!«

»Aber … hast du dir das alles wirklich gut überlegt?«, fragte Amie.

»Ich weiß, es kommt plötzlich, aber ich will es«, sagte Nina. »Wir wollen es.«

Amie sah blass und verzweifelt aus. »Meinst du nicht, du solltest es etwas langsamer angehen lassen?«

»Wovon redest du?«, fragte Nina. »Wir sind seit über zwei Jahren zusammen. Was dachtest du, worauf es hinauslaufen würde?«

»Du hast nie gesagt, dass du ihr einen Antrag machen willst! Und ich dachte auch nicht, dass Maura das vorhatte. Vor allem nicht nach den Fäden.« Amie zuckte zusammen. Ihre Worte mussten wehgetan haben.

»Es war nicht geplant«, erwiderte Nina kühl. »Es ist einfach passiert. Aber offensichtlich bist du schon wegen Ben durcheinander, und es ist vielleicht nicht der beste Zeitpunkt, jetzt darüber zu sprechen.«

»Du weißt, dass ich Maura unheimlich gern mag, aber das geht alles so schnell«, sagte Amie. »Ich möchte nur sichergehen, dass du in Ruhe über alles nachgedacht hast, bevor du dich in die Ehe stürzt.«

»Das ist nicht irgendeine Fremde, die ich in Vegas getroffen habe, Amie. Das ist die Frau, die ich liebe.«

»Ich sage ja auch nicht, dass du sie verlassen sollst!« Amie merkte, dass ihr panisches Herumlaufen Nina langsam auf die Nerven ging, und blieb stehen. »Die Ehe ist ein so großer Schritt. Und jemanden zu heiraten, der bald sterben wird, ist ein verdammt großer Schritt!«

Amie biss sich auf die Lippe. Sie fluchte selten, und sie hatte auch jetzt nicht fluchen wollen, es war ihr einfach herausgerutscht. Doch für beide Schwestern war es wie ein Schlag ins Gesicht.

»Ich weiß, dass es ein *verdammt* großer Schritt ist«, erwiderte Nina aufgebracht. »Und sie stirbt ja auch nicht *sofort*. Wir könnten noch acht gemeinsame Jahre haben.«

Amie wusste, dass ihre Schwester die Vernünftige war, der Verstand zu ihrem Gefühl. Und sie wollte unbedingt, dass Nina ihre Ängste verstand.

»Ich mache mir nur Sorgen, dass du dich so darauf konzentrierst, dass es erst in einigen Jahren so weit ist, dass es sich dann für dich im Moment nicht *real* anfühlt«, erklärte Amie. »Du denkst nicht darüber nach, wie es tatsächlich sein wird, wenn du mit Ende dreißig Witwe bist!«

Nina starrte ihre Schwester kalt an. »Daran denke ich jeden Tag, seit wir unsere Boxen geöffnet haben.«

»Okay, und was ist mit Kindern?«, fragte Amie.

»Du weißt, dass wir keine Kinder wollen.«

»Ich weiß, dass du jetzt so denkst, aber du bist erst dreißig, du könntest deine Meinung ändern. Und wenn du dann fast vierzig bist und allein …«

»So ist das Leben nun mal!«, rief Nina. »Vor den Fäden ging dieses Risiko jeder ein, wenn er heiratete oder Kinder bekam. Es gab keine Garantie. Aber man schwor sich trotzdem, in guten wie in schlechten Zeiten zusammenzubleiben, ohne zu wissen, was auf einen zukommt, und bis dass der Tod uns scheidet, ohne zu wissen, wann dieser Abschied eintreten würde.« Nina hielt inne. »Aber jetzt mit den Fäden ist das Risiko, das *jedes* Paar früher eingegangen ist, so unvorstellbar geworden?«

Nina hatte recht, das wusste Amie. Und sie wusste, dass sie irrational und ungerecht war, aber sie konnte jetzt nicht nachgeben. Sie war zu tief in ihre eigene Unsicherheit abgerutscht und überzeugt, dass ihre Schwester sie brauchte. »Ich versuche nur, dich zu beschützen!«, beharrte sie.

»Das musst du aber nicht«, sagte Nina entschieden. »Ich habe dich nicht darum gebeten.«

»Komm schon, Nina! Du bist nicht die Einzige, die sich Sorgen um Menschen machen darf und sie beschützen will. Bei mir warst du schon immer so und bei Maura auch, und manchmal dürfen *wir* das auch sein!« Amie schnappte nach Luft.

»Das ist etwas anderes«, sagte Nina und starrte ihre Schwester an. »Und weißt du was? Es geht hier nicht um mich, sondern um *Ben* und darum, dass du eine verdammte Heuchlerin bist. Monatelang schreibst du ihm geheime Liebesbriefe, dann verliebst du dich im *echten* Leben in ihn, und jetzt willst du ihm nicht einmal eine Chance geben! Nur weil du Angst vor seinem Faden hast.«

»Das ist nicht fair«, wehrte sich Amie leise. Nina hatte unrecht, dachte sie. Es ging nicht um Ben. Das war nicht möglich.

»Ich will dich nicht leiden sehen«, fuhr sie fort. »Du bist doch meine Schwester!«

Aber Nina wollte nicht mehr diskutieren. Sie erhob sich hastig, wobei die Stuhlbeine über den Boden scharrten.

»Nur weil *du* ein Feigling bist, der lieber sich selbst beschützt, als sich auf jemanden einzulassen, heißt das nicht, dass ich genauso egoistisch sein muss«, erwiderte Nina verbittert. »Ich habe meine Entscheidung getroffen.«

Amie wusste, dass der Streit beendet war. Nina machte dicht. Ihre Stimme war brüsk, ihre Miene hart und grimmig.

»Und wenn dich meine Ehe so sehr stört«, sagte Nina, »dann brauchst du auch nicht bei der Hochzeit dabei zu sein.«

Sie knallte die Tür hinter sich zu, als sie ging.

Eine Minute lang starrte Amie wie gelähmt auf die geschlossene Tür und überlegte, ob sie Nina hinterherlaufen sollte. Aber sie konnte nicht rennen. Sie konnte sich kaum bewegen. Ihre Beine drohten unter ihr nachzugeben, und sie ließ sich schwer auf den Stuhl sinken, von dem ihre Schwester gerade aufgesprungen war.

Dann brach sie in Tränen aus.

WINTER

JACK

Jack stand in der Ecke einer Hotelsuite, die in verschiedenen Beigetönen eingerichtet war, aß gelegentlich von einem Teller mit Rohkost und versuchte, sich vorzubereiten.

Sein Anzug saß locker; seit er nicht mehr für den Kampfeinsatz trainierte, hatte er in den letzten Monaten erstaunlich viel Muskelmasse verloren. Durch das Fenster konnte er die Demonstranten sehen, die sich vor dem Hotel versammelt hatten und Schilder mit der Aufschrift »Unterstützung für Kurzfaden!« und »Stoppt Rollins!« hochhielten.

In ein paar Minuten würde Jack unter dem Bogen aus roten und blauen Luftballons auf der Bühne stehen, während sein Onkel eine Rede über die Zukunft der Nation hielt und seine Tante der Menge zuwinkte, die bei jedem Auftritt größer und lauter zu werden schien. Die heutige Veranstaltung, die bisher größte, wurde im Fernsehen landesweit übertragen.

Jack sah zu seinem Vater, der in einem Sessel in der Nähe saß und las, und lächelte schwach.

»Vor der Kamera sollte das aber überzeugender aussehen«, sagte sein Vater und blätterte die Zeitung um. »Und vielleicht solltest du dich einfach hinsetzen und entspannen, bis wir gebraucht werden. Hör auf, um das Essen herumzuschleichen.«

Als Jacks Vater vom Tausch der Fäden erfahren hatte, war er natürlich erleichtert und dankbar dafür, dass sein Kind ein langes Leben vor sich hatte. Aber er war auch entsetzt von dem, was die Jungen getan hatten. Stundenlang hatte er Jack Vorwürfe gemacht, weil sein Sohn das Erbe der Hunters gefährden und mit einem solchen Betrug leben würde. Bis Jack seinen Vater an Grandpa Cals Geschichten aus seiner Zeit bei der Army erinnert hatte. Das Wichtigste war immer die Brüderlichkeit gewesen, die Loyalität unter den Kameraden in Uniform. Jack erzählte seinem Vater, dass der Tausch Javiers größter Wunsch gewesen sei und er deshalb zugestimmt hätte. Die ganze Wahrheit durfte sein Vater nie erfahren.

Aber Jack wusste, dass sein Vater immer noch Albträume hatte, dass der Betrug ans Licht kommen und damit die Integrität der ganzen Familie gefährden könnte.

»Nur drei Menschen auf der Welt wissen davon«, versicherte Jack ihm immer wieder. »Nur ich, du und Javi. Das war's. Und von uns wird es keiner verraten.«

Doch Katherine und Anthony standen immer mehr im Rampenlicht, und Jacks Vater kämpfte gegen die Nervosität. Er fürchtete sich vor dem Tag in nicht allzu ferner Zukunft, an dem die Wahrheit unweigerlich ans Licht kommen würde.

Aber Jack sah endlich einen Sinn in seiner einsamen Kindheit und Jugend. Er war dazu erzogen worden, für sich selbst zu sorgen. Wenn dieser Tag kommen würde, würde Jack einen Weg finden, damit umzugehen.

Heute musste Jack nur unterstützend in einer Ecke der Bühne stehen. Doch er hatte einen anderen Plan.

Er wusste, dass alles, was er jetzt tat, nicht seine egoistischen Motive für den Tausch aufheben würde, dass die

Worte, die er heute Abend sprechen würde, nicht sein monatelanges Schweigen ungeschehen machen würden. Aber vielleicht würde es trotzdem reichen, um sein Versprechen Javier gegenüber zu erfüllen.

Ein großer Sicherheitsbeamter mit Sonnenbrille streckte den Kopf durch die Tür.

»Mr. Hunter, Jack, Sie können jetzt dazukommen.«

Jacks Vater erhob sich. »Wie sieht mein Anzug aus?«, fragte er. »Knitterfalten?«

»Nein, Sir«, sagte Jack, und bei der Freude darüber, dass sein Vater ihn um Hilfe bat, egal wie unbedeutend sie auch sein mochte, stellte er beinahe seinen Plan infrage, da er wusste, dass seinen Vater ein Teil der Vorwürfe treffen könnte. Aber er war zu weit gekommen, um jetzt einen Rückzieher zu machen.

Im Aufzug dachte Jack an die Demonstranten vor dem Hotel, die selbst jetzt noch Parolen skandierten. Er dachte an die Kundgebung im August, bei der ein Mann namens Hank sein Leben gelassen hatte. Und er dachte an Javiers eigenen unausweichlichen Tod, als der Soldat, der er immer hatte sein sollen und doch fast nicht werden durfte. Eines Tages würde auch das eine Form von Protest sein.

Jack hatte einen langen Faden bekommen, einen viel längeren als Hank oder Javier. Sich ihnen anzuschließen, war das Mindeste, was er jetzt tun konnte. Etwas Falsches zu sehen und sich weigern wegzuschauen. Wie Lea es ihm gesagt hatte. Er war so sehr von seinem Streit mit Javi eingenommen gewesen, dass er blind gewesen war. Aber es ging um mehr als Anthony oder Jack oder Javier oder Hank oder den Mann mit dem Klemmbrett oder die Teenagerjungen in New York. Es ging um etwas viel Größeres.

Jack und sein Vater traten aus dem Aufzug, um sich dem wartenden Veranstaltungsleiter anzuschließen. Jack holte heimlich einen kleinen goldenen Anstecker in Form zweier verschlungener Stränge aus seiner Tasche. Er drehte sie in seiner verschwitzten Handfläche um, während er dem Veranstaltungsleiter folgte, und steckte sie schließlich an sein Revers, als er ins grelle Scheinwerferlicht auf die Bühne trat.

Anthony hatte seine Rede gerade erst vor ein paar Minuten begonnen, als es passierte.

Jack stürzte nach vorne und riss seinem Onkel das Mikrofon aus der Hand, womit er alle auf der Bühne und im Publikum schockierte, sogar sich selbst ein wenig. Sobald er das Mikrofon in der Hand hatte, herrschten zwei Sekunden köstlicher Erstarrung, während der ganze Raum mit angehaltenem Atem wartete.

Auch Anthony schien zu warten. Er, Katherine und Jacks Vater waren alle gleichermaßen verwirrt und wussten nicht, wie sie reagieren sollten. Während sie noch versuchten zu begreifen, was gerade geschah, ergriff Jack das Wort.

»Ich bin Anthonys Neffe«, sagte er. »Der Soldat mit dem kurzen Faden, von dem er Ihnen erzählt hat.«

Die Sätze strömten nur so aus seinem Mund, als er versuchte, so viele Worte wie möglich unterzubringen, bevor ihn jemand unweigerlich zum Schweigen bringen würde. Anthony und Katherine starrten ihn immer noch sprachlos an. Vielleicht hofften sie, eine demütigende Szene zu vermeiden, indem sie ihn eine Minute sprechen ließen und so taten, als sei dies alles geplant gewesen.

»Doch in Wahrheit interessiert sich mein Onkel nicht für mich oder für irgendeinen Kurzfaden!«, sagte Jack.

»Und es ist an der Zeit, dass wir mutig genug sind und ihm die Stirn bieten! Durch den Faden wird niemand plötzlich anders. Kein Leben ist weniger wichtig. Wir sind alle *Menschen,* nicht wahr?« Jack flehte ins Mikrofon. »Aber Anthony Rollins geht es nur ums Gewinnen! Lassen Sie sich nicht mehr von ihm einschüchtern! Lassen Sie sich nicht zu ...«

Jack wurde ruckartig vom Mikrofonständer weggezogen, seine Arme wurden ihm praktisch aus den Gelenken gerissen, als ein Bodyguard ihn von der Bühne zog, während sich eine bedrückende Stille über das Publikum legte, die nur vom Quietschen von Jacks Lackschuhen, die über den polierten Boden schleiften, durchbrochen wurde.

Zwanzig Minuten später saß Jack wie ein Kind beim Nachsitzen auf einem Stuhl hinter der Bühne und wurde von zwei von Anthonys Sicherheitsbeamten bewacht.

Auf dem Bildschirm über ihnen an der Wand hatte Jack gesehen, wie Anthony sich für die Unterbrechung entschuldigte, seine Rede beendete und dann mit seiner Frau von der Bühne ging und dem Publikum dankte.

Jack lehnte sich zur Seite und sah, wie seine Tante und sein Onkel hinter die Bühne kamen. Jacks Vater folgte ihnen.

Anthonys Wahlkampfleiter begrüßte sie mit einem angestrengten Lächeln. »Sie haben beide toll ausgesehen da draußen. Die Rede klang großartig. Sie haben alles wie ein Profi im Griff gehabt.«

Doch kaum war Anthony außer Sichtweite der Kameras, verzog er das Gesicht zu einer wütenden Grimasse. »Wo zum Teufel ist er?«

»Wir haben ihn hinter der Bühne behalten«, sagte der Wahlkampfleiter.

Anthony drehte sich abrupt zu Katherine und seinem Schwager. »Wusstet ihr davon?«

»Nein, natürlich nicht!«, protestierte Katherine. Jacks Vater schüttelte energisch den Kopf.

»Hat er seinen gottverdammten Verstand verloren?«, brüllte Anthony.

»Ich weiß es nicht«, stammelte Katherine. »Vielleicht wollte er sich auf diesem Weg bloß mit anderen Kurzfaden identifizieren.«

Anthony verengte die Augen und steuerte auf Jack zu. Katherine, Jacks Vater und der Wahlkampfleiter folgten ihm eilig.

Als er seinen Onkel näher kommen sah, erhob sich Jack von seinem Stuhl, und die goldene Anstecknadel blitzte auf.

Anthony packte Jack am Revers und schüttelte ihn heftig. »Was zum Teufel ist los mit dir?«, schrie er, und Speichel spritzte Jack ins Gesicht.

Verängstigte Rufe ertönten von Katherine, Jacks Vater und dem Wahlkampfleiter.

»Anthony!«

»Lass ihn in Ruhe!«

»Bitte beruhigen Sie sich, Sir.«

Nur Jack blieb stumm und starrte in die wütenden Augen seines Onkels, der Puls dröhnte in seinen Ohren. Er dachte, Anthony könnte sogar auf ihn einschlagen, bis Jacks Vater und seine Tante ihn weggezogen hatten und versuchten, ihn zu beruhigen.

Jacks Vater straffte die Schultern, bis er zwei Zentimeter größer als Anthony war. »Er ist immer noch *mein* Sohn«, brüllte er.

»Seine verdammte Rede könnte *mich* das Weiße Haus kosten!«, rief Anthony wütend.

»Und ich muss dich wohl nicht daran erinnern, welche Rolle wir Hunters dabei gespielt haben, um dich dorthin zu bringen«, entgegnete Jacks Vater. »Also, lass gefälligst die Finger von *allen* Mitgliedern der Familie.«

Anthony funkelte Jacks Vater wütend an, wollte die Zurechtweisung nicht hinnehmen.

»Außerdem haben wir wahrscheinlich alle überreagiert«, fügte Jacks Vater hinzu. »Das Publikum weiß, dass Jack einen kurzen Faden hat, und das kann jeden mal ausflippen lassen. Das werden sicher alle verstehen.«

Katherine legte ihrem Mann beruhigend die Hand auf die Brust und sah ihren Neffen verletzt an. »Warum hast du so furchtbare Dinge gesagt, Jack?«

In dem Moment wusste Jack, dass seine Tante sich entschieden hatte, doch er fühlte sich zuversichtlich. Trotzig starrte er seinen Onkel an. »Du wolltest doch, dass die ganze Welt erfährt, dass ich ein Kurzfaden bin.«

Der Wahlkampfmanager schaltete sich geschickt ein, bevor Anthony etwas erwidern konnte. »Sir, wir sollten jetzt wirklich weitermachen. Drei Interviews stehen auf dem Plan, und wir sind schon spät dran.«

»Na gut.« Anthony spuckte das Wort praktisch aus, bevor er seinem Neffen einen letzten bösen Blick zuwarf. »Aber ich will, dass er von hier verschwindet. Und zwar sofort.«

AMIE

Amie hatte sich noch nie so allein gefühlt.

So einen furchtbaren Streit hatten sie und Nina noch nie gehabt, und so lange hatte noch nie Funkstille zwischen ihnen beiden geherrscht. Ein Monat war seit jenem Abend in der Küche vergangen, Ninas Hochzeit rückte immer näher, und Amie wünschte, sie könnte mit jemandem reden, irgendjemandem, um ihre Sicht der Dinge zu erklären. Aber sie schämte sich zu sehr, um die Details preiszugeben, vor allem vor ihren Eltern, die über die Tragödie hinwegblicken konnten und das Geschenk sahen, das man ihnen gemacht hatte: Ihr ältestes Kind hatte die große Liebe gefunden und wurde im Gegenzug genauso sehr geliebt. Glücklicherweise hatte Nina es wohl auch niemandem erzählt, niemand aus der Familie fragte Amie, warum sie von der Hochzeit ausgeladen worden war. (Nina hatte Thanksgiving in diesem Jahr bei Mauras Eltern verbracht und Amie mit ihren Cousins allein gelassen.)

Wenn sie in der Schule hinter ihrem Schreibtisch saß, hörte sie immer wieder die Worte ihrer Schwester. In den Stunden, in denen sie nicht unterrichtete, fühlte sich ihr Klassenzimmer luftleer und klaustrophobisch an, und sie konnte nichts essen, ohne dass ihr Magen sich verkrampfte. Sie hatte das Gefühl, als würde etwas von innen an ihr nagen, und sie wünschte, es wäre nur die restliche Wut nach dem Streit. Doch sie wusste, dass es mehr war.

Sie fühlte sich schuldig.

Selbst nach den Beleidigungen, die sie sich gegenseitig an den Kopf geworfen hatten, war Nina immer noch ihre einzige Schwester, ihre älteste Freundin, ihre wichtigste Vertraute und Beraterin. Und jetzt würde sie heiraten. Und Amie würde nicht dabei sein.

Wie konnte sie mit sich selbst leben, wenn sie wusste, dass sie einen der wichtigsten Momente in Ninas Leben verpasst hatte? In dem Wissen, dass sie ihn mit ihren Worten *ruiniert* hatte?

Sie erinnerte sich an den Tag, als Nina weinend von der Schule nach Hause gekommen war und sich mit ihrer Mutter in ihrem Zimmer eingeschlossen hatte, während Amie gegen die Wand gelehnt auf dem Teppich vor der geschlossenen Tür gesessen und darauf gewartet hatte, dass ihre Schwester herauskam. Sie hatte die Augen zugekniffen, Ninas Schmerz weggebetet und sich vorgestellt, wie sie sich an den Mädchen rächen würde, die ihre Schwester verletzt hatten.

Als Nina sich an jenem Abend endlich beruhigt hatte, versicherte Amie ihr, dass sie nichts zu sagen brauchte.

»Du bist meine Schwester, und ich liebe dich, nur das ist wichtig«, hatte Amie gesagt. »Es ändert nichts an der Beziehung zwischen uns. Es tut mir nur leid, dass du das allein durchmachen musstest und dass es dein Leben erschweren könnte. Aber das hat es wohl schon getan.«

Ninas Gesicht war rot und geschwollen, doch sie wirkte ruhig und entschlossen. »Vielleicht wird es schwieriger«, antwortete sie. »Aber zumindest wird es richtig sein.«

Damals war es Amie so leichtgefallen, Nina ohne den geringsten Zweifel zu unterstützen, sich auf ihre Seite zu stellen. Warum konnte sie das jetzt nicht?

Vielleicht hatte Nina recht, und es ging nicht um sie.

Vielleicht hatten Amies Schuldgefühle eher mit Ben zu tun.

Wochen waren seit seinem letzten Brief vergangen, und sie hatte immer noch nicht geantwortet. Ben musste sie hassen, dachte sie. Sie *wollte* ihm unbedingt schreiben, aber sie wusste noch nicht, was sie sagen sollte, und sie wollte ihre Antwort nicht überstürzen und das beschädigen, was auch immer das zwischen ihnen war.

Amie versuchte, sich an alles zu erinnern, was sie von Nina verlangt hatte: Bist du dir sicher? Hast du den Schmerz bedacht? Ist es das *wert*?

Vielleicht gab es einen Grund, warum ihr die Fragen so leicht über die Lippen gekommen waren.

Nachdem sie Bens Geständnis gelesen hatte, hatte sie sich diese Fragen selbst schon gestellt.

Aber Amie konnte sich nicht einmal ansatzweise einen Reim auf ihre Gefühle für Ben machen, solange der Streit mit Nina so schwer und schmerzhaft auf ihr lastete.

Zwischen dem Unterricht scrollte Amie durch ihre E-Mails und stellte erstaunt fest, dass ein Kollege ein YouTube-Video an die ganze Lehrerschaft geschickt hatte: »21-jährige südafrikanische Studentin hält aufrüttelnde Rede zu den Fäden.«

Amie war sich zunächst nicht sicher, ob sie sich das Video ansehen sollte. Die Fäden hatten ihr Leben bereits völlig durcheinandergebracht und drohten, sie von ihrer Schwester zu entfremden. Doch dann klickte sie auf den Link und sah eine junge Frau, die auf einem Campus vor einer Menschenmenge stand. Der Clip hatte fast drei Millionen Aufrufe.

»Hier in Südafrika und auf der ganzen Welt«, sagte die junge Frau, »haben wir offizielle Rassentrennung und Apartheid hinter uns gelassen, Vorurteile und Ausgrenzung haben wir jedoch nicht abgelegt. Die Ungleichheit hat sich einfach eine neue Maske aufgesetzt. Die Ungerechtigkeit hat lediglich ihre Kleidung gewechselt. Und nach Jahrzehnten ist der Schmerz immer noch derselbe. Aber was wäre, wenn wir diesen Kreislauf durchbrechen könnten?

In ein paar Monaten werde ich zweiundzwanzig und werde meine Box erhalten. Viele von euch, meine Kommilitonen, müssen noch Jahre warten. Schaut hinein oder lasst es. Es ist eure Entscheidung. Aber das ist nicht die *einzige* Entscheidung, vor der wir stehen.

Jetzt haben wir die Chance, etwas zu ändern. Die Fäden sind noch neu. Wir lernen noch, wie wir darauf reagieren sollen. Das heißt, wir können von vorn anfangen. Die Muster der Geschichte ablegen. Versprechen, alte Fehler nicht zu wiederholen. Wir können mit Mitgefühl und Empathie führen. Wehrt euch gegen diejenigen, die uns spalten oder gegeneinander ausspielen oder uns das Gefühl geben wollen, dass wir nicht genügen. Es liegt an *uns* – denjenigen, die ihre Boxen noch nicht erhalten haben – zu entscheiden, welche Welt wir erben wollen, egal wie viel Zeit uns unsere Fäden noch geben mögen.«

Die Menge pfiff und klatschte.

»Ein Freund hat mir gerade ein Video aus Amerika gezeigt«, fuhr sie fort. »Ein Junge hat dort bei einer Kundgebung gesprochen. Er sagte, wir sind alle gleich, unabhängig von unserem Faden, wir sind alle Menschen. Ich fordere alle auf, das Gleiche zu tun und sich gegen die Menschen in ihrem Leben zu wehren, die ungerecht handeln. Helft ihnen zu erkennen, dass wir alle gleich sind, alle miteinander verbunden. Wir sind alle vereint.«

Die junge Frau war selbstsicher, leidenschaftlich und wortgewandt, erstaunlich für jemanden, der so jung ist, dachte Amie. Die Studentin trug eine Art Brosche oder Anstecknadel am Kleid, sie war klein und golden.

Wir können von vorn anfangen, wiederholte Amie.

Vielleicht war es noch nicht zu spät für einen Neuanfang mit Nina. Noch hatte sie die Hochzeit nicht verpasst.

Jetzt musste Amie mehr denn je das Mädchen sein, das in der Highschool stundenlang vor Ninas Tür gesessen, das mit Nina auf dem Teppich in der Buchhandlung gelesen, das ihre Romane voller Haftnotizen quer durchs Land geschickt hatte. Amie musste ihre *Schwester* sein. Die beiden waren miteinander verbunden, ein Leben lang.

BEN

Ben war enttäuscht, als er immer noch keine Antwort von Amie im Klassenzimmer vorfand. Doch er durfte die Hoffnung nicht aufgeben. Noch nicht. Er sah zu Lea, die mittlerweile im siebten Monat schwanger war und fast nur noch aus Bauch zu bestehen schien, und schöpfte neue Hoffnung.

Lea ließ sich vorsichtig auf einen Stuhl im Klassenzimmer sinken und schrie überrascht auf, als ihr Bruder und sein Mann mit einem Dutzend gelber Luftballons durch die Tür stürzten.

»Was ist denn hier los?«, fragte sie.

Chelsea eilte mit einem großen Schokoladenkuchen herein. »Du hast doch nicht gedacht, wir würden dich ohne eine Babyparty gehen lassen, oder?« Feierlich stellte sie den Kuchen vor Lea ab.

»Es ist wichtig, jeden schönen Moment zu feiern, den das Leben uns schenkt«, sagte Sean. »Und *das* ist ein schöner Moment.«

Der Rest der Stunde verging fröhlich. Terrell hatte sich bei *Teile Deine Zeit* angemeldet, der neuen Dating-App für Kurzfaden, und bat um Meinungen der anderen, bevor er nach links oder rechts wischte. Maura und Nihal genossen Anthony Rollins' Demütigung durch seinen Neffen. Und Chelsea versuchte, Lea zu überreden, zusammen mit ihr für die nächste Staffel vom *Bachelor* vorzusprechen, von dem es seit Kurzem zwei Spin-offs gab: *Der Bachelor: Lange Fäden* und *Der Bachelor: Kurze Fäden.*

»Komm schon«, drängte Chelsea. »Du bist noch keine dreißig und hast einen Taillenumfang von sechzig Zentimetern. Das ist ihre Lieblingszielgruppe.«

»Vielleicht *früher* mal …« Lea sah auf ihren gewölbten Bauch.

»Deine Figur hast du schnell wieder«, erklärte Chelsea. »Und die Leihmutterschaft ist eine grandiose Hintergrundgeschichte! Ich wette, du wärst der Liebling der Fans.«

Obwohl der Abend von einem Hauch Traurigkeit durchzogen war – das unausgesprochene Bewusstsein, dass die Zwillinge den größten Teil ihres Lebens ohne Lea verbringen würden –, hatte die Feier etwas unbestreitbar Schönes an sich, genau wie Sean gesagt hatte. Lea war glücklich. Ihre Familie war glücklich. Sie waren der Beweis, dachte Ben, dass die Welt mit der Ankunft der Boxen nicht aufgehört hatte, sich zu drehen. Das Leben der Menschen ging weiter, neue Leben wurden geschaffen.

»Und ich möchte, dass ihr dabei seid«, sagte Lea.

»Die *ganze* Zeit?«, fragte Chelsea ungläubig.

»Na ja, natürlich nicht im Kreißsaal.« Lea lachte. »Aber danach wäre es schön.« Sie legte ihre Hand zärtlich auf den Bauch. »Ich tue das natürlich für meine Familie, aber ein bisschen tue ich es auch für mich selbst … und für uns alle. Vielleicht sind es nur die Hormone oder weil die Babys heute wie verrückt treten, aber ich habe endlich das Gefühl, dass sich etwas ändert. Als ob für uns alles gut werden würde.«

Und alle im Raum verstanden sie.

Alle hatten inzwischen das viral gegangene Video gesehen, in dem eine junge Frau in Südafrika ihre Mitmenschen dazu aufrief, gegen diese neue Welle von Vorurteilen zu kämpfen.

Mit dem Hashtag *#MiteinanderVerbunden*, der von ihrer Rede inspiriert war, erzählten Menschen auf der ganzen Welt von Taten voller Mitgefühl: Unternehmen verpflichteten sich, mehr Kurzfaden einzustellen. Ein College verlegte seine Abschlusszeremonie vor, damit ein Kurzfaden-Student sein Diplom zusammen mit seinem Jahrgang entgegennehmen konnte. In einer Stadt in Kanada wurden Kurzfaden sogar dazu ermutigt, sich öffentlich zu erkennen zu geben, damit ihre Nachbarn sie unterstützen konnten. Ben erinnerte sich an einen Beitrag: Was wäre, wenn wir wüssten, dass unser Kellner, unser Taxifahrer, unser Lehrer einen kurzen Faden hat? Wären wir freundlicher zu ihnen? Würden wir innehalten, bevor wir handeln? *#MiteinanderVerbunden.* Ein paar Journalisten und Politiker sprachen bereits von einer »Bewegung«.

»Ich glaube, ich verstehe langsam, was meine Eltern mit Wiedergeburt gemeint haben«, sagte Nihal später am Abend zu Ben.

»Was hat sich geändert?«, fragte Ben.

»Vielleicht weil ich Lea gesehen habe. Und wegen der Zwillinge. Ich frage mich, wo sie herkommen«, antwortete Nihal. »Wir wissen natürlich, wo sie rein biologisch herkommen, aber was ist mit ihren *Seelen*? Das ist nicht dasselbe wie der Körper, sondern etwas ... Ewiges. Und warum können sie nicht schon mal gelebt haben und gestorben sein und jetzt wieder auf die Erde zurückkehren?«

Ben dachte einen Moment an die Frau aus dem Park, der er im Oktober begegnet war und die mit Hanks Lunge atmete. Zwei Menschen, die wirklich miteinander verbunden waren, obwohl sie sich nie begegnet waren.

»Ich denke, alles ist möglich«, stimmte Ben zu.

Nihal lächelte. »Zumindest kommen wir bestimmt als verdammte Könige zurück, nach allem, was wir durchgemacht haben.«

Am Ende der Sitzung saß Ben wie immer neben Maura, während die Gruppe die letzten Reste des Kuchens verzehrte.

»Denkst du manchmal an Kinder?«, fragte Maura ihn und blickte grinsend auf Bens Pullover. »Du ziehst dich jedenfalls schon wie ein Dad an.«

Ben lachte und sah zu Lea, die ihren Bauch hielt und ihrem Bruder zulächelte. Seit dem Tag in dem Lagerraum hatte Ben immer öfter darüber nachgedacht. Natürlich hatte er an Abschlussbälle und Diplomfeiern und Hochzeiten gedacht. An alles, was er nicht mehr erleben würde. Seine Brust zog sich immer noch zusammen, und dunkle Bitterkeit stieg in ihm auf, wenn er daran dachte, und vielleicht würde das immer so sein. Aber er hatte kürzlich herausgefunden, dass er sich beruhigen konnte, indem er an all die anderen Dinge dachte – die er vielleicht noch erleben würde, wenn er eines Tages Kinder haben würde.

Der erste Schultag. Die Tanzaufführungen. Die Basketballspiele.

Schlittenfahren im Garten. Süßes-oder-Saures. Äpfel pflücken im Herbst.

Der Gesichtsausdruck seiner Eltern, wenn sie ihr Enkelkind zum ersten Mal im Arm halten würden.

»Vielleicht werde ich Vater …«, sagte Ben. »Aber hey, nicht *ich* werde sesshaft und heirate bald.«

»Uff, sag das nicht so!« Maura verzog das Gesicht. »Ich klinge dann so *alt.*«

Aber Ben durchschaute ihr gespieltes Entsetzen. Er sah, dass sie glücklich war.

Und er dachte an die Sitzungen vor dieser, an die Sonntagabende, die sie in trauernder Solidarität verbracht hatten, die Geschichten, die sie voller Angst und Wut miteinander geteilt, die Gewalt, die sie gesehen hatten. Irgendetwas an *diesem* Abend erinnerte Ben an seinen College-Professor, der ihm das dritte Newtonsche Gesetz erklärt hatte, indem er seine Hände gegen die Tafel gedrückt hatte, um zu zeigen, wie die Wand Widerstand leistete. Für jede Aktion gibt es eine gleich starke, aber entgegengesetzte Reaktion. Kräfte treten immer in Paaren auf.

Und jetzt konnte Ben endlich die Gegenkraft sehen, die die Leiden der letzten Monate mit einem wahren Ausbruch von fröhlicheren Tagen zurückdrängte. Mit diesem Gefühl hier, heute Abend, in Raum 204.

MAURA

Nina hatte einen ganzen Tag voller Hochzeitsaktivitäten geplant – Blumenladen, Caterer, Konditorei, Brautkleid – und wollte alles an einem einzigen Samstag erledigen, was für die in wenigen Wochen bevorstehende Hochzeit nötig war.

Als Maura an diesem Morgen mit dem Handy in der Hand in die Küche kam, bereitete Nina bereits Rührei zu, um früh in den Tag zu starten.

»Terrell hat gerade angerufen«, sagte Maura. »Anscheinend ist heute Nachmittag eine große Kundgebung in D.C. geplant, und er und Nihal wollen sich ein Auto mieten und hinfahren.«

»Das ist schon die dritte Kundgebung in diesem Monat, oder?«, fragte Nina. »Im Büro haben alle darüber gesprochen. Das Video von der Studentin hat etwas ausgelöst.«

»Anscheinend war das hier nur als kleine Demonstration beim MLK-Denkmal geplant, weil gleichzeitig in der Nähe ein Fundraising für Rollins stattfindet«, erklärte Maura. »Aber die MiteinanderVerbunden-Bewegung hat online richtig Fahrt aufgenommen, und jetzt sollen wohl Tausende kommen.«

»Das ist unglaublich.« Nina rührte weiter die Eier um. »Es tut mir leid, dass wir nicht hinfahren können.«

»Na ja … eigentlich …« Maura biss sich auf die Lippe.

Nina legte den Pfannenwender auf ein Küchentuch neben dem Herd. »Willst du gerade fragen, ob wir heute absagen sollen?«

»Ich weiß, das Timing ist beschissen, aber ich möchte wirklich dabei sein«, sagte Maura.

»Weißt du, wie schwer es für mich war, alles so kurzfristig zu organisieren?«

»Das weiß ich, und ich bin dir sehr dankbar für alles. Aber ich will ja nicht die eigentliche Zeremonie absagen«, erwiderte Maura. »Nur einen Tag, an dem wir einkaufen und Essen probieren wollten.«

Nina seufzte und schüttelte den Kopf, bevor sie bemerkte, dass die Rühreier anbrannten. Rasch schaltete sie die Flamme aus und schabte mit dem Spatel das am Pfannenrand klebende Rührei ab.

Maura starrte auf ihren Rücken. Ninas Stimmung war in den letzten Wochen etwas sprunghaft gewesen, nach dem Streit mit Amie, sie hatte aber nicht so gewirkt, als wolle sie darüber reden.

»Ist das Thema jetzt einfach beendet?«, fragte Maura.

»Ich weiß nicht, was du von mir hören willst.« Nina drehte sich um. »Ich dachte, heute wäre ein wichtiger Tag in unserer Beziehung. Ein Tag zum Feiern. Aber anscheinend ist es nur oberflächlicher Mist.«

»So habe ich es nicht gemeint«, sagte Maura. »Ich denke nur, dass die Kundgebung wirklich wichtig sein könnte.«

»Und unsere Hochzeit ist nicht wichtig?«

»Doch, natürlich ist sie das!«, rief Maura. »Aber heute geht es doch nur um eine Party. Bei der Kundgebung geht es um ... mein *Leben.*«

»Ich weiß, womit du zu kämpfen hast, und das belastet mich auch«, sagte Nina. »Aber du tust schon so viel mit deiner Gruppe. Und du warst bereits bei Demonstrationen. Vielleicht kannst du dir einen Tag freinehmen und die *anderen* Bereiche deines Lebens genießen.«

Maura holte tief Luft. Manchmal frustrierte es sie, dass Nina die Dinge nicht so sehen konnte wie sie.

Für Nina war ihre Beziehung genug. Ihre Verlobungsringe waren der Platinbeweis dafür, dass Nina über die Fäden hinwegsehen und Maura um ihrer selbst willen lieben konnte, nicht wegen ihrer Lebenserwartung. Die Familie, die sie zusammen aufbauten, hatte für Nina oberste Priorität. Und das bedeutete Maura alles. Aber manchmal brauchte sie einfach mehr. Sie musste über ihr kleines Leben hinausblicken, wollte, dass der Rest der Welt sie so sah wie Nina. Als Menschen, der es wert war, geliebt zu werden. Als Gleichberechtigte.

»Gott, ich *wünschte,* ich könnte mir nur einen Tag freinehmen«, sagte Maura, »aber ich kann es nicht. Mein ganzes Leben lang musste ich *jeden* Tag darauf achten, nicht zu wütend oder bedrohlich oder unwürdig zu wirken, denn das würde ein schlechtes Licht auf Schwarze werfen. Und ich durfte nicht zu empfindlich oder dumm oder schwach wirken, weil das ein schlechtes Licht auf Frauen werfen würde. Und *jetzt* darf ich nie zu labil oder emotional oder rachsüchtig wirken, weil das ein schlechtes Licht auf Kurzfaden werfen würde. Es hört einfach *nie* auf!« Sie atmete zittrig aus. »Und du weißt, wie sehr ich nach etwas gesucht habe, das mir das Gefühl vermittelt, dass ich etwas tue, was wirklich etwas *bedeutet.* Dass ich meine Zeit in etwas Gutes investiere.«

Nina nickte langsam, ließ Mauras Worte auf sich wirken. »Du solltest hinfahren«, sagte sie schließlich ernst. »Ich kann mich hier um alles kümmern.«

»Ganz sicher?«, fragte Maura.

»Ja. Und beim nächsten Mal komme ich mit.«

Nachdem sie in der Nähe der National Mall geparkt hatten, mischten sich Maura und ihre Freunde unter die fast zwanzigtausend Menschen, die sich um das Martin Luther King, Jr. Memorial und auf den nahe gelegenen Rasenflächen versammelt hatten und von Ästen eingerahmt waren, die ihre rostfarbenen Blätter abgeworfen hatten. Eine große Gruppe im Zentrum jubelte und rief Parolen unter einem zwei Meter hohen Transparent mit der Aufschrift »Alle Fäden sind gleich, lange wie kurze«.

Ein halbes Dutzend Nachrichtenteams berichtete über die Veranstaltung, vielleicht wegen der Gerüchte, dass der Überläuferneffe von Anthony Rollins teilnehmen könnte. Doch Maura war unsicher, ob die zusätzliche Aufmerksamkeit – zusammen mit der breiten Resonanz der neuen MiteinanderVerbunden-Bewegung im Internet – reichen würde, um Rollins' Nominierung im Sommer zu verhindern. Jedes Mal, wenn sie in den Nachrichten Bilder einer weiteren Schießerei oder der Trümmer eines schweren Autounfalls sah, betete Maura, dass kein Kurzfaden daran schuld war. Die anderen aus ihrer Selbsthilfegruppe schienen davon überzeugt zu sein, dass sich bereits etwas verändert hatte. Jeden Tag, an dem der Hashtag trendete, jede öffentliche Person, die ihre Unterstützung aussprach, jede Nachrichtensendung, in der die Studentin aus Südafrika interviewt wurde, war für ihre Freunde der Beweis, dass es nur noch besser werden konnte. Aber Maura hütete sich vor blindem Vertrauen oder dem Risiko, selbstgefällig zu werden. Sie wusste, dass es *immer* schlimmer werden konnte, solange nicht genug Leute weiterkämpften.

Als Maura nach einem langen Tag auf der Kundgebung in ihre Wohnung zurückkehrte, schloss sie die Tür so leise wie möglich hinter sich und ging in das dunkle Wohnzimmer, vorbei an dem Triptychon von Bens Skizzen an der Wand, die wie Postkarten aus ihrem Leben waren. Nina liebte die Bilder und hatte bei ihrem Anblick fast geweint, auch wenn Mauras Überraschung durch den Heiratsantrag in den Hintergrund gerückt war.

Als Maura sich der Küche zuwandte, in der Nina eine Lampe hatte brennen lassen, entdeckte sie einen Zettel mit Ninas Schrift am Kühlschrank.

Hoffentlich ist die Kundgebung gut gelaufen. Im Kühlschrank steht ein Stück Kuchen zum Probieren. Vertrau mir, er wird dir schmecken.
Ich bin stolz auf dich. Xo

Maura bereute ihre Entscheidung nicht. Sie war froh, dass sie nach D.C. gefahren war. Doch sie war dankbar, dass sie immer hierher zurückkehren konnte, in ihr Zuhause und zu Nina, die zumindest akzeptierte, was Maura tun musste, auch wenn sie es nicht immer verstand.

Sie warf einen Blick in den Kühlschrank, wo ein Stück Schokoladenkuchen in einem durchsichtigen Plastikkarton stand und sie mit den sanften Rundungen seiner Glasur verführte. Als sie ihn anhob, bemerkte sie ein weiteres Stück Papier unter dem Karton.

Du hattest recht, wir brauchen keine große Feier. Wir brauchen nur uns. Und ich will nicht länger warten. Wenn wir schon wieder streiten müssen, möchte ich viel

lieber mit meiner Frau streiten.
Willst du mich am Montag im Rathaus heiraten?

Maura schloss lautlos die Tür, so erschüttert wie freudig erregt. Sie schlich sich ins Schlafzimmer, löste vorsichtig einen kleinen goldenen Anstecker mit zwei ineinander verschlungenen Strängen von der oberen Ecke ihres Pullovers, streifte ihre Kleidung ab und ließ sie in den Wäschekorb fallen. Dann zog sie behutsam die Decke weg und füllte mit ihrem Körper die Leere im Bett, die bereits von der schlafenden Frau gewärmt war, die in nur zwei Tagen Mauras Ehefrau werden würde.

Maura wusste, dass ihre Eltern eine Kirche oder den Rasen eines Landguts bevorzugt hätten, doch sie hatten auch für vieles andere in Mauras Leben eigene Vorstellungen gehabt. Nachdem sie von Job zu Job, von Freundin zu Freundin gesprungen war, wurde sie wenigstens endlich sesshaft und heiratete eine Frau, die ihre Eltern wirklich mochten. (»Nina scheint sehr klug zu sein«, hatte ihr Vater gesagt, nachdem er sie kennengelernt hatte.)

Und Maura war ganz froh, dass die Zeremonie im Rathaus stattfand. Ohne den langen Gang durch die Kirche und das Knien vor dem Altar erschien ihr der Anlass nicht ganz so überwältigend. Und sie hatte sich selbst sowieso nie als Typ für eine konventionelle Hochzeit eingeschätzt.

Die Trauungen fanden im Standesamt statt, einem großen grauen Gebäude inmitten einer Reihe städtischer Bauten im Zentrum von Manhattan. Die Einwanderungsbehörde, das Finanzamt und die Staatsanwaltschaft waren alle in einem Radius von einem Block untergebracht, direkt daneben befand sich jedoch das

Gesundheitsamt, wo die Geburts- und Sterbeurkunden der Stadt abgelegt wurden. Maura erschien das seltsam passend. Das Gesundheitsamt zeichnete Anfang und Ende des Lebens auf, während Paare sich gleich nebenan schworen, sich gegenseitig in allem dazwischen zu unterstützen.

Das Innere des Standesamtes kam Maura wie eine edlere Zulassungsstelle vor. Lange Sofas standen entlang der einen Wand, Computer an der anderen, und über ihren Köpfen waren große Bildschirme angebracht, auf denen die zugewiesenen Nummern angezeigt wurden und die jeweiligen Paare ins Trauungsbüro riefen. Auf einem Plakat beim Eingang war zu lesen: *Die 24-stündige Wartezeit zwischen der Erteilung der Heiratserlaubnis und der Durchführung der Trauung kann bei Nachweis eines ablaufenden Fadens aufgehoben werden.*

Maura merkte, dass Nina der kitschige Kiosk am Eingang irritiert hatte, ein kleiner Laden, in dem »NYC«-Accessoires für Touristen neben Last-Minute-Hochzeitsutensilien wie Blumen, Schleier und sogar Ringen angeboten wurden. Möglicherweise hatte Nina für einen kurzen Moment sogar ihre uncharakteristische Impulsivität bereut, die sie beide hierhergebracht hatte.

Doch überall um sie herum sahen sie Liebe. Männer in Smokings und Frauen in Abendkleidern, junge Leute um die zwanzig in Jeans und Baseballkappen, Kleinkinder in Tüllkleidchen, die kreischend herumrannten. Ein paar andere Paare waren allein gekommen, so wie Maura und Nina, doch die meisten kamen mit einer Hochzeitsgesellschaft, deren Kameras den Saal mit Blitzlichtgewitter erhellten.

Nina sah in ihrem Kleid aus cremefarbener Spitze schlicht und elegant aus, während Maura sich für ein hellgoldenes Kleid mit etwas mehr Glanz entschieden hatte.

»Du bist die schönste Braut hier«, sagte Nina zu ihr und berührte ihre Wange.

Nachdem ihre Nummer auf dem Bildschirm erschienen war, nahmen Maura und Nina ihre Plätze vor dem Standesbeamten ein, einem Mann mit Halbglatze, Schnurrbart und Brille, der von seinem braunen, sackartigen Anzug praktisch verschluckt wurde und jede Zeremonie so huldvoll abhielt, als würde er nur eine Trauung pro Tag durchführen und nicht Dutzende. Das Paar in der Schlange hinter ihnen – eine Frau in einem roten Blumenkleid mit einem Blumenkranz auf dem Kopf und ein Mann mit dazu passender roter Krawatte – hatte sich freundlicherweise bereit erklärt, als Trauzeugen zu fungieren. Seite an Seite standen sie da, die Hände an den kleinen Fingern verschränkt.

Diesen Moment hatte Maura nie erwartet. Natürlich hatte sie vor den Fäden manchmal geahnt, dass ein Heiratsantrag bevorstehen könnte – in einem Anfall besonderer Schwäche hatte sie sogar zwischen den tadellos gefalteten Kleidern in Ninas Kommode gestöbert –, doch im März hatte sich alles geändert. Seitdem hatte sie nicht mehr gedacht, dass Nina ihr einen Antrag machen würde, nicht einmal in ihren intimsten Momenten, nicht einmal, als die Romantik der italienischen Kopfsteinpflastergassen und stillen Brunnen sie mitgerissen hatte. Nicht nach den Fäden.

Und Maura selbst hätte Nina nie gefragt, hätte sie nie in die Position bringen wollen. Sie schämte sich nicht für den Gedanken, mit Nina zusammenzuleben, ohne offiziellen Segen. Maura musste nicht eine Hälfte eines Ehepaares sein, um sich ganz zu fühlen. Aber nachdem Nina die Frage gestellt hatte, nachdem die Möglichkeit plötzlich real geworden war und in Gestalt der Frau vor ihr stand, bei der sie sich aufgehoben fühlte, dachte Maura, dass es vielleicht schön wäre, verheiratet zu sein, etwas Solides und Dauerhaftes in ihrem ansonsten so aus den Fugen geratenen Leben zu haben. Vielleicht konnte sie das noch haben, trotz allem, was ihr ihr Faden gestohlen hatte.

Nachdem der Standesbeamte Maura Hill und Nina Wilson zu Frau und Frau erklärt hatte, ging das Paar in den Hauptgang zurück und hinaus auf die ruhige Straße. Nina hielt Mauras Hand, während sie zu einem Restaurant ganz in der Nähe gingen, wo sie sich mit ihren Familien und einigen engen Freunden treffen würden – ein geradezu an ein Wunder grenzendes Kunststück, das Nina das Wochenende über vollbracht hatte.

In einem von Kerzen beleuchteten Nebenzimmer saßen Ninas und Mauras Eltern mit Amie an einem Tisch. Ein paar von Ninas Lieblingskollegen, einige Freunde von Maura aus dem College, ein paar Verwandte aus der Gegend und die Mitglieder von Mauras Selbsthilfegruppe saßen an drei weiteren Tischen.

Schon vor den Fäden hatte Maura immer geglaubt, dass es verrückt war, sich den Rest des Lebens an jemanden zu binden, bevor man selbst überhaupt längere Zeit gelebt hatte. Und ja, manche würden ihre Ehe mit Nina noch weniger verstehen. Und doch hatten alle diese Menschen, ihre Familien, ihre Freundinnen und Freunde in letzter Minute ihre Pläne geändert, ihr Leben umorganisiert, um heute Abend hier zu sein. Um ihre Unterstützung für diese Verrücktheit zu zeigen. Um den Raum mit Liebe zu füllen.

Nachdem das Essen serviert worden war, ging Nina in eine Ecke, wo Maura sich mit einer Cousine unterhielt. »Da wäre noch etwas«, sagte sie.

Maura lächelte und beäugte sie gespielt misstrauisch. Als die Geigen ertönten, bemerkte sie plötzlich, dass die vier Tische um eine kleine Tanzfläche herum angeordnet waren. Nina hatte das von Anfang an geplant.

Noch immer überrascht, ließ Maura sich von ihrem Stuhl in Ninas Arme ziehen, während Nat King Coles Stimme den Raum erfüllte.

»Ich kann nicht glauben, dass du das getan hast«, flüsterte Maura an Ninas Wange. »Das alles.«

»Wenn es irgendjemand verdient hat, dann du.«

Die beiden wiegten sich auf der winzigen provisorischen Tanzfläche hin und her und hielten einander eng umschlungen.

That's why, darling, it's incredible
That someone so unforgettable
Thinks that I am unforgettable, too.

AMIE

Amie blieb allein an ihrem Tisch zurück, als alle auf die kleine Tanzfläche gingen, und sah ihrer Schwester und Maura bewundernd nach, die sich durch die Gästeschar schlängelten. Sie konnte nicht glauben, dass sie das alles fast verpasst hätte. Zum Glück war sie gerade noch rechtzeitig zu Nina gegangen, voller Bedauern und ehrlichen Entschuldigungen. Ein paar Tage später hatte Nina sie angerufen und gesagt, dass statt der großen Hochzeitsfeier ein intimes Abendessen nach der Trauung auf dem Standesamt stattfinden würde.

Amie versuchte, ihren Blick auf die Tänzer zu richten und nicht ständig Ben anzustarren, der mit Mauras Selbsthilfegruppe auf der anderen Seite des Raumes saß. Vorhin war sie zu nervös gewesen, um ihn anzusprechen, und sie nahm an, dass Ben verständlicherweise auf *sie* wartete. Sie war schließlich diejenige, die auf sein Geständnis nicht reagiert hatte.

Sie hatte schon geplant, was sie ihm sagen wollte, irgendeine höfliche Absage und dass sie es lieber bei Freundschaft belassen sollten. Doch als sie sah, wie Ben mit einer schwangeren Brünetten in einem schlichten rosa Kleid und einer rotblonden Frau mit Sprühbräune lachte, ärgerte sie sich, dass er nicht mit ihr, sondern mit anderen Frauen Spaß hatte. Sie spürte, wie sie errötete und ihr Herzschlag sich beschleunigte. *Mach dich nicht lächerlich*, dachte sie. Sie war eine neunundzwanzigjährige Frau, um Himmels willen, kein eifersüchtiges Kleinkind.

Amie dachte, dass es sicherer sei, ihren Gefühlen für Ben nicht nachzugeben.

Aber vielleicht irrte sie sich.

Das Lied war noch nicht zu Ende, noch hatte sie eine Chance. Aber würde Ben überhaupt mit ihr sprechen wollen?

Sie holte tief Luft und ging zu seinem Tisch.

»Tut mir leid, wenn ich störe«, sagte Amie schüchtern. »Aber ich wollte mal fragen, ob du tanzen möchtest.«

Ben zögerte, dann lächelte er, und die Erleichterung wärmte sie wie Sonnenschein.

»Natürlich«, sagte er.

Gemeinsam gingen sie zur Tanzfläche. Ben legte ihr leicht den Arm um die Taille und übernahm die Führung.

Er war es, der sich schließlich vorwagte.

»Ich dachte schon, du wolltest nie wieder mit mir reden.« Er verengte die Augen und hob die Brauen.

Er zog sie auf, stellte Amie fest. Eine zweite Erleichterung.

»Es lag nicht an dir, es ... Ich ... Nina und ich haben eine schwere Zeit durchgemacht«, erklärte Amie. »Und ich konnte in den letzten Wochen wirklich an nichts anderes denken.«

»Oh«, sagte Ben und wirkte aufrichtig besorgt. »Ist alles in Ordnung?«

»Jetzt schon.«

»Dann bleiben nur noch du und ich. Und mein Brief.«

»Wie hast du es herausgefunden?«, fragte Amie.

»Ein paar Hinweise hatte ich ja schon, über dich und wo du wohnst und wo du arbeitest, und als du den Brief über Gertrude erwähnt hast, hat es klick gemacht«, sagte er. »Es bestand natürlich ein gewisses Risiko, dass ich alles falsch verstanden habe und der oder die echte ›A.‹ ziemlich verwirrt gewesen wäre.«

Amie lachte, und sie spürte, wie Ben den Arm fester um sie legte. Sie trat näher an ihn heran.

»Tut mir leid, dass ich kein guter Tänzer bin«, sagte er.

»Ach, meine letzten Tanzerfahrungen habe ich als Anstandsdame für Schüler gemacht, die anscheinend vergessen, dass ihre Lehrer zusehen.«

»Also musst du die armen hormongesteuerten Kinder gewaltsam trennen?«

»Manchmal ja«, gab sie zu, »aber nicht, wenn sie so aussehen …«

Amie nickte in Richtung von Nina und Maura, die sich am Rand der Tanzfläche drehten.

»Sie sehen so glücklich aus«, sagte Ben.

»Und haben alles um sich herum vergessen.«

Ben zuckte mit den Schultern. »So soll es doch auch sein, oder?«

Er sah Amie mit solcher Freundlichkeit, solcher Aufrichtigkeit an, dass sie sich einen Moment von seinem Blick lösen musste. Sie lehnte sich noch näher zu ihm, bis ihr Kinn über seiner Schulter schwebte und sie sich auf die Wand hinter ihm konzentrieren konnte.

Und Amie dachte daran, wie oft sie sich Gedanken über den anonymen Briefeschreiber gemacht hatte und wie unglaublich es war, dass sie jetzt mit ihm tanzte, dass sie seine Körperwärme spürte und sein Rasierwasser einatmete. Sie entspannte sich, als hätten sie schon oft miteinander getanzt.

Amie schloss die Augen und versuchte, sich die Zukunft vorzustellen, so wie sie es immer getan hatte, mit dem Anwalt und dem Dichter und den wenigen anderen Männern, die sie im Lauf der Jahre in ihren Armen gehalten hatten.

Sie stellte sich vor, wie sie mit Ben im Central Park auf einer Bank am See saß und die Wände einer leeren Wohnung strich. Sie sah sich selbst in einem weißen Kleid, wie sie seine Hände hielt, und dann lächelnd in einem Krankenhausbett, wie sie beide das Bündel in ihren Armen küssten.

Sie sah alles deutlich vor sich, nichts war so verschwommen wie ihre früheren Tagträume. Sie konnte es sehen und beinahe *spüren.* Und es fühlte sich richtig an.

Anders als in ihren früheren Visionen überzeichnete sie Bens Schwächen nicht. Das Problem, das Amie zurückhielt, war kein Charakterfehler, es lag nicht an ihm, sondern in seiner Zukunft.

Amie blinzelte und sah sich selbst, wie sie mit zwei kleinen, schwarz gekleideten Kindern im Gras stand, und dann allein weinend in einer Küche, in der sich Töpfe und Pfannen und Tupperdosen auf dem Tresen vor ihr stapelten.

Amie hatte seinen letzten Brief inzwischen bestimmt zehnmal gelesen. Sie wusste, was Ben wollte und dass er damit nicht lange warten wollte. Und er hatte das alles auch verdient.

Natürlich hatte er nie ausdrücklich gesagt, dass er das mit *ihr* zusammen verwirklichen wollte, aber immerhin hatte er *sie* erst vor ein paar Wochen geküsst und tanzte jetzt mit ihr, und plötzlich wurde ihr alles zu viel. Sie fühlte sich benommen und überwältigt.

»Tut mir leid, ich brauche ein bisschen frische Luft«, sagte sie, löste sich von Ben und flüchtete schnell zur Hintertür.

Draußen setzte sich Amie auf den Bordstein und rieb sich in der abendlichen Kälte die Arme. Es war ruhig, da in den meisten Gebäuden in der Straße Behörden untergebracht waren, die bereits geschlossen hatten.

Sie fühlte sich schuldig und schämte sich, weil sie Ben stehen gelassen hatte, aber sie wusste nicht, ob sie wieder hineingehen konnte, ob die schönen Visionen die düsteren, die sie danach gesehen hatte, jemals überdecken konnten.

Auf der anderen Straßenseite ging ein älteres Paar vorbei. Die beiden hielten sich an den Händen und sprachen leise miteinander, verschworen gegen die Welt. Einen Moment lang dachte sie, die beiden kämen ihr bekannt vor, aber im Dämmerlicht war es schwer zu erkennen.

Natürlich wollte Amie, was dieses Paar hatte, was ihre Eltern hatten, was Nina und Maura hatten.

»Als du mir von der Hochzeit erzählt hast, hätte ich eigentlich sagen sollen, dass du stark bist«, hatte Amie ein paar Tage zuvor unter Tränen zu ihrer Schwester gesagt. »Du bist *so* stark, Nina. Und Maura auch. Für dich ist die Liebe wichtiger als alles andere, und dafür bewundere ich dich. Ich kann nur hoffen, dass du mich wieder in dein Leben lässt, damit ich für euch beide da sein kann. Weil ich weiß, dass es schwer werden wird. Aber ich weiß auch, dass es richtig ist.«

Amie wollte auch stark sein, kein Feigling oder egoistisch oder eine Heuchlerin, all das, was Nina ihr an den Kopf geworfen hatte. Sie wollte nicht zu den Leuten gehören, von denen Ben geschrieben hatte, die Kurzfaden an den Rand drängten und ihnen das Gefühl gaben, nicht liebenswert zu sein. Die Menschen, die Tausende Protestanten auf die Straße getrieben hatten.

Wenn es doch nur so einfach wie bei ihrer Schwester wäre: es mit jemandem versuchen. Schauen, was daraus wird. Was hatte man schon zu verlieren?

Alles, dachte Amie.

Wie hatte Nina das nur geschafft?

Und wie schafften es Ben und Maura und die anderen Kurzfaden? Woher nahmen sie jeden Tag die Kraft?

Amie dachte daran, was Nina ihr einmal gesagt hatte: Du weißt nicht, wozu du fähig bist. Und vielleicht hatte Nina recht. Aber alle in Amies Umfeld schienen so viel mehr zu können. Sie konnte nicht einmal ihre Box öffnen.

Amie zog die Knie an die Brust, der blaue Stoff ihres Kleides fiel fast bis auf den Gehsteig, und schlang die Arme um die Knie und versuchte zu entscheiden, was sie tun sollte.

Da hörte sie es.

Erst leise, dann immer lauter erhob sich die Melodie aus der Stille.

When I was just a little girl
I asked my mother, »What will I be?«

»Das kann nicht sein«, flüsterte Amie und traute ihren Ohren kaum.

Sie sprang auf und versuchte zu bestimmen, woher die Musik kam.

»Will I be pretty, will I be rich?«
Here's what she said to me

Die Musik kam vom Ende des Häuserblocks, und Amie lief mit klappernden Absätzen darauf zu. Sie erreichte die Ecke gerade noch rechtzeitig, um den Radfahrer von hinten zu sehen, wie er sich entfernte. Sein lilafarbenes Sakko flatterte leicht im Wind.

Que será, será
Whatever will be, will be
The future's not ours to see
Que será, será

Verblüfft und keuchend stand Amie an der Ecke.

Dann fing sie an zu lachen. Wurde immer lauter, bis es ihr fast peinlich war, obwohl sie allein war.

Als sie sich wieder beruhigt hatte, wehte eine kalte Bö den Saum ihres Kleides hoch, und sie fühlte sich gestärkt, wach.

Sie musste wieder hineingehen.

Sie musste Ben finden.

What will be, will be.

ANTHONY

Anthony und Katherine verließen als Letzte das Gebäude. Sie waren zu einem kurzen Wahlkampfabstecher in New York und hatten sich mit dem Bürgermeister in seinem Büro im Rathaus getroffen, um Schadensbegrenzung nach Jacks Auftritt zu betreiben.

In den Tagen nach dem Vorfall kursierten Aufnahmen von Jacks Ausbruch im Internet und wurden im Fernsehen wiederholt, während aus Anthonys wutentbranntem Gesichtsausdruck Dutzende peinlicher Memes entstanden. Das Ehepaar Rollins hatte sich, gelinde gesagt, auf einen katastrophalen Monat eingestellt. Aber fast jeder Politiker oder reiche Geldgeber konnte eine überraschend ähnliche Geschichte erzählen, von dysfunktionalen Familien und Kindern oder Enkelkindern, die aus der Reihe tanzten und sich auf die Seite ihrer Gegner schlugen. (»Sie sollten hören, was meine Nichte und mein Neffe über *mich* sagen würden«, sagten alle mit einem Lachen.) Und während Jacks unreifes Aufbegehren vielleicht bei einigen unentschlossenen Wählerinnen und Wählern unter dreißig Jahren Anklang gefunden haben mochte, hatte es letztlich nur unwesentliche Wirkung auf den Großteil von Anthonys Kernwählerschaft: ältere, ängstliche Amerikaner, die sich in ihrem ruhigen Langfadenleben durch die Wut und die Unberechenbarkeit, die Jack auf der Bühne gezeigt hatte, bedroht sahen.

Da sie nicht von zu vielen Leuten belästigt werden wollten – entweder von Fans, die auf ein Foto aus waren, oder Demonstranten, die Streit suchten –, hatten Anthony und Katherine ihren Termin im Rathaus auf kurz vor fünf Uhr nachmittags gelegt, sodass sie das Gebäude verlassen konnten, nachdem die meisten Angestellten bereits gegangen waren.

In diesem Teil der Stadt leerten sich die Straßen nach Einbruch der Dunkelheit, und auf dem Weg zu ihrem Wagen sahen sie nur eine junge Frau in einem blauen Kleid und hochhackigen Schuhen, die nachdenklich auf dem Bordstein saß. Katherine fragte sich laut, ob das arme Mädchen gerade versetzt oder vielleicht bei einem Essen in der Nähe abserviert worden war. Zum Glück schien sie sie nicht zu erkennen.

Das Auto hatte Verspätung, und leicht verärgert warteten sie an der Ecke, als Anthonys Telefon aufleuchtete und eine Vorabmeldung der Nachrichten des nächsten Tages anzeigte. Seine Umfragewerte waren zum ersten Mal seit Juni gesunken.

Katherine bemerkte, wie die Lippen ihres Mannes kaum merklich zuckten.

»Was ist los?«, fragte sie und versuchte, über seine Schulter mitzulesen.

»Nichts«, sagte Anthony. »Eine kleine Schwankung in unseren Zahlen.«

»Dafür ist dieser Twitter-Mist verantwortlich, nicht wahr?«, fragte Katherine. »Die Rede dieses Mädchens? Man nennt es eine Art Bewegung.«

»Ein Hashtag macht noch keine Bewegung«, erwiderte Anthony. »Es gibt keine Organisation, nur einen Haufen rührseliger Geschichten im Internet.«

»Sie haben allerdings schon mehrere Kundgebungen

abgehalten«, warnte Katherine. »Und jetzt gibt es Gerüchte, dass sie eine Art weltweiten Tag der *Awareness* für kurze Fäden oder so etwas abhalten wollen.«

»Ein paar versprengte Proteste und die Rede eines Kindes werden nicht die grundlegenden Ängste der Menschen zerstreuen«, sagte er. »Der Parteitag wird schneller da sein, als wir glauben. Das reicht nicht für eine echte Offensive.«

Anthony überflog den Rest des Artikels. Senator Johnsons Unterstützung war anscheinend zum ersten Mal seit der Enthüllung seines kurzen Fadens im September gestiegen, obwohl seine Umfragewerte immer noch unter ihrem Höchststand vor dem Herbst blieben.

»Sieh mal, hier«, sagte Anthony und deutete auf ein Zitat eines Interviewpartners.

> *Sicherlich war der Vorfall auf der Bühne mit Rollins' Neffen beunruhigend, aber das schmälert nicht die Arbeit, die er geleistet hat. Und es zeigt nur, womit wir es zu tun haben.*

Anthony lächelte. »Ich bin sicher, es gibt viele andere, die so *denken,* auch wenn sie es nicht *aussprechen.* Wir wissen beide, dass das, was die Leute ins Internet stellen und ihren Freunden erzählen, nicht immer das ist, was sie in der Wahlkabine wählen.«

Anthony und Katherine fühlten sich schon ruhiger, als eine vertraute Melodie zu ihnen herüberwehte.

> *When I grew up and fell in love*
> *I asked my sweetheart what lies ahead*
> *»Will we have rainbows, day after day?«*
> *Here's what my sweetheart said*

Sie erkannten, dass die Musik von einem Radfahrer kam, der in ihre Richtung fuhr und einen Ghettoblaster auf dem Rad festgeschnallt hatte.

»New York ist wirklich komisch«, spottete Katherine.

Doch Anthony war überzeugt, dass sein Triumph bevorstand. Wen kümmerte es, was in einem Artikel stand? Er näherte sich der Sonne, aber er hatte keine Angst abzustürzen, denn seine Flügel waren aus etwas Stärkerem gebaut.

Er streckte den Arm aus. »Darf ich um diesen Tanz bitten?«, fragte er.

»Bist du verrückt? Doch nicht mitten auf der Straße.«

»Wir müssen für den Antrittsball üben.«

Katherine gab grinsend nach und ergriff die Hand ihres Mannes. In diesem Moment fuhr der Radfahrer vorbei und zog vor ihnen seinen unsichtbaren Hut.

Que será, será
Whatever will be, will be
The future's not ours to see
Que será, será

»Wir werden so viel besser aussehen als die Letzten«, sagte Katherine fröhlich und drehte sich in den Armen ihres Mannes. »Weißt du noch, wie schrecklich das Kleid der First Lady war?«

What will be, will be.

JACK

Sie hatten das College bereits vor sieben Monaten abgeschlossen, doch fast alle auf der Silvesterparty betranken sich immer noch mit billigem Bier, wie in den letzten vier Jahren. Dieses Mal hielten sie allerdings glitzernde Gläser und trugen Partyhüte.

Jack und Javi standen im Wohnzimmer ihres Freundes in D.C. Zum ersten Mal seit Javis Abreise nach Alabama waren sie wieder im selben Raum, und Jack spürte sofort die Veränderung in seinem Freund.

Javi wirkte zuversichtlich und selbstbewusst und unterhielt die Gruppe mit Erzählungen aus seinen ersten Monaten in der Pilotenausbildung. Er schien sogar größer als in Jacks Erinnerung zu sein.

»Und dann, ohne Vorwarnung, bringt der Pilot das Flugzeug in Rückenlage und macht zwei Drehungen hintereinander. Der Typ neben mir kotzt die ganze Flugzeugseite voll, und ich konnte den restlichen Tag über nichts mehr essen.« Javi lachte. »Aber anscheinend werden wir uns daran gewöhnen.«

Jack war erstaunt, wie anders Javiers Leben geworden war. Sein Freund flog durch die Luft und lernte, wie man gefährliche Missionen durchführte, während Jack einen sicheren Schreibtischjob in der Abteilung für Cyber-Operations hatte (obwohl seine täglichen Aufgaben eher administrativ als operativ waren, da sein »kurzer

Faden« ja ein Hindernis für alle höheren Sicherheitsfreigaben war).

»Hey!«, rief einer der Gäste und schaute auf sein Handy. »Wes Johnson hat gerade ein neues Video veröffentlicht.«

»Steigt er aus dem Wahlkampf aus?«, fragte ein Mädchen.

»Warum sollte er jetzt aussteigen?«

»Er liegt immer noch hinter Rollins zurück.«

»Ja, aber eine Menge Leute sind ziemlich sauer auf Rollins.« Der Junge sah zu Jack auf, als ihm die familiäre Verbindung einfiel. »Nichts für ungut, Mann.«

Jack winkte ab.

»Ich bin jetzt auf seiner Wahlkampfseite«, sagte ein anderer Gast.

Jack und Javi schlossen sich der Gruppe an, die sich das Video ansah.

Wes Johnson saß in einem Ledersessel, wohl in seinem Büro zu Hause, das mit Familienfotos, gerahmten Diplomen und Bücherregalen voller Biografien dekoriert war.

»Ich werde mich kurzfassen, damit alle gleich weiterfeiern können«, sagte Johnson. »Ich weiß, dass einige Stimmen fordern, ich solle meine Kandidatur zurückziehen, aber ich möchte Ihnen versichern, dass ich mich dieser Kampagne weiterhin mit aller Kraft widmen werde. Während meiner Wahlkampfreise habe ich einen neuen Anlass dafür gefunden, und ich verspreche, dass ich niemals aufhören werde, für alle Amerikanerinnen und Amerikaner mit kurzen Fäden und für alle anderen zu kämpfen, die sich von den Machthabern ungerecht behandelt oder an den Rand gedrängt fühlen.«

Er lehnte sich nach vorne, näher zur Kamera. »Ich weiß, dass wir seit der Ankunft der Boxen oft das

Gefühl hatten, uns rückwärts zu bewegen, weshalb ich speziell heute Abend etwas sagen wollte. Nur in *diesem* Moment, an der Schwelle zu einem neuen Jahr, kommt unsere ganze Welt in der Hoffnung auf einen Neuanfang und ein besseres Morgen zusammen. Und ich habe weiter große Hoffnungen für die Menschen unserer großartigen Nation. Auch ich habe die vielen Geschichten und Stimmen der MiteinanderVerbunden-Bewegung verfolgt, und ich lade Sie ein, die Energie und das Mitgefühl und die Tapferkeit – und vor allem aber diese ganze *Hoffnung* – in diese Kampagne zu stecken. Ich verspreche, dieser Kampf ist noch nicht vorbei.«

Die Gruppe schwieg nach Johnsons Erklärung, bis einer der betrunkeneren Partygäste lallte: »Verdammt, ich liebe diesen Kerl.«

»Aber es klingt, als wüsste er, dass er verliert.«

»Niemals! Habt ihr nicht von der großen Miteinander-Verbunden-Veranstaltung nächsten Monat gehört? Anscheinend findet sie überall auf der Welt statt. Johnson soll angeblich auch mitmachen.«

»Das klingt irgendwie nach einem großen PR-Gag für Kurzfaden.« Irgendwer verdrehte die Augen. »Viel Lärm um nichts.«

»Es ist viel mehr als das. Ihr werdet schon sehen.«

»Ich weiß nicht«, sagte einer und wandte sich an Jack. »Dein Onkel mag ja ein Scheißkerl sein, aber wenigstens ist er tough. Er könnte tatsächlich etwas zustande bringen. Außerdem ist er brutal ehrlich. Das muss man respektieren.«

Jack verlagerte unbehaglich das Gewicht und war dankbar, als jemand »Shots!« rief und die Gruppe sich schnell auflöste.

Es war Wochen her, dass Jack das letzte Mal an einer Wahlkampfveranstaltung teilgenommen hatte. Seine Tante hatte ihm persönlich mitgeteilt, dass er von allen zukünftigen Auftritten ausgeladen war, und hatte ihn damit endgültig abgeschoben. Jack sah seinen Vater noch gelegentlich – solange Anthony nicht in der Nähe war –, doch er hatte erkannt, dass die Familie, die er gerade verlor, es nicht wert war, ein Teil von ihr zu sein. Zumindest nicht mehr. Vielleicht hatten die Hunters zu Grandpa Cals Zeiten noch für Mut und Vaterland gestanden, doch mit Anthony und Katherine an der Spitze ging es nur noch um Eigennutz und das Gewinnen um jeden Preis. *Javier* führte das ursprüngliche Erbe der Hunters fort, indem er sein ganzes Leben der Army widmete, trotz seiner ungerecht kurzen Lebenserwartung.

Bevor sie Jacks Wohnung zum letzten Mal verlassen hatte, hatte Katherine sogar versucht, ihren Mann zu entschuldigen.

»Hör mal, Jack, ich weiß, dass das unglaublich schwer für dich sein muss«, hatte sie gesagt. »Aber du musst mir vertrauen, dein Onkel weiß, dass nicht alle Kurzfaden gefährlich sind. Er versucht nur, uns vor denen zu schützen, die es sind.«

Anthony, der Beschützer. Hüter der Langfaden. Der Mann, der Amerika beschützen, der mit eisernem Faden regieren würde.

Irgendetwas hatte sich in letzter Zeit verändert, das stimmte. Und vielleicht hatte Jacks Unterbrechung der Kundgebung seines Onkels einen kleinen Teil dazu beigetragen. Doch Anthony war immer noch unaufhaltbar, dachte Jack, egal wie oft *#MiteinanderVerbunden* getippt werden würde, egal wie groß diese mysteriöse Veranstaltung auch sein mochte, egal wie zuversichtlich Johnson sein mochte.

Unglaublich, dass ein einziger hinterhältiger, cleverer Auftritt – als Anthony im Juni seinen Faden in die Kameras gehalten hatte – in den letzten sechs Monaten einen solchen Schneeballeffekt zur Folge hatte. Erst hatten die Schießereien und das Bombenattentat die Menschen geängstigt und verletzlich gemacht, dann wurde Anthony nach dem gescheiterten Anschlag in Manhattan zum Helden erkoren, und da Wes Johnsons kurzer Faden ihn schwach aussehen ließ, hörte so mancher unterdrückte Langfaden Anthony zu und fühlte sich endlich stark, auf Kosten seiner Brüder mit kurzen Fäden.

Wie könnte diese neue Bewegung, die gerade erst auf dem Vormarsch war, ausreichen, um all das umzukehren?

Während der Rest der Partygäste Tequila-Shots trank, waren Jack und Javi allein.

»Ich wollte dich anrufen«, sagte Javi. »Aber sie haben uns echt auf Trab gehalten. Das ist buchstäblich meine erste Pause seit Monaten.«

»Klingt, als liefe es wirklich gut«, meinte Jack.

»Das tut es auch.« Javi lächelte. »Also, wie wütend war dein Onkel nach deinem Auftritt?«

»Ich glaube, er hat sich von mir als seinem Neffen vollständig distanziert«, sagte Jack. »Aber wenigstens hat er aufgehört, über meinen Faden zu reden.«

Javi nickte. »Du hast mir mal gesagt, dass ich viel besser bin als du, aber ... dafür brauchte man schon richtig viel Mut.« Er lachte.

Die Überreste ihres Streits lagen noch in der Luft und färbten ihre Worte mit einer nie zuvor gekannten Unbeholfenheit, und Jack fragte sich, ob sich ihr Verhältnis je wieder normalisieren würde, ob sie zu den unkomplizierten frühen Tagen ihrer Freundschaft zurückfinden würden.

»Hey, ist hier nicht irgendwo die Veteranenbar in der Nähe?«, fragte Jack. »Wollen wir ein Bier trinken gehen?«

Die beiden holten heimlich ihre Jacken und schlichen sich aus dem Haus.

Nur ein paar Blocks entfernt befand sich eine altmodische Kneipe mit dunklen Holzwänden und dunkelgrünen Sitznischen, und von der Decke hing diverser Militärkram. Sie wurde fast ausschließlich von Veteranen frequentiert, und wenn Jack und Javi früher in Uniform oder alter Kleidung mit Academy-Logo hergekommen waren, hatte man sie herzlich und mit erhobenen Gläsern begrüßt. Javi trug seine Armeejacke, weshalb es heute Abend nicht anders sein würde.

An der Bar saßen weniger Gäste als sonst, hauptsächlich ältere Männer, die Kappen mit der Aufschrift »Vietnam« oder »Korea« trugen, außerdem ein paar jüngere Soldaten in Tarnkleidung.

Auf den Fernsehbildschirmen über ihnen blickten Prominente auf das zu Ende gehende Jahr zurück.

»Zu sagen, dass dieses Jahr bedeutend war, wäre eine ziemliche Untertreibung«, scherzte einer der gut frisierten Männer. »Hoffen wir, dass das neue Jahr keine *neuen* Überraschungen bringt.«

Jack und Javi setzten sich an einen Tisch und schwelgten die nächste Stunde über in Erinnerungen ans College – an die Kurse, in denen sie fast durchgefallen wären, die Mädchen, die sie um ein Date hätten bitten sollen, die Trainingstage, an denen man sie so hart rangenommen hatte, dass es wehtat, sich hinzusetzen *und* aufzustehen. Die Erinnerungen schienen weiter zurückzuliegen, als es tatsächlich der Fall war, und Jack fragte sich, ob das am Erwachsensein lag, ob das Leben so viel schneller verging, wenn man kein Kind mehr war.

Schließlich sprach er den Streit an. »Es tut mir leid, dass ich so lange gebraucht habe, um etwas zu tun«, sagte er. »Um *irgend*etwas zu tun.«

»Und es gibt noch viel mehr zu tun«, erwiderte Javi. »Aber ich bin aus vielen Gründen auf dich losgegangen, wegen vieler Verletzungen, die nicht alle deine Schuld waren. Und vielleicht hätte ich mehr Verantwortung für den Tausch übernehmen sollen und den Druck, der dadurch auf uns beiden lastete. Du hast mich schließlich nicht dazu gezwungen. Wir wollten es beide.«

»Aber du bedauerst es nicht?«, fragte Jack.

Javi trank einen Schluck von seinem Bier und dachte über die Frage nach.

»Ich liebe die anderen Jungs, mit denen ich trainiere, und ich habe großen Respekt vor den Offizieren, weshalb es wirklich schwer ist, sie weiterhin anzulügen. Aber ohne den Tausch wäre ich nicht dort«, sagte Javi. »Ich wäre nicht in der Lage, irgendwann Menschenleben zu retten.« Er lächelte und schüttelte den Kopf, als könne er es kaum glauben. »Und egal, was nach dem Tausch passiert ist, ich werde dir wohl immer dafür danken.«

»Nun, wie du schon sagtest, es war nicht nur ich. Wir wollten es beide.«

Irgendwann rief der Barkeeper durch den Raum: »Zehn! Neun! Acht! Sieben!« Die Männer an der Bar tauschten eifrige Blicke und stimmten ein. »Sechs! Fünf! Vier!«

Jack holte die beiden kleinen Kazoos aus der Tasche, die er von der Party hatte mitgehen lassen, und reichte eines davon Javi.

»Drei! Zwei! Eins!«

Die beiden Freunde bliesen auf ihren Mini-Instrumenten, während die anderen Gäste »Frohes neues Jahr« riefen.

Am äußersten Ende der Bar begann einer der ältesten Männer zu singen, zaghaft und schief, aber mit einer Ernsthaftigkeit, die alle fesselte.

> *Should old acquaintance be forgot, and never brought to mind?*

Schon bald stimmten alle anderen in den Gesang ein.

> *Should old acquaintance be forgot, and days of auld lang syne?*

Jack dachte an seine Tante und seinen Onkel, die zweifellos in einer Villa nur ein paar Meilen entfernt mit Champagnerflöten anstießen, und an Wes Johnson, der vielleicht zu Hause bei seiner Familie war, sich nach Monaten auf Wahlkampftour ausruhte und sich fragte, ob er noch gewinnen könnte.

> *We two have puddled in the stream, from morning sun to night.*
> *But the seas between us broad have roared, from auld lang syne.*

Und Jack dachte an seinen besten Freund Javier, der die Melodie an den Stellen summte, an denen er den Text nicht kannte, und dabei auf ein neues Jahr anstieß, auch wenn der Lauf der Zeit nicht gerade feiernswert erschien.

Jack wusste nicht, ob Javi ihm verziehen hatte oder ob seine Worte auf der Bühne zu spät gekommen waren, um jemals seine Vergebung zu verdienen. Solange Jack nicht fragte, musste er sich der Antwort auch nicht stellen. Er konnte nur hoffen, dass Javi wusste, dass es ihm leidtat und dass er sich bemühte.

We'll take a cup o' kindness yet.
For auld lang syne.

BEN

Die ganze Welt, so schien es, hatte sich versammelt. Alle warteten darauf, zu sehen, was in diesem Moment geschehen würde, von dem seit Wochen gesprochen, über den getwittert und nachgedacht worden war.

Die Standorte waren erst drei Tage zuvor bekannt gegeben worden, mit zentralen Treffpunkten in zwei Dutzend Ländern, wie eine Landkarte im Haus eines Reisenden, mit Reißzwecken auf beinahe allen Kontinenten. Die verschiedenen Stimmen von MiteinanderVerbunden hatten es anscheinend zum ersten Mal geschafft, zusammenzukommen und in einem globalen Chor zu singen, und jeder wollte wissen, wer dahintersteckte, nachdem die Organisatoren immer noch anonym waren. Man flüsterte sich die Namen von Innovatoren aus dem Silicon Valley zu, Prominente, die für die Sache eintraten, wurden neben bekannten NGOs und Bürgermeistern und White-Hat-Hackern genannt. Viele fragten sich, ob Wes Johnson seine Unterstützung zugesagt hatte. Und was war mit der jungen Frau aus dem Video? Das Geheimnis verstärkte das Wunder nur noch.

Bens ganze Gruppe war an diesem Tag gekommen, zusammen mit Nina, Amie und einem Freund von Nihal. Schulter an Schulter standen sie auf dem Times Square, wo die Stadt nur ein paar Wochen zuvor das neue

Jahr begrüßt hatte. Es war kalt, aber das schien niemanden zu stören, nicht bei der Anwesenheit von Tausenden von Menschen, die in ihre gewölbten Hände bliesen und eifrig mit den Füßen wippten.

Die Veranstaltung begann eine Minute nach neun Uhr morgens in New York – in Nord- und Südamerika war es Morgen, in Europa und Afrika Nachmittag und im asiatisch-pazifischen Raum Abend. Alle Bildschirme am Times Square wurden schwarz, bevor die Worte »MiteinanderVerbunden« aufleuchteten. Die Menge brach in Jubel aus.

Ben dachte flüchtig an die anderen Länder, während er in Manhattan das Geschehen verfolgte. Er wusste nicht, dass überall das gleiche Video abgespielt wurde. Auf den LED-Werbeflächen in London am Piccadilly Circus und in Tokio an der Shibuya Crossing und in Toronto am Yonge-Dundas Square. Es wurde auf Bildschirme und Gebäudefassaden auf dem Zócalo in Mexiko-Stadt projiziert, auf dem Greenmarket Square in Kapstadt und an der Place de la Bastille in Paris. Ohne Verzögerungen wurde es auf Facebook und YouTube und Twitter live gestreamt. Sogar die Google-Startseite war in diesem Moment übernommen worden, die Buchstaben des Regenbogenlogos waren durch zwei verschlungene Stränge miteinander verbunden.

»Heute ehren wir auf der ganzen Welt die Leistungen von Menschen mit kurzen Fäden«, begann das Video, die weißen Worte leuchteten wie Sterne auf einem mitternächtlichen Bildschirm. »Dies sind nur einige davon.«

»Hat als Chirurgin zweihundert Menschenleben gerettet.«

»Hat drei Kinder allein großgezogen.«

»Hat Regie bei einem Oscar-prämierten Film geführt.«

»Hat zwei Doktortitel erlangt.«

»Hat eine iPhone-App entwickelt.«

Mit jeder Ehrung, jedem Triumph wurde der Applaus lauter.

»Hat seine Highschool-Liebe geheiratet.«

»Hat einen Roman geschrieben.«

»Hat unser Land verteidigt.«

»Hat für das Amt des Präsidenten kandidiert.«

Ben sah zu den Mitgliedern seiner Gruppe und fragte sich, was über sie in dem Video stehen würde. Nihal hatte als Jahrgangsbester die Schulabschlussrede gehalten, Maura war frisch verheiratet, Carl war Onkel, Lea trug die Kinder ihres Bruders aus, Terrell produzierte eine Broadway-Show, und Chelsea brachte alle zum Lachen. Hank war natürlich Arzt gewesen. Und dann waren da noch eine Million anderer Dinge, die Ben trotz der langen gemeinsamen Zeit in Raum 204 immer noch nicht über diese Menschen wusste. Sie hatten sich verliebt und wieder getrennt, hatten sowohl langweilige als auch erfüllende Jobs. Sie waren Söhne und Töchter und Brüder und Schwestern. Sie waren Freunde.

»Wir lieben euch!«, rief jemand neben Ben.

»MiteinanderVerbunden!«, rief ein anderer.

Das hatte Ben nicht erwartet.

Er dachte, dass er Plattitüden von Regierungsvertretern oder Schauspielern zu hören bekäme. Er dachte, sie würden für Toleranz plädieren. Möglicherweise würden sie Fotos von toten Kurzfaden zeigen. Er dachte, dass der Tag schwer und traurig werden würde, ein langer Moment der Stille. Wie eine einzige große Gedenkfeier.

Aber so war es ganz und gar nicht.

Es war ausgelassen und laut und fröhlich. Eine Feier des Lebens. Eine Stunde unberührter Einheit. An jedem Ort, in jedem Land, auf jedem öffentlichen Platz lehnten sich die Menschen aus den Fenstern, traten auf Balkone und stiegen auf die Dächer, klatschten und brüllten und klopften auf die Geländer.

Für eine Nation – für eine Welt –, die kein Problem damit hatte, Kriege anzuzetteln, Ängste zu schüren und sich voneinander zu entfernen, hatten sie nicht vergessen, wie man zusammenkam.

MAURA

Am nächsten Morgen würde Maura feststellen, dass es perfekt, fast schon lachhaft gut getimt war. Dass etwas, vielleicht das Schicksal, ihnen erlaubt hatte, diesen Moment auf dem Times Square ungestört und glücklich genießen zu können, bevor die Panik einsetzte.

Das Video war erst wenige Minuten zuvor zu Ende gegangen, und die Menschen auf der Straße und in den Fenstern über ihnen schrien und jubelten noch immer, als Lea aschfahl wurde.

»Geht es dir gut?«, fragte Maura sie.

»Ich glaube, meine Fruchtblase ist gerade geplatzt.«

Innerhalb von Sekunden hatte Maura die Gruppe zusammengetrommelt, sie bildeten einen kreisförmigen Schild um Lea und bahnten sich einen Weg durch das Gedränge. Doch die Menschen standen eng beieinander, die Feiernden waren unaufmerksam und das Tempo unerträglich langsam. Ben rief hektisch Leas Bruder und ihre Eltern an, und Maura blickte zu ihrer armen Freundin, die versuchte, sich zusammenzureißen, während die Wehen durch ihren Körper pulsierten.

»Bitte bringt mich hier weg!«, flehte Lea. »Ich will nicht im *Hard Rock Café* entbinden!«

»Aus dem Weg!«, rief Maura. »Sie hat Wehen!«

Nach einigen quälenden Minuten – die Gruppe würde am Abend darüber streiten, wie lange sie tatsächlich auf dem Times Square festgesessen hatten – erreichten sie endlich den Rand der Versammlung, und Carl hielt ein Taxi an.

Ben und Terrell setzten Lea vorsichtig auf den Rücksitz.

»Lasst mich nicht allein!«, rief sie.

Die Mitglieder der Gruppe tauschten rasche Blicke aus. Maura sah die verlegenen Gesichter und erschrockenen Augen ihrer Freunde, setzte sich kurz entschlossen auf den Rücksitz und gab dem Fahrer Anweisungen.

Lea versuchte, ihre Schreie zu unterdrücken, verschwitzte Haarsträhnen klebten ihr bereits auf der Stirn. Sie sah so jung aus, ungeschminkt und mit ihren geröteten Wangen, dachte Maura. Noch ein Mädchen. Es schien fast unfair, ihr solche Schmerzen zuzumuten.

»Einfach weiteratmen«, sagte Maura ruhig, nicht ganz sicher, ob das der richtige Rat war.

»Hat jemand meinen ... ahhh.« Leas Worte endeten in einem Stöhnen.

»Deine ganze Familie ist auf dem Weg«, antwortete Maura und rieb Leas Hand mit den weiß hervortretenden Fingerknöcheln, die fest mit ihrem Sicherheitsgurt verwachsen zu sein schien.

»Wenn sie erst einmal da sind, war es das alles wert«, stöhnte Lea und legte die Hände auf ihren Bauch. »Und wir werden sie alle unendlich lieben.«

Maura war überraschend gerührt von der Zuversicht des Mädchens, von der Liebe, die bereits aus ihr strömte. Nichts an Leas gegenwärtiger Tortur schien verlockend, doch der Gedanke flackerte trotzdem in Maura auf. Was sie und Nina verpassen könnten.

In einem seltenen Moment der Schmerzfreiheit flüsterte Lea: »Ich bin so froh, dass ich das für meinen Bruder tun konnte. Er ist immer so gut zu mir gewesen, und er wird ein toller Vater sein. Sein Mann auch. Und egal was« – Lea sah auf ihren Bauch hinab – »ich werde immer ein Teil ihrer Geschichte sein.«

Die Schönheit des Augenblicks wurde von einer Wehe unterbrochen, und Lea klammerte sich an Mauras Hand fest.

»Wir sind gleich im Krankenhaus«, sagte Maura. »Dann bekommst du etwas gegen die Schmerzen.«

Lea schüttelte entschieden den Kopf. »Keine Medikamente.«

»Bist du verrückt?«

»Ich will es spüren«, sagte Lea atemlos.

»Aber du wirst bald *zwei* Menschen aus dir herauspressen!«

»Ich will einfach wissen, ob es wahr ist.«

»Ob es wahr ist, dass es wehtut?«, fragte Maura. »Ich glaube, das weißt du schon.«

Endlich verzog Lea die rissigen Lippen zu einem Lächeln. »Ob es wahr ist, was ich gehört habe«, sagte sie. »Dass es erst höllisch wehtut, aber wenn es vorbei ist, kann man sich nicht mehr an den Schmerz erinnern.«

Im Krankenhaus erlöste Leas Familie zum Glück Mauras Hand von weiterem Druck. Sie massierte sich die Finger und ging ins Wartezimmer, wo zu ihrer Überraschung die gesamte Selbsthilfegruppe versammelt war. Chelsea saß neben Sean, ihre Wimperntusche war leicht verschmiert. Terrell hatte es geschafft, eine Flasche Champagner hineinzuschmuggeln, und gab vor Nihal mit seinen Heldentaten an. Sogar der mürrische Carl war gekommen.

Maura ging zu ihrer Frau, die neben Ben und Amie stand. Die drei waren von den Ereignissen des Morgens immer noch überwältigt.

»Was für ein Tag«, sagte Nina.

»Wie geht es Lea?«, fragte Ben.

»Sie hat noch einiges vor sich«, antwortete Maura, »aber sie ist stärker, als man meint.«

Die folgenden Stunden schwankten zwischen Koffein- und Adrenalin-verstärkten Hochgefühlen und einer seltsamen Mischung aus Angst und Langeweile. Als die Schreie endlich im Wartezimmer zu hören waren, kam Maura gerade mit frischem Kaffee zurück. An der Tür hielt sie inne: Terrell goss Champagner in Pappbecher. Sean und Nihal klatschten einander ab. Chelsea sprang mit klappernden Stiefelabsätzen auf und ab.

In diesem Moment erkannte Maura, dass diese Gruppe von Fremden auf bemerkenswerte Weise zu einer Familie zusammengewachsen war. Die gemeinsam trauerte, als Hank starb, und nun gemeinsam feierte, als Lea zwei Leben zur Welt gebracht hatte.

Maura stellte den Kaffee auf einem Tisch ab, legte von hinten die Arme um Nina und küsste ihren Hals, lehnte sich in das warme Gefühl des Augenblicks.

»Da bist du ja!« Nina lächelte. »Fast hättest du es verpasst.«

Aber sie *hatte* es nicht verpasst, wurde Maura klar. Was sie im Taxi miterlebt hatte, was Lea für ihre Babys empfand, das war *Liebe* in ihrer reinsten und intensivsten Form. Und das hatte Maura nicht verpasst. Ihre Arme, die immer noch vor Energie strotzten, waren in der Tat alles andere als leer, denn sie hielten Nina.

Ein paar Minuten später öffneten sich die Türen, und Leas Bruder kam heraus. »Ein Junge *und* ein Mädchen«, verkündete er ehrfürchtig.

Wie verheißungsvoll, dachte Maura, dass sie an diesem Tag geboren wurden, an dem die Welt für einen kurzen, lichten Moment zusammenkam.

Und die Menschen im Warteraum – die vor Freude und ein bisschen Alkohol taumelten – hießen die neugeborenen Zwillinge in ihrer Gemeinde willkommen, die neuesten Erdenbürger, die jüngsten Bewohner einer Welt voll unvorstellbarem Schmerz und unfassbarer Freude, die beide oft dicht beieinanderlagen.

Als Maura Lea in ihrem Zimmer besuchte, blickte Lea mit leuchtenden Augen zu ihr auf. »Danke, dass du da warst«, sagte sie.

»Es war mir ein Vergnügen.« Maura sah zu dem Zwilling, der in Leas Armbeuge ruhte. Beide waren gleichermaßen erschöpft und gleichermaßen vertraut miteinander. Maura konnte die Antwort eigentlich schon an Leas Körper ablesen, der sich ganz natürlich an das Baby schmiegte, doch sie fragte trotzdem.

»Ist es wahr?«

Und Lea lächelte nur verschmitzt, als hütete sie ein wunderbares Geheimnis.

FRÜHLING

AMIE

Amie hatte ihr ganzes Leben lang Liebesromane gelesen und sich die Liebe im Kopf ausgemalt. Aber als sie Ben auf Ninas und Mauras Hochzeitsfeier sah, wurde ihr wieder klar, dass das Leben nie so hübsch verpackt war wie die Geschichten in Büchern oder ihre selbst erdachten Träume. Und sie konnte sich einfach nicht von Ben zurückziehen, ohne sich für immer zu fragen, wie es hätte weitergehen können.

Selbst jetzt, Monate später, konnte sie sich an jedes Detail ihres Dates erinnern. Ein paar Tage nach der Hochzeit hatte Ben sie noch einmal mutig gefragt, ob sie sich mit ihm treffen wolle, und Amie hatte zugesagt. Sie trafen sich an der südöstlichen Ecke des Central Park, der noch auf den ersten Schneefall wartete, und gingen dann nach Norden, vorbei am Teich und dem Zoo, um dann allmählich nach Westen zum See abzubiegen. Es war einer dieser seltenen Tage im Frühwinter, an denen die Sonne strahlte und es windstill war. Amie und Ben spürten die Kälte kaum, als sie auf einer Bank am Wasser saßen und auf die beiden Türme des San-Remo-Apartmenthauses blickten, die über den kahlen Bäumen aufragten – laut Amie eines der schönsten Gebäude der Stadt.

»Die korinthischen Tempel auf den Türmen wurden nach einem Monument in Athen entworfen«, sagte Ben.

»Du hast auch zu allem eine lustige Anekdote.« Amie lächelte.

»Meistens wenn es um Architektur geht«, sagte Ben. Dann beugte er sich vor, hob lehrerhaft einen Finger und sprach mit englischem Akzent weiter. »*Wussten Sie eigentlich,* dass es im Central Park fast zehntausend Bänke gibt? Und etwa die Hälfte von ihnen ist adoptiert worden.«

»Ich nehme an, dass die ›Patenschaft‹ für eine Bank eine beträchtliche Spende an den Park erfordert?«, fragte Amie.

»Etwa zehntausend Dollar.« Ben lachte. »Aber man darf dafür eine Plakette auf der Bank anbringen und die Aufschrift frei wählen, das ist ziemlich cool.«

Amie drehte sich um, um zu sehen, ob ihre Bank auch eine Plakette zierte.

»Oh, die Bänke am See gehörten zu den beliebtesten«, sagte Ben. »Sie waren schon vor Jahren ausverkauft.«

Tatsächlich fand Amie hinter sich eine dünne Metallplatte mit den Worten von E. B. White: *Ich stehe am Morgen auf, hin- und hergerissen zwischen dem Wunsch, die Welt zu retten, und dem Wunsch, die Welt zu genießen. Das macht es schwer, den Tag zu planen.*

In den Wochen nach ihrem Date im Park hatten Amie und Ben ihre gemeinsame Zeit in vollen Zügen genossen. Ben zeigte ihr seine Lieblingsgebäude und -sehenswürdigkeiten, Amie nahm ihn mit in ihre Lieblingsbuchläden. Sie begleitete ihn zu der MiteinanderVerbunden-Veranstaltung am Times Square, und er besuchte ihre Klasse am Career Day, und Amie bewunderte, wie entspannt er mit den Schülern umging.

Durch ihre Briefe waren sie sich bereits aus der Ferne nähergekommen, und als sie jetzt auch persönlich Zeit miteinander verbrachten, fühlten sie sich sofort wohl in der Gesellschaft des anderen und ohne die typischen Unsicherheiten einer neuen Beziehung. Sie wussten beide, dass bei ihnen mehr auf dem Spiel stand als bei den meisten anderen Paaren, aber Amie empfand dasselbe drängende Verlangen wie bei Ninas Hochzeit. Ihre Zukunft mit Ben – sei es nur eine kurze Affäre oder vielleicht etwas Dauerhaftes – war zu diesem Zeitpunkt noch ungewiss. Amie wusste nur, dass sie diese Chance nutzen wollte, um zu sehen, wohin sie führen würde.

Natürlich hatte sie ihr anfängliches Zögern oder ihre anhaltenden Ängste nicht vergessen. Sie machte sich Sorgen, dass sie nicht stark genug für Ben sein könnte, dass sie nicht immer die Frau aus ihren Briefen sein würde und dass sie manchmal immer noch die unvollkommene, ängstliche Frau sein würde, die sich vor der Zukunft und dem möglichen gebrochenen Herzen fürchtete.

Ben war sich ihrer Zerrissenheit bewusst. Als er Amie zum Abendessen mit seinen Eltern einlud, hielt er ihr alle Türen offen.

»Sie würden dich gerne kennenlernen«, sagte er, »und ich würde mich freuen, wenn du sie kennenlernst, aber ich möchte nichts überstürzen, wenn du dich nicht wohlfühlst. Du sollst dich in keiner Weise gefangen fühlen.«

Gefangen war eine vielsagende Wortwahl, dachte Amie, und umfasste eindeutig mehr als nur eine Mahlzeit.

Aber sie hatte zugestimmt, sie *wollte* es auch. Sie saß bei Bens Eltern am Esszimmertisch und tauschte mit ihnen Kriegsgeschichten aus dem Klassenzimmer – vier Zentimeter von Amies Haaren, die einem unerbittlichen Kaugummi zum Opfer gefallen waren; drei Brillen seines

Vaters, die unter den Schuhen von Schülern zersplittert waren; die beiden Male, in denen wütende Eltern seiner Mutter gedroht hatten, sie würden für ihre Kündigung sorgen, weil sie ihre Kinder hatte durchfallen lassen.

Während Bens Mutter den Kaffeekuchen anschnitt, bemerkte Amie den Blick, den sie ihrem Sohn zuwarf. Der gleiche Blick, den Amie Nina zugeworfen hatte, als sie Maura fast drei Jahre zuvor zum ersten Mal getroffen hatte. Ein Blick, der besagte: »Ich mag die Frau. Sie ist gut für dich.«

Ein Blick, der Aufregung und Freude und vor allem Hoffnung versprach, und Amie erkannte, dass es nicht mehr nur um sie und Ben ging. Sie wusste, dass Ben damit gerungen hatte, seinen Eltern die Wahrheit zu sagen, bevor er sie ihnen schließlich im Herbst erzählt hatte. Amie fragte sich daher, ob Bens Eltern sie jetzt ansahen und dachten, dass alle ihre *eigenen* Träume – das zukünftige Glück ihres einzigen Sohnes, ihre Chance auf Enkelkinder – möglicherweise mit ihr wahr werden würden.

Einen schrecklichen Moment lang war Amie nicht sicher, ob sie *ihre* Sehnsüchte auch noch schultern könnte, und ihr wurde schwer ums Herz. Bis Bens Vater sie überraschte, als er zum ersten Mal an dem Abend die Fäden erwähnte.

»Ich sage Ihnen eins, Amie, ich bin froh, dass Bens Mutter und ich zum richtigen Zeitpunkt in Rente gegangen sind. Ich beneide Sie nicht darum, dass Sie jetzt unterrichten und sich mit den Fragen und Sorgen der Kinder auseinandersetzen müssen.«

»Wir haben die Anweisung, im Unterricht nicht über die Fäden zu sprechen«, erklärte Amie. »Und das fällt mir wirklich schwer. Manchmal habe ich das Gefühl, dass ich meine Schüler anlüge oder sie enttäusche, wenn wir kein ehrliches Gespräch darüber führen. Ich kann ihre Fragen nicht einmal mit dem Versuch einer Antwort würdigen, wie unvollständig er auch sein mag.«

»Auf jeden Fall klingt es so, als hätten Sie das Herz auf dem rechten Fleck«, sagte Bens Mutter. »Die Schüler wollen nur wissen, ob sie zu einem kommen können, wenn sie Angst haben oder verletzt sind oder Probleme haben. Und das kann man ihnen auch ohne Worte vermitteln.«

Da wurde Amie klar, dass sie sich mit Ben genauso fühlte. Sie fühlte sich sicher bei ihm, mit ihren guten und mit ihren schlechten Seiten, und das hatte sie schon *immer* getan, sogar in ihrem allerersten Brief. Es spielte keine Rolle, dass Bens Eltern ihre eigenen Hoffnungen hatten, sie waren keine zusätzliche Last. Amie verliebte sich in Ben und klammerte sich an die gleichen Fantasien wie sie.

Als das Dessert in eine Runde Scharade überging (Ben und Amie gewannen mit Bens Pantomime der Szene mit der roten und blauen Pille aus *Matrix*), erlaubte Amie es sich wieder, sich von der gleichen vertrauten Zufriedenheit einhüllen zu lassen, der gleichen entspannten Vertrautheit, die sie gespürt hatte, als sie mit Ben auf der Hochzeit getanzt hatte.

Sie fühlte sich ruhig, sogar friedlich. Das genaue Gegenteil von gefangen.

Im Frühjahr planten Amie und Ben bereits zusammenzuziehen, und als Ben sie bat, sich eines Nachmittags im Central Park mit ihm zu treffen, wusste sie, was er fragen wollte.

Also schlüpfte sie in eines ihrer Lieblingskleider und machte sich auf den Weg in den Park. Sie hoffte, der Spaziergang würde ihre Nerven beruhigen.

Die Vorstellung war seltsam für Amie, dass beim nächsten Mal, wenn sie diese Straßen entlangging, alles anders sein würde. Sie würde mit dem Mann verlobt sein, den sie liebte, dem Menschen, dem sie vertraut hatte, noch bevor sie seinen Namen gekannt hatte.

Amie war glücklich und deshalb auch erschrocken, als sie sich plötzlich vor dem schmiedeeisernen Tor des Van Woolsey wiederfand und sich fragte, ob sie vielleicht schon die ganze Zeit unbewusst darauf zugelaufen war.

Wie schon so oft blieb sie vor dem Gebäude stehen und sah daran empor: die Neorenaissance-Fassade, die offen stehenden Fenster, der imposante Torbogen, durch den man in den Innenhof sehen konnte.

Und während sie auf das Van Woolsey starrte, erkannte sie die Wahrheit.

Sie würde dort niemals leben.

Von Anfang an hatte Amie gewusst, dass Ben mit seiner Familie in einem kleinen Haus in einem Vorort leben wollte, wie in seiner Kindheit, mit einem Garten, der gerade so viel Gefälle hatte, dass sie im Winter Schlitten fahren konnten. Es klang perfekt für Amie. Aber sie wusste auch, dass sie, wenn sie Ben heiratete und Kinder bekam, eines Tages alleinerziehende Mutter sein würde, die ihre Kinder mit ihrem Lehrerinnengehalt würde durchbringen müssen, und wer wusste schon, wo sie dann wohnen würden?

Vielleicht würde Amie zurück nach Manhattan ziehen, sobald die Kinder aufs College gingen. Sie würde von ihrem leeren Nest – das dann leerer wäre als bei den meisten anderen Menschen – in ein Haus umziehen, das viel billiger war als dieses.

Der Wachmann war zufällig gerade nicht auf seinem Posten. Amie schlich sich näher an das Tor heran und spähte in den gepflegten Garten. Er war leer, und Amie wurde klar, dass der Innenhof *immer* leer war, wenn sie daran vorbeiging. Tatsächlich konnte sie sich nicht daran erinnern, jemals einen Menschen am Brunnen oder Kaffee trinkend auf einer der geschwungenen weißen Bänke sitzen gesehen zu haben, geschweige denn ein Paar oder eine Familie, die dieses private Paradies genossen.

Bestimmt lebten Hunderte von Mietern glücklich hinter dem Tor, und doch wirkte das Gebäude plötzlich so leblos, vor allem im Vergleich zum ständig belebten Broadway hinter ihr, wo sie und Ben so oft Hand in Hand spazieren gegangen waren.

»Entschuldigen Sie, Ma'am. Kann ich Ihnen helfen?«

Der Wachmann kam um die Ecke und beäugte Amie misstrauisch.

»Oh, tut mir leid, ich habe mich nur umgesehen«, sagte sie.

»Interessieren Sie sich für eine Wohnung?«, fragte er.

Amie blickte zurück auf den leeren Innenhof, auf die Fantasie, die sie in den letzten acht Jahren ihres Lebens in New York gehegt hatte.

»Nein«, sagte sie leise. »Das tue ich nicht.«

Der Wachmann nickte ihr leicht zu, und sie wandte sich von dem Gebäude ab, von dem Traum, den sie nicht leben sollte, während ihre Gedanken stattdessen von neuen Träumereien erfüllt waren. Sie hatte bestimmt zehn verschiedene Versionen des bevorstehenden Antrags in ihrem Kopf durchgespielt: wie sie auf der Bow Bridge stehen, in einem Ruderboot auf dem See treiben, im Shakespeare-Garten sitzen. Doch wie sie Ben kannte, würde er keinen öffentlichen Ort wählen, sondern einen geheimen mit einer Geschichte, die nur er kannte.

Während Amie die Straße entlangging, hörte sie die Melodie in ihrem Kopf, das Lied, das sie zusammengebracht hatte. *Whatever will be, will be.* Was auch immer sein wird, wird sein. *Manche Dinge können wir eben nicht kontrollieren*, dachte sie.

Aber was ist mit allem anderen?

Was ist mit den Entscheidungen, die wir jeden Tag treffen? Wer wir sind und wie wir lieben? Jede Entscheidung, die eigene Box zu öffnen oder auch nicht.

Die Entscheidung, die Amie bei der Hochzeit ihrer Schwester getroffen hatte, wieder zu Ben hineinzugehen.

Die Entscheidung, die sie jetzt treffen, die Antwort, die sie ihm geben würde.

Und das Leben, das sie sich gemeinsam aufbauen würden. Die Träume, die sie gemeinsam verwirklichen würden.

BEN

An einem Sonntagnachmittag im März trat Ben aus seiner Wohnung in die ersten Frühlingsregungen, die Bäume erwachten, und eine Brise wehte den Geruch nach duftendem Gras und einem Imbisswagen in der Nähe herbei. Die Selbsthilfegruppe traf sich an diesem Tag früher, um die neue Ausstellung in der New York Public Library zu besuchen, die anlässlich des einjährigen Jubiläums der Ankunft der Fäden von prominenten Mitgliedern der *MiteinanderVerbunden*-Bewegung in Auftrag gegeben worden war. Das Herzstück der Ausstellung war eine Skulptur aus fünfhundert echten Fäden.

Es war eine der ersten organisierten Aktionen von MiteinanderVerbunden in der Kunstwelt und die erste große Ausstellung, die sich mit den Fäden befasste, eine Retrospektive über ein noch immer andauerndes Phänomen. Vielleicht würde es in den kommenden Jahren mehr Ausstellungen geben, dachte Ben. Da die Fäden und die Boxen nicht zerstört werden konnten, hatten Museen auf der ganzen Welt die geheiligte Aufgabe übernommen, diese dauerhaften Artefakte, diese Relikte eines Lebens zu sammeln. Die Fäden, die nicht an Museen vererbt wurden, fanden typischerweise ein neues Zuhause bei Familienerbstücken, auf Kaminsimsen und in Aussteuertruhen. Viele Boxen traten an die

Stelle von Urnen. Wieder andere wurden mit ihren Besitzern begraben, geöffnet oder für immer ihr Geheimnis wahrend.

Auf der U-Bahn-Fahrt zur Bibliothek dachte Ben über die Selbsthilfegruppe nach, die immer kleiner geworden war. Hank war tot, Chelsea hatte sich dem Kurzfaden-Haustausch-Projekt angeschlossen und lebte momentan in einem Strandhaus in Mexiko, und Terrell war nach San Francisco gezogen. Eines Morgens war er mit dem Wunsch nach einem Neuanfang aufgewacht, und innerhalb einer Woche war er quer durch das Land gezogen, die Vorhut der bevorstehenden Tournee seines komplett mit Kurzfaden besetzten Musicals.

Ben betrachtete die Werbung im U-Bahn-Waggon: eine Diätfirma, eine Pille gegen Erektionsstörungen und eine Anzeige mit vielen Rosen für die Doppelpremiere von *Der Bachelor: Lange Fäden* und *Der Bachelor: Kurze Fäden.* (Chelseas Bewerbung für das Casting war leider unbeantwortet geblieben.)

»Ich kann die neuen Staffeln kaum erwarten«, schwärmte ein Teenager-Mädchen, das in der Nähe saß.

»Oh ja. Ich werde mir auf jeden Fall beide ansehen«, stimmte ihre Freundin zu. »Ich habe ein bisschen Angst, dass die Kurzfadenausgabe zu traurig für mich sein könnte, aber sie wird bestimmt dramatischer.«

Ein Gespräch, das Ben vor neun Monaten vielleicht noch mit Angst, Einsamkeit oder Wut erfüllt hätte, das jetzt aber kaum noch zu ihm durchdrang und im Rattern des Zuges unterging.

Es war nicht so, dass Ben gegenüber alldem abgestumpft wäre. Es schmerzte ihn immer noch sehr, dass die meisten Experten voraussagten, dass Anthony Rollins im Juni nominiert werden und im November dann ins Weiße Haus einziehen würde. Sicherlich hatte ihm geholfen, dass die Frau, die Hank erschossen hatte, kurz vor den ersten Vorwahlen in den Bundesstaaten zu einer lebenslangen Haftstrafe verurteilt worden war. Sie war die einzige Angreiferin in der Flut von Kurzfadenattentaten, die überlebt hatte und vor Gericht kam. Ihre Strafe hatte vielleicht als symbolische Gerechtigkeit für die anderen Attentäter vor ihr gedient. (Und die Rollins-Kampagne hatte keine Kosten gescheut, um die Angeklagte als Kurzfadenterroristin darzustellen und ihre Tat im Bewusstsein der ängstlichen Wähler zu halten.)

Anthony würde den Sieg für sich beanspruchen – fürs Erste. Ben war enttäuscht, weigerte sich aber zu verzweifeln. Echte und dauerhafte Veränderungen würden Zeit brauchen, das war ihm klar, und mehr erfordern als ein paar aufsehenerregende Momente. Doch Miteinander-Verbunden entwickelte sich jeden Tag weiter und lernte von früheren Bewegungen. Nach der Veranstaltung im Januar erzählten die Menschen unter dem Hashtag *#MiteinanderVerbunden* weiter von den Leistungen von Kurzfaden in ihrem Leben. Man veranstaltete TED-Talks, Spendenaktionen und Diskussionsrunden. In fast jeder Zeitschrift erschienen Porträts von Kurzfaden und MiteinanderVerbunden-Aktivisten. Sogar im Fernsehen und in Filmen tauchten erste Figuren mit kurzen Fäden auf. Die südafrikanische junge Frau aus dem Video wurde im Frühjahr zweiundzwanzig Jahre alt und beschloss, ihre Box nicht zu öffnen. Sehr wahrscheinlich würden viele ihrem Beispiel folgen.

Und zumindest Bens eigene Zukunft fühlte sich plötzlich erfüllt an. In ein paar Monaten würde er das Band bei der Einweihung des Science Centers im Norden des Bundesstaates durchschneiden, der Höhepunkt von fast zwei Jahren Arbeit. Er hatte der Frau, die ihn inspiriert hatte, einen Antrag gemacht, und wundersamerweise erwiderte sie seine Gefühle. Seine Eltern waren überglücklich. Vielleicht war er wirklich besser darin geworden, mit seinem kurzen Faden zu leben, wie es der Flyer der Selbsthilfegruppe versprochen hatte.

Als Ben aufstand, um auszusteigen, dachte er daran, dass ein ganzes *Jahr* seit der Ankunft der Boxen vergangen war. Dreihundertfünfundsechzig Tage. Dass seine Welt jetzt so anders aussah, dass er so viele Menschen, die ihm sehr am Herzen lagen, in dieser einen Umkreisung der Sonne kennengelernt hatte.

In der großen Marmorbibliothek starrten Ben und Maura auf die Skulptur eines fast zwei Meter hohen Baumes, aus dessen Ästen Fäden anstelle von Blättern sprossen. Auf der Plattform unter dem Baum waren fünfhundert Namen eingraviert.

»Ninas Magazin hat einen Artikel über den Künstler gebracht«, sagte Maura. »Anscheinend hat er dieses ganze Projekt mit den Fäden anderer Leute verwirklicht, seinen eigenen aber immer noch nicht angeschaut. Er sagte, mit einem kurzen Faden würde er sich zu gehetzt fühlen, um große Werke zu schaffen, und mit einem langen Faden würde er sich nicht gehetzt genug fühlen.«

In einer anderen Ecke der Galerie sahen sich Lea und Nihal ein Interview mit dem Künstler an, das in Dauerschleife abgespielt wurde. Der Mann war Anfang vierzig und trug ein T-Shirt mit Aufdruck, um seinen Hals baumelte ein schwerer Goldanhänger. Ben ging zu den beiden, als das Video gerade von vorne anfing.

»Die Idee für das Projekt entstand auf einer Reise durch Japan«, erzählte der Künstler. »Ich besuchte die

Insel Teshima, auf der Christian Boltanski 2010 ein Kunstwerk namens *Les Archives du Cœur* oder Herzarchiv verwirklicht hat, eine Sammlung von Tonaufnahmen der Herzschläge von Menschen aus der ganzen Welt. Mit den Fäden wollte ich etwas Ähnliches machen. Für viele Menschen sind unsere Fäden, wie unser Herzschlag, etwas sehr Persönliches, das nur wir selbst und vielleicht einige wenige geliebte Menschen jemals zu sehen bekommen werden. Ich wollte ein öffentliches Zeugnis dieser fünfhundert Fäden erschaffen, dieser fünfhundert Seelen, die in verschiedenen Städten und Ländern geboren wurden, mit Fäden von unterschiedlicher Länge. Mir war wichtig, dass alle Namen und alle Fäden gleich behandelt werden. Die Besucher werden nie wissen, welcher Faden zu welchem Namen gehört.

Der Baum war dafür die perfekte Struktur. Der Baum des Lebens. Der Baum der Erkenntnis. Die Erinnerung daran, dass wir alle unsere letzte Ruhe unter der Erde finden und das Leben nähren, das über uns wächst.

Wir Menschen haben den Drang, unsere Existenz so zu dokumentieren, dass es sich wie etwas Bleibendes anfühlt. Wir kritzeln ›Ich war hier‹ auf unsere Schulbänke. Wir sprühen es an Mauern. Wir ritzen es in Baumrinde. *Ich war hier.* Ich wollte, dass diese Skulptur denselben Zweck erfüllt, dass sie bekannt gibt, dass diese Menschen gelebt haben. Ein Zeugnis, dass diese Menschen – mit ihren langen Fäden und den mittellangen Fäden und den kurzen Fäden – *hier* waren.«

EINIGE JAHRE SPÄTER

JAVIER

Javi erwies sich als vorbildlicher Soldat, der nicht nur von seinen Kameraden respektiert, sondern auch wirklich gemocht wurde. Und er war immer auf alles vorbereitet.

Selbst jetzt, als er allein dem Ende seines Fadens entgegensah, war er vorbereitet.

Er schrieb einen Brief an seine Eltern, in dem er ihnen die Lüge erklärte, auf der seine Laufbahn aufbaute, und versteckte ihn unter seinem Feldbett, wo er wusste, dass ihn jemand finden würde, wenn er tot war und seine Sachen gepackt wurden. Monatelang hatte er darüber nachgedacht, was er schreiben sollte, aber er konnte seine Eltern nicht in einem Zustand der Trauer *und* Verwirrung zurücklassen. Sie verdienten es, die Wahrheit über den Tausch zu erfahren und zu wissen, dass es die Entscheidung ihres Sohnes gewesen war. Doch Javi nannte nie den Namen Jack in seinem Brief, um ihn damit hoffentlich zu schützen.

Wie ein Ritual sah Javi jeden Morgen unter seiner Matratze nach, um sicherzugehen, dass der Umschlag noch da war, und berührte ihn leicht mit den Fingerspitzen, bevor er seinen Tag begann.

Eines Nachmittags war Javi mit seinem Kumpel Captain Reynolds unterwegs, als der befehlshabende Offizier sie über das Funkgerät rief. Ein Pilot und zwei Sanitäter mussten geborgen werden, deren Flugzeug gerade über feindlichem Gebiet abgeschossen worden war. Alle drei Passagiere hatten erfolgreich abspringen können und waren vermutlich noch am Leben.

Javi und Reynolds packten schnell ihre Ausrüstung zusammen und machten sich auf den Weg zum Hubschrauber.

»Wo sind die PJs?«, fragte Reynolds.

»Hier, Sir!« Die beiden Rettungsfallschirmspringer kamen hinter dem Hubschrauber hervor, bereit zum Abflug. Javi setzte sich rechts neben Reynolds auf den Sitz des Co-Piloten, die Zweite Offizierin und die beiden PJs saßen hinten.

Als der Hubschrauber aufstieg, bereitete die Stimme aus dem Funkgerät sie vor. »Ihr sucht nach zwei Männern und einer Frau. Unser Pilot und zwei zivile Freiwillige von Ärzte ohne Grenzen.«

Der Himmel war zu stark bewölkt, um die Überlebenden zu entdecken und die Strickleiter herabzulassen, weshalb sie landen mussten. Reynolds und die Zweite Offizierin blieben beim Hubschrauber zurück, während Javi und die beiden PJs zu Fuß durch das dünn bewaldete Gelände stapften.

Sie hatten Glück, dachte Javier. Zwischen Bäumen konnte man sich leichter tarnen als in der Wüste.

Nach etwa zwanzig Minuten entdeckten sie die Überlebenden, die mit Schmutz und Blut verschmiert waren und sich hinter dem dicksten Baumstamm versteckten.

Die beiden Männer waren verwundet – der Pilot hatte Verbrennungen und der Arzt ein blutendes Bein. Die Ärztin kümmerte sich um die beiden.

Javi meldete sich über Funk bei Reynolds und ihrem befehlshabenden Officer auf der Basis: »Wir haben alle drei Überlebenden. Over.«

Die beiden PJs hockten sich hin, um die Wunden der Überlebenden zu untersuchen, und Javi nickte der Frau zu.

»Mein Name ist Captain Javier García«, sagte er. »Sie haben hier hervorragende Arbeit geleistet, Miss.«

»Anika«, sagte sie, »Dr. Anika Singh.«

»Dann bringen wir Sie mal nach Hause, Dr. Singh.«

Der Pilot konnte mit Mühe gehen, doch der verwundete Arzt konnte nicht einmal ohne Hilfe stehen. Zu sechst machten sie sich auf den Weg, wobei der Arzt sich schwer auf die Schulter des jüngeren PJs stützte, als die Stimme des CO aus dem Funkgerät drang. »Wir haben eine Meldung von feindlichen Truppen in der Nähe eurer Position bekommen. Habt ihr verstanden?«

»Verstanden«, bestätigte Javi.

Anika und ihr Kollege erstarrten und sahen zu den Soldaten.

»Zu Fuß werden wir langsam sein«, überlegte der ältere PJ. »Und wir sind eine große Gruppe. Leicht zu entdecken.«

»Mit zwei Verletzten«, fügte Anika hinzu.

Wie aufs Stichwort heulte in der Ferne der Motor eines Lastwagens auf.

Javi sah den beiden Ärzten die Angst an, deren Gesichter immer noch feucht von Schweiß und möglicherweise Tränen waren. *Sie sind nur Zivilisten,* dachte er, *sie sind hier, weil sie helfen, etwas bewirken wollten.*

»Ich werde als Lockvogel gehen«, bot Javi an. »Ich kann in die entgegengesetzte Richtung laufen, ein paar Schüsse in die Luft abfeuern, um ihre Aufmerksamkeit zu erregen, und dann zurück zum Hubschrauber, wo wir uns treffen.«

»Nein, das gefällt mir nicht«, sagte der ältere PJ.

»Es ist unsere beste Chance.« Der Pilot zuckte zusammen.

»Er kommt schon klar«, sagte der jüngere PJ. »Sterben wird er ja schließlich nicht, oder?«

Der ältere PJ wollte seinen Kameraden anschreien, seine lässige Haltung tadeln, aber er wusste, dass es nicht die Schuld des Jungen war. Die meisten in der Truppe dachten so. Verdammt, so hatte er selbst einmal gedacht. Aber dann hatte er gesehen, wie ein Freund in der Überzeugung, nicht sterben zu können, geradewegs in ein Feld voller Sprengsätze gelaufen war und stattdessen seine Beine verloren hatte. *Diese verdammten Fäden,* dachte der PJ. *Plötzlich ist jeder unbesiegbar.*

Und irgendwann eben nicht mehr.

»Ich werde nicht gehen, wenn du es nicht für richtig hältst«, sagte Javi. »Aber ich bin bereit.«

Der ältere PJ trennte sich nur ungern von einem Kameraden, aber er konnte die beiden Zivilisten in seiner Obhut nicht außer Acht lassen. Und er glaubte kaum, dass sie mehr als eine Meile lang unentdeckt bleiben konnten, wenn zwei seiner Männer kaum humpeln konnten.

»Okay«, stimmte er schließlich zu. »Du bist ein guter Mann, García.«

Reynolds entdeckte die Gruppe durch eine Lücke zwischen den Bäumen. Sie waren nur zu fünft.

»Wo ist mein Co-Pilot?«, rief er, als die PJs die beiden verletzten Männer in den hinteren Teil des Hubschraubers luden.

»Kommt nach«, sagte der jüngere.

Der Rest der Gruppe kletterte hinein, und Reynolds war bereit zum Abflug. Doch Javi war noch nicht zurück.

Eine angespannte Minute verging, noch eine.

Und dann hörten sie die Motoren.

»Scheiße.« Ein Angstschauder überlief Reynolds, doch er wartete weiter.

Das Rumpeln wurde lauter. Der verletzte Arzt stöhnte. Der gerettete Pilot atmete schnell, und die Zweite Offizierin trommelte mit den Fingern nervös auf ihr Knie. Der ältere PJ, der direkt hinter ihm saß, beugte sich nach vorne. »Denk dran, wir haben Zivilisten bei uns, Reynolds.«

Doch der wartete weiter. »Ich werde García nicht zurücklassen.«

Das Geräusch des Motors kam näher.

Der jüngere PJ flüsterte, um die Ärzte nicht zu beunruhigen: »Wir sind verdammte Übungsziele am Boden, Reynolds.«

»Gebt ihm eine Chance, herzukommen!«, rief er zurück.

Dann erinnerte er sich an etwas, das ihm sein Kommandant einmal gesagt hatte: Bei allem Schaden, den sie angerichtet hatten, war das wahre Geschenk der Fäden – jeder Soldat wusste, wann er sterben würde, und wählte seinen Weg dementsprechend –, dass kein Soldat jemals allein sterben musste.

Wenn er jetzt abflog, überlegte Reynolds, und Javi im Feindesland zurückließ, hatte dieser wenigstens einen langen Faden. Zumindest würde er überleben.

Das laute Knallen von Schüssen in der Nähe durchbrach die Stille.

»Verdammt noch mal, Reynolds!«, rief jemand.

Er konnte nicht länger warten.

»Wir kommen ihn holen«, sagte er, mehr für sich selbst als für die anderen.

Javi hörte das unverwechselbare Geräusch des Hubschraubers, wie er über ihn hinweg und damit seine einzige Chance auf Rettung auf und davon flog.

Die aber keine echte Rettung wäre. Der Hubschrauber hätte ihm vielleicht ein paar zusätzliche Stunden verschafft. Eine Chance, seinen Eltern eine letzte Nachricht zu schicken. Aber er hatte bereits in den letzten fünf Jahren jedes Telefonat mit seiner Familie mit denselben drei Worten beendet, die er auch jetzt gesagt hätte. Die einzigen Worte, auf die es ankam.

Also drückte Javi ein letztes Mal auf die Wunde in seiner Brust, die verirrte Kugel, die darin vergraben war, dann suchte er etwas in seinem Rucksack. Es dauerte einen Moment, doch dann fand er es. Ein zerfleddertes altes Gebetskärtchen, dessen Ecken nun mit dem Blut seiner Finger verschmiert waren.

Er hielt es fest vor sich, dasselbe Kärtchen, das Gertrude ihrem Geliebten gegeben hatte, Simon seinem Freund, Grandpa Cal seinem Enkel Jack, der es schließlich an Javi weitergegeben hatte, auch wenn er dachte, er wolle es nicht haben.

Und Javi las laut die Worte vor, die alle Besitzer vor ihm einst gelesen hatten. Damit er nicht allein sterben würde.

JACK

Die Army war von Javis Tod schockiert, da sie ihn für einen Langfaden gehalten hatte, und auch wenn die oberste Führung nichts von dem Tausch wusste, folgerte sie schnell, dass in den Tagen zwischen Javiers Abschluss an der Academy und dem Beginn seiner Pilotenausbildung irgendeine Täuschung stattgefunden haben musste. Die Fäden hatten noch nie gelogen, die Menschen hingegen schon.

Ein paar Armyfunktionäre hatten sich nach der Übergabe der Sachen ihres Sohnes mit dem Ehepaar García in Verbindung gesetzt und sie gebeten, nicht mit der Presse zu sprechen, bis das Militär entschieden hatte, wie am besten mit der Angelegenheit zu verfahren sei.

Javier war nicht der erste Kurzfaden, der nach der STAR-Initiative im Kampf gefallen war, nachdem viele Soldaten von der Regelung nicht betroffen gewesen waren. Aber Javis Tod war der erste, bei dem der Verdacht auf vorsätzlichen Betrug aufkam. Javiers Eltern erhielten die Erlaubnis, ein Veteranenbegräbnis zu organisieren, aber die genaue Funktion ihres Sohnes in der Army – und insbesondere seine Freigabe für den aktiven Kampfeinsatz – durfte nicht in der Öffentlichkeit diskutiert werden.

Bald darauf gaben Javiers Eltern Jack einen Brief, den Captain Reynolds, ein Freund ihres Sohnes, ihnen weitergeleitet hatte, nachdem er ihn bei Javis Sachen entdeckt hatte.

Als Jack das erste Mal versuchte, den Brief zu lesen, brach er bei der zweiten Zeile schon in Tränen aus. Doch er las weiter.

Mami y Papi,

ich weiß, ihr steht unter Schock und seid untröstlich, und der Schmerz, den ich euch zugefügt habe, tut mir so leid. Aber ihr sollt wissen, dass ich es tun musste.

Vor fünf Jahren, nach der Ankunft der Boxen, beschlossen ein enger Freund und ich, unsere Fäden zu tauschen, damit ich mich bei der Army als Langfaden vorstellen konnte und eine anspruchsvollere Aufgabe zugewiesen bekam, im Kampfeinsatz, wo man mich am meisten brauchte.

Ich wollte etwas bewirken und den Menschen helfen, so wie ihr beide mir beigebracht habt, andere wichtiger als mich selbst zu nehmen. Ich konnte nicht zulassen, dass mich mein kurzer Faden davon abhält.

Und das tat er auch nicht.

Vor einem Jahr bemerkte ich einen Jungen, der versehentlich in die Schusslinie geraten war, und ich zog ihn weg, bevor ihm etwas passieren konnte. Ich denke oft an ihn, mit seinem dunklen, zerzausten Haar und den dürren Armen, so wie meine sicher auch einmal waren. Vielleicht könnt ihr auch an ihn denken.

Ich bete dafür, dass ihr Trost in dem Wissen findet, dass wir uns wiedersehen. Dass ich eines Tages auf euch warten werde, zusammen mit der restlichen Familie. Dieser Glaube – der Glaube, den ihr mir mitgegeben habt – hat mir die ganze Zeit Kraft gegeben.

Ich finde es furchtbar, dass ich mein Land und meine Familie belogen habe. Aber ich sehe es nicht so, dass ich dadurch mein wahres Ich versteckt habe. Im Gegenteil, ich habe es gefunden. Ich bin nicht mehr nur Javi. Ich bin Captain Javier García von der U.S. Army, und ich hoffe, ihr seid stolz auf mich.

Los amo mucho,
Javi

Javiers Eltern nahmen an, dass Jack der erwähnte enge Freund war, und so erzählte er ihnen die Wahrheit, oder zumindest einen Teil davon. Er erwähnte weder seine eigenen Beweggründe für den Tausch noch die Tatsache, dass *er* ihn vorgeschlagen hatte. Sie brauchten nur Javis Version der Geschichte zu kennen.

Aber Javis Eltern wussten nicht, was sie jetzt mit dem Brief machen sollten. Sie wussten kaum, was sie mit sich selbst anfangen sollten, so verzweifelt und erschöpft waren sie vor Trauer. Und sie fürchteten, was passieren könnte, wenn jemand Javiers schriftliches Geständnis lesen würde. Doch Jack wusste, dass die Army-Führung durch das Verschweigen der Wahrheit über Javis Tod nur Zeit für Präsident Rollins schinden wollte. Sein Onkel steckte mitten in seiner Wiederwahlkampagne, und niemand wollte, dass bekannt wurde, dass ein junger Latino-Kurzfaden die U.S. Army absichtlich betrogen und einen Eckpfeiler der Regierungspolitik umgangen hatte. Jack fürchtete, dass das Leben seines Freundes, sein größtes Opfer, vertuscht und ausgelöscht werden würde, um den zerbrechlichen Ruf seines Onkels zu schützen. Und das konnte Jack nicht zulassen – egal welche Konsequenzen *er* zu erwarten hätte, wenn die Wahrheit herauskommen würde.

Jack teilte seine Bedenken mit Javis Eltern und erzählte ihnen, wie ihr Sohn ihn ermutigt hatte, für alle Kurzfaden zu kämpfen. Vielleicht könnte er das jetzt tun, sagte Jack, indem er seine und Javis Geschichte an die Öffentlichkeit brachte.

Alle drei wussten, dass die Enthüllung des Tauschs eine Gegenreaktion hervorrufen könnte, doch ihn weiter geheim zu halten, war beschämend. Und Javis Eltern schämten sich nicht. Sie waren genauso stolz auf ihren Sohn wie eh und je.

Mit ihrem Segen entwarf Jack einen Plan.

Vier Jahre zuvor hatte Jack um eine Versetzung nach New York gebeten, nachdem seine Tante und sein Onkel ins Weiße Haus eingezogen waren und er D.C. unbedingt hatte verlassen wollen. Unter den Computerwissenschaftlern in seiner kleinen Cyber-Einheit hatte er Freunde gefunden, und er war mit ein paar hübschen Frauen ausgegangen, obwohl die meisten von ihnen – in dem Glauben, Jack hätte einen kurzen Faden – nur mit ihm zusammen gewesen waren, weil sie hofften, irgendeine verdrehte Jackie-Onassis-Fantasie ausleben zu können, indem sie den todgeweihten Sohn einer Dynastie heirateten. Jack hatte sich geschworen, an allen MiteinanderVerbunden-Veranstaltungen in seiner Stadt teilzunehmen, und er und Javi hatten einander mehrmals im Jahr Briefe geschrieben. Wobei Javi immer sehr viel aufregendere Dinge zu erzählen gehabt hatte.

Der Nervenkitzel, seinem Onkel zu trotzen, war allmählich verblasst, besonders nach der Wahl, und weder die Arbeit noch das Vergnügen erfüllten Jack sonderlich. Er war in sein altes zielloses Leben zurückgefallen. Ohne die Erwartungen seiner Familie, die ihm Halt gaben, war es überraschend einfach, durch jenes normale Leben zu dümpeln, nach dem er sich einst gesehnt hatte.

Doch jetzt, mit der Fotokopie von Javiers Brief in Händen, hatte Jack endlich wieder ein Ziel vor Augen.

Er erreichte das Haus, in dem die Johnson-Stiftung ihren Hauptsitz hatte. Nachdem er seine Präsidentschaftskandidatur verloren hatte, hatte Senator Wes Johnson die gemeinnützige Organisation ins Leben gerufen, um Ressourcen für Kurzfaden bereitzustellen und die Gleichstellung aller Fadenlängen zu fördern. (Trotz der großen Fortschritte der MiteinanderVerbunden-Bewegung gab es noch viel zu tun, denn die Vorurteile gegenüber Kurzfaden erwiesen sich als leichter zu verinnerlichen als auszurotten.)

In den letzten Jahren hatte Jack die Arbeit der Johnson-Stiftung verfolgt, die rechtlichen Schutz für Kurzfaden schaffen wollte, die in vielen Bereichen diskriminiert wurden: bei der Jobsuche und Schuleinschreibungen, bei Kreditanträgen, in der Gesundheitsfürsorge, bei Adoptionen. Die Liste schien unendlich. Und vor Kurzem hatte die Stiftung eine neue Initiative ins Leben gerufen, die sich für das Recht von Kurzfaden einsetzte, zu ihren eigenen Bedingungen zu sterben. Sie drängte auf eine gesetzliche Verankerung des Anspruchs auf einen würdevollen Tod für die Menschen, die am Ende ihres Fadens lieber friedlich und im Kreis ihrer Lieben sterben wollten, als ihr Schicksal dem Zufall zu überlassen.

Als Jack bei der Johnson-Stiftung ankam, führte ihn ein Assistent nach oben in das Büro der neu ernannten Kommunikationsdirektorin, Maura Hill.

»Bitte nehmen Sie Platz, Mr. Hunter.« Maura lehnte sich entspannt gegen den Schreibtisch, die Beine an den

Knöcheln gekreuzt, während Jack sich in einen Ledersessel setzte.

»Ich muss sagen, ich war ziemlich neugierig, als ich hörte, dass der Neffe des Präsidenten um einen Termin gebeten hat«, sagte sie.

Jack nickte höflich. »Ich bin hier im Auftrag meines Freundes Captain García von der U.S. Army. Er ist kürzlich im Kampf gefallen.« Jack trank durstig einen Schluck Wasser aus dem Glas, das vor ihm stand.

»Wie furchtbar, das tut mir sehr leid«, sagte Maura.

Mit einem kurzen Räuspern wappnete Jack sich. Die folgenden Worte sprach er zum ersten Mal in Gegenwart eines Fremden aus. »Vor fünf Jahren waren wir beide Lieutenants in der Army, als die STAR-Initiative angekündigt wurde. Mein Freund Javi hatte einen kurzen Faden, und ich hatte einen langen, aber wir wussten beide, dass *er* dazu bestimmt war, Soldat zu sein. Ein Held zu sein. Also tauschten wir unsere Fäden, und er wurde an meiner Stelle nach Übersee geschickt.«

Mauras Augen weiteten sich, und sie rieb sich mit der Hand den Nacken. »Heilige Scheiße.«

Jack reichte ihr den eingescannten Brief, den er in einer Mappe mitgebracht hatte. »Das hat Javi geschrieben, kurz bevor er starb.«

Jack sah zu, wie Maura den Brief langsam Zeile für Zeile las. Mehrmals schien es, als wollte sie etwas sagen, doch sie schwieg.

Jack hoffte, dass er den Brief an die richtige Stelle gebracht hatte. In den letzten sechs Monaten hatte die Stiftung Anthonys Hauptgegner unter den Gegenkandidaten für das Amt des Präsidenten gefördert, einen Senator aus Pennsylvania und lautstarken Befürworter von Kurzfaden. Rollins hatte bereits an Unterstützung verloren, vor allem nach der Enthüllung im letzten Jahr: dem gekritzelten Geständnis, das in der Zelle der Attentäterin gefunden wurde, nachdem sie im Gefängnis verstorben war. Die Welt hatte sich vor fünf Jahren geirrt. Ihr Faden hatte sie nicht in den Wahnsinn getrieben. Sie hatte ihre Box nie geöffnet, nie gesehen, was darin war. Stattdessen war sie eine trauernde Schwester, deren Herz nach dreißig Jahren immer noch gebrochen war und die sich über den Aufstieg eines der Männer geärgert hatte, den sie für den Tod ihres Bruders verantwortlich machte. Die Frau hatte gewusst, dass sie Anthony nicht ermorden konnte – sie hatte seinen langen Faden im Fernsehen gesehen, aber sie wollte ihn trotzdem irgendwie bestrafen. Sie wollte die Gerechtigkeit walten lassen, die ihr lange vorenthalten worden war. Als ein unschuldiger Mann, Hank, ins Kreuzfeuer geriet, verlor sie den Willen, sich zu melden, für immer durch ihre Schuld zum Schweigen gebracht.

Nachdem das wahre Motiv für das Attentat aufgedeckt worden war, ertönten Forderungen nach einem Amtsenthebungsverfahren, aber es war unmöglich zu beweisen, dass Anthony mehr wusste als die Öffentlichkeit. Er leugnete jede direkte Beteiligung am Tod ihres Halbbruders, und was die Diffamierung der Frau durch seine Kampagne anging, hatte er einfach wie alle anderen angenommen, dass ihr Faden für ihre Tat verantwortlich war.

Doch seit der letzten Umfrage sah das Rennen um Anthonys Wiederwahl knapp aus. Ein letzter Anstoß könnte die Stimmung endgültig zu seinen Ungunsten kippen lassen.

»Warum haben Sie den Brief hierhergebracht?«, fragte Maura.

»Ich möchte, dass Sie ihn an die Presse weitergeben«, sagte Jack, »einschließlich meines Namens, und bestätigen, dass ich derjenige war, der mit Javier die Fäden getauscht hat. Ich hoffe, dass es das letzte Stück Munition gegen die Rollins-Regierung sein könnte, um den Leuten den Schaden zu zeigen, den seine Politik angerichtet hat, und wie dumm es war, jemand so Mutigem und Engagiertem wie Javier nicht zu erlauben, offen seinem Land zu dienen. Seinen Traum zu erfüllen. Javis Mut hat es seinem Team auf seiner letzten Mission ermöglicht, die drei Menschen zu retten. Ihnen das Leben zu retten.« Jack hielt inne. »Aber es geht nicht nur um die Army. Es geht um jeden Kurzfaden, dessen Weg versperrt ist, weil die Menschen zu ängstlich, voreingenommen oder ignorant sind. Ich hoffe, dass jeder, der von Javi liest, sieht, dass Kurzfaden genauso viel Wert haben wie Langfaden. Und dass sie die gleichen Chancen verdienen, um das zu beweisen.«

Natürlich wusste Jack, dass die Lektüre von Javis Brief nicht die Einstellung von Leuten wie Anthony und Katherine ändern würde und von denen, die sie an die Macht gebracht hatten. Sie würde sicherlich nicht alles ändern. Aber vielleicht war es ein Anfang.

»Sie könnten eine Menge Ärger bekommen«, sagte Maura. »Sind Sie sicher, dass Sie alles gestehen möchten?«

»Das bin ich«, antwortete Jack fest. Von seiner biologischen Familie war er bereits entfremdet; es war an der Zeit, zu seiner Wahlfamilie zu stehen.

»Dann helfe ich gerne«, sagte Maura. »Ich denke, Javiers Geschichte verdient es, gehört zu werden.«

Nachdem Jack Mauras Hand geschüttelt und den Brief in ihrer Obhut gelassen hatte, trat er auf den Gehsteig und blickte in den Himmel. Javi war die letzten vier Jahre Pilot gewesen. Wie oft er wohl da oben über den Wolken geflogen war?

Jack hoffte, dass Javi, wo auch immer er jetzt sein mochte, die Ironie zu schätzen wusste, die in diesem Moment lag. Anthony Rollins hatte fünf Jahre zuvor Javis Faden eiskalt benutzt, um seine Karriere voranzutreiben, und nun würde derselbe Faden hoffentlich eine Rolle bei seinem Untergang spielen.

Die Gedenkfeier fand in dieser Woche statt, im kleinen Rahmen, nur Javiers Familie war anwesend, Jack und zwei Soldaten, die vorübergehend beurlaubt waren.

Jack stand neben dem Sarg, der geschlossen und mit einer amerikanischen Flagge bedeckt war, als eine Frau neben ihm auftauchte. »Ihr Freund war ein sehr tapferer Soldat«, sagte sie.

Sie war erst gekommen, nachdem der Gottesdienst bereits zu Ende war, und in den Raum geschlüpft. Ihr Gesicht kam Jack nicht bekannt vor. »Er hat uns alle an diesem Tag gerettet«, flüsterte sie.

Da wurde Jack klar, dass sie eine der beiden Ärzte gewesen sein musste, die Javi laut Mr. und Mrs. García vor seinem Tod gerettet hatte. Anika Singh, vermutete er. Alle an der Mission beteiligten Personen hatten angeblich Verschwiegenheitserklärungen unterzeichnet, doch Captain Reynolds hatte Javis Eltern vom Mut ihres Sohnes erzählt.

»Javi hat das nicht verdient«, sagte Jack. »Er hat keinen kurzen Faden verdient.«

Anika sah Jack mit einer Freundlichkeit, einem Verständnis an, wie eine Mutter ihren Sohn ansehen sollte.

»Wissen Sie, Ihr Freund Javier erinnert mich an einen anderen Mann, den ich mal kannte, dessen Faden auch viel kürzer war, als er hätte sein sollen. Aber er und Javier haben mit ihrem Leben so viel bewegt. Ihr Einfluss wird über Jahre, ja sogar Generationen hinweg spürbar sein«, sagte sie. »In gewisser Weise glaube ich, dass sie die längsten Fäden hatten, die ich je gesehen habe.«

NINA

Der Jahrestag der Ankunft war gekommen und gegangen, die Jahre vergingen, und schon bald näherte sich die Welt einem Jahrzehnt mit den Fäden.

Manche waren schließlich dankbar für die Boxen, für die Möglichkeit, Abschied zu nehmen und niemals letzte Worte bereuen zu müssen. Andere fanden Trost in der unheimlichen Kraft der Fäden, die sie glauben ließ, dass das Leben ihrer Angehörigen mit kurzen Fäden in Wahrheit gar nicht vorzeitig beendet worden war. Sie waren so lang, wie sie sein sollten, seit dem Moment der Geburt, in dem die Länge ihres Fadens scheinbar festgelegt wurde. Das erleichterte den Verlust, das Vertrauen darauf, dass nichts an dem Ende hätte etwas ändern können, dass ihr Tod nicht von bestimmten Entscheidungen abhing, die sie getroffen hatten, was sie getan oder nicht getan hatten. Mit den Fäden gab es keinen Grund, sich zu fragen, was passiert wäre, wenn sie in einer anderen Stadt gelebt oder etwas anderes gegessen hätten oder eine andere Route nach Hause gefahren wären. Der Verlust tat immer noch weh, ergab immer noch keinen Sinn, aber es war fast eine Erleichterung, nicht mehr von Was-wäre-wenn-Gedanken verfolgt zu werden. Das Leben war einfach so lang, wie es ohnehin immer gewesen wäre.

Aber das war kein Trost für die Kurzfaden selbst, die mit der Ungerechtigkeit am stärksten konfrontiert waren. Es war ein Trost für die überlebenden Langfaden, die ohne sie weitermachten.

Mauras Eltern baten Nina, bei der Beerdigung eine Rede zu halten.

Es war ihre erste Trauerrede, und es kostete sie fast alle Kraft, um die Hand ihrer Mutter loszulassen, von ihrem Platz in der ersten Reihe aufzustehen und sich vor die Menge der Trauernden zu stellen.

Nina ließ den Blick durch den Raum schweifen und suchte nach einem Gesicht, auf das sie sich konzentrieren konnte, während sie sprach. In den ersten Reihen fand sie niemanden: Mauras Angehörige weinten alle leise, und zu Ben und Amie wollte sie nicht sehen, die wahrscheinlich über ihre eigene Beerdigung nachdachten, die unweigerlich in ein paar Jahren stattfinden würde. Stattdessen sprach Nina zu ein paar Fremden in den hinteren Reihen, vielleicht Kollegen oder alte Bekannte von Maura, die sie nie kennengelernt hatte.

Nina sprach über die Leidenschaft, die Unerschrockenheit und den Witz ihrer Frau und die beeindruckende Geschwindigkeit, mit der sie Freundschaften geschlossen hatte. Sie erzählte, wie Maura von der Johnson-Stiftung erfahren und sofort ihre Stelle im Verlag aufgegeben hatte, um für das Team des Senators zu arbeiten – ihre sechste Stelle, aber die erste, bei der sie sich sofort wohlfühlte. Sie hatte endlich einen Ort gefunden, an dem sie ihre Energie bei der Arbeit für die Stiftung kanalisieren konnte, um andere Kurzfaden zu schützen.

Nina wollte nicht über die letzten Tage sprechen, über Mauras seltenen Herzfehler, der unentdeckt geblieben war. Sie wollte nicht über das Ende reden. Also sprach sie über die Geschichte selbst.

»Wir könnten leicht auf unsere gemeinsame Zeit zurückblicken und glauben, dass wir so viel Pech hatten. Aber ist es nicht besser, zehn Jahre lang jemanden wirklich zu lieben, als vierzig Jahre lang gelangweilt, müde oder verbittert zu sein? Wenn wir an die größten Liebesgeschichten denken, die je geschrieben wurden, beurteilen wir sie nicht nach ihrer Länge. Viele waren sogar kürzer als meine Ehe mit Maura. Aber unsere Geschichte – meine und Mauras – war *tief* und ganz, trotz ihrer Länge. Es war eine wunderbare, vollständige Geschichte für sich, und obwohl ich mehr Kapitel als Maura bekommen habe, waren *ihre* Seiten der Teil, bei dem man nicht aufhören konnte zu lesen. Den ich für den Rest meines Lebens immer wieder lesen werde. Unser gemeinsames Jahrzehnt, unsere Geschichte, war ein Geschenk.«

Die Gesichter in den hinteren Reihen verschwammen. Nina wischte sich mit einem zerknüllten Taschentuch über die Augen und blickte auf die Rede vor ihr. Sie war es Maura schuldig, sie zu Ende zu bringen.

»Und in wahrer Maura-Manier gab sie mir sogar eine letzte Nachricht, damit ihre Stimme auch bestimmt die letzte war, die wir bei ihrer Beerdigung hören würden: ›Sag ihnen, dass ich immer eine Entdeckerin sein wollte. Dass ich immer versucht habe, den ersten Schritt zu machen, die Erste zu sein, die in das eiskalte Wasser springt, die Erste zu sein, die das seltsam aussehende Essen probiert, die als Erste auf die Bühne geht und singt. Und jetzt werde ich als Erste erfahren, was als Nächstes passiert, als Erste herausfinden, was auf uns alle wartet. Ich verspreche, so viel auszukundschaften, dass ich dir alles darüber erzählen kann, wenn du hier bist.‹«

Einige Wochen nach dem Gottesdienst kehrte Nina schließlich von ihren Eltern zurück nach Hause, um ihr Buch fertigzustellen. Eine Zusammenstellung von Geschichten von Menschen, die ihre Fäden für etwas Gutes nutzten, an der sie fast drei Jahre lang gearbeitet hatte. Die Widmung war bereits getippt – *für Maura,* einfach und ehrlich –, doch Nina zögerte, sich von dem Manuskript zu trennen, es ihrem Verleger zu übergeben.

An diesem Abend las Nina alle Geschichten noch einmal.

Die Frau, die mit der BRCA-Mutation geboren wurde und nie mit einem langen Faden gerechnet hatte und jetzt führend in der Brustkrebsforschung war. Der Dreiundzwanzigjährige, der in einem von Gangs beherrschten Viertel aufgewachsen war, dessen langer Faden ihm Hoffnung gegeben hatte, dass er es schaffen würde, von dort wegzukommen, und der jetzt ein außerschulisches Programm für gefährdete Jugendliche leitete. Der Kurzfaden, der seine Box beim Aufstieg auf den Mount Everest auf dem Rücken trug.

Auch Maura lebte in dem Manuskript weiter, in ihrer Rolle bei der Johnson-Stiftung. Die Frau, deren Aufklärungskampagne, deren Hommage an das Opfer eines jungen Soldaten mit kurzem Faden zur endgültigen Niederlage der STAR-Initiative vor dem Obersten Gerichtshof beitrugen. Ein größeres Vermächtnis, als sie es sich je hätte vorstellen können.

Maura würde ihr sagen, sie solle das Buch abgeben, dachte Nina. *Versuch, es loszulassen.* Es war an der Zeit.

Nina erinnerte sich an eines der letzten Gespräche mit Maura. »Du warst immer die Stabile, der Fels in der Brandung, diejenige mit den Plänen«, hatte Maura gesagt. »Dieser Mensch musst du jetzt sein, ja? Du darfst nicht zusammenbrechen. Amie und Ben brauchen dich, und ihre Kinder brauchen dich, und dein *Leben* braucht dich. Versprich mir, dass du weiterhin der Fels in der Brandung bist. Dass du weiterhin Pläne schmiedest.«

Doch Nina hatte im Moment nur zwei Pläne, das Buch zu veröffentlichen und das nächste Jahr zu überstehen. Morgen würde sie den ersten angehen. Heute Abend brauchte sie noch einen Moment allein mit den Geschichten, mit Mauras Geschichte, bevor sie sie mit der Welt teilen würde.

AMIE

Wie alle Ehepaare stritten auch Ben und Amie.

Sie schimpfte mit ihm, weil er den Müll nicht hinausbrachte, weil er die Spülmaschine nicht richtig einräumte. Er stellte manchmal ihre Vorsicht infrage und bestand darauf, dass ihre Kinder, Willie und Midge, tatsächlich bereit waren, die Stützräder abzunehmen.

Sie verdrehten die Augen und erhoben die Stimmen, fanden jedoch beide überraschenden Trost in ihren Streitereien, in diesem natürlichen Teil von Ehe und Elternschaft, da sie erkannten, dass ihr eigenes Leben – trotz der ungewöhnlichen Herausforderungen – immer noch so konventionell, so köstlich *normal* sein konnte.

Ben wollte, dass alles schnell ging. Er leistete eine Anzahlung auf ein Haus in einem Vorort, noch bevor Willie geboren wurde, und er und Amie waren mit zwei Kindern gesegnet, die sich ziemlich schnell entwickelten. Ihre ersten Schritte, die ersten Worte, die ersten Hobbys, alles folgte rasch aufeinander, und schon bald lernten sie, Klavier zu spielen und Basketbälle zu werfen. Ben und Amie taten ihr Möglichstes, um ihnen Erinnerungen für den Rest ihres Lebens mitzugeben, Erinnerungen an ihre Zeit als vierköpfige Familie. Ben trainierte die Little-League-Mannschaften seiner beiden Kinder und belegte mit ihnen Malkurse. Amie las ihren Kindern Gutenachtgeschichten vor und entführte sie in ferne Länder. Sowohl Amies als auch Bens Eltern zogen in die Nähe und kümmerten sich liebevoll um ihre Enkelkinder, füllten das Haus mit Spielzeug und Leckereien, während Nina die »coole Tante« wurde, wie sie und Maura einst gescherzt hatten, und die Kinder einmal im Monat bei sich übernachten ließ.

Und wenn Ben und Amie in ihrem hektischen Alltag innehielten, sahen sie genau die Dinge, von denen Ben gezweifelt hatte, dass es sie je für ihn geben würde – die Zeugnisse ihrer Familie, ihres erfüllten gemeinsamen Lebens. Die Regale, die einst ordentlich mit Amies Lieblingsromanen bestückt gewesen waren, enthielten jetzt Kinderbücher. Die Postkarten vom Sommerurlaub an der Côte d'Azur und dem Winter in St. Petersburg, zwei Reisen, die sie vor Willies Geburt unternommen hatten. Die blaue Servierplatte, die Ben bei der ersten von ihnen ausgerichteten Thanksgivingfeier angeschlagen hatte. Tretroller, Puzzles, ein Keyboard, von vergangenen Geburtstagen und Weihnachten. Gerahmte Baupläne der Gebäude, die Ben mitentworfen hatte, und gerahmte Briefe von drei von Amies ehemaligen Schülern, die inzwischen erwachsen und selbst Lehrer waren. Und in einem Sammelalbum, das in einem Schreibtisch lag, alle Briefe, die sie sich einst geschrieben hatten.

Ben und Amie waren nicht überrascht, als sie Bens Diagnose erhielten. Sie waren darauf vorbereitet. Und Ben wusste sofort, dass er nicht ins Krankenhaus gehen würde. Er würde zu Hause bleiben, bei seiner Frau und seinen Kindern, so wie sie es geplant hatten.

Nina fragte ihre Schwester, ob sie nach Bens Tod in die Stadt zurückziehen würde, und Amie stellte sich ihr Leben ohne Ben vor: der Kühlschrank voll mit tiefgefrorenen Aufläufen, die Nachbarn schüttelten jedes Mal betroffen den Kopf, wenn sie an ihrem Garten vorbeikamen. Aber es war immer noch das Haus, in dem Ben sie beim Einzug über die Schwelle getragen hatte, obwohl sie im fünften Monat schwanger gewesen war. Es war immer noch das Haus, in dem er eine ganze Woche damit verbracht hatte, im Garten eine Schaukel zu bauen. Sie konnte ihr Zuhause nicht verlassen.

Eines Abends saß Nina mit Amie und Ben am Küchentisch, als Ben sein Testament machte. Zu Ninas Überraschung lehnte er sich zurück, sah sie beide an und sagte ihnen, dass er zufrieden sei. Zufrieden, weil man ihm damals seine geöffnete Box aufgezwungen hatte, zufrieden, weil er die glücklichsten Jahre seines Lebens mit Amie, Willie und Midge verbracht hatte, und zufrieden, weil er seine Familie nicht in einem Zustand der Verwirrung zurücklassen würde.

Nachdem Ben ins Bett gegangen war, fragte Nina Amie, ob auch sie mit ihrer Entscheidung zufrieden sei.

»Ich könnte meine Meinung vielleicht noch ändern«, sagte Amie. »Aber ich glaube nicht, dass ich das tun werde. Ich habe früher so viel Zeit in meinem Kopf verbracht und mir alle möglichen Zukunftsszenarien ausgemalt. Aber seit der Geburt von Willie und Midge habe ich das nicht mehr getan. Seit ich Mutter bin, ist es viel einfacher, in der Gegenwart zu leben.«

»Weil die Kinder die heiße Herdplatte anfassen, wenn du einen Moment nicht aufpasst?«, fragte Nina.

»Auch, ja.« Amie lachte. »Aber es ist nicht nur das. Ich habe mir immer Gedanken über jene alternativen Versionen von mir gemacht, die möglicherweise ein anderes Leben führen, aber jetzt weiß ich, dass ich für *dieses* Leben bestimmt bin. Ich spüre es jedes Mal, wenn ich ihre runden kleinen Wangen küsse oder Ben sie auf den Rücken nimmt.«

Amie schwieg. »Natürlich ist ein langer Faden wie deiner der größte Segen«, fügte sie hinzu. Dann sah sie auf ihr Handy, auf das Foto von Ben und den Kindern von Halloween im Herbst. »Aber ich fühle mich auch selbst ziemlich gesegnet.«

Willies und Midges Sparkonten fürs College, die Hypothek auf das Haus, die aktualisierte Version von Bens Testament – alles war organisiert. Und alle – Bens und Amies Eltern, Nina, Willie und Midge – waren bereit.

Doch niemand war auf den Anruf der Polizei vorbereitet, die ihnen mitteilte, dass Bens und Amies Auto auf dem Heimweg von Bens Arzttermin von einem anderen Wagen angefahren worden war.

»Mein tief empfundenes Beileid zu Ihrem Verlust«, sagte der Beamte.

Aber es war ein größerer Verlust, als alle erwartet hatten.

Am Morgen nach dem Unfall stolperte Nina vor Trauer völlig übermüdet zum Schrank ihrer Schwester und holte die Box heraus, die Amie in den letzten vierzehn Jahren ungeöffnet aufbewahrt hatte. Nina wusste bereits, was sich darin befand, was ihre Schwester nie gesehen hatte und sie jetzt mit eigenen Augen sehen wollte.

Amies Faden.

Der zum selben Zeitpunkt endete wie Bens.

Nina hob den Faden zärtlich aus der Box und hielt das Leben ihrer Schwester in den Händen. Dann drückte sie ihn sanft an ihre Brust, und die Tränen überwältigten sie.

NINA

Sie hatte nie Kinder gewollt, doch Nina adoptierte Willie und Midge ohne zu zögern. Obwohl sie erst elf und neun Jahre alt waren, erinnerten sie sie so sehr an Amie. Sie hatten ihre Vorstellungskraft und ihre Augen, und es war, als hätte Nina so ein Stück ihrer Schwester bei sich.

Sie wusste, dass Amie wollte, dass ihre Kinder weiterhin in ihrem Haus lebten. Nina verkaufte ihre Wohnung in Manhattan und zog in das Haus in dem Vorort, wo sowohl Bens als auch ihre eigenen Eltern in der Nähe wohnten, sodass Willie und Midge nie allein sein würden.

Nina würde sie immer vermissen, Amie und Maura und Ben. Aber sie würde ihr Versprechen einhalten. Sie würde nicht zusammenbrechen. Sie würde ein Fels für Willie und Midge sein. Sie würde weiterhin Pläne schmieden, für sie alle drei.

Und nach etwa einem Jahr hatten Nina und die Kinder sich als zusammengewürfeltes Trio ein gemeinsames Leben aufgebaut. Als eine Familie.

Alle paar Wochen machte Nina mit Willie und Midge einen Ausflug nach New York City, wo sie ein Museum oder den Zoo besuchten, oder Nina ließ die Kinder staunend durch die Gänge von FAO Schwarz laufen, dem berühmten Spielwarenladen.

Wenn sie einmal nicht abends zurückfuhren, etwa nach einer späten Broadway-Vorstellung, übernachteten sie immer in dem Hotel mit der Beaux-Arts-Fassade im Norden von Manhattan, eines von Bens letzten Projekten in der Stadt. Nach jahrelanger Restaurierung war aus dem hundert Jahre alten Hotel, einem verfallenen Juwel, ein Palast geworden, der seiner Geschichte würdig war. Ben hatte das Hotel ganz bewusst für sein letztes Projekt ausgewählt. Er hatte dem Gebäude ein »zweites Leben« geben wollen, wenn Nina sich richtig erinnerte. Ein Leben, an dem nun auch seine Kinder teilhatten.

An einem dieser Abende in der Stadt, nach einem langen Tag, an dem sie Dinosaurierknochen im Museum of Natural History bestaunt hatten, führte Nina die beiden Kinder über die Straße in den Central Park. Im Schatten der Bäume, als das letzte Licht des Tages durch die Äste drang, blieb die dreiköpfige Familie an Amies Bank stehen.

Nina streckte ihre Hand aus, deren Falten sie erst seit Kurzem als Frau Mitte vierzig entlarvten, und fuhr mit dem Finger über die glatte silberne Plakette, die Amie Ben zum zehnten Jahrestag geschenkt hatte, nachdem sie die letzten neun Jahre heimlich dafür gespart hatte.

Lieber B.,
egal, was passiert, ich empfinde immer noch dasselbe.
A.

Nina setzte sich auf die Bank, während Willie und Midge zum nahe gelegenen Spielplatz rannten.

Nina beobachtete die Kinder, wie sie lachend von der Schaukel zum Klettergerüst und zurück rannten, und bewunderte ihre Stärke. Amie und Ben wären so stolz auf sie – die lieben, neugierigen, verspielten kleinen Menschen, die sie geschaffen hatten.

In Momenten wie diesem war Nina froh, dass Amie ihre Box nie geöffnet, nie die Wut und den Kummer gespürt hatte, die Maura gequält hatten, und nie mit dem bitteren Wissen in die weichen, runden Gesichter ihrer Babys blicken musste, dass sie nie erleben würde, wie sie groß wurden.

Nina fragte sich sogar manchmal, ob Willie und Midge jemals geboren worden wären, wenn Amie von ihrem Faden gewusst hätte. Sie hatte sowieso schon mit der Aussicht gerungen, ihre Kinder irgendwann ohne Ben aufziehen zu müssen. Was, wenn sie gewusst hätte, dass auch *sie* sterben würde? Vielleicht hatte Amies Entscheidung, nie nachzuschauen, nie Klarheit zu haben, den beiden Schwestern diese beiden kostbaren Menschen geschenkt.

Natürlich bemühte sich Nina, eine Mutter wie Amie zu sein, so fürsorglich und liebevoll, doch sie fragte sich auch, was für eine Mutter Maura hätte werden können, und sie wollte den Kindern Mauras Humor und Unerschrockenheit und Spontaneität vermitteln. Eine Lebensfreude, die ihre Schwester und ihre Frau geteilt hatten. Nina dachte daran, wie oft sie den Spruch »Lebe, als wäre dein Faden kurz« auf T-Shirts, Tragetaschen und Postern gesehen hatte. Man hörte ihn heutzutage sehr oft, viel öfter als in den Anfängen, als Kurzfaden überwiegend als gefährlich und depressiv dargestellt wurden, statt als zielstrebig und lebenshungrig.

Nina beobachtete, wie Willie und Midge sich schnell mit zwei anderen Kindern auf dem Spielplatz anfreundeten und zu viert abwechselnd die gelbe Rutsche hinunterrutschten und vor Freude kreischten. Nina war immer wieder erstaunt, wie Kinder so rasch ehrliche Beziehungen eingehen konnten, nur um als Erwachsene umso mehr davor zurückzuschrecken.

Nina berührte Mauras Anstecknadel, die zwei Goldstränge, die sie seit Mauras Tod an einer alten Kette ihrer Mutter trug. Wenn sie tief in Gedanken war, rieb sie immer mit dem Daumen über den Anhänger wie über einen Talisman. Nur wenige Menschen trugen den Anstecker wie Nina jeden Tag, sondern meist nur zu besonderen Anlässen oder politischen Ereignissen, wie die rosa Schleifen jeden Oktober, nachdem der überwältigende Schock der ersten Jahre weitgehend abgeklungen war, da die massenhafte Gewalt von Kurzfaden, vor der einige gewarnt hatten, nie eingetreten war. Ex-Präsident Rollins, der einst am lautesten davor gewarnt hatte, tauchte nur noch selten in den Nachrichten auf, um seine Memoiren zu bewerben oder eine Rede zu halten.

Trotz der laufenden Bemühungen der Johnson-Stiftung und von MiteinanderVerbunden gab es natürlich immer noch Anschuldigungen wegen illegaler Diskriminierung aufgrund der Fadenlänge, und die individuellen persönlichen Vorurteile gegenüber Kurzfaden waren vielleicht zu diffus, zu unsichtbar, um jemals wirklich ausgerottet zu werden. Als Reaktion auf besonders ungeheuerliche Fälle gab es immer noch spontane Proteste, und Maura würde sich freuen, dachte Nina, dass sie nicht zum Schweigen gebracht worden waren.

Doch als Nina die vier Kinder beobachtete, wie sie miteinander spielten und innerhalb von Minuten Freundschaft geschlossen hatten, fragte sie sich, ob sie dieses Mal die einfache, ungezügelte Empathie ihrer Kindheit auch im Erwachsenenalter bewahren würden.

Das hätten Amie, Ben und Maura sicher für sie gewollt, und Nina würde ihr Bestes tun, ihnen das mitzugeben.

Eine ältere Frau setzte sich neben Nina auf die Bank, zog eine Zeitschrift aus ihrer Handtasche und begann zu lesen. Nina erkannte die letzte Ausgabe, weil sie ein Porträt von Jack Hunter enthielt, dem berühmten Neffen eines berüchtigten Präsidenten, der sich in seiner Not an Maura gewandt hatte. Nachdem er mit Mauras Hilfe gestanden hatte, mit einem Freund in der Army die Fäden getauscht zu haben, war Jack ein paar Jahre lang eine kleine Berühmtheit gewesen. Der Artikel schilderte seinen rasanten Fall, den Entzug seines militärischen Titels und den darauf folgenden unbelasteten Aufstieg. Zum Zeitpunkt des Interviews arbeitete er bei einer gemeinnützigen Organisation, die Veteranen mit PTBS unterstützte, und seine Frau erwartete ihr zweites Kind.

Das Bild von Jack Hunters schwangerer Frau in einer Ecke des Titelblatts erinnerte Nina vage an Mauras alte Freundin Lea, die nach der ersten von vielen MiteinanderVerbunden-Veranstaltungen fast auf dem Times Square entbunden hätte. Willie und Midge spielten immer noch im Garten mit Leas Zwillingen, die nur ein paar Jahre älter waren als sie selbst, während Nina und Leas Bruder von der Terrasse aus zusahen und das Vermächtnis ihrer Schwestern hüteten.

Eines Tages, dachte Nina, würden diese Kinder alle eigene Kinder haben, die dann in eine Welt hineingeboren werden, die sich kaum noch an die Zeit vor den Boxen erinnern konnte. Nina und die anderen Langfaden ihrer Generation würden sich in die Stille des Alters zurückziehen und Erinnerungen an die Ankunft der Boxen austauschen, so wie ihre Großeltern einst über den Zweiten Weltkrieg gesprochen hatten, an eine seismische Veränderung, von der alle anderen nur aus Lehrbüchern und Romanen erfuhren. Etwas, das für die beiden jungen Schwestern, die in einer Buchhandlung gelesen hatten, für den schüchternen Jungen, der Gebäude auf einen Skizzenblock gezeichnet hatte, für die unbekümmerte Frau, die in einer Bar Karaoke gesungen hatte, so unfassbar gewesen war, würde eines Tages einfach Teil des Erwachsenwerdens sein.

Aber würden die Leute ihre Boxen noch öffnen?

Ninas Kollegen hatten sich über die jüngste Gallup-Umfrage zu den Fäden unterhalten. Zum ersten Mal war die Zahl der Menschen, die ihre Fäden bewusst nicht ansahen, deutlich gestiegen.

Immer mehr Boxen blieben geschlossen, vor allem bei den neuesten Empfängern. Vielleicht war es nur ein Trend, überlegte man, vielleicht änderten sie ihre Meinung noch. Doch Nina fragte sich, ob es ein Zeichen sein könnte. Ob die Welt nach fünfzehn Jahren voller Chaos und Angst genug Fäden gesehen hatte – kurze und lange und alle Längen dazwischen –, um zu wissen, dass *jede* Länge möglich war und sie folglich auch keine Rolle spielte. Dass der Anfang und das Ende vielleicht für uns ausgewählt wurden, der Faden bereits gesponnen war, die Mitte dabei aber unbestimmt blieb und von uns gewoben und geformt werden sollte.

Natürlich fragten sich die Leute immer noch, würden sich *immer* fragen, woher die Boxen kamen und warum sie verteilt worden waren. Waren sie nur für den Einzelnen bestimmt, um das Wissen der eigenen Lebensspanne für sich zu nutzen? Oder wurden sie der Welt als einer Gemeinschaft angeboten, um einen größeren globalen Wandel zu bewirken? Einige sagten voraus, dass sich ihre wahre Macht erst entfalten würde, wenn jeder einzelne Mensch sie geöffnet hätte. Andere glaubten irgendwann, dass sie gar nicht dazu gedacht waren, geöffnet zu werden, dass das Geschenk darin bestand, grundsätzlich einen Faden zu erhalten.

Und obwohl ihr eigener Faden ein langes Leben versprach, fragte sich Nina, ob sie vielleicht selbst versuchen könnte, wie mit einem kurzen Faden zu leben, ohne Angst vor dem Unvorhergesehenen, voller Mut für Neues.

Sie hatte sich nie vorgestellt, Mutter von zwei Kindern zu sein, doch diese Kinder waren das Licht, das die Dunkelheit durchbrochen hatte. Wer weiß, was noch auf sie wartete? Vielleicht würde sie sich endlich auf ein Date einlassen, das ihre Freunde ständig für sie arrangieren wollten. Vielleicht würde sie ihr Buch um neue Geschichten erweitern. Vielleicht würde sie Willie und Midge auf ein Abenteuer mitnehmen. Vielleicht würde sie ihnen die Welt zeigen.

Doch in diesem Moment, auf einer Bank im Central Park, zwang Nina einfach nur ihren Geist zur Ruhe und konzentrierte sich auf die Gegenwart. Sie ging zu ihren Kindern auf dem Spielplatz, nahm sie fest an den Händen und wirbelte sie im Kreis herum.

Und ein paar Blocks nördlich von ihnen, am Rand des Parks und gerade außer Hörweite, fuhr ein Mann auf einem Fahrrad vorbei, mit einem Ghettoblaster auf dem Rücken. Seine Beine waren schwerer als sonst, die Räder drehten sich ein wenig langsamer. Aber die Melodie ertönte so klar wie immer, und die Leute, die hektisch und abgelenkt um ihn herumliefen, hielten inne und drehten die Köpfe, um zu sehen, woher die Musik kam.

DANKSAGUNG

Ich möchte allen danken, die an diesem Buch beteiligt waren und einen Traum verwirklicht haben. Die Tiefe meiner Dankbarkeit kann ich hier nicht vollständig wiedergeben.

Ein großer Dank geht an meine unglaublichen Agentinnen bei CAA, Cindy Uh und Berni Barta, den guten Feen dieses Buches. Ich kann mir nicht vorstellen, wie ich diese Geschichte ohne ihre Weisheit, Hingabe und Beratung hätte in die Welt bringen sollen.

Ich danke meiner bemerkenswerten Lektorin Liz Stein, die jede Seite dieses Romans mit ihrer Brillanz und ihrem Mitgefühl geprägt hat. Ich hätte mir keine bessere Partnerin und keinen größeren Verfechter dieser Geschichte wünschen können.

Dank geht an Carla Josephson für ihre unendliche Leidenschaft und kreative Führung, mit der sie dieses Buch den Leserinnen und Lesern in Großbritannien nahegebracht hat.

Vielen Dank an die großartigen Teams von William Morrow, Borough Press und HarperCollins, insbesondere Liate Stehlik, Jennifer Hart, Kelly Rudolph, Ariana Sinclair, Kaitlin Harri, Brittani Hiles, Elsie Lyons, Dale Rohrbaugh und Dave Cole. Ich kneife mich jeden Tag.

Vielen Dank an das unvergleichliche Team von CAA, insbesondere Michelle Weiner, Dorothy Vincent, Emily

Westcott, Jamie Stockton, Khalil Roberts, Jason Chukwuma, Adi Mehr, Sydney Thun und Bianca Petcu.

Ich danke meiner Tante Aimée Fine für ihr Feedback ganz am Anfang, Sumya Ojakli für ihr frühes Vertrauen in dieses Buch und Mady Despins für ihre unschätzbare Freundlichkeit.

Dank geht an alle meine Professoren in Harvard und Columbia und an meine Lehrer an der School of the Holy Child, die meinen Wunsch zu schreiben gefördert und mich motiviert haben, besser zu werden.

Ich danke dem Kreis der unglaublichen Menschen, die ich in Cambridge und New York kennengelernt habe, für ihre Liebe und Unterstützung in den Jahren, in denen ich an diesem Buch gearbeitet habe. Ihr alle habt mein Leben so viel reicher gemacht, und dafür werde ich immer dankbar sein.

Zum Schluss möchte ich mich bei meiner Familie bedanken. Bei meinen Großeltern, Mary und Walter, dass sie den Grundstein für mein Leben voller Bücherliebe gelegt und mich jeden Tag inspiriert haben, und bei Nancy und Everett, die mir geholfen haben, nach den Sternen zu greifen. Bei meinen Eltern, Laura und Jim, dafür, dass sie mich bei jedem Schritt meines Lebens begleitet haben, und für die unerschütterliche Ermutigung, die mich immer wieder aufrichtet. (Ein besonderes Dankeschön geht an meine Mutter, meine ursprüngliche Lektorin, dass sie dieses Buch öfter gelesen hat als irgendjemand sonst.) Ich danke Landy, meiner Schwester und meiner allerbesten Freundin, dafür, dass sie ihr beneidenswertes Talent und ihre Kreativität mit mir geteilt hat. Von euch allen geliebt zu werden, hat mich zu der gemacht, die ich bin.

Allen Leserinnen und Lesern, die dieses Buch in die Hand nehmen, möchte ich sagen: Danke.

Kim Stanley Robinson

Das Ministerium für die Zukunft

Von Barack Obama als eines der besten Bücher 2020 empfohlen

978-3-453-32170-0

Leseprobe unter **www.heyne.de**

HEYNE

Nach *Die Gabe* der neue packende Roman von Naomi Alderman, der Margaret Atwood der neuen Generation

978-3-453-27437-2

Die CEOs der drei größten Unternehmen der Erde werden zum Wohl der Menschheit unschädlich gemacht. Dabei gerät eine junge Journalistin ins Fadenkreuz der Verschwörer …

Klimawandel, Social-Media-Wahnsinn und kommerzieller Gigantismus – eine Tour de Force durch die nahe Zukunft.

HEYNE <

E.T. MEETS STRANGER THINGS

Der große neue Roman von **T. J. KLUNE**

978-3-453-27445-7

Eine einsame Hütte in den Bergen,
ein gestrandetes Alien und zwei Außenseiter,
die zu Helden werden.

»T. J. Klunes Geschichten sind einfach zauberhaft.«
Library Journal

HEYNE